एक और ताज

दो इडियट्स-एक प्रेम कथा

उपन्यास

एक और ताज

दो इडियट्स-एक प्रेम कथा

उपन्यास

हेमन्त राणा

redgrab
-books

rg
books

एक और ताज (उपन्यास)
© हेमन्त राणा

मूल्य भारत में : ₹ 150
मूल्य विदेश में : $ 10

प्रकाशक : **रेडग्रैब बुक्स**
942, मुठ्ठीगंज, इलाहाबाद-3 उत्तर प्रदेश, भारत
वेबसाइट - www.redgrabbooks.com
ईमेल - contact@redgrabbooks.com

संस्करण : प्रथम, जुलाई 2018
टाइप सेटिंग : श्री कम्प्यूटर्स, इलाहाबाद
मुद्रक : रेप्रो नॉलेजकास्ट लि., ठाणे
ISBN : 978-93-87390-39-3

उन सभी लोगो को समर्पित
जो प्यार करने से पहले समझदार थे।

दो शब्द

प्रिय पाठक, मैं बहुत भाग्यशाली लेखक हूँ कि ईश्वर ने हितेश और रागिनी की प्रेम कथा लिखने के लिए मुझे चुना। माना दोनों कुछ इडियट से किरदार हैं लेकिन यकीन मानिये, प्यार करने से पहले वो भी समझदार थे। यह कमबख्त प्यार होता ही ऐसा है, समझदार लोगों को बेवकूफ बना कर रख देता है।

मुझे उम्मीद है आपको यह प्रेम-कथा पसंद आयेंगी। मैं अपने दोस्तों और परिवार के सदस्यों का आभार व्यक्त करता हूँ; जिन्होंने मुझे हमेशा अच्छा लिखने के लिए प्रेरित किया और मेरे अंदर के लेखक को कभी मरने नहीं दिया। मेरी पाण्डुलिपि में अपना विश्वास व्यक्त करने के लिये रेडग्रैब बुक्स को धन्यवाद, जिनके प्रयास से ताजमहल जैसी सुंदर प्रेम कथा 'एक और ताज' आपके हाथों में है।

- हेमन्त राणा
'देव श्री भवन'
रामनगर, गुलावठी, बुलंदशहर, उ.प्र.
hemantrana76@gmail.com

एक और ताज

कम्पनी में मीटिंग चल रही थी। सभी अपने काम में व्यस्त होने के साथ-साथ सुबह की चाय का इन्तजार कर रहे थे। मैं भी अपनी मेल चेक कर रहा था। तभी मेरे पास रखा फ़ोन बज उठा,

"यस सर" मैंने फ़ोन उठाते हुए कहा-

"हितेश, तुम्हें देहरादून जाना है, वहाँ एक क्लाइंट से तुम्हारी मीटिंग है; सारी डिटेल्स मैंने तुम्हें मेल कर दी है।"

'देहरादून...।' मैं कुछ हिचकते हुए बोला,

"हाँ देहरादून, क्यों क्या हुआ?"

"कुछ नहीं सर।" कहकर मैंने बुझे मन से फ़ोन नीचे रख दिया।

ऑफिस ब्वाय ने चाय, टेबिल पर लाकर रख दी। मैं चाय की चुस्की लेते हुए, बॉस की भेजी मेल चेक कर रहा था। ऑफिस के चाय की क्वालिटी, रेलवे स्टेशन पर मिलने वाली चाय से थोड़ी बेहतर होती है, लेकिन आज यह मुझे उससे भी घटिया लगी। जिस मॉर्निंग चाय का मैं बेसब्री से इन्तजार करता था, आज उसी चाय का एक एक घूँट बड़ी मुश्किल से गले से नीचे उतर रहा था। मेरे दिमाग में बस देहरादून गूँज रहा था... एक ऐसा शहर, जहाँ जाना, मेरे लिए कभी किसी सपने से कम न था, आज उसी शहर का नाम मैं सुनना

भी नहीं चाहता था।

मैं चाय की हर घूँट के साथ अतीत की गहराइयों में डूबता जा रहा था। मैं जितना डूब रहा था, उतनी उदासी मेरे चेहरे को भिगो रही थी। तभी पंकज की आवाज सुनकर मैं खयालों की दुनिया से बाहर आया।

''क्या हुआ हितेश, सुबह तो बड़े खुश दिखाई दे रहे थे?''

''कुछ नहीं यार; बस कल सन्डे था और बॉस ने देहरादून जाने के लिए बोल दिया। इस बार सोचा था कि पूरा सन्डे, फैमली के साथ एन्जॉय करूँगा, लेकिन मुझे वहाँ मंडे पहुँचना है, इसलिए सन्डे शाम को निकलना पड़ेगा।''

मेरा और पंकज का जॉब प्रोफाइल एक था, इसीलिए हम दोनों के दर्द भी एक जैसे थे।

''हाँ यार, इस टूर वाली जॉब में कुछ भी प्लान नहीं कर सकते, पता नहीं कब कहाँ का टिकट कट जाये; मुझे देखो, मुझे आज ही जैसलमेर के लिए निकलना है, मेरा तो पूरा सन्डे गया; तुम तो दिन में अपने घर भी रह सकते हो।'' पंकज अपनी सीट की तरफ जाते हुए बोला।

एक बार मेरे मन में आया, बॉस से बात करके देखता हूँ; मैं पंकज की जगह जैसलमेर चला जाऊँ और पंकज मेरी जगह देहरादून। लेकिन चार दिन बाद ही मेरी मैरिज एनिवर्सरी आ रही थी; मैं लीव भी अप्लाई कर चुका था।

अगर जैसलमेर गया तो लीव कैंसिल करवानी पड़ेगी। वहाँ जाने का मतलब है एक हफ्ता गया, जबकि देहरादून से मैं मैरिज एनिवेर्सरी से पहले लौट आऊँगा। रंजना की अक्सर यही शिकायत रहती है कि बच्चों के जन्म-दिन और मैरिज एनिवर्सरी वाले दिन भी मैं घर पर नहीं होता। हमेशा कोई-न-कोई टूर लगा रहता है। लेकिन उसे कैसे समझायें, प्राइवेट जॉब में लीव मिलना कितना मुश्किल काम है।

वैसे तुम बॉस की नजर में कुछ नहीं करते, लेकिन अगर तुमने लीव माँग ली तो ऐसा फील कराएगा, जैसे इस कम्पनी के सबसे महत्त्वपूर्ण एम्प्लॉयी तुम ही हो; हम सामान्य जाति वालों का भी बुरा हाल है; सरकारी जॉब, आरक्षण की वजह से मिलती नहीं और प्राइवेट वाले इस बात का पूरा फायदा उठाते हैं। बाहर से देखने में कोई कम्पनी कितनी भी अच्छी लगे, अंदर से सब एक जैसी होती हैं। पता नहीं क्यों हमारे देश से न तो यह आरक्षण खत्म हो रहा है और न ही यह जातिवाद।

जातिवाद ... हाँ जातिवाद। यह शब्द मेरे जेहन में बुरी तरह चुभने लगा। क्या मेरे डिसीजन न लेने की एक बड़ी वजह यह भी थी। सामान्य जातियों में भी आपस में कितना जातिवाद फैला है। मैं क्यों चुप रहा, क्यों उसकी बात का कोई जवाब नहीं दे सका। वो भी जाने मेरे बारे में क्या सोचती होगी?, सोचती भी होगी कि नहीं, यह भी नहीं पता। अब तो उसकी शादी भी हो गई होगी; शादी क्या, दो तीन बच्चे भी हो गये होंगे। मैं यह क्या उल्टा सीधा सोच रहा हूँ- मैंने अपने आप को झकझोरा। आखिर शादी के दस साल बाद किसी को अपना पहला प्यार याद करने का क्या हक रह जाता है... अब तो ऐसा सोचना भी पाप है।

तभी मेरे दिल ने मुझे टोका 'हितेश! सेंटेंस सही करो; यह कहो, मेरा पहला और आखिरी प्यार... उसके बाद तुमने कभी किसी से प्यार किया ही नहीं।''

''ओके मिस्टर दिल'' मैं अपने दिल को इसी नाम से पुकारता हूँ, इस दुनिया में सबसे ज्यादा मैं अपने दिल को प्यार करता हूँ, इसलिए नहीं कि इस दिल के अंदर रागिनी रहती है; इसलिए भी, क्योंकि इसी दिल के अंदर मेरा बचपन रहता है, इस दिल के अंदर मेरी मासूमियत रहती है। मैं कभी भी अपने दिल को दुखाना नहीं चाहता। ''तुम सही कहते हो; रागिनी दीक्षित यानी R.D. मेरा पहला और आखिरी प्यार।'' मैंने दिल की बात का समर्थन किया।

अब मिस्टर माइंड भी हरकत में आ गये, ''और रंजना; वो तुम्हारा कौन सा प्यार है मिस्टर हितेश राघव उर्फ़ मिस्टर H.R.! क्या तुम्हें नहीं पता, अब H.R. का मतलब हितेश रंजना है, हितेश रागिनी नहीं।'' मिस्टर माइंड यानी मेरा माइंड, जिस पर मुझे बहुत गर्व और भरोसा है, मुझे पूरा यकीन है, अगर मैं और मिस्टर दिल अपनी जिन्दगी में कितनी भी बेवकूफी भरी बातें करें, लेकिन मिस्टर माइंड हमें हर बार बचा लेगा।

''ओके, तुम सही कहते हो; अब H.R. का मतलब हितेश रंजना है, हितेश रागिनी नहीं।'' मैंने मिस्टर माइंड की बात का भी समर्थन किया।

मेरा दिल और दिमाग, रिप्लाई सुनकर संतुष्ट नजर आये। आजकल के जमाने में अगर आपको किसी को संतुष्ट करना है, तो उसको बस वही रिप्लाई दो, जो वो चाहता है। अगर फेसबुक पर आपको उन लोगों में शामिल होना है, जिनके पाँच हजार फ्रेंड्स का कोटा पूरा हो गया, तो आपको लोगों की तारीफ़

करना आना चाहिए। कोई कुछ भी लिखे, अपनी कैसी भी फोटो लगाये; बस आपको Very Nice बोलना है। Very Nice शायद फेसबुक पर बोला जाने वाला सबसे झूठा शब्द है। उसके बाद Awsome, Amazing, Wow, बहुत बढ़िया, बहुत खूबसूरत, वाह क्या बात है जैसे शब्दों का नम्बर आता हो।

वैसे भी जिंदगी एक दर्पण है। जैसे तुम स्वयं होगे, वैसे ही तुम्हें लोग मिलेंगे; गुटखा खाने वाले को गुटखा खाने वाले, सिगरेट पीने वाले को सिगरेट पीने वाले तुरंत मिल जाते हैं; इसलिए अगर तुम किसी को अच्छे कमेन्ट दोगे, तो तुम्हें भी अच्छे कमेन्ट देने वाले लोग मिल जायेंगे।

संडे का दिन था। मैं रेलवे स्टेशन की तरफ चला जा रहा था। तभी मैंने सामने की ओर देखा। मेरे सामने एक बुजुर्ग इंसान खड़ा था। उसकी मूँछें बड़ी रोबदार थीं। उसे देखकर लगा, जैसे वो मुझे ही घूरे जा रहा है... ओह। शायद इसे पता चल गया कि मैं दो बच्चों का बाप हूँ और अभी भी अपने पहले प्यार के बारे में सोच रहा हूँ।

यह प्यार भी बड़ी अजीब चीज है; कितना भी छुपा कर रखो, ऐसा लगता है जैसे सारी दुनिया हमें ही देख रही है; अपनी गर्ल फ्रेंड के शहर में एक या दो बार चले जाओ तो ऐसा लगता है जैसे सारा शहर हमें जानता है; उसके शहर के पान वाले, बाल काटने वाले, फल बेचने वाले, मोबाइल की शॉप चलाने वाले, सब ऐसे लगते हैं, जैसे उसके बाप ने हमारी निगरानी करने के लिए खड़े किये हों।

मैंने इधर-उधर नजर दौड़ाई। मुझे लगा, जैसे स्टेशन के सारे लोग मुझे ही घूर रहे हैं। किसी से प्यार करना भी एक चोरी है; चोर को लगता है जैसे सब उसी को देख रहे हैं, वो और ज्यादा सावधान हो जाता है। अपनी इसी, जरूरत से ज्यादा सावधानी के चलते वो पकड़ा जाता है, फिर उस प्यार के बारे में सबको पता चल जाता है; शायद इन लोगों को भी पता चल गया होगा।

“नहीं नहीं, यह बस मेरे मन का वहम है; भला ये लोग मेरे मन की बात कैसे जान सकते हैं? मेरे मन की बात... उसे तो आज तक मैं भी कभी समझ नहीं पाया,

मिस्टर माइंड ने तंज कसा, “देखो हितेश, अगर तुम कॉलेज में मेरी बात मान लेते, तो आज तुम्हारा यह हाल नहीं हुआ होता; तुम एक बहुत सफल इंसान होते, तुम्हारे भी कॉलेज में अच्छे मार्क्स आये होते; लेकिन नहीं, तुम्हें

तो बस प्यार का भूत सवार था; तुमने हमेशा अपने दिल की बात मानी।''

अब मिस्टर दिल भी कहाँ चुप रहने वाला था, ''हितेश! काश तुमने मेरी बात मान ली होती, तो तुम आज इतना दुःखी न होते, लेकिन नहीं, तुम तो माइंड के साथ हो लिए; तुमने फैसला कर लिया, अब रागिनी से कभी नहीं मिलना। दुनिया में प्यार से खूबसूरत कोई चीज नहीं है; वे इंसान बहुत लकी होते हैं, जिन्हें जिन्दगी में कोई प्यार करने वाला मिले... लेकिन हितेश, तुमने तो इस माइंड के चक्कर में उसको भी खो दिया।''

मेरा दिल और दिमाग आज फिर आपस में उलझ पड़े थे। मैं उन्हें डाँटते हुए बोला- ''यार प्लीज! मुझ पर तरस खाओ, अब तो आपस में मत लड़ो।''

मैंने पॉकेट से अपना मोबाइल निकाला और ट्रेन का अपडेट लेने लगा, ओह माई गॉड, ट्रेन और दो घंटे लेट हो गई, अब मैं क्या करूँ? अगर खाली बैठा, तो ये दोनों फिर लड़ना शुरू कर देंगे; पता नहीं, सबके दिल और दिमाग आपस में इसी तरह लड़ते हैं या यह बीमारी केवल मुझे है।

चलो इन दोनों को काम पर लगाता हूँ; बहुत दिन हो गये कोई किताब नहीं पढ़ी, मैं रेलवे स्टेशन पर इधर-उधर नजर दौड़ाने लगा, तभी मेरे सामने एक बुक स्टाल नजर आया। चलो काम बन गया, दो घंटे भी पास हो जायेंगे और यह दोनों भी काम पर लग जायेंगे।

बुक स्टाल पहुँचकर, मैंने एक सरसरी नजर दौड़ाई। सारी सेल्फ, इंग्लिश रायटरों से भरी पड़ी थी। कोने में दो पंक्ति, हिंदी साहित्य के लिए भी थी। एक में कुछ खेल पत्रिकायें, फ़िल्मी कलियाँ, जवानी-दीवानी टाइप की बुक्स अपना कब्जा जमाये बैठी थीं, जबकि दूसरी पंक्ति में मुशी प्रेमचन्द, जयशंकर प्रसाद, मधुशाला और पंचतन्त्र की कहानियों की किताब धूल खा रही थी। मैंने प्रेमचन्द जी की फ़ोटो की तरफ देखकर कहा, ''क्यों मुंशी जी! आपका भी बुरा हाल है।''

''हितेश, मैं तो यहाँ तक पहुँच गया, लेकिन तुम जैसे फेसबुकिया राइटर इस स्टॉल तक भी नहीं पहुँच पाओगे।''

मुझे मुंशी प्रेमचन्द जैसे सज्जन लेखक की फ़ोटो से इस तरह के व्यंग्य की क़त्तई उम्मीद नहीं थी। मैंने इर्ष्या से अपनी नजर दूसरी किताबों पर डाली और बुदबुदाया, ''मैं जो भी लिखता हूँ, वो आपको पढ़कर ही सीखा है, इसलिए मैं आपसे बहस नहीं कर सकता; अगर आप भी फेसबुक और व्हाट्स

एप युग में पैदा होते तो आपको आजकल के लेखकों का दर्द समझ में आता।''

मैंने दुकानदार से पूछा ''अरे भाई! तुम्हारे पास किसी नये लेखक की किताब नहीं है क्या?''

''नहीं साब, जो बिकता है हम वही रखते हैं; जो भी है वो यही है।''

मैं इस अर्थशास्त्र में नहीं पड़ना चाहता था कि 'जो बिकता है वही दिखता है या जो दिखता है वही बिकता है।''

मैंने एक किताब उठाई और पूछा, ''कितने की है?''

''ढाई सौ रुपये की''

इतने में तो दो जीबी नेट का पैक आ जाएगा, यह सोच मैं किताब वही छोड़ आगे की तरफ बढ़ गया। सामने एक बेंच पड़ी थी और उसके ऊपर मोबाइल चार्ज करने का सॉकेट भी लगा था। वाह। ऐसे सीन तो रेलवे स्टेशन पर दुर्लभ ही देखने को मिलते हैं कि जहाँ मोबाइल चार्जिंग के सॉकेट्स लगे हों और वहाँ की बेंच खाली हो। मैं तुरंत उस सीट पर बैठ गया। मैंने अपने बैग से पॉवर बैंक निकाला और चार्जिंग पर लगा दिया।

टाइम पास करने के लिए मैं अपना फेसबुक अकाउंट खोलकर बैठ गया। मैंने अपना स्टेट्स अपडेट कर दिया 'गोइंग टू देहरादून।' थोड़ी देर बाद ही कॉलेज के दोस्तों के कमेन्ट आने शुरू हो गये, ''वहाँ क्या करने जा रहा है?''

''कब लौटकर आयेगा?''

मैं दोस्तों के कमेंट का एक-एक करके रिप्लाई दे रहा था। कल मैंने एक कविता भी पोस्ट की थी, जिस पर कुछ साहित्यिक मित्रों के भी लाइक और कमेन्ट आ रहे थे। कभी-कभी लगता है, लोग लाइक और कमेन्ट भी किसी लड़की की शादी में दिए गये कन्यादान की तरह देते हैं; पहले तो यह चेक करते हैं कि पिछली बार मैंने उनके पोस्ट को लाइक किया था या नहीं, कोई कमेन्ट दिया था या नहीं।

अगर मैंने उनके पोस्ट को लाइक किया, तो वो भी लाइक करेंगे और अगर मैंने उनके पोस्ट पर कुछ कमेन्ट दिया, तो वो भी उतने ही शब्दों का कमेन्ट करेंगे। फेसबुक पर समय कितनी जल्दी बीत जाता है कुछ पता ही नहीं

चलता। इस आभासी दुनिया ने न जाने कितने नये लोगों को हमारा दोस्त बना दिया और न जाने कितने बिछुड़े दोस्तों को आपस में मिलवा दिया।

'बिछुड़े दोस्तों को आपस में मिलवा दिया।' यह लाइन मेरे जेहन में अटक कर रह गई। तो क्या एक दिन यह मुझको रागिनी से भी मिलवा देगा? क्या पता वो फेसबुक यूज़ करती है या नहीं; अगर यूज करती, फिर अब तक मिल गई होती। जब मैंने अपना नया-नया फेसबुक अकाउंट खोला था, तब सबसे ज्यादा एक ही नाम सर्च करता था 'रागिनी दीक्षित।'

जाने कितनी बार फेसबुक पर रागिनी दीक्षित लिखकर सर्च किया और न जाने कितनी रागिनी आ जाती थीं, लेकिन वो कभी नहीं मिली और मिलती भी कैसे... मेरे पास उसके बारे में बहुत सीमित जानकारी थी। मुझे बस इतना पता था कि वो नैनीताल की रहने वाली है। उसकी आँखें बहुत खूबसूरत हैं। मुझे लगता था कि नैनीताल का नाम नैनी झील के कारण नहीं, बल्कि उसके खूबसूरत नैनों के कारण पड़ा होगा, या यह भी हो सकता है, उसके नैनों के कारण नैनी झील का नाम पड़ा हो।

मैंने उसे फेसबुक पर क्या, गूगल पर भी कई तरह के 'Key Word' डालकर सर्च किया।

कभी मैं टाइप करता, रागिनी नाम की सबसे खूबसूरत आँखों वाली लड़की और वो देहरादून में पढ़ती थी।

कभी मैं टाइप करता, रागिनी नाम की सबसे खूबसूरत आँखों वाली लड़की, वो देहरादून में पढ़ती थी और वो नैनीताल की रहने वाली थी।

कभी मैं इस लाइन में यह जोड़ देता कि 'रागिनी नाम की सबसे खूबसूरत आँखों वाली लड़की, वो देहरादून में पढ़ती थी, वो नैनीताल की रहने वाली थी और वो हितेश नाम के एक लड़के से प्यार करती थी।''

पता नहीं क्या-क्या 'key word' टाइप करके मैं उसे सर्च करता रहता। मिस्टर माइंड, मेरी इन हरकतों से बहुत चिढ़ता। उसे यह टाइम की बर्बादी लगता; लेकिन मिस्टर दिल को उसे सर्च करना बहुत प्यारा लगता, वो तेज तेज धड़कने लगता, एक दिन माइंड को मेरे ऊपर तरस आ गया, उसने मुझे एक आइडिया दिया कि अगर तुम वाकई रागिनी को सर्च करना चाहते हो तो यह ''Key Word'' डालो, कि दुनिया की सबसे ज्यादा गोलमोल बात करने वाली लड़की या यह लिखो 'दुनिया की सबसे ज्यादा फ़्लर्ट करने वाली

लड़की। देखना हितेश' तुम्हें उसका नाम लिखने की भी जरूरत नहीं पड़ेगी; गूगल और फेसबुक दोनों, रागिनी को एक सेकेंड में ढूँढ़कर रख देंगें।

मैंने सोचा भी, चलो माइंड की बात मानकर देख लेते हैं, अपने आपको बहुत ओवर स्मार्ट समझता है। मैं यह "Key Word" टाइप करने जा ही रहा था कि मेरा दिल बगावत कर बैठा, "हितेश, अगर तुमने यह "Key Word" टाइप किया, तो मैं तुम्हें जिन्दगी भर कभी माफ़ नहीं करूँगा।"

मेरी एक ही कमजोरी है कि मैं अपने दिल को बहुत प्यार करता हूँ। मैंने दिल को समझाना भी चाहा, "कि मैं रागिनी को किसके लिए ढूँढ़ता हूँ, सिर्फ तुम्हारे लिए; अगर मिस्टर माइंड का यह आइडिया काम कर गया और रागिनी सचमुच मिल गई तो सबसे ज्यादा सुकून भी तुम्हीं को मिलेगा।"

"नहीं चाहिए मुझे ऐसी रागिनी, जो गोल-मोल बातें करती हो, जो फ़्लर्ट करती हो। मुझे वो रागिनी चाहिए, जिसे तुम लखनऊ के गर्ल्स हॉस्टल में छोड़ने गये थे; जो अपनी मर्जी से तुम्हारे लेफ्ट साइड पर आ गई थी, जिसके होंठ बोलते हुए काँप रहे थे और जिसकी आँखें नम हो गई थीं; मुझे वो इडियट रागिनी चाहिए, जो तुमसे प्यार कर बैठी, तुम पर विश्वास कर बैठी; जो तुम्हारे बारे में कुछ भी नहीं जानती थी और तुम्हें अपना दिल दे बैठी।"

मिस्टर दिल की बात सुन मेरी आँखें नम हो गईं, 'कहाँ से लाकर दूँ तुझे ऐसी रागिनी, जब मैंने उसे दुबारा मिलने के लिए बुलाया तब वो आई क्यों नहीं? अब कहाँ मिलेगी ऐसी रागिनी; अब इस बात को 17 साल हो गये हैं।"

अभी तक मिस्टर माइंड, जो स्लीपिंग मोड में थे, एक्टिव हो गये; उसने कहा- "भाई लोगों, अगर आपका इमोशनल सीन खत्म हो गया हो तो मैं कुछ बोलूँ।"

हम दोनों चुप रहे, हमने माइंड की बात का कोई जवाब नहीं दिया। उसने इसे हमारी स्वीकृति समझा।

"ठीक है, जब तुम लोग भी जानते हो कि अब रागिनी कभी नहीं मिलेगी, फिर उसे सर्च करना बंद करो; क्यों अपना कीमती समय उस पर बरबाद करते हो।"

फिर हम तीनों-हितेश, मिस्टर दिल और मिस्टर माइंड इस बात पर सहमत हो गये कि नेट पर रागिनी का सर्च अभियान समाप्त कर देना चाहिए।

उसके बाद मैंने रागिनी को कभी नेट पर सर्च नहीं किया; बस यह सोच लिया, अगर हमारा प्यार सच्चा है, फिर वो एक न एक दिन मुझे जरूर मिल जायेगी।

* * *

आज देहरादून जाते हुए, मेरे दिल में बस रागिनी नाम की हलचल मची थी। उसका गर्ल्स कॉलेज, मेरे बॉयज कॉलेज के पास था। हम दोनों के कॉलेज के बीच बस एक दीवार थी। लड़कियों का पता नहीं, लेकिन बॉयज कॉलेज का हर लड़का कम-से-कम दिन में नहीं तो रात में एक बार जरूर यह सोचता, कि काश हमारे कॉलेजों के बीच यह दीवार न होती।

तभी एक दोस्त का मैसेज आया, ''यार, अपने कॉलेज में भी होकर आना और कुछ फोटो शेयर करना।''

मैंने उसको रिप्लाई किया, ''मैं वहाँ कम्पनी के काम से जा रहा हूँ, कोई पिकनिक मनाने नहीं।''

स्टेशन पर अनाउंस हो रहा था कि गाड़ी प्लेटफॉर्म नम्बर दो पर आ रही है। मैं अभी प्लेटफॉर्म नम्बर एक पर ही था। मैंने सॉकेट से अपना पॉवर बैंक निकाला और उसे बैग में डाल, प्लेटफॉर्म नम्बर दो की तरफ चल दिया।

मुझे ऊपर वाली बर्थ मिली थी। जब आप आराम से सोना चाहते हो, तब ऊपर वाली बर्थ से अच्छा ऑप्शन कोई नहीं होता। दिल अभी भी रागिनी के राग में उलझा हुआ था, तभी मुझे ख्याल आया, 'अरे! रंजना को फोन करना भूल गया, मेरे दिमाग ने व्यंग्य कसा, ''अब फिर से रागिनी के चक्कर में सब-कुछ मत भूल जाना'',

जब मिस्टर माइंड जैसे शरीर के समझदार पार्ट्स भी बेवकूफी की बात करें तो उसे इग्नोर करने में ही भलाई है; तुम उनसे तर्क-वितर्क करके अपनी ऊर्जा व समय नष्ट नहीं कर सकते। मैंने भी माइंड की बात को इग्नोर कर दिया। भला अगर किसी को थोड़ी देर के लिए याद कर लिया तो इसका मतलब यह तो नहीं कि मैं अपनी वाइफ और बच्चों को भूल गया, आखिर उसके सब-कुछ कहने का मतलब क्या है?।

सोने से पहले मैंने अपनी वाइफ को फोन मिलाया, ''क्या कर रही हो?''

बस तुम्हें ही फ़ोन करने जा रही थी, कि साहिब स्टेशन टाइम पर पहुँच

गये या नहीं, ट्रेन मिली या नहीं।

यह जैसे उसका तकिया कलाम हो, "बस तुम्हें ही फ़ोन करने जा रही थी।" अगर मैं दस दिन बाद भी फोन करूँ, तब भी रंजना यही बोलेगी कि "बस तुम्हें ही फोन करने जा रही थी।" मुझे फोन तब करेगी, जब अपनी माँ, भाई व बहन से फुर्सत मिले। हमारे घर आज ब्रेकफास्ट में क्या बना है, लंच में क्या बना है और डिनर में क्या बनेगा; तुम्हें यह जानना है, फिर तुम रंजना की माँ, भाई व बहन से पूछ सकते हो और अगर उसने कोई स्पेशल डिश बनाई है, तब तुम उसकी बुआ, मौसी और नानी से भी फोन करके पूछ सकते हो। जब उनको अपनी बेटी से इतना ही प्यार था, तो उसके लिए एक घरजमाई ढूँढ़ लेते; उन्होंने मुझे क्यों चुना,

लेकिन अब मेरे पास उसकी बात पर विश्वास करने के अलावा कोई दूसरा विकल्प नहीं था। अगर मेरी ट्रेन छूटने की इतनी चिंता होती, तब दो घंटे पहले फ़ोन करके पूछती; अब पूछने का क्या फायदा। अगर ट्रेन सही समय पर आ गई होती, तो अब तक आधा रास्ता खत्म हो गया होता।

मैंने उससे बस इतना ही कहा, "हाँ ट्रेन मिल गई; बच्चे सो गये क्या?"

"सोने वाले हैं; बस अभी उनको सुला रही थी।"

"ओके गुडनाइट, अब तुम भी सो जाओ।" मैंने रंजना का बिना कोई रिप्लाई सुने फोन काट दिया।

मैं भी अब चुपचाप सो जाना चहाता था। मैंने चादर ओढ़ी और सोने की कोशिश करने लगा, लेकिन दिल में अभी भी उथल-पुथल मची थी, कि मुझे अपना कॉलेज देखने जाना चाहिए कि नहीं? जिस कॉलेज में आपने अपनी जिन्दगी के सबसे हसीन साल बिताये हों, आखिर वहाँ जाना किसे अच्छा नहीं लगेगा... लेकिन अगर मैं कॉलेज गया, तो फिर रागिनी की याद आयेगी।

कभी-कभी लगता है, जैसे मैं उस कॉलेज में कोई डिग्री लेने नहीं, बल्कि केवल रागिनी से मिलने गया था। मेरी डिग्री पर विज्ञान से स्नातक की जगह मोहब्बत से स्नातक लिखा होना चाहिए और उत्तीर्ण वाली जगह पर फेल लिखा होना चाहिये। फेल शब्द ने मुझे अंदर तक झकझोर कर रख दिया।

क्या मैं भी मोहब्बत की डिग्री का बस एक और फेल छात्र था?

क्या इस कोर्स में कोई पास नहीं होता? सभी लोग फेल हो जाते हैं।

क्या दुनिया में जितने लोग, जो आपस में प्यार करते हैं, वो सब बाद में शादी भी करते हैं?

क्या इस डिग्री में पास होने का मतलब केवल और केवल शादी ही है या कुछ और... कुछ और मतलब फिजिकल रिलेशन बनाना?

क्या दुनिया में जितने लोग एक-दूसरे से प्यार करते हैं, सब आपस में फिजिकल रिलेशन जरूर बनाते हैं?

क्या प्यार में वो सब लोग फेल होने की केटेगरी में आते हैं, जिनकी न आपस में शादी हुई और न कभी कोई फिजिकल रिलेशन बने।

नहीं नहीं, ऐसा नहीं होता होगा; फिर मैं अपनी मोहब्बत की डिग्री पर फेल क्यों लिखना चाहता हूँ? मैं अपनी डिग्री पर पास क्यों नहीं लिख सकता? मैंने उसे हमेशा सच्चे दिल से चाहा, भगवान से भी हमेशा यही माँगा कि वो जहाँ भी रहे खुश रहे, उसकी जिन्दगी में कुछ दुःख दर्द न आये। तो क्या ये बातें मोहब्बत की डिग्री में पास होने के लिए काफी नहीं हैं, यह सोचते-सोचते मुझे कब नींद आ गई, कुछ पता नहीं चला।

अगले दिन मैं होटल से निकला तो हल्के-हल्के बादल आसमान में तैर रहे थे। बादल और आदमी की फितरत एक जैसी है; जिधर हवा का रुख हो, बिना कुछ सोचे समझे उसी तरफ चल देते हैं। हवा पर कोई आरोप नहीं लगाता और बेचारे बादलों को सब आवारा कह देते हैं। आज भी एक हवा चल रही थी; रागिनी के यादों की हवा, जो झोंके बनकर बार-बार मेरे दिल को मचला रही थी।

अभी क्लाइंट से मीटिंग होने में काफी वक्त था। मैंने सोचा, क्यों न अपने कॉलेज की तरफ चला जाए, यहाँ से ज्यादा दूर भी नहीं है। लेकिन वहाँ जाकर क्या करूँगा? वहाँ की हर चीज से रागिनी की यादें जुड़ी हैं; मैं फिर से उन यादों को क्यों जगाना चाहता हूँ, जिन्हें भूलने में मैंने बरसों लगाये हैं? आखिर मुझे रागिनी की कमी क्यों महसूस होती है। मेरे पास सब-कुछ तो है, एक वाइफ, दो प्यारे बच्चे, एक अच्छी नौकरी, कार फ्लैट सब कुछ।

हाँ सब-कुछ है, लेकिन रागिनी नहीं है। इस दुनिया में तुम्हें सब-कुछ मिल सकता है, लेकिन वो लोग नहीं मिलते, जो तुम्हे सच्चे दिल से प्यार करें। मैंने अपनी जिंदगी में कभी किसी का दिल नहीं दुखाया; सिर्फ अपना और रागिनी का छोड़कर। कितनी अजीब बात है; मैं अपने दिल और रागिनी को

सबसे ज्यादा प्यार करता था और मैंने सबसे ज्यादा दुःख भी इन्हीं को दिया।

मुझे रागिनी नहीं मिली, इस बात का गम नहीं है; लेकिन कम-से-कम वो मेरे टच में तो होनी चाहिए; कम-से-कम वो मेरी फेसबुक फ्रेंड ही होती। फेसबुक पर मेरी कितनी फ्रेंड्स हैं। कुछ तो स्कूल टाइम की भी हैं; कुछ तो आज भी बहुत प्यारी बातें करती हैं, लेकिन कभी कोई रागिनी की कमी पूरी नहीं कर पाता।

तभी व्हाट्सएप पर एक फोटो आया। शायद किसी फ्रेंड ने गुड मॉर्निंग का मेसेज भेजा था। मैंने डाउनलोड करने के लिए उस पर क्लिक किया। फ़ोटो पर राधा और कृष्ण की तस्वीर बनी थी और मोटे अक्षरों में लिखा था- "किसी को चाहो तो इस अंदाज से चाहो, कि वो तुम्हें मिले या न मिले; लेकिन जिन्दगी में जब भी उसे कभी प्यार मिले, तुम याद आओ।"

इसका मतलब क्या रागिनी ने मुझे इसी अंदाज से चाहा था, कि मुझे जब भी जिन्दगी में किसी का प्यार मिलता है, तब वो याद आ जाती है। आखिर इस अंदाज से चाहने का क्या अर्थ है; यह तो एक तरह से सजा हुई। सजा! हाँ... रागिनी का प्यार मेरे लिए एक सजा ही तो है।

जब मुझे पता था कि मैं इंटरकास्ट मैरिज नहीं कर सकता, फिर मैंने उससे दिल क्यों लगाया? सिर्फ इसलिए, कि दोस्तों को पता रहे, मेरी एक गर्ल फ्रेंड है; गर्ल्स कॉलेज में एक लड़की है जो मुझसे प्यार करती है। मुझे कितनी खुशी मिलती, जब दोस्त आकर यह कहते थे "हितेश! देखो ये वो ही लड़की है, जो हमेशा तुम्हें देखती रहती है।"

मैं भी चुपके-चुपके उसको देखा करता था। उसकी आँखों में एक अजीब-सा जादू था, उसके चेहरे पर एक आत्मविश्वास झलकता था, उसकी लम्बाई... वो तो भीड़ में उसे सबसे अलग बना देती। मुझे ज्यादा खूबसूरत लोग पसंद नहीं हैं, मुझे यूनिक लोग पसंद हैं, जो सबसे अलग हों; उन जैसा दुनिया में कोई दूसरा न हो और रागिनी तो बिल्कुल ऐसी ही थी... दुनिया की सबसे यूनिक लड़की।

मैं उसे प्यार तो कर बैठा, लेकिन यह कभी ऐक्सेप्ट नहीं कर पाया। मुझे लगा, यह सिर्फ कॉलेज की एक स्टोरी है, जो कॉलेज खत्म होने के साथ खुद-बे-खुद खत्म हो जायेगी; मैं उसे आसानी से भूल जाऊँगा।

मेरे डैडी एक गवर्नमेंट डिपार्टमेंट में जॉब करते थे। उनका हर तीन चार

साल बाद कहीं न कहीं ट्रांस्फर हो जाता; इसलिए मुझे भी अपना स्कूल, गली, मोहल्ला, शहर सब बार-बार बदलना पड़ता। मेरा सारा बचपन ऐसे ही बीता था। मुझे तो यह भी याद नहीं कि मैंने कितने स्कूल और शहर बदले। मुझे तो बस यही याद रहता, कि मुझे एक दिन यह सब छोड़कर जाना है, इसलिए मेरे मन में पहले से ही यह बात बैठ गई, कि जब मैं कॉलेज छोड़कर जाऊँगा, तो यहाँ की सारी बातों को आसानी से भुला दूँगा; रागिनी को भी।

शायद मैं आसानी से उसे भुला भी देता; लेकिन रागिनी से वो मेरी आखिरी मुलाकात; उसने तो मेरी जिंदगी ही बदल दी... वो तो मेरा पीछा ही नहीं छोडती। रागिनी के एक डायलॉग ने मेरी सारी स्क्रिप्ट चेंज करके रख दी। मैंने कभी सपने में भी यह नहीं सोचा था कि रागिनी कुछ ऐसा बोलेगी। रागिनी तो बहुत समझदार निकली। जाने से पहले अपने दिल की बात कह गई। कम-से-कम उसे जिंदगी भर कुछ पछतावा तो नहीं रहेगा। वो तो सुकून से अपनी जिंदगी जी रही होगी।

मिस्टर माइंड को रागिनी के समझदार होने की बात जरा भी अच्छी नहीं लगी। "वो तुम्हारे बारे में, तुम्हारी फेमिली के बारे में कुछ भी तो नहीं जानती थी; फिर उसने कैसे सोच लिया कि तुम उससे शादी करोगे और शादी की बात भी क्या सड़क चलते बोली जाती है?"

अब मिस्टर दिल से भी नहीं रहा गया "वो तुम्हें बहुत प्यार करती थी; जब इंसान प्यार में होता है, तो अपनी जिंदगी की सबसे खूबसूरत बातें बोलता है... हितेश, तुम भी तो उससे कितना प्यार करते थे।"

कदमों की चाल के साथ दिमाग और दिल की तकरार भी बढ़ती जा रही थी। हर कदम पर यह अहसास हो रहा था कि इन सत्रह सालों में यह शहर कितना बदल गया। यह कॉलेज जाने वाली सड़क तो बिल्कुल सुनसान रहती थी। इतनी सुनसान, कि कई प्रेम कहानियों ने तो इन सुनसान रास्तों की वजह से जन्म लिया। आज इन रास्तों के दोनों तरफ मल्टी स्टोरी बिल्डिंग्स बन गईं; दो तीन शॉपिंग काम्प्लेक्स भी खुल गये।

अचानक बारिश की कुछ बूँदें मेरा स्वागत करने आ पहुँची। शायद मौसम को भी खबर हो गई कि आज इस कॉलेज का हीरो आ रहा है। सामने नजर पड़ी तो बरसों पुराना वही पेड़ खड़ा दिखाई दिया। "शुक्रिया दोस्त! तुम आज भी यहीं हो।" मैंने पेड़ के नीचे छुपते हुए कहा।

तभी एक लड़का और एक लड़की, खुद को बारिश की बूँदों से बचाते हुए उसी पेड़ के नीचे आ पहुँचे। उस लड़की को देखकर जाने क्यों, फिर रागिनी का चेहरा मेरी आँखों के सामने उभर आया। रागिनी को सबसे पहले मैंने यहीं देखा था। वो अक्सर मुझे इसी पेड़ का उलाहना देकर छेड़ती, ''ओ मिस्टर, जब उस पेड़ के नीचे पहली बार मिले थे, तो पागलों की तरह क्यों घूरे जा रहे थे?''

... और मैं कहता ''मैं नहीं, तुम मुझे पागलों की तरह देख रही थीं।''

फिर वो कहती, ''किसने किसको पहली बार देखा, यह अब वो पेड़ बतायेगा; चलो उस पेड़ के नीचे चलते हैं। फिर हम सुनसान सड़क पर टहलते हुए, इस पेड़ के नीचे आ जाते और घंटों यूँ ही पागलों की तरह एक-दूसरे को देखते रहते।

रागिनी को यह पेड़ बहुत पसंद था। इस पर खिले लाल रंग के फूल तो उसे बेहद पसंद थे। इन फूलों को भी हमारा साथ अच्छा लगता। जब भी मैं और रागिनी यहाँ आकर बैठते, कुछ-न-कुछ फूल टूटकर हमारी गोद में गिर जाते। रागिनी इस पेड़ को जरूर याद करती होगी। जब भी वो यहाँ आई होगी, उसने यह पेड़ जरूर देखा होगा; उस दिन उसने मुझे जरूर याद किया होगा।

क्या पता रागिनी भी कॉलेज खत्म होने के बाद, मेरी तरह कभी यहाँ आई न हो, लेकिन वो जहाँ भी रहती होगी, लाल रंग के फूल तो देखती होगी। अधिकतर फूलों का रंग लाल होता है। तब तो उसे मेरी याद आती होगी। कभी-कभी रागिनी पर बहुत गुस्सा आता है। उसके दिल में क्या चल रहा है, यह बताने के लिए उसने वो आखिरी दिन ही चुना; उससे पहले कुछ नहीं बोल सकती थी।

क्या पता उसने जान-बूझकर ऐसी बात बोली हो कि इस इडियट लड़के को जाते-जाते दो चार प्यार भरे डायलॉग पकड़ा देती हूँ, जिससे यह भी पूरी जिन्दगी मुझे कभी भूल न पाये; अपने आपको बड़ा हीरो समझता है। रागिनी नटखट तो नम्बर एक की थी।

लेकिन उसकी आँखें... वो क्यों नम हो गई थीं और उसकी बॉडी लैंग्वेज... वो क्यों बिल्कुल बदल गई थी। चलते हुए उसके कदम लड़खड़ा क्यों रहे थे, जैसे उसे अभी इसी वक्त मेरे सहारे की जरूरत है। वो कितनी तेज

और कॉन्फिडेंस वाली लड़की थी। इससे पहले मैंने उसको कभी इस तरह नहीं देखा था।

अपनी यादों से बाहर आते हुए मेरा ध्यान फिर उस लड़की की तरफ गया। उसने अपने कानों में इयर फोन लगाया था; शायद कोई गाना सुनने में मस्त थी। लड़का भी अपने मोबाइल में व्यस्त था। उसकी उँगलियों की हलचल बता रही थी कि जैसे वो कोई गेम खेल रहा हो।

सचमुच, लड़के आज भी इतने इडियट होते हैं। खूबसूरत लड़की पास में खड़ी है, फिर भी मोबाइल पर गेम खेलने में व्यस्त है। मैं भी तो कभी-कभी रागिनी को छोड़, क्रिकेट खेलने निकल जाता था। तब तो ऐसे लगता था, जैसे मैं और रागिनी जिन्दगी-भर एक साथ रहेंगे। यह तो कभी सोचा ही नहीं था कि अगर एक बार बिछुड़ गये तो एक-दूसरे की सूरत देखने को भी तरस जायेंगे।

मैंने फिर उस लड़के की तरफ ध्यान से देखा। कहीं यह लड़का अपना फर्स्ट इम्प्रेशन जमाने के चक्कर में इस लड़की को जान-बूझकर तो इग्नोर नहीं कर रहा, कि मैं ऐसा लड़का नहीं हूँ कि कोई भी खूबसूरत लड़की दिख जाए तो उसे घूरने लगूँ।

लेकिन हो सकता है ये दोनों एक-दूसरे को प्यार करते हों; इनका किसी बात पर झगड़ा हो गया हो, जैसे मेरा और रागिनी का अक्सर हो जाया करता था। आज अचानक दोनों मिले हों और दोनों एक-दूसरे को जान-बूझकर नजरअंदाज कर रहे हों। बिल्कुल मेरी और रागिनी की तरह।

बारिश खत्म हो चुकी थी। वो दोनों अलग-अलग रास्तों पर जा रहे थे। मैं तब तक खड़ा उन दोनों को देखता रहा, जब तक वो मेरी आँखों से ओझल न हो गये। क्या यह लड़का और यह लड़की अब कभी नहीं मिलेंगे? क्या यह इनकी आखिरी मुलाकात थी? यह जिंदगी भी बड़ी बेवफा है; किसी से मुलाकात, कब आखिरी मुलाक़ात में बदल जाये, कोई नहीं जानता।

क्या ये भी मेरी और रागिनी की तरह हमेशा-हमेशा के लिए अलग हो गये? अब मेरा कॉलेज जाने का मन नहीं हुआ। भला उन राहों में जाकर क्या करन, जहाँ कोई अपना हमसफर न हो, जहाँ कोई इन्तजार करने वाला न हो... जहाँ रागिनी न हो। अब मैं देहरादून कभी नहीं आऊँगा; यहाँ आने का मतलब है, फिर से रागिनी की यादों में डूब जाना।

मैं जल्दी-से-जल्दी क्लाइंट से मिलकर वापस दिल्ली लौट आना चाहता

था, जहाँ रागिनी नहीं, मेरी हकीकत की राजकुमारी, रंजना मेरा इन्तजार कर रही थी।

* * *

आज मेरी मैरेज एनिवर्सरी थी। शादी के दस साल कैसे गुजर गये, कुछ पता ही नहीं चला। जब से रंजना मेरी जिन्दगी में आई है, तभी से मेरी रूठी किस्मत सँवर गई; उससे पहले तो गाड़ी बस रामभरोसे चल रही थी; जिन्दगी की दौड़ में हर कोई मुझसे आगे निकलता जा रहा था।

हितेश राघव... एक ऐसा लड़का, जिसने हमेशा हीरो वाली जिन्दगी जी थी। उसके सितारे गर्दिश में चल रहे थे। जो नाते रिश्तेदार अपने बच्चों को मेरी मिसाल देते थे, वे ही अब सारी रिश्तेदारी में मुझे बदनाम करने में लगे थे। जो दोस्त हमेशा मेरे आगे पीछे मँडराते थे, उन सबने भी एक-एक करके मुझसे किनारा कर लिया था।

अब वो लोग भी आकर उपदेश देने लगे थे, जिन लोगों को हमने उँगली पकड़कर चलना सिखाया। एक फाइनल इयर में मार्क्स इतने कम थे, कि कोई अच्छी जॉब मिल ही नहीं रही थी, मैं उस कॉलेज का शायद इकलौता लड़का हूँगा, जिसके फाइनल इयर के मार्क्स, फर्स्ट ईयर से भी कम हों, वो भी तब, जब मेरे पास मिस्टर माइंड हो। लेकिन वो प्यार ही क्या, जो आपकी परसेंटेज की वाट न लगा दे। वो मेरी जिन्दगी के सबसे बुरे दिन थे; मुझे बहुत परेशानी का सामना करना पड़ रहा था। किस्मत मुझसे प्यार करने की कीमत कदम-कदम पर वसूल कर रही थी। जब काफी मेहनत करने के बाद भी कोई अच्छी नौकरी नहीं मिली, तब सोचा, चलो कोई बिज़नेस कर लिया जाये, लेकिन उसमें भी घाटा ही हुआ।

इससे पहले मेरे पास पैसे की कभी कोई कमी नहीं रही, लेकिन अब मुझ पर से सबका विश्वास पूरी तरह उठ चुका था। कहते है बाप एक ऐसा बैंक है, जिसका पैसा कभी अपने बच्चों के लिए खत्म नहीं होता; लेकिन अब डैडी ने भी पैसे देने बंद कर दिये। वाकई, बेरोजगारी का दौर इंसान की जिन्दगी का सबसे बुरा दौर होता है। अब मुझे एक-एक पैसे की कीमत समझ आ रही थी, मैं अंदर-ही-अंदर टूटता जा रहा था।

आप बेरोजगार हों और ऊपर से किसी से सच्चा प्यार कर बैठो, यह बिल्कुल वैसा ही है, जैसे आपका लीवर और किडनी दोनों खराब हों और फिर

भी आप के हाथ में जाम लगा हो। मेरे लिए रागिनी को भुलाना मुश्किल होता जा रहा था। मैं अपने आप को हमेशा गिल्टी फील करता। रागिनी की निगाहें हमेशा मेरा पीछा करती रहतीं। मेरे कानों में अभी भी रागिनी के वो शब्द गूँजते रहते, जो उसने अपनी आखिरी मुलाकात में बोले थे। रागिनी को खोने के बाद मेरी ऐसी हालत हो जायेगी, यह मैंने कभी नहीं सोचा था।

लेकिन जिन्दगी में अक्सर वो होता है, जिसकी आप कभी कल्पना नहीं करते। मेरी सारी जिन्दगी ऐसी ही थी। मैं अपनी ज़िदगी क्या, कभी-कभी दूसरों की जिन्दगी की भी, स्क्रिप्ट खुद लिखने लगता। मुझे लगता, जैसे मैं एक बहुत बड़ा राइटर हूँ, लेकिन यह भूल जाता कि सबसे बड़ा राइटर ऊपर वाला है। आज फिर एक फ़ोन से मेरी जिन्दगी बदलने वाली थी।

मेरे डैडी के पास मामा का फ़ोन आया, "मैंने हितेश की शादी तय कर दी है, सात दिसम्बर को तुम सब आकर मेरे घर लड़की देख जाना, मैंने लड़की वालों को अपने घर ही बुला लिया है, उसी दिन रिंग सेरेमनी भी कर देंगें, मैंने पंडित जी से शादी की तारीख भी निकलवा ली है, नौ जनवरी का बहुत शुभ मुहूर्त है,"

"लेकिन भाई साब एक बार पूछ तो लिया होता"

'किससे?'

"हितेश की मम्मी से... हितेश से"

"ठीक है, मैं उनसे बात कर लूँगा"

कहकर उन्होंने फ़ोन काट दिया, तभी दूसरे कमरे से मम्मी आयीं और डैडी से बोलीं "सुनो जी, आपके पास बड़े भाईसाब का फ़ोन तो नहीं आया?"

"हाँ अभी आया था"

"मेरे पास अभी हितेश की मौसी का फ़ोन आया, कह रहीं थीं आपने हितेश की शादी तय कर ली और किसी को बताया भी नहीं।"

मेरे घर रिश्तेदारों के फ़ोन आ रहे थे। सब मेरे मम्मी डैडी को मेरी शादी की शुभकामनायें दे रहे थे। अरेंज मैरिज में रिश्तेदारों की भूमिका बहुत महत्त्वपूर्ण होती है। यह बात वो लोग अच्छी तरह जानते है, जो अखबार में शादी के विज्ञापन निकलवाते हैं या मैरिज ब्यूरो के चक्कर काटते हैं। मैं इस

मामले में लकी था कि मेरे पास दुनिया के सबसे अच्छे मामा थे। वह एक ही बात कहते थे, "बेटा हितेश, मैं तेरा मामा नहीं, तेरी दो माँ के बराबर हूँ; जब दो मा आपसे में मिलते हैं तब मामा बनता है।" फिर शुभ मुहूर्त में मेरी और रंजना की शादी हो गई।

शादी के बाद जिन्दगी बदलनी शुरू हो जाती है; यह बात मैंने केवल सुनी थी, लेकिन जब चंद दिनों में मुझे एक नई जॉब मिल गई, तब इस बात का यकीन हुआ कि लोग सही सलाह देते थे "बेटा शादी कर लो, सब ठीक हो जायेगा।"

शादी के दो साल के अंदर ही मेरी बेटी अदिति का जन्म हुआ। अदिति तो जैसे मेरे लिए साक्षात लक्ष्मी थी। उसके जन्म के बाद मेरे पास किसी चीज की कमी ही नहीं रही। गाड़ी, फ़्लैट, बैंक बैलेंस सब-कुछ था मेरे पास। जिसने भी कहा है, बिल्कुल सही कहा है, वाकई बेटियाँ लक्ष्मी का रूप होती हैं।

नई जनरेशन की यह बात बहुत अच्छी लगती है, कि लोग अब बेटियों को भी उतना ही प्यार करते हैं जितना बेटों को। एक दिन एक दोस्त मिला। उसने नया फ्लैट बुक कराया था। मैंने उससे पूछा "यार तुम्हार पुश्तैनी घर इतना अच्छा है, बेटे के लिए वो ही काफी है; फिर यह नया फ्लैट किसके लिए? पैसों को कही और इन्वेस्ट कर देते।"

तो वह बोला "यह फ्लैट मैं अपनी बेटी को दूँगा। लाइफ में उसे कभी भी कोई प्रॉब्लम आये तो कम-से-कम उसके पास अपना एक घर हो, लड़कियों के केवल ससुराल और मायके होते हैं, लेकिन उनके पास अपना घर भी होना चाहिए। अगर कभी उनका पति तंग करे तब वो भी हक के साथ कह सकें, चल निकल मेरे घर से, यह तेरे बाप का घर नहीं है, मेरे बाप ने मुझे खरीद कर दिया है।"

नई जनरेशन की एक बात और बहुत अच्छी है, वो अपने बच्चों को दोस्त बनाकर रखना चाहते हैं, उन्हें समझना चाहते हैं। उनके साथ अपना टाइम शेयर करते हैं। मुझे यह भी सही से याद नहीं कि मैंने अपने डैडी से पूरी जिन्दगी में कभी पाँच मिनट लगातार बात की हो। मैं जब भी घर पर फोन करता हूँ, तो डैडी तुरंत मम्मी को आवाज लगाते हैं कि लो तुम्हारे बेटे का फ़ोन आ गया, बात कर लो, मैं अपनी माँ का बहुत लाडला हूँ, वो मेरी माँ ही नहीं

मेरी दोस्त भी हैं, जो बिना कुछ कहे सब समझ जाती हैं, मेरी हर बात का खयाल रखती हैं।

रंजना भी बिल्कुल ऐसी है, एक बार उसने बोल भी दिया "तुम्हें नहीं पता मेरे कंधे पर तीन-तीन बच्चों की जिम्मेदारी है।"

मैंने हँसकर पूछा "मेरे केवल दो बच्चे हैं, यह तीसरा किसका है?" तो कहने लगी "मेरी सास का; तुम भी किसी बच्चे से कम नहीं हो।"

रंजना बिल्कुल सिंपल रहती है, हर चीज में पैसे बचाकर रखती है, अपने लिए कभी कुछ खर्च नहीं करती, हमेशा मेरा और बच्चों का ख्याल रखती है। मैंने कितनी बार कहा "तुम भी अपने लिए कोई अच्छी ड्रेस ले लो, लेकिन हर बार मना कर देती है।"

"अब मैं नये कपड़े लेकर क्या करूँगी, पहले ही इतने सारे रखे है।"

"अब अपने लिए क्या शॉपिंग करूँगी?"

"अब जो भी करना है बच्चों के लिए करना है"

घूमना-फिरना उसे बिल्कुल फिजूल खर्च लगता है, मैडम का घर से बाहर निकलने का मन ही नहीं करता, आज भी मैंने कहा "चलो किसी होटल में चलकर खाना खा लेते हैं", तो भी मना कर दिया "क्या करेंगे, घर पर ही कोई अच्छी डिश बना दूँगी।" मुझे तो उसके हाथ का बना खाना वैसे भी बहुत पसंद है, मेरी तो खुद टूर की जॉब है, आधी जिन्दगी होटल का खाना खाकर ही बीत जाती है, इसलिए मैंने कहा "ठीक है, जैसी तुम्हारी इच्छा।"

"अच्छा रंजना जरा एक रुमाल देना"

"यह लो, तैयार होने में कितना टाइम लगाओगे, लेडिज तो वैसे ही बदनाम हैं, आजकल के जेंट्स भी कुछ कम नहीं, वो भी तब जब सारा सामान उनके हाथों में लाकर दो, ज्यादा लेट हो गये तो मन्दिर बंद हो जायेगा"

"बस अभी आया।" मैंने रेड कलर की टी-शर्ट पहनते हुए कहा, यह टी-शर्ट मैंने आज ही खरीदी थी, मुझे पता है, रंजना को रेड कलर अच्छा लगता है। मैंने रूम से निकलते हुए पूछा "कैसा लग रहा हूँ?"

"अरे जैसे हो वैसे ही लगोगे।" पता नहीं पत्नियों की डिक्शनरी में ऐसे शब्द क्यों नहीं होते "आज तो बहुत स्मार्ट लग रहे हो या यही कह देती इस रेड कलर की टी-शर्ट में बहुत यंग लग रहे हो, लेकिन नहीं उन्हें तो बस अपनी

तारीफ़ पसंद है। मैंने हिम्मत जुटा के दुबारा पूछा,

"मीन्स, टी-शर्ट कैसी लग रही है"

"अच्छा कोई और कलर नहीं मिला, हर बार डार्क कलर उठा लाते हो, कितनी बार कहा है, आपका कलर इतना फेयर नहीं है, लाइट शेड खरीदा करो, अब तुम कल के छोकरे नहीं रहे, दो बच्चों के बाप हो गये हो, यह हमारी फर्स्ट नहीं टेंथ मैरिज एनिवर्सरी है।"

"अरे यार, तुम्हें यह रेड कलर पंसद है, इसलिए ही मैंने यह टी शर्ट खरीद ली और तुमने मुझे इतनी सारी बातें पकड़ा दी, चलो मन्दिर चलते हैं।"

"हाँ, वैसे भी तुम सारे काम मेरी पंसद के करते हो।" रंजना गाड़ी में बैठते हुए बोली।

"सारे काम तुम्हारी पसंद के नहीं करता, लेकिन आज सोच रहा था, चलो मैरिज एनिवर्सरी है तो तुम्हारी पसंद के कुछ काम कर लूँ, जिससे तुम खुश रहो।" मैंने गाड़ी का गेयर बदलते हुए कहा,

"मैं आज वैसे भी बहुत खुश हूँ, कम-से-कम तुम आज घर पर हो, याद है पिछली दो एनिवर्सरी पर तुम टूर पर ही थे।" रंजना मेरे कंधे पर अपना सर रखते हुए बोली,

गाड़ी बाहर खड़ी कर, हम सीढ़ियों के रास्ते मन्दिर की तरफ जाने लगे। यह एक बहुत बड़ा मन्दिर था, इसके अंदर हर भगवान के छोटे-छोटे मन्दिर बने थे। रंजना भगवान की पूजा भी क्रम से करती है, वो मेरा हाथ पकड़कर गणेश जी के मन्दिर की तरफ ले गई, वो ऐसा मानती है कि सबसे पहले गणेश जी की पूजा करनी चाहिए, अदिति को भी गणेश जी बहुत पसंद हैं। जब से उसने गणेश जी की फिल्म देखी है, वो भी गणपति बाबा की फैन बन गई, यह लाइन वो हमेशा गुनगुनाती रहती है "ओ माई फ्रेंड गणेशा तू रहना साथ हमेशा।"

गणेश जी की पूजा करके हम आगे बढ़े, आगे शिवजी का मन्दिर था, जिसमें शिव पार्वती के साथ विराजमान थे, हमारे परिवार के सभी लोग शिव भक्त हैं। पता नहीं लोग भगवान को छोड़कर बाबाओं के इतने भक्त कैसे बन जाते हैं, यह बात कभी मेरे समझ में नहीं आई। हमें तो हमेशा वो ही भगवान सच्चे लगते हैं, जिनके गले में सर्पों की माला पड़ी हो, जिनके हाथ में धनुष हो, तलवार या त्रिशूल हो, जो सीधा यह धमकी देते हों, "बच्चा अगर जिंदगी

में कुछ भी गलत काम किया तो मैं तुम्हें इस जन्म क्या, अगले जन्म में भी नहीं छोड़ूँगा। मुझे तो देवी भी दुर्गा और काली पसंद हैं, जिनके चरणों में राक्षसों के कटे हुए सिर पड़े हों। अगर इस समाज में रहना है तो हर लड़की के अंदर एक दुर्गा या काली तो होनी ही चाहिए, पता नहीं कब, कहाँ, कौन-सा राक्षस अटैक कर दे।

शिवजी के बाद कान्हाँ का मन्दिर था, पता नहीं क्यों मैं चाहकर भी कान्हाँ को कभी भगवान नहीं मान पाया। मैंने उन्हें हमेशा अपना दोस्त माना है। वास्तव में उनसे बड़ा कोई दोस्त हो भी नहीं सकता। आजकल के दोस्त अगर Two BHK से Three BHK में शिफ्ट हो जाएँ तो बदल जाते हैं।

यह हमारे कान्हाँ ही थे, जो राजा बनने के बाद भी दोस्त के लिए नहीं बदले। जब सुदामा उनसे मिलने आये तो वो सिंहासन छोड़कर उनके गले लग गये, उन्होंने अपने दोस्त को बिन माँगे सब-कुछ दे दिया। राजा बनने के बाद भी वो उनसे वैसे ही मिलें जैसे पहले मिलते थे। मुझे वो दोस्त बहुत अच्छे लगते हैं जो बरसों बाद मिलें तो वैसे ही मिलें जैसे कल की बात हो, इसलिए कान्हाँ से अक्सर मैं ऐसे ही बात करता हूँ, जैसे किसी दोस्त से बात करते हैं, कान्हाँ को देखते देखते मेरी निगाहें अचानक राधा जी पर जाकर ठहर गईं, उनको देखते ही मेरे मन में रागिनी का खयाल उभर आया।

"वाह कान्हाँ तुम अच्छे हो, तुम आज भी अपनी प्रेमिका के साथ मुरली बजा रहे हो, एक हम हैं जिसको अपनी प्रेमिका का कुछ अता-पता ही नहीं। यार सारी दुनिया तो तुम्हारी मुरली की धुन पर नाचती है, क्या तुम मेरा एक छोटा-सा काम नहीं कर सकते, क्या तुम मुझे कभी रागिनी से नहीं मिलवा सकते।"

"क्या करोगे उससे मिलकर?"

"क्या करोगे का क्या मतलब है, क्या मैं उससे कभी दुबारा नहीं मिल सकता, क्या मैं उसको दुबारा कभी देख नहीं सकता, क्या मैंने उससे प्यार करके कोई पाप किया है। तुम जानते हो प्यार किया नहीं जाता हो जाता है। कान्हाँ मुझसे भी हो गई गलती, तभी तुम्हारी इतनी प्रार्थना करनी पड़ रही है, कि एक बार उससे दुबारा मिलवा दो।"

"तुम्हें एक बात पता है?"

"क्या?"

“मैं कभी राधा से मिलने दुबारा नहीं गया, मैंने हमेशा अपने कर्म पर फोकस रखा।”

“अच्छा, तुम कहते हो तुम कभी राधा से मिलने दुबारा नहीं गये, लेकिन तुम तो मेरे सामने अभी भी राधा के साथ खड़े हो, कान्हाँ, तुम तो भगवान हो, तुम आसमान में भी राधा से मिल सकते हो, हम तो मामूली से इंसान हैं, एक बार जिन्दगी की डोर कटी तो सारी इच्छायें समाप्त, तुम चाहो तो मुझे रागिनी से पलभर में मिलवा सकते हो।”

“हितेश जो वक्त एक बार बीत जाता है, वो जिंदगी में कभी दुबारा वापस नहीं आता।”

“कान्हाँ यह बात कम-से-कम तुम मत कहो; कोई और भगवान कहता तो मैं मान लेता। पता है माँ बचपन में सबसे ज्यादा बस तुम्हारी कहानी सुनाती थीं। माँ ने एक बार बताया कि तुमने जयद्रथ को मारने के लिए अपने सुदर्शन चक्र से सूरज को छुपा दिया, सबने समझा कि सूर्य अस्त हो गया, अर्जुन ने शपथ ली थी कि वो सूर्यास्त होने से पहले जयद्रथ को मार देगा, नहीं तो वो खुद आग के ढेर में बैठकर अपने प्राण त्याग देगा। पूरी कौरव सेना जयद्रथ को बचाने के लिए जुट गई, उसने अपने वीर योद्धाओं की एक कतार जयद्रथ के आगे खड़ी कर दी। जब लगने लगा अब अर्जुन सूर्यास्त से पहले जयद्रथ को नहीं मार पायेगा, तब तुमने अपना चमत्कार दिखाया। जैसे ही सुदर्शन चक्र ने सूरज को ढका, सबने समझा सूर्य अस्त हो गया, जयद्रथ ख़ुशी के मारे योद्धाओं के पीछे से यह देखने निकल आया, कि अब अर्जुन अपनी शपथ अनुसार खुद को अग्नि में भस्म कर देगा तो कितना आनंद आयेगा, लेकिन तभी तुमने अपना चक्र हटा लिया, सूरज बादलों के पीछे से फिर चमकने लगा, जब अर्जुन को यह पता चला अभी सूर्यास्त नहीं हुआ है, बस सूर्य कुछ देर के लिए बादलों के पीछे छुप गया था तो उसने गांडीव उठाकर एक ही तीर से जयद्रथ का सिर काट डाला, जयद्रथ का कटा सिर उसके पिता की गोद में जाकर गिरा।

हे कान्हाँ तुम चाहो तो पुराना वक्त क्या, तुम तो भविष्य में आने वाले वक्त को भी वर्तमान में लाकर खड़ा कर दो, कान्हाँ तुम्हें एक बात पता है?”

‘क्या?’

आजकल बाबाओं के भी तुमसे ज्यादा भक्त हैं। बाबाओं के पास दौलत,

पावर, पॉलिटिकल अप्रोच सब-कुछ है; तुम से अच्छा, अगर मैं किसी बाबा का दोस्त होता तो वो रागिनी का किडनैप करके मेरे पास ले आता, लेकिन कान्हाँ हम वो हैं, जिन्होंने न तो कभी अपने दोस्त बदले हैं न अपना प्यार, तुम आज भी मेरे दोस्त हो।

यह सुनकर कान्हाँ इमोशनल हो गये, उनके हाथ में लगा एक फूल आशीर्वाद के रूप में नीचे गिर गया, आज दिल को यकीन हो गया था कि एक दिन रागिनी जरूर मिल जायेगी।

अब आगे भी चलोगे या आज सारी पूजा मुरलीवाले की ही करोगे। रंजना ने मेरा हाथ पकड़कर अगले मन्दिर की ओर चलने को कहा। रंजना की आवाज सुनकर मैं अचानक हकीकत की दुनिया में वापस आया। यह मर्द भी बड़े कमाल के होते हैं। पत्नी साथ में खड़ी हो तब भी भगवान से अपनी प्रेमिका को मिलने की प्रार्थना कर सकते हैं।

हमने बाकी बचे मन्दिरों के भी दर्शन किये। मन्दिर की सीढ़ियों से उतरते हुए रंजना ने मुझसे कहा- ''आज तो बड़े मन से कान्हाँ जी की पूजा कर रहे थे, आखिर ऐसी क्या स्पेशल विश माँग रहे थे?''

''विश तो बहुत स्पेशल थी, बस पूरी हो जाये।''

रंजना मेरा हाथ कसकर पकड़ते हुए बोली ''अगर सच्चे दिल से माँगी होगी तो तुम्हारी विश जरूर पूरी हो जायेगी, भगवान से तुम जो भी सच्चे दिल से माँगो, वो तुम्हें जरूर देते हैं।''

* * *

अगले दिन सुबह आँख खुली तो मैंने आदतन अपना मोबाइल उठाया। व्हाट्सएप व फेसबुक पर ढेरों मैसेज आये थे, बहुत- से दोस्तों-रिश्तेदारों ने मुझे मैरिज एनिवर्सरी के लिए शुभकामना संदेश भेजे थे, कुछ लोगों ने फूलों के गुलदस्ते और ग्रीटिंग्स कार्ड सेंड किये थे। मैं एक-एक करके सभी का धन्यवाद व्यक्त कर रहा था, तभी एक फ्रेंड का मैसेज आया ''यार हमारा केक कहाँ हैं? मैंने झट से उसे कुछ केक की फ़ोटो डाउनलोड कर सेंड कर दी, उधर से उसका मैसेज भी आ गया ''वेरी टेस्टी''।

कॉलेज के दोस्तों ने अपनी शुभकामनायें कुछ ज्यादा दिल खोलकर दी थीं, एक दूजे के लिए, जन्म-जन्म के साथी। मुझे उनकी शुभकामनाओं में छिपा व्यंग्य साफ़ नजर आ रहा था, यह सब वो ही दोस्त थे जिन्होंने मेरी और

रागिनी की प्रेम कहानी में कुछ-न-कुछ किरदार प्रत्यक्ष या अप्रत्यक्ष रूप से जरूर निभाया था।

मेरे दोस्तों ने क्या, फाइनल ईयर में एक पूरा पीरियड, इस सब्जेक्ट पर चलता था *'हितेश और रागिनी की प्रेम कहानी'* और इसमें बड़े इंट्रेस्टिंग इंट्रेस्टिंग टॉपिक पर डिस्कशन चलते,

क्या केवल हितेश रागिनी से प्यार करता है?
क्या केवल रागिनी हितेश से प्यार करती है?
क्या दोनों एक-दूसरे से प्यार करते हैं?
क्या हितेश रागिनी के साथ बस टाइम पास कर रहा है?
क्या रागिनी हितेश के साथ बस फ़्लर्ट कर रही है?

क्लास के कुछ स्टूडेंटस को पहला वाला टॉपिक बड़ा सच्चा लगता, यह बस हितेश का एक तरफा प्यार है और रागिनी भी इसके पागलपन के फुल मजे लूट रही है। उन्हें बस यही डर बना रहता, किसी दिन यह कुछ कर न बैठे; वैसे भी यह बहुत जिद्दी लड़का है, इसे तो जो चाहिए बस चाहिए, चाहे इसके लिए कुछ भी क्यों न करना पड़े।

कुछ स्टूडेंट्स को दूसरा वाला टॉपिक बड़ा सच्चा लगता, बस रागिनी ही हितेश को प्यार करती है, वो तो सोचती होगी कितना क्यूट-सा लड़का है, उस बेचारी को यह भी नहीं पता कि कॉलेज में कोई पत्ता भी इनकी मरजी के बिना नहीं हिलता।

सब्जेक्ट का तीसरा टॉपिक, क्या दोनों एक-दूसरे को बहुत प्यार करते हैं। कहीं इनका भी वो ही हाल न हो जाये, जो बेचारे रजत का हुआ था। रजत कितना मिलनसार और खुशदिल लड़का था। वह कुछ महीने फर्स्ट इयर में हमारे साथ पढ़ा था। एक दिन होस्टल से ऐसा गया कि फिर कभी लौट कर नहीं आया, केवल अखबार में उसकी एक लड़की के साथ फ़ोटो छपी थी। दोनों हरिद्वार के एक होटल में मरे पाये गये। उन्होंने घर से भागकर सुसाइड कर लिया था। उनके गले में फूलों की माला पड़ी थी और लड़की की माँग में तो सिन्दूर भी भरा था, जिससे यह पता चलता है कि मरने से पहले दोनों ने शादी की सारी रस्में पूरी की थीं।

रजत वाली घटना ने पूरी क्लास को हिलाकर रख दिया था। मुझे तो यह सुनकर एक सदमा-सा बैठ गया था। जब वह हॉस्टल से जा रहा था तो सबके

रूम में मिलने आया, उसे सारे दोस्त गेट तक छोड़ कर आये। केवल मैं ही नहीं था, मैं कुछ दिनों के लिए अपने घर गया था, रजत जाते-जाते भी मुझे याद कर रहा था। हॉस्टल के लड़कों ने बताया, उसने कई बार कहा "एक बार हितेश से और मिल लेता तो कितना अच्छा रहता।" लेकिन कोई उसकी बात समझ ही नहीं पाया, क्यों वो सबसे मिलना चाहता था। शायद उसे पता था कि वो अब कभी लौटकर नहीं आयेगा।

क्लास के अधिकतर स्टूडेंट्स को चौथे वाले टॉपिक पर पूरा विश्वास था, क्योकि हितेश ने सबसे ज्यादा लोगों को यही कहानी सुनाई थी, कि रागिनी उसके लिए बस एक टाइम पास है, कॉलेज खत्म तो रागिनी का चैप्टर भी खत्म।

मजे की बात यह थी, कि अधिकतर स्टूडेंट्स को पाँचवें और लास्ट टॉपिक पर भी पूरा विश्वास था। उन सबकी नजर में रागिनी बस एक फ़्लर्ट करने वाली लड़की थी। नैनीताल के पास हल्द्वानी के एक लड़के ने बताया, यह अपने एरिया की सबसे पापुलर लड़की है, यह जिसकी भी तरफ देखती है उसको यही लगता है कि वो उससे बहुत प्यार करती है।

मैं अभी रागिनी के टॉपिकों में उलझा हुआ था, कि व्हाट्सएप पर अमित का मैसेज आया, "क्यों भाई आ गया देहरादून से?"

"हाँ यार आ गया, बस दो दिन का काम था।"

"और सुना, क्या अपने कॉलेज भी गया था?"

"नहीं भाई, जाने की सोच रहा था, मगर आधे रास्ते से ही वापस आ गया।"

"हाँ भाई समझ गया, फिर रागिनी की याद आ गई होगी, फिर वो पेड़ दिखाई दे गया होगा, फिर वो मन्दिर दिखाई दे गया होगा।"

"अरे वाह तुम तो सब-कुछ समझ गये। इस बात को सत्रह साल हो गये हैं, यार तुम्हें अभी भी सब-कुछ याद है।"

"भाई याद क्यों नहीं होगा, तुम्हारे साथ हर सोमवार को मन्दिर जाता था ताकि तुम अपनी देवी की एक झलक पा सको"

"हाँ यार अजीब पागलपन था, केवल उसको दो मिनट देखने के लिए हम पूरे सप्ताह सोमवार का इन्तजार करते थे।"

"हाँ भाई वो भी क्या दिन थे, ज़िदगी तो वो ही है, जो दोस्तों के साथ गुजरी, चल ठीक है अभी मैं ऑफिस के लिए निकल रहा हूँ शाम को आराम से बात करते हैं।"

"ओके" कहकर, मैं अपने BFF ग्रुप के मैसेज चेक करने लगा। BFF मेरे कॉलेज के दोस्तों का एक ग्रुप था, जिसका अर्थ था "बेस्ट फ्रेंड फॉरएवर"।

चाहे कॉलेज में कोई अनुशासन में रहा हो या न रहा हो, लेकिन यहाँ सब नियम का पालन पूरी ईमानदारी से करते।

सुबह सबसे पहले गुड मॉर्निंग और संस्कारी उपदेश

फिर सारा दिन जोक्स

शाम को शायरी

फिर रात को कुछ एडल्ट विद फोटोग्राफ्स।

अभी मैं गुड मॉर्निंग वाला सेशन क्लोज करके, ऑफिस जाने की तैयारी कर रहा था, कि फेसबुक पर एक लड़की की फ्रेंड रिक्वेस्ट आई, जिसे एक्सेप्ट कर मैं ऑफिस के लिए निकल पड़ा।

ऑफिस जाकर देखा, तो मैंसेंजर और व्हाट्स एप में Hiiiiiiiiiii Hiiiiiiiii के चार पाँच मैसेज आये हुए थे।

"हेल्लो हितेश, आई ऍम रागनी; पहचाना मुझे? तुम्हें याद है, हम कॉलेज में साथ-साथ पढ़ते थे।"

यह मेरी जिन्दगी का सबसे बड़ा सरप्राइज था। वाह कान्हाँ तेरे घर भी देर है मगर अंधेर नहीं। इतना फ़ास्ट रेस्पोंस... कल तुझसे प्रार्थना की और तूने आज पूरी भी कर दी।

मैंने आश्चर्यचकित होते हुए टाइप किया "हेल्लो रागिनी कैसी हो, तुम्हें इतने दिनों बाद देखकर बहुत अच्छा लगा, कहाँ हो आजकल?"

“मैं पिथौरागढ़ के एक गवर्नमेंट स्कूल में टीचर हूँ, तुम क्या करते हो और यह फेसबुक पर राइटर वाला प्रोफाइल क्यों बना रखा है? क्या सचमुच राइटर बन गये?”

“नहीं यार दिल्ली में एक कम्पनी में जॉब करता हूँ, थोड़ी टूरिंग जॉब है, महीने में कम-से-कम बीस दिन बाहर रहना पड़ता है; होटलों में रहते रहते बोर हो जाता हूँ, इसलिए थोड़ा बहुत लिख लेता हूँ”

“वैरी गुड, हितेश तुम्हें फेसबुक पर देखकर बहुत अच्छा लगा, अच्छा चलो अभी मैं स्कूल जा रही हूँ, बाद में बात करते हैं” कहकर रागिनी ऑफ लाइन हो गई।

मुझे अभी भी यकीन नहीं हो रहा था, कि रागिनी से मेरी चैटिंग हो गई है। मैंने तुरंत अमित को फ़ोन मिलाया, “हैलो अमित रागिनी मिल गई।”

“मिल गई मतलब!”

“मतलब आज फेसबुक पर उसकी फ्रेंड रिक्वेस्ट आई थी, फिर उससे चैटिंग भी हो गई, वह पिथौरागढ़ के किसी गवर्नमेंट स्कूल में टीचर है”

“अच्छा, बहुत-बहुत बधाई।”

“हाँ यार, सचमुच उससे दुबारा मिलना, एक सपना लग रहा है, हमेशा दिल यह यकीन दिलाता रहा, कि एक दिन रागिनी मुझे जरूर ढूँढ़ लेगी।”

“फिर तू उससे मिलने कब जा रहा है पिथौरागढ़?”

“जब तक वो खुद नहीं बुलायेगी, तुम्हें तो पता है मैं उससे मिलने नहीं जा सकता; हमें आज भी दोस्तों से किया अपना वायदा याद है।”

“यार अब तो उस वादे को भूल जाओ; जिन दोस्तों की खातिर वो वादा किया था जब वो सब बदल गये तो ऐसा वादा निभाकर क्या करोगे?”

“सब नहीं बदले, कुछ लोग बदल गये हैं, तुम भी तो नहीं बदले।”

“और हितेश तुम भी, बिल्कुल वैसे ही हो दोस्तों के दोस्त।” अमित ने हँसते हुए कहा-

“हाँ यार, लेकिन लगता है रागिनी बदल गई।”

“क्यों, तुम्हें कैसे पता?”

“यार ऐसे बात कर रही थी “हितेश आए एम् रागनी, पहचाना मुझे,

तुम्हें याद है हम कॉलेज में साथ-साथ पढ़ते थे।''

''हा हा हा, यार नहीं बदली होगी, अगर बदल जाती तो तुम्हें सर्च क्यों करती, वैसे उसका हसबैंड क्या करता है।''

''यार अभी दो मिनट उससे चैटिंग हुई और मैं यह भी पूछ लेता कि तुम्हारा हसबैंड क्या करता है, भला मुझे क्या करना उसके हसबैंड से, कुछ-न-कुछ करता ही होगा।''

''हाँ तुम्हें क्या करना, लेकिन भाई अब उसके चक्कर में, फिर इमोशनल मत हो जाना।''

''नहीं यार वो कॉलेज वाला टाइम अलग था, यह टाइम अलग है।''

''भाई बस टाइम ही तो अलग है, तुम और रागिनी तो वो ही हो, अगर रागिनी ने फिर कोई इमोशनल बात बोल दी, तो तुम उससे ज्यादा इमोशनल हो जाओगे''

''भला रागिनी अब क्यों इमोशनल बातें बोलेगी, अब उसकी शादी हो गई है।''

''अच्छा है भाई न बोले, क्योंकि तुम दोनों को मैं जानता हूँ, चल ठीक है शाम को बात करते हैं''

''ओके बॉय।''

''बॉय अमित, यह बात अपने ग्रुप में किसी को नहीं बताना, कोई अपनी फीलिंग नहीं समझेगा, बस एक तमाशा बनाकर रख देंगे। ह्वाट्सप पर एक नया ग्रुप बन जायेगा हितेश रागिनी की प्रेम कहानी पार्ट – 2''

''हाँ भाई यह तो तू सच कह रहा है, अच्छा हुआ तूने बता दिया, मैं अभी ग्रुप में ही यह खुशखबरी देने जा रहा था, लेकिन मैं नहीं तो मनोज सबको बता देगा''

''यार मैंने अभी मनोज को भी नहीं बताया, उसको एक दो दिन में बता देंगे।''

''एक दो दिन में, तुम मनोज को क्या, सभी को बता दोगे।''

''हाँ, मैं तो टीवी पर ब्रेकिंग न्यूज़ चलवा दूँगा।''

''हितेश तुम्हारा बस चले, तुम चलवा भी दो।''

इसके बाद हम दोनों बहुत देर तक हँसते रहे, कॉलेज के दोस्तों की बात ही अलग होती है। जब पुराने दोस्त मिल जाते हैं, तो लगता है सारा जहाँ मिल गया, आज मैं बहुत खुश था। पहली वजह बरसों बाद रागिनी मिली, दूसरा आज मैंने अमित को भी पूरे एक साल बाद कॉल की। व्हाट्स एप के चलन में आने के बाद वैसे तो सारे दोस्त चौबीस घंटे कनेक्ट रहते हैं, लेकिन एक-दूसरे की आवाज सुनने को तरस जाते हैं, बस मैसेज भेजते रहते हैं।

अब मैं रागिनी के अगले मैसेज का इन्तजार कर रहा था, लेकिन उसने कोई मैसेज नहीं किया। इस बीच रागिनी ने फेसबुक पर मेरे कुछ फोटो, पोस्ट और मेरी लिखी कुछ कवितायें जरूर लाइक कीं, लेकिन कोई विशेष कमेंट नहीं दिया।

आज रागिनी को मिले पूरे पन्द्रह दिन बीत चुके थे। 26 जनवरी का दिन था। रागिनी अपने स्कूल में तिरंगा फहरा रही थी, वो लाल कलर की साड़ी पहने हुए थी। उसके ऊपर उसने एक ग्रे कलर का कोट पहन रखा था, जिस पर मोटी-मोटी ब्लैक कलर की लाइनों से चैक का डिजाइन बना था। उसने अपने लम्बे बालों को यूँ ही खुला छोड़ रखा था, जो उसकी सुंदरता में चार चाँद लगा रहे थे, उसने अपनी इसी चाँद वाले लुक की फोटो व्हाट्स एप पर लगाई थी।

मैंने उसकी यह पिक अपने मोबाइल में सेव कर ली और उसे मैसेज सेंड कर दिया, ''ब्यूटीफुल डीपी''

कुछ देर बाद रागिनी का मैसेज आया 'थैंक्स।'

अब रागिनी एक या दो दिन में अपनी डीपी बदलती रहती और मैं उसको कॉम्प्लीमेंट देता रहता, कभी वैरी नाइस, कभी वैरी ब्यूटीफुल और रागिनी बस थैंक्स कहकर छोड़ देती।

फिर एक दिन मैंने भी अपनी डीपी चेंज की। यह मेरी सबसे अच्छी पिक में से एक थी, मैंने एक साल पहले जब यह पिक फेसबुक पर डाली थी, तब मुझे 500 से भी ज्यादा लाइक्स और 200 कमेंट्स मिले थे। यह एक लड़के के लिए बहुत बड़ा अचीवमेंट है। मैं यह जानना चाहता था कि रागिनी भी मेरी डीपी नोटिस करती है कि नहीं। दो तीन दिन बीत जाने के बाद भी रागिनी का कोई कमेंट नहीं आया। आज फिर रागिनी ने अपनी एक बहुत खूबसूरत डीपी लगाई थी। इसमें उसने ब्लू जींस और एक लॉन्ग कोट पहन रखा था, वो

किसी कॉलेज गर्ल की तरह लग रही थी।

दिल ने कहा कि मैं उसे कोई प्यारा-सा कॉम्पलीमेंट दे दूँ, लेकिन माइंड ने बीच में टाँग अड़ा दी, "क्या तुम ही उसकी तारीफ़ करते रहोगे; तुमने भी तो अपनी डीपी चेंज की है, उसे भी तो कुछ कहना चाहिए। हितेश यह तुम क्या, सारे फेसबुक चलाने वाले जानते हैं कि यह तुम्हारी सबसे स्मार्ट पिक है।"

एक बार मैंने माइंड को समझाना भी चाहा, यार तारीफ़ करने का काम लड़कों का होता है, लड़कियाँ केवल तारीफ़ सुनना पसंद करती हैं। लेकिन वो नहीं माना। मैं चाहते हुए भी रागिनी की डीपी पर कोई कमेंट नहीं दे पाया। इस बात पर आज मेरा दिल मुझसे नाराज था। मैंने आज फिर अपने माइंड का कहना मान लिया। अब मैंने भी रागिनी की डीपी नोटिस करनी बंद कर दी, मतलब मैं रागिनी की डीपी देखता तो रोज था, लेकिन कोई कमेंट नहीं करता।

आज मैं एक ऑफिसियल टूर पर था। रात के दस बज चुके थे, रागिनी ने अपनी डीपी की जगह कोई मैसेज वाली पिक लगाई थी। मैं उसे ज़ूम करके पढ़ने की कोशिश करने लगा, उस पर लिखा था "उन लोगों को भूलना कितना मुश्किल है, जिन लोगों ने आपकी जिन्दगी में प्यार के रंग भरे हों।"

"ओहो रागिनी, अच्छा हुआ तुम्हारी डीपी से यह तो पता चला कि तुम उन लोगों को याद भी करती हो, जिन्होंने तुम्हारी जिन्दगी में कभी प्यार का रंग भरा हो।" मैं अभी इसी खयाल में खोया हुआ था कि रागिनी का मैसेज आया।

"हाय हितेश!"

'हाय!'

"कुछ बिजी तो नहीं हो?"

"नहीं कुछ खास नहीं" मेरे माइंड ने चुटकी ली, "तुम्हारे लिए तो यह हमेशा फ्री है, चौबीस घंटे, राउंड द क्लॉक।"

अच्छा है व्हाट्स एप या फेसबुक वो मैंसेज सेंड नहीं करते, जो इंसान के दिमाग में चलते हैं, यह केवल वो ही सेंड करते हैं जो उसकी उँगलियाँ टाइप करती हैं।

"यार तुमसे एक काम था।"

मुझसे.. भला मुझसे रागिनी का ऐसा क्या काम होगा "हाँ बोलो क्या काम है?"

“यार तुम नर्मदा को जानते हो”

“कौन नर्मदा?”

“वो भी हमारे साथ बैडमिन्टन खेलती थी।”

“सॉरी यार, बिल्कुल ध्यान नहीं आ रहा, कॉलेज छोड़े हुए बहुत दिन हो गये, तुम्हारे अलावा कुछ भी याद नहीं”

“अच्छा सच में, मेरे अलावा कुछ भी याद नहीं, तो फिर मुझे सर्च क्यों नहीं किया?”

“यार मुझे क्या पता था तुम अब रागिनी दीक्षित नहीं, रागिनी प्रकाश बन गई हो, मैंने तुम्हें रागिनी दीक्षित के नाम से कई बार सर्च किया; पता है अपनी जिंदगी में मैंने तुम्हें बहुत मिस किया है, तुम्हारी हर बात बहुत याद आती थी ”

“ऐसा क्यों?”

“चलो छोड़ो, वैसे तुम्हारा काम क्या था?”

“नहीं हितेश, छोड़ो मत, प्लीज़ बताओ तुम क्या कहना चाहते हो?”

“नहीं यार कुछ भी नहीं, फिर कभी बताऊँगा।”

“हितेश यह फिर कब आयेगा, सत्रह साल तो बीत गये, अच्छा तुम्हें अपनी आखिरी मुलाक़ात याद है”

अरे वाह! रागिनी भी अभी तक आखिरी मुलाक़ात पर ही अटकी है, मैं तो सोचता था, बस उस मुलाक़ात को मैं ही याद करता हूँ।

“हाँ रागिनी उस दिन को भला मैं कैसे भूल सकता हूँ, वो दिन मेरी जिन्दगी का सबसे बड़ा टर्निंग प्वाइंट है, जब लखनऊ में, गेम्स खत्म होने के बाद, मैं तुम्हें हॉस्टल छोड़ने जा रहा था”

‘फिर...’

“तुम उस दिन बहुत शांत और सीरियस थीं, इससे पहले मैंने तुम्हें कभी ऐसे नहीं देखा था। तुम्हारी बॉडी लैंग्वेज बिल्कुल बदली हुई लग रही थी और तुम्हारी आँखों में अजीब-सी बैचेनी झलक रही थी। सामने से तेज ट्रैफिक आ रहा था, तुम अचानक चलते- चलते मेरे राइट हैण्ड से लेफ्ट हैण्ड पर आ गईं,

“फिर क्या हुआ हितेश?”

मैंने कहा ''इधर राइट हैण्ड पर चलने में क्या परेशानी है, तुम्हें अपने एक्सीडेंट का इतना डर है तो मुझे भी है, मेरे पास कौन-सी एक्सीडेंट क्लेम पॉलिसी है''

'फिर?'

फिर तुमने कहा ''हितेश यह बात तुम कभी नहीं समझोगे?''

मैंन पूछा ''कौन-सी बात नहीं समझूँगा?''

''यही कि एक लड़की अपनी मरजी से केवल अपने हसबैंड के लेफ्ट साइड पर चलती है, हितेश मैंने हमेशा तुम्हें अपने हसबैंड की तरह देखा है, मैं सारी जिंदगी यूँ ही तुम्हारे साथ चलना चाहती हूँ।''

''सॉरी यार मैं तुम्हें कुछ जवाब नहीं दे पाया, बस अपनी उलझनों में उलझकर रह गया, मैं तुमसे कोई फाल्स कमिटमेंट नहीं करना चाहता था, उसके बाद मैं और तुम बिना कुछ बोले साथ-साथ चलते रहे। तुम्हारा हॉस्टल आ चुका था, तुम मुझे छोड़कर हमेशा के लिए मेरी जिन्दगी से दूर जा रही थी और मैं चुपचाप खड़ा था, लेकिन तुमने एक बार भी पलटकर नहीं देखा, तुम्हारे साथ चले गये वो चंद कदम, मेरी जिंदगी के सबसे अनमोल पल हैं, मैं अपनी जिन्दगी में सब कुछ भूल सकता हूँ, लेकिन वो पल नहीं,''

''ओ माई गॉड, तुम्हें तो सब कुछ याद है!''

''हाँ यार उसके बाद मैंने तुम्हें मिलने के लिए बुलाया भी, मैं तुम्हारे साथ कुछ बाते क्लियर करना चाहता था, लेकिन तुम नहीं आईं, तुमने मुझे दुबारा कोई मौका ही नहीं दिया, शायद जिन्दगी कुछ मौके दुबारा नहीं देती।''

''वैरी सैड, हितेश जब तुमने मिलने के लिए बुलाया तो मैं तुमसे एक बार और मिलना चाहती थी, लेकिन मेरी कोई फ्रेंड मेरे साथ आने को तैयार नहीं हुईं। सबने मना कर दिया। सबने यही कहा, अब तुम उससे मिलकर क्या करोगी, जब उसने तुम्हारी बात का कोई जवाब ही नहीं दिया। फिर भी देहरादून आकर मैं तुम्हें हर जगह देखती, क्योंकि यह सिर्फ मैं जानती थी कि तुम मुझसे कितना प्यार करते हो, लेकिन तुम कहीं नहीं मिले, तुम तो मेरी जिंदगी से गायब हो गये थे।''

''हाँ मैं तुम्हारी जिन्दगी से गायब हो गया, लेकिन तुम तो मेरी जिंदगी से आज तक गायब नहीं हुईं, मैं हमेशा अपने आप को गिल्टी फील करता रहा।

''सॉरी यार, तुम्हें दुःखी करने का कभी नहीं सोचा, मैंने भगवान से हमेशा यही माँगा तुम जहाँ भी रहो खुश रहो। वो एक अलग दौर था, तब इन्टरकास्ट मैरिज करना इतना आसान नहीं था। तुमने जो किया अच्छा किया, नहीं तो पता नहीं क्या अंजाम होता, चलो छोड़ो अब रात गई सो बात गई।''

''छोड़ तो दिया, रागिनी मैंने तुम्हें पकड़ा ही कब था, चलो सो जाओ, अब रात के बारह बज गये हैं।''

''यार दिल की धड़कनें बढ़ाकर कहते हो सो जाओ, अब मुझे पूरी रात नींद नहीं आयेगी, मैं बार-बार यही चैटिंग पढूँगी।''

''ठीक है तुम पढ़ती रहो मैं सोने की कोशिश करता हूँ, ओके गुड नाइट'' कहकर मैं ऑफलाइन हो गया। मैं सारी रात करवटें बदलता रहा। मैं भी कितना इडियट हूँ, सारी जिन्दगी यही सोचता रहा कि रागिनी हॉस्पिटल की कैंटीन में आकर क्यों नहीं मिली, जबकि वो आना चाहती थी, कोई उसके साथ आने को तैयार ही नहीं हुआ और वो अकेले आने की हिम्मत नहीं जुटा सकी।

मैंने सुबह उठकर देखा तो रागिनी ने एक प्यारा-सा ग्रीटिंग भेजा था। इसमें दो दिल बने हुए थे जो एक गोल्डन कलर की रिंग के साथ आपस में बँधे थे।

मैंने अभी कोई रिप्लाई नहीं दिया, बस शाम होने का बेसब्री से इन्तजार करने लगा। मैं आज ऑफिसियल वर्क कम्पलीट कर जल्दी होटल लौट आया। शाम के चार बजे थे, मैंने देखा रागिनी भी ऑनलाइन है, मैंने तुरंत ग्रीटिंग का रिप्लाई सेंड किया,

''थैंक्स ए लॉट'' और साथ में एक खूबसूरत गुलाब भी सेंड कर दिया।

रागिनी का भी तुरंत रिप्लाई आ गया, ''गुलाब के लिए बहुत-बहुत शुक्रिया, इतना प्यारा फूल कहाँ से तोड़कर लाये हो, बिल्कुल ताजा लग रहा है और इसकी भीनी भीनी ख़ुशबू ने मेरे पूरे कमरे को महका दिया।''

ओह माई गॉड, मैं सोचता था, रागिनी को फेसबुक चलाना आता भी होगा या नहीं, अगर आता होगा तो उसे चैटिंग करना भी आता होगा या नहीं, लेकिन यह हमसे भी ज्यादा एक्सपर्ट निकली, वाह कान्हाँ जैसी रागिनी सोची, तूने वैसी ही लाकर दे दी, यह बिल्कुल भी नहीं बदली।

इतने में रागिनी का दूसरा मैसेज आ गया ''कहाँ खो गये?''

''कहीं नहीं, बस तुमने ग्रीटिंग में जो दिल सेंड किये थे, उनकी धड़कनें सुन रहा था।''

''अब धड़कन ही सुनते रहोगे या मेरा एक काम भी करोगे।''

''हुक्म करो, हम तो तुम्हारा काम करने के लिए ही पैदा हुए हैं।''

'इडियट'

''फिर से कहो, कहते रहो अच्छा लगता है।''

इस बार उसने इडियट, पागल, बेवकूफ सब एक साथ लिखकर सेंड किये थे और साथ में कुछ गुस्से वाले इमो भी सेंड किये,

''यार तुम गुस्से में कितनी खूबसूरत लगती हो।'' इस बार मैंने भी उसे कुछ चिढ़ाने वाले इमो सेंड किये।

माना वाइफ के पास सारे अधिकार होते हैं, लेकिन गर्लफ्रेंड के पास भी कुछ ऐसे अधिकार हैं जो वाइफ के पास नहीं होते। गर्लफ्रेंड अगर इडियट, पागल, बेवकूफ कुछ भी कह दे तो कितनी प्यारी फीलिंग आती है, अगर यही वर्ड वाइफ यूज़ कर दे तो इंडिया में तलाक की दर दस गुना बढ़ जाये।

माना आजकल की वाइफ भी बहुत पढ़ी लिखी हैं, बहुत ने प्रोफेशनल कोर्स जैसे MBA, MCA और इंजीनियरिंग भी की है, लेकिन वो भी यह नहीं बोल सकतीं, क्योंकि भारतीय पतियों का तो अभी भी वो ही माइंड सेट है।

''I know, मैं गुस्से में खूबसूरत लगती हूँ बट यू नो अबाउट नर्मदा?''

''कौन नर्मदा, यार कुछ तो बताओ।''

''वो मेरी सबसे बेस्ट फ्रेंड थी, मैंने उसे फेसबुक पर भी सर्च किया, लेकिन वो नहीं मिली''

''सचमुच यार बिल्कुल ध्यान नहीं आ रहा, हमारी दो सीनियर्स निकिता सिंह और गरिमा शर्मा तो थीं, बस उनका तो याद है, जो हमारे साथ बैडमिन्टन खेलने आती थीं।''

''हाँ गरिमा दीदी के तो मैं अभी भी टच में हूँ, उनका फ़ोन नम्बर है मेरे पास, लेकिन निकिता दीदी के साथ अब कोई लिंक नहीं रहा।''

'क्यों?'

“कॉलेज खत्म होने के बाद उन्होंने कभी किसी से कोई लिंक नहीं रखा, मैं एक बार उनसे दिल्ली में मिली भी, लेकिन उन्होंने मेरे साथ बिल्कुल अजनबियों की तरह बात की। उनसे बात करके मुझे यह लगा ही नहीं कि यह वो ही हैं जो हमारे साथ हॉस्टल में रहती थीं, जो हमारे साथ बैडमिन्टन खेलने जाती थीं।”

“अच्छा यह तो सरप्राइज है, वो तो सबसे बहुत खुश होकर मिलती थी, चलो छोड़ो, अच्छा नर्मदा के बारे में तुम्हारे पास और क्या जानकारी है?”

“मुझे बस इतना पता है कि वो सहारनपुर की रहने वाली है, उसके दो भाई हैं अनिल और सुनील, उसके डैडी की एक मेडिकल स्टोर की दुकान है, लेकिन मुझे उनका नाम याद नहीं”

“चलो इतनी जानकारी काफी है, अगर डैडी का नाम भी पता चल जाता तो ज्यादा ईजी रहता, मेरे सहारनपुर के तीन चार दोस्त हैं, मैं तुम्हें उसका या उसके भाई का मोबाइल नम्बर पता करके देता हूँ, तुम मुझे बस दो तीन दिन का टाइम दो”

“सच कह रहे हो, मैं उससे बात करने को बहुत ज्यादा एक्साइटेड हूँ।”

“हाँ, बिल्कुल सच कह रहा हूँ।”

रागिनी को निश्चिंत करने के बाद, मैं एक नये ऑपरेशन में जुट गया, जिसका नाम था ‘नर्मदा सर्च ऑपरेशन।’

मैंने अपने सभी दोस्तों की लिस्ट बना ली जो सहारनपुर के रहने वाले थे,

विनीत

अशोक

धीरेन्द्र

विनीत और अशोक का मोबाइल नम्बर मेरे पास था, इसलिए मैंने सबसे पहले विनीत को कॉल किया,

“हैल्लो विनीत”

“हैल्लो कैसे हो हीरो?”

मेरे कॉलेज के सारे दोस्त, आज भी मुझे हीरो कहकर बुलाते हैं। भगवान

ने हमें रील लाइफ का हीरो नहीं बनाया, इस बात का जितना दुःख है, उससे ज्यादा खुशी इस बात की है, उसने हमें रियल लाइफ का हीरो बनाया,

"मैं ठीक हूँ, तुम सुनाओ, कहाँ हो आजकल?"

"नोएडा में हूँ, तुम बताओ, इतने सालों बाद कैसे याद किया?"

"यार सहारनपुर का एक काम था, तुम घर कब जाते हो, आई मीन सहारनपुर?"

"सहारनपुर छोड़े तो पूरे दस साल हो गये, डैडी के रिटायरमेंट के बाद नोयडा में ही फ्लैट ले लिया, वैसे तुम्हारा क्या काम आ पड़ा?"

"कुछ नहीं यार, तुम सहारनपुर जाते तो बताता, ठीक है बाद में बात करते हैं।"

अब अशोक से बातें करते हैं, यह सोच मैं अशोक का नम्बर मिलाने लगा, "हैल्लो अशोक, कहाँ हो भाई।"

"मै ठीक हूँ, लेकिन हमारा हीरो कहाँ गायब है, दिल्ली में रहकर भी कभी नहीं मिलते।"

"क्या करें, दिल्ली में रहता कहाँ हूँ, अधिकतर समय तो टूर पर रहता हूँ, तुम तो समझ सकते हो। यार सहारनपुर का एक काम था, तुम अभी कहाँ पर हो?"

"मैं अभी बंगलौर में हूँ, अगले महीने सहारनपुर जाने का प्लान है, क्या काम है, यहीं बैठे-बैठे करा देते हैं, तुम्हारे लिए तो जान भी हाजिर है।"

"हाँ भाई, वो तो तुझ पर विश्वास है, तेरे पास धीरेन्द्र का नम्बर है? अभी वो ही दे दे, तेरी जान हम बाद में ले लेंगे"

"यार उसका नम्बर नहीं है, तुम्हें तो पता है मेरा उसका छत्तीस का आँकड़ा रहता है, लेकिन मैं एक दो दिन में किसी से लेकर दे दूँगा।"

"पक्का, भूल मत जाना, प्लीज़..."

"अरे वाह, यह प्लीज कहना कब से सीख गये; प्लीज प्लीज मत कहो, मैं तुम्हें धीरेन्द्र का नम्बर सेंड करता हूँ।"

इस बात को दो तीन दिन गुजरे गये, तभी रागिनी का मैसेज आया।

"क्या हुआ हितेश, नर्मदा का नम्बर मिला क्या?"

“नहीं यार अभी नहीं मिला, तुम चिंता मत करो, मुझे दो तीन दिन का टाइम और दो”

“हितेश कोई बात नहीं है, जब तुमने बोल दिया तो उसका नम्बर मिल जायेगा, यह मत समझना मैं तुम्हें बार-बार तंग कर रही हूँ, बस तुमने मेरी उम्मीद जगा दी है।”

“नहीं यार मैं ऐसा नहीं समझ रहा, अगर वो या उसकी फैमिली का कोई भी सहारनपुर में रहता होगा तो उसका नम्बर जरूर मिल जायेगा।”

“अच्छा तुम्हें एक बात पता है?”

‘क्या?’

“उससे मिलकर मुझे उतनी ही खुशी होगी, जितनी तुमसे मिलकर हुई।”

“अरे वाह, फिर तो वो चाहे दुनिया के किसी भी कोने में हो, उसको ढूँढ़ना ही पड़ेगा”

“ऐसा क्यों?”

“तुम नहीं समझोगी, इंसान जिससे प्यार करता है, उसे ख़ुशी देकर दिल को कितना सुकून मिलता है।”

“हाँ यार यह तो मैं नहीं समझूँगी, आई एम ए सेल्फिश गर्ल।”

“यस आई नो, यू आर ए सेल्फिश गर्ल।”

“अच्छा मैं सेल्फिश हूँ, लेकिन तुम्हारे लिए नहीं।”

“मेरे लिए क्यों नहीं?”

“यह बात तुम नहीं समझोगे हितेश”

“अरे वाह तुम तो बहुत स्मार्ट हो, हमारा डाइलॉग हमें ही पकड़ा दिया”

“I know वो तो मैं हूँ, कोई शक.”

“कोई शक नहीं, अब तो तुम वैसे भी टीचर बन गई हो, हम वो स्टूडेंट हैं जो टीचर पर शक नहीं करते”

“इडियट, टीचर मैं बच्चों की हूँ, तुम्हारी नहीं।”

“तुम्हारे आगे तो हम बच्चे ही हैं, इश्क की ए बी सी डी तो हमने तुमसे

ही सीखी है।''

''हाँ पिछली बार तो छोड़ दिया, अब नहीं छोड़ूँगी, अगर जिंदगी में फिर कभी दुबारा मिले तो इश्क के बाकी चैप्टर भी पढ़ा दूँगी।''

'hehehehehehe'

तभी एक बीप की आवाज सुन मेरे चेहरे पर मुस्कान दौड़ आई, ''ओके, रागिनी बाद में चैट करते है, मुझे कुछ जरूरी काम है''

''ओह श्योर वर्क फर्स्ट।'' कहकर रागिनी ऑफलाइन हो गई।

अशोक का मैसेज था। उसने मुझे धीरेन्द्र का नम्बर सेंड किया था, धीरेन्द्र सहारनपुर में ही रहकर कोई बिजनेस करता था। नर्मदा सर्च अभियान से मैं बहुत खुश था। इस बहाने कुछ बिछुड़े दोस्तों से बात करने का मौका मिल रहा था। विनीत और अशोक से तो मेरी कभी-कभी बात हो भी जाती थी, लेकिन धीरेन्द्र से तो पूरे पन्द्रह साल बाद बात कर रहा था। काफी देर घंटी जाने के बाद किसी लेडिज ने मोबाइल उठाया।

'कौन?'

''मैं धीरेन्द्र का दोस्त हितेश बोल रहा हूँ, क्या उससे बात हो सकती है?''

''जी मैं उनकी वाइफ बोल रही हूँ, अभी वो बाहर गये हैं, जैसे ही आते हैं मैं उनको बोल दूँगी''

''प्लीज़ भाभी जी, जरूरी काम है, वो कब तक आयेगा, मैं दुबारा कॉल कर लूँगा''

''अरे भइया, मैं आपको जानती हूँ, वो अक्सर तुम्हारे किस्से सुनाते रहते हैं, वो बस आने वाले ही होंगे... एक मिनट होल्ड करके रखना, शायद वो आ गये''

''हाँ, कौन?''

''धीरेन्द्र, मैं हितेश बोल रहा हूँ।''

'हितेश?'

''साले भूल गया क्या? हितेश... हितेश राघव।''

''अरे भाई तू आजकल कहाँ है और मेरा नम्बर कहाँ से मिला?''

"यार मैं दिल्ली में हूँ, तेरा नम्बर अशोक से लिया।"

"अच्छा, मुझे तो यकीन ही नहीं हो रहा कि मैं तुझसे बात कर रहा हूँ, भाई तुम्हारे साथ बिताये गये, कॉलेज के वो दिन आज भी मुझे बहुत याद आते हैं।"

"हाँ यार मैं भी तुमको बहुत मिस करता हूँ, लेकिन यह जिंदगी का एक पार्ट है, पूरी जिंदगी तो कॉलेज की लाइफ नहीं चल सकती।"

"हाँ भाई यह तो है, और सुना इतने दिनों बाद कैसे याद किया?"

"भाई तुझसे एक काम था"

"हाँ बोल न क्या काम है?"

"यार मेरे ऑफिस में एक लड़की है, उसकी नर्मदा नाम की कोई फ्रेंड सहारनपुर की रहने वाली है, उसके भाई का नाम अनिल व सुनील है, वो भी हमारी ऐज के आस-पास होंगे, उनका किसी मार्केट में मेडिकल स्टोर है, मुझे उनके घर के किसी भी पर्सन का मोबाइल नम्बर चाहिए।"

"किस मार्केट में और मेडिकल स्टोर का नाम क्या है? सहारनपुर कोई इतनी छोटी जगह भी नहीं है"

"अरे यार अगर सारी जानकारी होती तो वो खुद न ढूँढ़ लेती, फिर हमारी तुम्हारी क्या जरूरत पड़ती?"

"ठीक है भाई आज मैं हरिद्वार जा रहा हूँ, दो दिन बाद वापिस लौटकर आऊँगा, फिर पता करता हूँ।"

"अच्छा, तुम्हें एक बात पता है?"

'क्या?'

"नर्मदा से बात करके उस लड़की को उतनी ही खुशी होगी, जितनी तुम्हें मुझसे बात करके हो रही है।"

"अच्छा फिर तो उसका नम्बर ढूँढ़ना ही पड़ेगा, चाहे उसकी फैमली सहारनपुर के किसी भी कोने में रहती हो, एक बिछुड़े दोस्त से बात करके कितनी खुशी मिलती है, यह हमसे ज्यादा कौन समझ सकता है।"

"हाँ भाई, तभी तो यह काम सिर्फ तुम्हें दिया है, चल ठीक है बाद में बात करते हैं"

"ओके सी यू।"

"ओके सी यू विद नर्मदा नम्बर।" कहकर मैंने मोबाइल डिस्कनेक्ट कर दिया।

आज मैं टूर से लौटकर दिल्ली वापिस आ रहा था। अभी मैं नई दिल्ली रेलवे स्टेशन से राजीव चौक पहुँचा था, मैं मयूर विहार जाने वाली मेट्रो का इन्तजार करने लगा। जहाँ देखो वहाँ प्रेम की बहार थी। मेट्रो स्टेशन तो जैसे प्रेम का मिलन प्वाइंट बन गया हो, सीढ़ियों पर, स्टेशन की बेंचों पर और ट्रेन के अंदर प्रेमी-युगल एक-दूसरे से अपना प्यार जता रहे थे, और जतायें भी क्यों न, आज प्रेम का त्योहार वेलेंटाइन डे जो था।

हे कान्हाँ, हमने पिछले जन्म में कौन से बुरे कर्म कर दिये, जो तूने इंडिया में पैदा किया, कहीं आस्ट्रेलिया, अमेरिका में पैदा कर देता। अगर इंडिया में ही पैदा करना था तो और बीस साल बाद पैदा कर देता, कम-से-कम यह प्यार मोहब्बत का पर्व हम भी मना लेते।

फेसबुक पर भी वेलेंटाइन डे के ग्रीटिंग और मैसेज छाये हुए थे। सभी फेसबुकिया रायटर प्यार के ऊपर गीत, गजल और कवितायें पोस्ट करने में व्यस्त थे। फेसबुक ने भी न जाने हम जैसे कितने लोगों को रायटर बना दिया। मेरे लिए तो फेसबुक वैसे भी बहुत लकी है, उसने मुझे रागिनी से दुबारा मिला दिया। इंसान सब कुछ भूल जाता है लेकिन कभी अपना पहला प्यार नहीं भूल पाता और यह पहला प्यार भी पूरा कमीना होता है, कमीना क्या मैं तो इसे चोर कहूँगा, चोरों की तरह दिल के किसी कोने में छुप के बैठा रहता है, जैसे ही हम किसी दूसरे से कहते हैं, "मैं तुम्हें सच्चा प्यार करता हूँ।", तो बस एकदम से लड़ने को तैयार हो जाता है, "तो मैं क्या झूठा था? अरे मैं मरा नहीं हूँ, अभी जिंदा हूँ, तुम्हारे दिल के अंदर और तुम चाहकर भी मुझे कभी मार नहीं सकते, जब तक तुम जिंदा हो, मैं भी जिंदा रहूँगा।"

क्या सचमुच इंसान का पहला प्यार कभी मरता नहीं है या फिर इंसान उसके बाद कभी किसी से प्यार नहीं कर पाता। अब कल की बात ले लो, मैं एक सत्तर साल के बुजुर्ग का इंटरव्यू देख रहा था, यह रिपोर्टर भी इतने बेदर्द होते हैं यह नहीं सोचते, सामने वाले पर क्या गुजरेगी, सीधा पूछ लिया "आपका पहला प्यार कौन था?"

वो बेचारे भी सुनते ही सकपका गये। पास में रखा एक गिलास पानी

पिया, शायद होंठ सूख गये होंगे, आँखों से अपना चश्मा उतारा और कितनी मासूमियत से बोले ''वो मेरे पड़ोस में रहती थी, स्कूल से आकर मैं उसे छुप-छुप कर देखा करता था'', उन्होंने कितने दिलकश अंदाज में अपना किस्सा सुनाया, मैं तो उनका फैन बन गया, कोई कितनी बड़ी हस्ती क्यों न हो, चाहे वो बेचारा अपना पहला प्यार भुलाने में सारी जिन्दगी लगा दे, लेकिन जब उसका इंटरव्यू होता है तो सबसे पहले यही पूछा जाता है ''आपका पहला प्यार कौन था'', कोई यह नहीं पूछता कि आप दूसरी बार प्यार में कब पड़े या आप तीसरी बार प्यार में कब पड़े। शायद सबको पता है, जिंदगी में प्यार केवल एक बार होता है, उसके बाद तो सब समझौता है।

सचमुच अगर यह पहला प्यार न होता तो दुनिया के आधे मयखाने खाली रह जाते, न जाने कितने मशहूर शायर गुमनामी की जिंदगी गुजार देते और गजल का तो शायद आविष्कार ही न हुआ होता। गुलज़ार सर ने भी क्या खूब लिखा है, ''शायर बनना दुनिया का सबसे आसान काम है, बस तुम्हारे पास एक सच्चे प्यार की अधूरी डिग्री होनी चाहिए।''

अधूरी डिग्री। तो इसका मतलब क्या है, सच्चा प्यार कभी पूरा नहीं होता? एक कशिश एक उम्मीद जिन्दगी की आखिरी साँस तक जिंदा रहती है। बड़े कमाल की बात है, जिन प्रेम कहानियों में मुलाकातें जितनी कम होती हैं, उनके प्यार की उमर भी उतनी ही ज्यादा होती है। अब मेरा और रागिनी का प्यार ही देख लो, आज भी उतना ही जवान है, जितना कल था; अब भी मिलने की उतनी ही कशिश है, जितनी कल थी। प्यार करने का एक फायदा तो होता है, इंसान कभी बूढ़ा नहीं होता, इश्क हमेशा उसे जवान रखता है,

मैं पहले प्यार में खोया हुआ मेट्रो स्टेशन की एक बेंच पर बैठा था। अब तक मयूर विहार जाने वाली दो तीन ट्रेन पास हो चुकी थीं, लेकिन मैं कुछ देर और बैठे रहना चहाता था, मैं अपना फेसबुक चला रहा था और वेलेंटाइन डे से रिलेटेड पोस्ट्स को लाइक कर रहा था। फेसबुक के सभी यूजर्स पर वेलेंटाइन डे का फीवर चढ़ा था, सभी अपनी उमर और परिस्थितियों के हिसाब से इस दिन को सेलिब्रेट कर रहे थे। शायद यह सभी वो लोग हैं जिनके साथ उनका कोई वेलेंटाइन नहीं है, वरना आज प्रैक्टिकल के दिन सब जिन्दगी के पिछले पन्ने न पलट रहे होते, ,

जिन्होंने अपनी जिन्दगी में कभी प्यार नहीं किया वो भी जमकर पोस्ट कर रहे हैं, ''यह हमारा त्योहार नहीं है, यह हमारी संस्कृति के खिलाफ है।''

ज्यादा बुद्धिजीवी लोग, इन डायरेक्ट वे में अपनी भड़ास निकाल रहे थे "लोगों ने प्यार को भी बाजार बना दिया है, आज का प्यार रेस्टोरेंट, गिफ्ट शॉप और फूलों की दुकानों पर बिकता है।"

साहित्यिक लोग पोस्ट कर रहे थे "प्यार को शब्दों की जरूरत नहीं होती, प्यार तो बस महसूस करने की चीज है।"

प्यार को शब्दों की जरूरत नहीं होती, इस बात ने मेरे मन में एक हलचल पैदा कर दी। मैं भी कहाँ, कभी रागिनी से अपने दिल की बात कह पाया, काश मैं भी रागिनी को कभी आई लव यू बोल पाता, मेरा यह सपना तो अधूरा ही रह गया।

मेरी नजर एक ऐड पर गई, जिस पर लिखा था "अगर आपने अपनी जिंदगी में कभी किसी से सच्चा प्यार किया हो तो इस पेज को लाइक करें।" मैंने उस पर जाकर लाइक को क्लिक कर दिया, अब मेरे पास इस तरह के कम-से-कम पचास पेज हो गये होंगे।

तभी मुझे ख्याल आया कि चलो रागिनी को वेलेंटाइन डे का ग्रीटिंग सेंड कर देता हूँ, लेकिन यह सोचकर रुक गया कि रागिनी भी क्या सोचती होगी, मैंने कैसे लड़के से प्यार किया है, जिससे नर्मदा को ढूँढ़ने का छोटा-सा काम भी नहीं हुआ। लगता है नर्मदा का पता लगाने मुझे ही सहारनपुर जाना पड़ेगा, अब मैंने धीरेन्द्र को फोन मिला दिया "हाँ भाई क्या हुआ तुम्हें एक छोटा-सा काम सौंपा था।"

"भाई, पता चल गया है, कल उनकी मेडिकल शॉप बंद थी, आज शाम को दुबारा जाऊँगा, मेरे घर से थोड़ी दूर है"

"शाम को नहीं भाई, अभी जा, वो मैंने तुझसे झूठ बोला था, वो मेरे ऑफिस की कोई लड़की नहीं, रागिनी की फ्रेंड है।"

"कौन रागनी... रागिनी दीक्षित, वो कहाँ मिल गई?"

"अरे वाह! तुझे भी याद है, हाँ वही रागिनी दीक्षित, एक दिन फेसबुक पर मिल गई।"

"भाई याद कैसे नहीं होगी, हितेश रागिनी की प्रेम कहानी की क्लास हमने भी बहुत अटेंड की है, लेकिन अब फिर मत शुरू कर देना; रागिनी की वजह से हमारे हॉस्टल की टीम का वैसे ही रिकॉर्ड खराब हो गया था।"

मेरी और रागिनी की प्रेम कहानी पहली बार तभी सुर्खियों में आई थी, हमारे हॉस्टल की क्रिकेट टीम का एक रिकॉर्ड था, हम अपने कॉलेज के फील्ड में आज तक किसी बाहर की टीम से नहीं हारे। उस मैदान पर जितने भी टूर्नामेंट हुए वो सब हमने जीतें, बड़ी-बड़ी टीमें भी हमसे हार कर चली जाती थीं। अगर गलती से कोई टीम जीतने भी जा रही होती, फिर हम बेईमानी करके उसे हरा देते। हॉस्टल के लड़के इतनी हूटिंग करते कि बाहर वाली टीम होपलेस होकर आउट हो जाती, अगर फिर भी बात नहीं बनती तो हॉस्टल के लड़के किसी-न-किसी बात पर झगड़ा कर लेते और मैदान से स्टम्प उखड़ जाते, फिर हमारे हॉस्टल का कोई समझदार-सा स्टूडेंट विपक्षी टीम के पास जाता और उसे समझाकर आता, भाई हॉस्टल में झगड़ा हो गया है, थोड़ी देर में यहाँ क्रिकेट मैच की जगह हॉकी चलेगी, इसलिए मैच कैंसिल कर देते हैं, हमारा पहला राइट है आपके प्लेयर्स को हॉस्टल के बाहर तक सुरक्षित छोड़ कर आयें, इससे सामने वाली टीम घबरा जाती और अपनी किट समेट कर तुरंत वहाँ से निकल लेती।

हम केवल एक टीम से बईमानी नहीं करते थे और वो थी हमारे कॉलेज के सामने बने एक हॉस्पिटल की टीम, अगर हॉस्टल में कोई बीमार हो जाता तो उसे उसी हॉस्पिटल में एडमिट करना पड़ता, इसलिए मन में यह डर हमेशा बना रहता, कि कही हॉस्पिटल के स्टाफ ने इलाज में कुछ बेईमानी कर ली तो हमारे किसी स्टूडेंट की तबियत ज्यादा खराब न हो जाये। उनकी क्रिकेट टीम में डॉक्टर और हॉस्पिटल के अन्य स्टाफ के लोग थे। उसके अंदर एक केमिस्ट की शॉप थी, जिसका ओनर उनकी टीम का कैप्टन था। वो हमसे अक्सर मैच रखते और हमेशा हार कर जाते। उनका एक सपना था कि वो भी कभी हमारी टीम को हराये। एक बार वो किसी नेशनल लेवल के प्लेयर को पकड़ लाये। हमने पूछा यह तुम्हारी टीम में कहाँ से आ गया, तो बोले इसको फीवर हो गया है, इसलिए यह दो तीन दिन हमारे हॉस्पिटल में एडमिट रहेगा, जब तक यह हॉस्पिटल में एडमिट है, तब तक यह हमारी टीम में खेलेगा। लेकिन वो बेचारा भी उनकी टीम को जीता नहीं सका, जिस मैच में वो खेला था उस मैंच में मैंने हॉफ सेंचुरी मारी थी, लेकिन वो कहते हैं न एक न एक दिन सबका आता है, रागिनी की वजह से उनका वो दिन आ ही गया।

उस दिन हॉस्पिटल की टीम ने पहले खेलकर बीस ओवर्स में एक सौ तीस रन बनाये। जब हमारी टीम खेलने उतरी, हमारी ओपनिंग ने दस ओवर्स

में ही सौ रन बना लिये, मैं फर्स्ट डाउन बैटिंग करने जाता था, इसीलिए पेड बाँधकर अपनी बैटिंग का इन्तजार कर रहा था, उन दिनों वैसे भी मैं पूरी फॉर्म में खेल रहा था, तभी धीरेन्द्र भागते हुए आया और मेरे कान में चुपके से बोला कि उसने अभी-अभी रागिनी को एक म्यूजिक शॉप में देखा है। बस फिर क्या था, मैं रागिनी को देखने के लिए पैड उतारकर उसके साथ मार्केट चला गया। मेरे जाते ही मैच में ऐसा ट्विस्ट आया, कि एक-एक करके विकेट गिरने लगे। वहाँ लोग मुझे ढूँढ रहे थे और मैं मार्केट में रागिनी को, उन लोगो को मैं नहीं मिला और मुझे रागिनी, जब मैं वापिस हॉस्टल आया, तो देखा हम मैंच हार चुके थे, हॉस्पिटल की टीम जश्न में डूबी थी, उस दिन सबको पहली बार पता चला कि मेरा एक लड़की से अफेयर चल रहा है और उस लड़की का नाम रागिनी है।

"नहीं भाई, तू चिंता मत कर, बस उसका यह छोटा सा काम कर दे। बेचारी ने बड़ा अपना समझकर बोला है,"

"लेकिन हितेश तुमने मुझे पराया बना दिया; पहले नहीं बता सकते थे कि वो रागिनी की फ्रेंड है, फिर मैं हरिद्वार ही क्यों जाता, सबसे पहले यही काम करता।"

"सॉरी भाई।"

"हितेश मैं अभी जाता हूँ, अब कोई काम बाद में होगा, पहले मैं तुम्हें नर्मदा का नम्बर लाकर देता हूँ" कहकर उसने फ़ोन डिस्कनेक्ट कर दिया।

तभी मेरे सामने मयूर विहार जाने वाली एक और मेट्रो आकर रुकी। मैं बुझे मन से उसमें जाकर बैठ गया। मेरे बराबर में एक बीस बाईस साल का लड़का बैठा था, जो तिरछा-सा मुँह बनाकर अपनी कोई सेल्फी लेने की कोशिश कर रहा था। शायद उसे अपनी गर्ल फ्रेंड को भेजनी हो, आजकल प्यार करना भी कितना आसान हो गया है, जब चाहो तुम किसी को अपना मैसज, फ़ोटो या ग्रीटिंग भेज सकते हो। एक हमारा समय था दो चार महीने तो बस लड़की का नाम पता करने में गुजर जाते थे, न कोई मोबाइल, न फेसबुक और न व्हाट्स एप्प,

तभी मेट्रो अगले स्टेशन पर रुकी। डिब्बे से कुछ पैसेंजर उतरे और कुछ नये पैसेंजर चढ़े। उनमें एक बुजुर्ग व्यक्ति भी थे। उन्होंने एक नजर मेरी तरफ डाली और फिर मेरे पास बैठे लड़के को कुछ उम्मीद भरी नजरों से देखने लगे।

लड़के ने उन्हें देखकर भी अनदेखा कर दिया।

उन्होंने उससे कहा "बेटा जरा सीट देना, मुझे नॉएडा तक जाना है।"

लड़के ने अपनी सीट के ऊपर देखा, वहाँ कुछ नहीं लिखा था। तभी उसने सामने की तरफ इशारा किया, "अंकल वहाँ जाइए, बुजुर्गों के लिए वो सीट रिजर्व है।"

यह सुन मैं अपनी सीट से खड़ा हो गया "अंकल यहाँ बैठ जाइए, मुझे बस मयूर विहार तक जाना है।"

वो मेरी सीट पर बैठते हुए बोले "आजकल की नई जनरेशन में संस्कार नाम की कोई चीज नहीं है"

कुछ देर में मयूर विहार स्टेशन आ गया। मैं स्टेशन से निकलकर अपनी सोसाइटी की तरफ जा रहा था कि धीरेन्द्र का मैसेज मिला। उसने नर्मदा का नम्बर सेंड किया था, मैंने बिना एक पल गवायें, वो नम्बर रागिनी को सेंड कर दिया।

"गुड ऑफ्टर नून सर!" कहते हुए गार्ड ने गेट खोला,

"गुड ऑफ्टर नून चौबे जी कैसे हो?"

"साब बस आप लोगों की कृपा है।"

चौबे जी कृपा तो ऊपर वाले की होती है, हम भी बस तुम्हारी तरह हैं, कहते हुए मैं अपने फ्लैट की ओर चल दिया, जैसे ही मैंने बेल बजाई, रंजना डोर खोलते हुए बोली "कहाँ रह गये थे, मैं कबसे आपका इन्तजार कर रही थी।"

"कहीं नहीं, ट्रेन लेट हो गई थी।"

"हेल्लो डैडी, गुड आफ्टर नून।"

"गुड ऑफ्टर नून बेटा" मैंने अदिति को गोदी में उठाते हुए कहा, भइया क्या कर रहा है?,

"डैडी, भइया तो सो गया, आज सुबह से डैडी डैडी कर रहा था।"

"अच्छा और तुम इतना कमजोर कैसे लगी रही हो, क्या खाना नहीं खाया?"

"कहाँ खाया तुम्हारी लाडली ने, मैंने सुबह बता दिया था, आज तुम्हारे

डैडी आने वाले हैं, तो बस सुबह से जिद करके बैठी है, अब खाना डैडी के साथ खाऊँगी।'' रंजना मुझे पानी का गिलास पकड़ाते हुए बोली।

''चलो जल्दी से खाना लगा दो, सब साथ बैठकर खायेंगे'', परिवार के संग बैठकर खाना कितना अच्छा लगता है यह बस वो लोग समझ सकते हैं जो अपने परिवार से दूर रहते हैं।

शाम का वक्त था। मैं अपनी बालकनी में टहल रहा था। रागिनी का फ़ोन आया, ''थैंक्स हितेश, तुमने मुझे मेरी जिन्दगी का सबसे प्यारा वेलेंटाइन डे गिफ्ट दिया है, यह मेरे लिए इसलिए भी बहुत खास है क्योंकि यह तुमने मुझे दिया है। नर्मदा से बात करके मुझे कितनी खुशी हुई, यह मैं शब्दों में बयां नहीं कर सकती, उसको तो यकीन ही नहीं हो रहा था कि मैं उससे बात कर रही हूँ, उसने तो सोचना भी छोड़ दिया था कि मेरी कभी इस जिन्दगी में उससे दुबारा बात होगी।''

''अच्छा कैसी है वो?''

''बिल्कुल ठीक है, उसके हसबैंड रेलवे में हैं और उसके दो बेटे हैं।''

''अच्छा, वेरी गुड''

''तुम्हें एक बात पता है?''

'क्या?'

''उसने सबसे पहले मुझसे क्या पूछा?''

''क्या पूछा?''

''रागिनी तुमने शादी किससे की, प्रकाश से या हितेश से।''

'अच्छा।'

''यह सुनकर बहुत अच्छा लगा, वो हमारे बारे में सब जानती थी, पता है वो पहले तुम्हारे बारे में क्या कहती थी?''

''क्या कहती थी?''

''वो कहती थी, मुझे यह लड़का बहुत टपोरी-सा लगता है''

''यार मैंने उसके साथ कौन-सी ऐसी हरकत कर दी, मुझे तो ढंग से यह भी याद नहीं है कि मैंने उससे कभी कोई बात भी की हो, सारी दुनिया तो यह ताने मार-मार कर जीने नहीं देती कि लड़का बहुत सीधा है और मैं उसको

टपोरी लगा, मेरी तरफ से तुम उसे थैंक्स बोलना''

''किस बात के लिए''

''तुम नहीं जानती, वो दुनिया की पहली लड़की है, जिसने मुझे ऐसा समझा, नहीं तो सारी लड़कियाँ यही कहती हैं कि लड़का बहुत क्यूट है और तुम्हें एक बात पता है?''

'क्या?' रागिनी ने हँसते हुए पूछा,

''हमारे शहर में हमारे नाम की मिसाल दी जाती है, कि हितेश जितना सीधा लड़का इस दुनिया में कोई नहीं; पता है स्कूल टाइम में तो मैं धर्म संकट में फँस जाता था।''

''धर्म संकट? लेकिन क्यों?''

''मैं और मेरे दोस्त क्लास में जमकर शैतानी करते, जब टीचर आती तो पूरी क्लास को डेस्क पर खड़ा कर देती, फिर वो मुझसे पूछती ''बताओ हितेश कौन-कौन शैतानी कर रहा था?''

''अब मैं किसका नाम लूँ, सारी शैतानियाँ तो हम ही करते थे''

''अच्छा वेरी फनी, लेकिन मैं पहले से जानती थी।''

'क्या?'

''कि तुम बहुत क्यूट हो, मुझे सारी दुनिया में तुम जैसा कोई नहीं मिलेगा।''

''तो फिर यह अपनी बेस्ट फ्रेंड को क्यों नहीं समझाया?''

''यार यह शुरू-शुरू की बात थी, बाद में तो उसे भी पता चल गया कि तुम जैसा कोई नहीं।''

''वैसे रागिनी तुम्हें एक बात पता है?''

'क्या?'

''मेरे सारे दोस्त तुम्हारे बारे में क्या कहते थे?'',

'क्या?'

''तुम इसके चक्कर में मत पड़ना, यह बहुत फ्लर्ट करने वाली लड़की है।''

“अच्छा फिर क्यों पड़े मेरे चक्कर में?”

“पता नहीं यार, सबसे ज्यादा सीनियर्स की डाँट भी तुम्हारी वजह से खाई है, जितना सब मना करते थे, उतना ही तुम्हारा अट्रैक्शन बढ़ता जा रहा था।”

“लेकिन तुम क्यों आईं, मेरे चक्कर में?”

“यार मैंने सोचा, चलो थोड़ा फ्लर्ट कर लेते हैं, लड़के भी तो करते हैं, फिर हम लडकियाँ क्यों पीछे रहें।”

“और तुम्हें फ्लर्ट करने के लिए मैं ही मिला!”

“हाँ तुम ही मिले, उस कॉलेज में तुम मेरे लिए ही आये थे और मैं तुमसे कब प्यार कर बैठी, यह मुझे खुद पता नहीं चला। जब गेम्स चलते थे, तब सारा दिन मैं बस तुम्हारा इन्तजार करती, जबकि पता था तुम केवल शाम को बैडमिन्टन खेलने आओगे, हमेशा तुम्हारे ही ख्यालों में खोई रहती... तुम्हें एक बात पता है?”

‘क्या?’

“मैंने हर साल अपनी क्लास टॉप की, लेकिन फाइनल इयर में मैं सेकेंड पोजीशन पर आई, वो भी सिर्फ तुम्हारी वजह से”,

“और रागिनी तुम्हें एक बात पता है?”

‘क्या?’

“मैं फाइनल ईयर में फ़ेल होते-होते बचा, मेरे बड़ी मुश्किल से पासिंग मार्क्स आये, पता है क्यों?”

‘क्यों?’

“क्योंकि किताबों में बस तुम्हारा चेहरा दिखता था और कॉलेज खत्म होने के बाद, मेरे दो तीन साल सिर्फ तुम्हारी वजह से बरबाद हुए”

“यार तुम्हें दुःखी करने का बिल्कुल इरादा नहीं था, मुझे इस बात का अहसास हो गया था कि तुम मुझे बहुत प्यार करते हो, लेकिन क्या करें, हमारी लव स्टोरी भी कितनी अजीब है। पहले हम दोनों ही यह एक्सेप्ट नहीं कर पा रहे थे कि हमें आपस में प्यार है और जब दोनों को ऐसा लगा, तो वक्त ने हमको अलग कर दिया, उसने हमे फिर एक मौका भी नहीं दिया, एक-दूसरे के साथ कुछ पल बिताने के लिए।”

"हाँ यार और जिंदगी-भर यही एक कसक बनी रही, कि क्यों हम एक-दूसरे के साथ कुछ पल नहीं बिता पाये; तुम्हें एक बात पता है?"

'क्या?'

"मैं कॉलेज में किस गेम का विनर बनना चाहता था?"

"क्या बताऊँ, तुम तो सारे गेम अच्छे खेलते थे, किसी के भी विनर बन सकते थे।"

"हाँ यार किसी का भी विनर बन सकता था, लेकिन नहीं बना; सबमें रनर ही रहा। मैं अपनी जिंदगी के सारे फाइनल मैंच हारा हूँ, लेकिन मुझे इसका कभी इतना दुःख नहीं हुआ जितना कैरम का फाइनल मैच हारने पर हुआ था। वो मैच हारकर मैं सारी रात रोता रहा, मैं उसको हर कीमत पर जीतना चाहता था सिर्फ तुम्हारी वजह से।"

"मेरी वजह से, लेकिन क्यों?"

"पता नहीं यार उस टाइम अजीब पागलपन था। जब मुझे पता चला तुम अपने कॉलेज की कैरम चैम्पियन हो, तो बस इसीलिए मैं भी बनना चाहता था। फाइनल ईयर में मेरा सारा फोकस बस कैरम पर था। बचपन में हम भी कैरम के चैम्पियन थे, लेकिन अब छोड़े हुए काफी साल हो गये थे, मैंने फिर से प्रैक्टिस करना शुरू कर दिया और जल्दी ही मैं अपने पुराने रंग में आ गया, लेकिन हमारे कॉलेज में कैरम के दो प्रोफेशनल खिलाड़ी थे, कमर अब्बास और फैजल। कुछ शहरों के मुस्लिम इलाकों में कैरम का बहुत जुनून है, वो दोनों भी ऐसे ही शहर के रहने वाले थे। मैंने फैजल को सेमीफायनल में हराया लेकिन मैं अब्बास से नहीं जीत सका, उससे जीतना नामुमकिन था, आखिर जीतने के लिए कुछ चालें चाहिए, लेकिन अब्बास के हाथ स्ट्राइकर आते ही पूरा बोर्ड खाली हो जाता, इसीलिए वो सपना पूरा नहीं हो सका।"

"ओह, वैरी सेड, लेकिन तुम्हारा सपना तो पूरा हो गया, मैं हर साल कैरम की चैम्पियन बनी।"

"यार तुम चैम्पियन बनी न, फिर इसमें मेरा सपना कहाँ पूरा हो गया?"

"हितेश तुम और मैं अलग कहाँ हैं, तुम और मैं तो एक हैं, जो मेरा है वो तुम्हारा भी है।"

रागिनी से बात करने के बाद भी, उसके बोले शब्द मेरे कानों में बार-बार

गूँज रहे थे, "हितेश तुम और मैं अलग कहाँ है, तुम और मैं तो एक हैं।" कसम से रागिनी की बातें भी माइंड की सारी बत्तियाँ बुझा देती हैं, माइंड काम करना ही बंद कर देता है।"

यह बात माइंड को खटक गई। हाँ, हितेश रागिनी को मिलते ही, मेरा अब कोई काम ही नहीं रहा, मैंने अब काम करना बंद कर दिया है।

सॉरी यार मेरे कहने का यह मतलब नहीं था।

इट्स आल राइट, मुझे पता है तुमने यह जान-बूझकर नहीं कहा, मैं सिर्फ इसलिए चुप हूँ कि मैंने तुम्हें इतना खुश कभी नहीं देखा।

तभी मिस्टर दिल ने चुटकी ली "यार, प्यार के मामले में तुम्हारा कुछ काम भी नहीं है, तुम चुप ही रहा करो।"

ओ यार, तुम दोनों फिर एक-दूसरे पर कमेन्ट करने लगे; आज सेलिब्रेशन का दिन है, सब मिलकर पार्टी करते हैं।

* * *

वेलेंटाइन डे को बीते चार पाँच दिन हो गये थे, न ही रागिनी का कोई मैसेज आया, न ही कोई फ़ोन। यह आज भी उतनी ही सेल्फिस है, जितना पहले थी। जब कॉलेज में स्पोर्ट्स चलते तो ऐसे बातें करती थी, जैसे उससे ज्यादा प्यार करने वाला कोई इस दुनिया में है ही नहीं और स्पोर्ट्स खत्म होने के बाद, अगर कहीं मिल जाये तो ऐसे बिहेव करती, जैसे मुझे जानती ही नहीं।

रागिनी को बैडमिन्टन और टेबिल टेनिस सिखाने के चक्कर में हमने अपना गेम खराब कर लिया, लेकिन उसने स्टेट लेवल चैम्पियन बन जाने के बाद भी कभी आकर एक थैंक्स तक नहीं बोला।

मुझे ऐसा पता होता, तो उसे नर्मदा का नम्बर कभी सर्च करके नहीं देता, कम-से-कम रोज पूछती रहती "क्या हुआ हितेश?"

मैं होटल के कमरे में लेटा बस रागिनी के बारे में सोच रहा था, रात के ग्यारह बजने वाले थे और आँखों से नींद गायब थी; शायद वो भी रागिनी को सर्च करने निकल गई होगी। मैंने अपना लेपटाप खोला और एक कहानी लिखने की कोशिश करने लगा। इस कहानी के नायक और नायिका का नाम मैंने हितेश और रागिनी रखा। यह हमारी तरह कभी बिछुड़ते नहीं, एक-दूसरे

का इन्तजार करते हैं, इन्हें एक-दूसरे पर अटूट विश्वास होता है, जो शायद मैं और रागिनी नहीं कर पाये। इसका शीर्षक भी मैंने 'विश्वास' रखा। विश्वास प्यार से भी ज्यादा महत्त्वपूर्ण होता है। अगर हम किसी से प्यार करने लगे और हमें उसकी किसी बात पर विश्वास ही न हो, तो ऐसे प्यार का क्या अर्थ। कहानी लिखने के बाद मैंने इसे फेसबुक पर पोस्ट कर दिया, फेसबुक पर पोस्ट करने का सबसे बड़ा फायदा यह है तुम्हें छपवाने के लिए कहीं किसी के चक्कर नहीं काटने पड़ते; तुम इसे सीधे पब्लिकली शो कर सकते हो, दुनिया के सारे सब्जेक्ट आउट ऑफ डेट हो सकते हैं, लेकिन प्यार का सब्जेक्ट हमेशा एवर ग्रीन रहता है... यह कहानी भी प्रेम पर आधारित थी।

'विश्वास'

"बेटा, पूरे दो साल हो गये कॉलेज छोड़े, अब तो शादी के लिय हाँ कह दो, आखिर तुम उसका कितना इन्तजार करोगी।" माँ, बेटी को समझाते हुए बोली।

"नहीं माँ, मुझे अभी शादी नहीं करनी।"

"फिर तू क्या सारी जिंदगी कुँआरी बैठी रहेगी! अभी इतने अच्छे रिश्ते आ रहे हैं।" माँ के चेहरे पर चिंता की लकीरें उभर आईं।

"माँ, मैं किसी और से शादी नहीं कर सकती, मैंने उनसे प्यार किया है और प्यार जिंदगी में केवल एक बार होता है; मैं किसी ओर से शादी करके ताउम्र दोहरी जिंदगी जीना नहीं चाहती।"

"बेटा, यह फ़िल्मी बातें छोड़ो, क्या पता उसने शादी कर भी ली हो"

"माँ, इतना तो विश्वास है, अगर वो शादी करेंगे, तो उससे पहले एक बार कॉल जरूर करेंगे।"

"पता नहीं, कैसे समझाऊँ तुझे, चल उठकर देख, बहुत देर से किसी का फ़ोन बज रहा है"

'हैलो' "हैलो, रागिनी।"

कुछ पल के लिए रागिनी के सीने में साँसें अटक गईं, आँखों में नमी और चेहरे पर एक विश्वास भरी मुस्कान उभर आई,

"हैलो हितेश, कैसे हो?"

"अच्छा हूँ पागल लड़की, तुम कैसी हो; अभी भी उतनी ही पागल हो

क्या? मुझे लगा था जैसे फ़ोन कोई और ही उठायेगा और बोलेगा, बेटा वो तो अपनी ससुराल चली गई।''

''चली तो कब की जाती, अगर एक पागल लड़के का इन्तजार न होता।'' अब रागिनी की आँखों की नमी एक चमक में बदल चुकी थी।

कहानी को पोस्ट करने के कुछ मिनट बाद पहला कमेन्ट रागिनी का आया। ''रियली वैरी नाइस स्टोरी, तुमने तो दिल की धड़कनें बढ़ा दी।''

मैंने भी उसका कमेन्ट लाइक कर उसे थैंक्स का सिंबल भेज दिया।

''हैलो हितेश क्या कर रहे हो?'' रागिनी का इनबॉक्स में मैसेज देख दिल खुश हो गया,

''कुछ खास नहीं, बस एक कहानी लिख रहा था।''

''तुम बहुत अच्छा लिखते हो; मैंने तुम्हारी काफी कवितायें और कहानियाँ पढ़ी हैं, सीधा दिल में उतर जाती है, तुम इतना अच्छा कैसे लिख लेते हो!''

दिल में आया बोल दूँ, मैं जो भी लिखता हूँ, वो तुम्हें याद करके लिखता हूँ; अगर मैं तुम्हें याद न करूँ तो एक शब्द भी न लिख पाऊँ, लेकिन मैं बस इतना ही कह पाया,

''थैंक यू रागिनी, जो तुम्हें मेरा लिखा अच्छा लगता है, तुम्हें एक बात पता है?''

'क्या?'

''मैंने तुम्हें याद करके भी बहुत-सी कवितायें लिखी हैं।''

''wow amazing, प्लीज़ मुझे सेंड करो, मुझे वो सारी कवितायें पढ़नी हैं, जो तुमने सिर्फ मेरे लिए लिखी है।''

मैंने रागिनी को सबसे पहले अपनी कविता 'किस्सा' सेंड की, जिससे रागिनी को यह पता चल सके, मैंने उसे अपनी जिन्दगी में कितना मिस किया है।''

'किस्सा'
सोचा था,... एक किस्सा है
किस्सा बनकर रह जायेगा
नहीं पता था,... दिल कोने में

उसका कुछ हिस्सा रह जायेगा

सोचा था... एक फूल है
खिल कर बिखर जायेगा
नहीं पता था, वो खुश्बू बनकर
सासों में बस जायेगा

सोचा था, एक जख्म है
धीरे धीरे मिट जायेगा
नहीं पता था, हर दर्द में
वह बेदर्द याद आयेगा

सोचा था, जिंदगी का सफर
तनहा भी कट जायेगा
नहीं पता था, उसका चेहरा
ख्वाबों में नजर आयेगा

सोचा था, हक है हमारा
आखिर कहाँ जायेगा
नहीं पता था, रस्मों रिवाज में
वो एक दिन बँध जायेगा

सोचा था, नाम भी उसका
अब होंठो पर कभी न आयेगा
नहीं पता था, हर गीत गजल में
सिर्फ जिक्र उसी का आयेगा

"ओह माई गॉड, तुम सचमुच पागल हो।"

"हाँ हूँ, लेकिन सिर्फ तुम्हारे लिए।" इसके साथ ही मैंने रागिनी को कुछ प्यार वाले इमो सेंड किये।

"I know, सिर्फ मेरे लिए, अच्छा हितेश तुम्हें शिवानी याद है?"

''कौन शिवानी?''

''वो हमारी जूनियर थी, जब हम बैडमिन्टन की प्रेक्टिस करते, तो वो भी कभी-कभी हमारे साथ आती थी''

''अच्छा कुछ ज्यादा याद नहीं है, क्या हुआ उसे?''

''उसे कुछ नहीं हुआ, कॉलेज में नर्मदा मेरी सबसे अच्छी दोस्त थी, लेकिन कॉलेज खत्म होने के बाद मैं दिल्ली में कुछ साल उसके साथ रही और वो मेरी दोस्त बन गई, मैं उससे अपनी सारी बातें शेयर कर लेती हूँ, वो तुम्हें भी जानती है, मैंने उसे बताया कि तुम मुझे फेसबुक पर मिल गये।''

''अच्छा तब तो वो बहुत खुश हुई होगी।''

''नहीं यार उसे कोई ख़ुशी नहीं हुई।''

'क्यों?'

''क्योंकि उसे पता है मेरे दिल में आज भी तुम्हारे लिए एक सॉफ्ट कार्नर है, उसे डर है कहीं मैं तुमसे मिलकर फिर इमोशनल न हो जाऊँ, वो मुझे मना करती है कि मैं तुमसे कोई चैटिंग न किया करूँ, वो मेरी बहुत केयर करती है, तुम्हें पता है एक बार क्या हुआ?''

''क्या हुआ?''

''जब कॉलेज में पढ़ते थे, तब एक दिन हम बुक स्टॉल पर खड़े होकर कुछ बुक खरीद रहे थे, तभी बॉयज कॉलेज के कुछ लड़के आये और वो तुम्हारा नाम लेकर मुझ पर कमेंट पास करने लगे''

'फिर?'

''यार पहले तो हमने इग्नोर किया, लेकिन जब कमेन्ट कुछ ज्यादा बढ़ गये, तो उसने एक लड़के को बहुत डाँटा।''

''अच्छा वेरी इन्ट्रेस्टिंग, लेकिन जब वो तुम पर कमेंट पास कर रहे थे तो तुमने क्यों नहीं डाँटा, वैसे तो तुम अपने आपको बहुत बोल्ड समझती हो।''

''अरे यार, मैं उस बेचारे को क्यों डाँटती, जब कोई तुम्हारा नाम लेकर मुझे छेड़ता, तब मुझे वो बहुत अच्छा लगता।''

''फिर तुमने उस बेचारे को बिना मतलब शिवानी से डाँट लगवा दी, काश मुझे यह सब पहले पता होता कि तुम्हें यह पसंद है, तब मैं भी तुम्हें छेड़ा

करता।''

''ओय मिस्टर! तुम्हारी बात करने की हिम्मत होती नहीं थी, फिर तुम मुझे छेड़ते कैसे... वैसे भी अगर तुम मुझे यूँ रास्ते में कभी छेड़ते, तुम्हारी मैं अच्छी तरह पिटाई करती।''

''ओय मैडम, यह रागिनी प्रकाश वाली स्टाइल किसी और को दिखाना, जिस दिन तुम्हारे सामने आकर खड़ा हो गया न, पिटाई दूर की बात है, हाथ भी नहीं उठा पाओगी, सब भूल जाओगी कौन रागिनी और कौन प्रकाश।''

''यार मैं तुम्हें बस चिढ़ा रही थी, मुझे आज भी तुम्हें चिढ़ाना बहुत अच्छा लगता है...hehehehe''

''अच्छा तुम्हें पता है मुझे रागिनी दीक्षित की एक बात बहुत अच्छी लगती थी।''

'क्या?'

''उसने मुझे कभी तुम भी नहीं बोला, हमेशा आप कहकर बात करती थी; वो रागिनी प्रकाश की तरह नहीं थी कि मुझसे इडियट कहकर बात करे''

''यार वो खुद इडियट थी तो तुम्हें क्यों बोलती।''

''यार वो जैसी भी थी तुमसे बहुत अच्छी थी, मैं आज भी उसी रागिनी दीक्षित को याद करता हूँ। अच्छा तुम्हें वो शिवजी का मन्दिर याद है, जहाँ तुम हर सोमवार को आती थीं और मैं बस पूरे हफ्ते तुम्हारी एक झलक पाने का इन्तजार करता।''

''हाँ यार और मैं सोचती कि यह सोमवार हफ्ते में सातों दिन क्यों नहीं आता।''

''सचमुच, तुम भी सोमवार का इतनी बेसब्री से इन्तजार करती थी?''

''हाँ, उस दिन हॉस्टल मेस में दही व आलू के पराठे बनते, मुझे वो बहुत पसंद थे।''

''ठीक है, तुम आराम से बैठकर आलू पराठे खाओ, मैं ऑफलाइन हो रहा हूँ।'' इसके साथ ही मैंने उसे गुस्से वाले इमो सेंड किये।

''यार तुम भी जरा सी बात पर नाराज हो जाते हो, मैंने कहा न बस तुम्हें

चिढ़ाना मुझे आज भी अच्छा लगता है, मैं सचमुच तुम्हारे लिए ही सोमवार का इन्तजार करती थी, मैं चाहती थी; हर दिन सोमवार का दिन हो, तुम हर रोज मुझे देखने मन्दिर आओ, मैं हर रोज कम-से-कम एक बार तुम्हें देख सकूँ, अच्छा बताओ तुम भगवान से क्या माँगते थे?''

''मैं माँगता था, हे भगवान इस लड़की को कोई बहुत प्यार करने वाला पति मिले, जो यह मेरा पीछा छोड़ दे।'' इसके साथ ही मैंने उसे चिढ़ाने वाले इमो सेंड किये,

''रागिनी, तुम भगवान से क्या माँगती थी?''

''मैं माँगती थी, हे भगवान इस लड़के को कोई बहुत प्यार करने वाली पत्नी मिले, जो यह मुझसे बिछुड़कर आँसू न बहाये, दुःख भरी कवितायें ना लिखे, कोई रायटर न बन जाये।''

इस बात पर हम दोनों बहुत देर तक हँसते रहे। हमे पता था, हम अपने दिल से यह मनोकामना कभी नहीं माँग सकते कि किसी इडियट को इतना प्यार करने वाला जीवनसाथी मिले कि वो दूसरे इडियट को भूल जाये और भगवान ने हमारी यह प्रार्थना सुन ली थी।

''अच्छा हितेश, तुम पास आउट होने के बाद, कभी अपने कॉलेज गये थे?''

''नहीं यार, बहुत कोशिश की, लेकिन कभी जाने की हिम्मत नहीं हुई।''

'क्यों?'

''फिर तुम्हारा खयाल आ जाता था, तुम कैसी होगी, कहाँ होगी।''

''चलो यार किसी दिन चलते हैं; मेरा बहुत मन करता है एक बार फिर से वो कॉलेज, वो रास्ते, वो मन्दिर देखने का।''

''मन तो मेरा भी बहुत करता है, लेकिन अब सब बदल गया है; कुछ भी पहले जैसा नहीं रहा, वहाँ जाकर क्या करेंगे?''

''यार मान लिया सब-कुछ पहले जैसा नहीं रहा, लेकिन कुछ चीजें कभी नहीं बदलतीं, फिर उस कॉलेज में तुम्हारे जैसा कोई इडियट लड़का होगा, फिर उस कॉलेज में मेरी जैसी कोई इडियट लड़की होगी, फिर कोई नयी प्रेम कहानी होगी।''

''हाँ रागिनी, यह बात तो है और हमारी तरह उनको भी लग रहा होगा,

हम बहुत स्पेशल हैं, हमारी प्रेम कहानी बहुत यूनिक है; एक फिलॉसफर ने ठीक ही कहा है, दुनिया में केवल वो ही लोग प्यार कर सकते हैं जो इडियट होते हैं, यह इंटेलिजेंट लोगों के बस की बात नहीं।''

''हाँ यार, तभी तो वो इडियट्स जीत गये और हम दोनों हार गये।''

''कौन इडियट्स?''

''हितेश वो इडियट्स जो एक तुम्हारे दिल में रहता है और एक मेरे, वो इडियट्स जो एक-दूसरे को बहुत प्यार करते हैं, वो इडियट्स जिनको हम कभी पहचान नहीं पाये।''

''रागिनी यह तो सच है और आज भी हम उन्हीं दोनों इडियट्स की वजह से अपना जरूरी काम छोड़कर एक-दूसरे से घंटों चैटिंग करते हैं, एक-दूसरे से मिलना चाहते है, एक-दूसरे के साथ वक्त गुजारना चाहते हैं।''

''हाँ यार, हम आपस में प्यार करने लगे थे, लेकिन सबसे झूठ बोलते रहे, अपने दोस्तों से और अपने आप से भी।''

''हाँ रागिनी, सबसे ज्यादा झूठ तो हमने अपने आप से बोला; खुद को इंटेलिजेंट समझते रहे और कभी उन दोनों इडियट्स को नहीं पहचान पाये जो हमारे दिल में रहते थे, जिसे केवल तुम और मैं जानते थे।''

''अच्छा हितेश मेरी एक विश है, क्या तुम पूरी करोगे?''

''हाँ बोलो, मैं अपने आप को बड़ा लकी समझूँगा यदि तुम्हारी कोई विश पूरी कर सका।''

''यार तुम तो रायटर हो, कभी अपनी प्रेम कहानी भी लिखना।''

''अपनी प्रेम कहानी, लेकिन रागिनी मैं क्या लिखूँगा, कौन पढ़ेगा ऐसी प्रेम कहानी, जिसमें न कोई रोमांस हुआ, न दोनों ने कॉर्नर की सीट लेकर साथ में कोई पिक्चर देखी, न एक-दूसरे के साथ बाइक पर चिपककर कोई जर्नी की, बस पागलों की तरह एक दूसरे की आँखों में अपनी तस्वीर देखते रहे।''

''हितेश तुम्हें एक बात पता है?''

'क्या?'

''सच्चा प्रेम कभी लफ्जों से बयान नहीं होता, सच्चा प्रेम केवल आँखों से बयाँ होता है... जब हम किसी से प्रेम करते हैं तो हमारी आँखें बोलने लगती

हैं और हमारा दिल सुनने लगता है।''

''हाँ रागिनी और जब हम बिछुड़ते हैं तो सबसे ज्यादा दुःख भी इन्हीं को होता है; हमारी आँखें रोने लगती हैं और हमारा दिल दुखने लगता है।''

''हितेश मुझे आज अहसास हुआ कि लोग क्यों कहते हैं, प्रेम अमर है। हमारे दिल में जब किसी के लिए सच्चा प्रेम पैदा हो जाता है, तो वो कभी नहीं मरता, वो हमारे अंदर हमेशा जिंदा रहता है; आज जिंदगी के इस मोड़ पर मुझे वो इडियट लड़की बहुत याद आती है, कितनी पागल थी वो जो तुम्हें दिल दे बैठी।''

''ओय मैडम मेरी रागिनी दीक्षित को पागल मत बोलो, पागल बोलना है तो रागिनी प्रकाश को बोलो, मेरे अंदर आज भी एक इडियट लड़का रहता है जो उस पागल लड़की से प्यार करता है।''

''अच्छा फिर उस इडियट लड़के से कहो कि उसे रागिनी दीक्षित ने बोला है कि वो हमारी प्रेम कहानी लिखे।''

''यह बात है, फिर तो एक प्रेम कहानी लिखनी ही पड़ेगी, कहानी का प्लाट भी बहुत मजेदार रहेगा, दो इडियट लोगों की प्रेम कहानी।''

''बेस्ट ऑफ लक हितेश, प्रेमकहानी बेवकूफ लोगों की ही होती है, इंटेलिजेंट लोगों की तो प्लानिंग होती है।''

''थैंक यू रागिनी, गुड नाइट, अब थोड़ा सो लेते हैं।''

''गुड नाइट नहीं रायटर साहिब, सुबह के चार बज चुके हैं, गुड मॉर्निंग बोलो।''

''ओह माई गॉड! आज फिर चैटिंग करते-करते सुबह हो गई; गुड मॉर्निंग रागिनी''

अब रागिनी भी ऑफलाइन हो गई और मैं भी बिस्तर पर एक तरफ लुढ़क गया।''

रागिनी से रात-भर चैटिंग करने के बाद, मैं आज बहुत खुश था। मुझे वो दिन बार-बार याद आ रहा था, जब मैंने मनोज को बड़ी मुश्किल से लखनऊ जाने के लिए तैयार किया।

जैसे ही मैं मनोज के रूम पर पहुँचा, उसने देखते ही कहा ''क्या हुआ हीरो, इतनी रोनी सूरत क्यों बना रखी है?''

''नहीं यार बस मन नहीं लग रहा था, इसलिए तेरे रूम पर चला आया।''

''तुम बिना काम के कभी नहीं आते, सच-सच बोलो क्या काम था!''

''यार क्या हम अपनी टीम के साथ लखनऊ नहीं जा सकते?''

उसने मुझे घूर कर देखा और बोला ''नहीं जा सकते; वहाँ वो प्लेयर जा रहे हैं, जिनका स्टेट लेवल पर सेलेक्शन हुआ है... जब तुम्हें समझाया था कि अच्छी तरह प्रेक्टिस कर लो, तब तो तुम्हारे ऊपर बस कैरम का भूत सवार था, अब कुछ नहीं हो सकता, हम जोनल लेवल में हार चुके हैं।''

''यार अगर तुम स्पोर्ट्स टीचर से बात करो, तो वो तुम्हें मना नहीं करेंगे।''

''लेकिन तुम क्यों जाना चाहते हो?''

''तुम्हे नहीं पता, वहाँ रागिनी भी जा रही है, उसका तो स्टेट लेवल पर सेलेक्शन हो गया?''

''अरे वाह, तुम कबसे उसके लिए इतना सीरियस हो गये, तुम तो कहते थे, कॉलेज खत्म तो लव स्टोरी खत्म।''

''यार मैं उसके लिए सीरियस नहीं हूँ, लेकिन क्या करूँ, उसको देखे बिना मन भी नहीं लगता। जब वो देखती है तो ऐसा लगता है, यह जिन्दगी कितनी खूबसूरत है; उसकी आँखें इतनी प्यारी बातें करती हैं कि बस चुपचाप बैठकर सुनते रहो। तुम तो जानते हो, यहाँ एक लड़के का किसी लड़की से मिलना कितना मुश्किल है... अब वैसे भी कॉलेज खत्म होने वाले हैं, उसके बाद तो फिर शायद ही हम कभी मिलें। यार मैं पूरी जिन्दगी यह नहीं सोच सकता कि मेरे पास उसे देखने का, उससे बातें करने का एक मौका और था, और मैंने वो भी खो दिया।''

''अच्छा वाह, और तुम्हारे पास एग्जाम देने का भी एक ही मौका है, तुम्हारे लिए कोई अलग से डेट शीट नहीं बनेगी; तुमने अपनी पढ़ाई भी बिल्कुल छोड़ रखी है, अपना प्रोजेक्ट भी पूरा करने के लिए दूसरे लड़कों को लगा रखा है; वहाँ जाने का मतलब है एक हफ्ता और गया।''

''यार एक हफ्ते में क्या हो जायेगा; मैं पढ़ाई वहाँ से आकर कर लूँगा, जिन दोस्तों को मैंने प्रोजेक्ट के काम पर लगाया है, यह सब वही हैं, जो

हॉस्टल में भागकर आते थे कि जल्दी चलो, हमने रागिनी को मार्केट में वहाँ खड़ा देखा है; इन्हें भी तो कुछ पनिशमेंट मिलना चाहिए, इन्होंने भी तो मुझे रागिनी के लिए सीरियस बनाया है।''

''देखा तुमने खुद एक्सेप्ट कर लिया कि तुम उसके लिए सिरियस हो।''

''यार तुम तो बस एक ही बात को पकड़कर बैठे जाते हो।''

''नहीं यार मैं बस तुम्हारे भले के लिए बोल रहा हूँ; मुझे पता है, अगर तुम फेल हो गये तो बुरी तरह टूट जाओगे, मैं यह रिस्क नहीं ले सकता।''

''अच्छा तुम यह रिस्क नहीं ले सकते... मैं ही पागल था जो तुम्हारे लिए बेईमानी की, अपने दोस्तों का दिल तोड़ा, तुमने तो इतनी जल्दी उस डबल विकेट टूर्नामेंट का अहसान भी भुला दिया।''

डबल विकेट टूर्नामेंट मनोज की एक कमजोर कड़ी थी। कॉलेज में यह टूर्नामेंट हर साल खेला जाता था। इसको जीतना किसी के लिए एक ख्वाब की तरह था। इसके लिए बहुत सारी तिकड़म भिड़ाई जाती, इसलिए इस टूर्नामेंट पर हमेशा बेईमानी के धब्बे लगे रहते। विजेता वो ही बनता था जो अच्छा खेल सके और जिसके सिर पर कॉलेज के दंबग लड़कों का हाथ हो, क्योंकि अम्पायरिंग का काम वो ही सँभालते; अम्पायरिंग करने में उनका खौफ बहुत काम आता। अगर उन्होंने किसी को आउट दे दिया तो उसको आउट ही होना पड़ता, किसी प्लेयर में इतनी हिम्मत नहीं होती कि वो अम्पायर के निर्णय का विरोध कर सके, सदियों से यही चलता आ रहा था।

इस टूर्नामेंट की सारी बागडोर मेरे और मनोज के हाथ में थी। हमने टूर्नामेंट को सफल बनाने के लिए जी तोड़ मेहनत की। इस बार हम कोई बेईमानी भी नहीं करना चाहते थे, इसलिए हमने सदियों पुरानी यह प्रथा भी तोड़ दी। हमने डिक्लेयर कर दिया, इस बार कोई भी दादा टाइप लड़का न तो टूर्नामेंट की कमेटी का सदस्य बनेगा और न ही अम्पायर। टूर्नामेंट शुरू होने पर इस बात का बहुत विरोध भी हुआ, लेकिन हमने भी जिन्दगी में केवल एक ही चीज कमाई है, वो है दोस्तों का प्यार। कॉलेज के जितने भी अराजक तत्व थे, वो सब-के-सब अपने पक्के दोस्त थे, इसलिए उन लड़कों को मैंने अच्छी तरह समझा दिया कि यह टूर्नामेंट तुम्हारा भाई जीतने जा रहा है, इसलिए मुझे किसी तरह का कोई व्यवधान नहीं चाहिए, तुम टूर्नामेंट देखने भी मत आना; मैं नहीं चाहता कोई हमारे जीतने के बाद यह कहे कि हमने इस टूर्नामेंट को

जीतने के लिए अपनी ताकत का फायदा उठाया।

हमें लगता था इस टूर्नामेंट को हम आसानी से जीत लेंगे। हमारी टीम सबकी फेवरेट थी, हमें बस अशोक और अरविन्द की जोड़ी से खतरा था, टूर्नामेंट के सारे प्राइज भी हमने खरीदे थे। विजेता टीम के लिए हमने बहुत बड़ी ट्राफी खरीदी, बेस्ट बल्लेबाज और बेस्ट बॉलर के लिए भी अच्छी-अच्छी ट्राफियाँ थीं। मुझे और मनोज को लगता था यह सारे प्राइज हमें ही मिलने वाले हैं; मैं अपने कॉलेज के सबसे अच्छे बैट्समैन में से एक था और मनोज हमारे कॉलेज का सबसे अच्छा बॉलर।

अशोक और अरविन्द होस्टल से बाहर रहते थे। जो लोग हॉस्टल से बाहर रहते थे, उन्हें हम आउट साइडर बोलते थे। हमारे देश की राजनीति की तरह कॉलेज में भी बहुत राजनीति चलती थी। कॉलेज के छात्र कई तरह के पार्टीशन में बँटे थे, जैसे जातिवाद, क्षेत्रवाद, हॉस्टल और आउट साइडर वाद।

टूर्नामेंट पूरे शबाव पर चल रहा था। हमें लगा कि अशोक, अरविन्द की टीम से हमारा मुकाबला केवल फाइनल में होगा, लेकिन समीकरण कुछ ऐसे बने कि हम सेमीफायनल में ही आमने-सामने आ गये। वो सेमीफायनल मैच उस टूर्नामेंट का सबसे रोमाचंक मुकाबला था। अशोक और अरविन्द की टीम पहले खेली और हमारी टीम को स्कोर का पीछा करना पड़ा। मैच ऐसे मोड़ पर आ गया कि मैं नॉन स्ट्राइक पर था और मनोज स्ट्राइक पर। मैच जीतने के लिए आखिरी बॉल पर चार रन बनाने थे। मनोज ने जोरदार शॉट खेला, जो सीधा छह रनों के लिए जा रहा था, लेकिन कुलदीप ने ऊँची डाइव लगाकर एक इंम्पॉसिबल कैच पकड़ लिया। हम जीता हुआ मैच हार गये। मैच हारने के बाद मैं और मनोज बहुत अपसेट हो गये। मनोज तो अपने रूम में जाकर रोने लगा। मैंने उसे समझाते हुए कहा "यार इतना दुःखी क्यों होते हो, मैच में हार या जीत तो चलती रहती है; हम भी अच्छा खेले लेकिन क्या कर सकते हैं जीतना तो एक ही टीम को था।

हितेश तुम्हें पता है, यह टूर्नामेंट जीतना हमारा एक सपना था, जो कुलदीप की बेईमानी की वजह से टूट गया,

"कुलदीप की बेईमानी! क्या कह रहे हो, उसने क्या बेईमानी की?" यह सुनकर मैं शॉक्ड था,

"अच्छा तुम्हें पता नहीं चला कि क्या बेईमानी की... जब अशोक और अरविन्द बैटिंग कर रहे थे, तो उसने कितनी मिस फील्डिंग की और एक सिम्पल सा कैच भी छोड़ा, जबकि मेरे शॉट को उसने डाइव मारकर भी कैच कर लिया।"

"लेकिन वह ऐसा क्यों करेगा; क्रिकेट में कभी-कभी ऐसा हो जाता है कि सिंपल कैच हाथ से छूट जाता है और हम मुश्किल कैच पकड़ लेते हैं।"

"नहीं, यह उसने जान-बूझकर किया है, क्योंकि वो आउट साइडर है; वो नहीं चाहता कि हर साल की तरह इस बार भी यह टूर्नामेंट हॉस्टल वाले जीतें, उसे बस हमारी टीम से खतरा था, तो उसने हमें हरवा दिया, अब उनका फाइनल मैंच सुनील और विनय की टीम से होगा, उन्हें तो वो आसानी से हरा देंगे।"

"मनोज, हम टूर्नामेंट से बाहर हो गये, अब हम क्या कर सकते हैं?"

"हितेश तुम चाहो तो कुछ भी कर सकते हो; अशोक, अरविन्द को फायनल मैंच में हरा सकते हो, यह टूर्नामेंट रुकवा सकते हो। मैं अशोक और अरविन्द के हाथ में वो फर्स्ट प्राइज वाली ट्रॉफी नहीं देख सकता। कितने प्यार से हमने वो ट्रॉफी अपने लिए खरीदी थी,

जब कोई कहता है कि "हितेश तुम चाहो तो कुछ भी कर सकते हो", तब मेरा दिल और माइंड अपने आप पूरी फॉर्म में आ जाते हैं। "ठीक है मनोज, जब कुलदीप ने बेईमानी की है, तो हम भी कर सकते हैं; अब या तो यह टूर्नामेंट नहीं होगा या अशोक और अरविन्द फायनल मैच नहीं जीतेंगे; अब यह विनर वाली ट्राफी सुनील और विनय की टीम को मिलेंगी,

"क्या कह रहे हो हितेश, क्या सचमुच ऐसा हो सकता है?"

"हाँ अब ऐसा ही होगा, तुम जल्दी से उस रूम की चाबी ले आओ जिसमें प्राइज रखे हैं।"

मनोज जल्दी से चाबी ले आया, फिर मैंने और मनोज ने कुछ ट्रॉफियों के लेबल बदल डाले। अब बेस्ट बॉलर और बेस्ट बैट्समैन की ट्रॉफियों पर हमने बेस्ट अम्पायर का लेबल लगा दिया। अब फायनल मैच में अम्पायर वो लड़के बनेंगे, जिनके डिसीजन पर कोई उँगली न उठा सके। मैं जाते-जाते उन्हें बोलकर जाऊँगा, कि तुम्हारे पास दो आप्शन है, पहला यह "चाहे कितनी भी बेईमानी करनी पड़े, तुम्हें अशोक अरविन्द की जोड़ी को हराना ही है और

दूसरा यह, अगर तुम्हें लगे कि उनकी टीम बेईमानी करके भी नहीं हार रही, तो किसी बात पर भी झगड़ा कर मैच कैंसिल कर देना और सुनील व विनय की टीम को विजेता घोषित कर देना; अगर कोई ज्यादा विरोध करे तो उससे अपने तरीके से निपट लेना, बाकी हम आकर सँभाल लेंगे।

"लेकिन हम कहाँ जायेंगे?"

"हम आज ही मसूरी घूमने के लिए चल देते हैं; अब हम फायनल मैच खत्म होने के बाद ही आयेंगे।"

टूर्नामेंट, जैसा हमने चाहा वैसे ही खत्म हुआ, वो फाइनल मैच अब तक के इतिहास का सबसे गलत डिसीजन वाला मैच था, जिसमें अम्पयारों ने अशोक अरविन्द की जोड़ी को हराकर ही दम लिया; उन्हें रनर की ट्रॉफी लेनी पड़ी।

यार तुम उस टूर्नामेंट का अहसान मुझसे कितनी बार चुकवाओगे.. उसी के नाम पर मुझसे अपना हर काम करा लेते हो, लेकिन इस बार मैं तुम्हारी बातों में नहीं आऊँगा।

मेरी बातों का मनोज पर कोई असर नहीं हो रहा था, लेकिन ऊपर वाले ने भी हमें एक ही काबिलियत दी है कि हम जब चाहें जिसको इमोशनल कर दें। अब मेरे पास मनोज को मनाने का बस एक ही रास्ता बचा था; मुझे अपना आखिरी मास्टर स्ट्रोक खेलना था, "ठीक है मनोज, मुझे लगता था कि इस कॉलेज में तुम ही मेरे सबसे सच्चे दोस्त हो। जब मुझे कोई नहीं समझेगा तो कम-से-कम तुम तो मुझे समझोगे, लेकिन मुझे आज पता चला, मैं तो इस दुनिया में बिल्कुल अकेला हूँ, मेरा कोई दोस्त नहीं, तुम भी नहीं।"

मेरे शब्दों का जादू मनोज पर उतरने लगा था। उसकी सूरत रोने जैसे हो गई, वो चाहकर भी मुझसे नजरें नहीं मिला पा रहा था। मैं भी नहीं चाहता था कि वो मेरी तरफ देखे। उसने सीरियस होकर कहा "ओए, अब नौटंकी बंद कर, मैं स्पोर्ट्स टीचर से बात कर लूँगा, लेकिन इसके बाद तुम सिर्फ अपनी पढ़ाई पर ध्यान दोगे और रागिनी का किस्सा खत्म कर दोगे; तुम्हें नहीं पता, वो कितनी तेज लड़की है, वो बस तुम्हारे साथ अपना टाइम पास कर रही है।"

"यार तुम चिंता मत करो; वो तेज है तो क्या हुआ, मुझे क्या उसके साथ दौड़ लगानी है; जब कॉलेज खत्म होगा तब हमारा किस्सा अपने आप खत्म हो जाएगा।" मैंने मनोज के कंधे पर हाथ रखते हुए कहा।

उस दिन मुझे नहीं पता था, कि कुछ किस्से कभी खत्म नहीं होते, वो जिन्दगी भर हमारे साथ-साथ चलते हैं। आज मैंने पूरे दो साल बाद मनोज को फोन मिलाया। मैं उसे बताना चाहता था कि रागिनी मिल गई, रागिनी भी उसे अच्छी तरह जानती थी, वो हमारे कॉलेज का सबसे अच्छा बैडमिन्टन प्लयेर था।

"हैलो मनोज!"

"हैलो हीरो कैसे हो।"

"यार, तुझे एक खुशखबरी देनी थी।"

'क्या?'

"रागिनी फेसबुक पर मिल गई।"

"क्या कह रहा है, सच में!"

"हाँ बिल्कुल सच"

"मेरे बारे में पूछ रही थी?"

"हाँ सबसे पहले तेरे बारे में ही पूछा, फिर उसने मेरे बारे में पूछा।" मैंने हँसते हुए कहा।

"अच्छा उसने यह बताया निकिता और गरिमा कहाँ हैं?"

"हाँ वो गरिमा के टच में है, लेकिन निकिता का उसे कुछ पता नहीं।"

हम सब वो लोग थे, जो साथ-साथ बैडमिन्टन की प्रैक्टिस किया करते थे। मैंने मनोज को रागिनी का नम्बर दे दिया, अब मनोज और रागिनी ने मिलकर एक व्हाट्स एप ग्रुप बना दिया था, इसमें केवल उन्हीं दोस्तों को रखा गया जो साथ-साथ बैडमिन्टन खेलते थे। रागिनी ने इस ग्रुप में नर्मदा और शिवानी को भी जोड़ दिया। इस ग्रुप का नाम उन्होंने बैडमिंटन रॉक्स रखा।

अब मुझे और रागिनी को चैटिंग करने का एक और नया प्लेटफार्म मिल गया था। ग्रुप में हम बच्चों की तरह लड़ते, एक-दूसरे की खिंचाई करते, एक-दूसरे को चिढ़ाने वाले जोक्स भेजते; कभी-कभी मैं प्यार वाले कुछ इमोशनल quote भी सेंड कर देता, जिसका रागिनी, ग्रुप में कोई जवाब नहीं देती, वो ग्रुप में मेरे साथ प्यार भरी बातें करने को अवॉयड करती, लेकिन पर्सनल चैटिंग में ऐसे बात करती, जैसे वो और मैं कभी अलग हुए ही न हों। वो मुझे

अपनी खूबसूरत पिक्स सेंड करती, कभी डांस वाले विडियो सेंड करती और कभी-कभी अपनी आवाज में कुछ गाकर भी वॉयस मैसेज सेंड कर देती। आज भी सोने से पहले उसने एक बहुत प्यारा गाना सेंड किया था। रागिनी का डांस तो कमाल था ही, उसकी आवाज में भी एक जादू था। मैंने सोने से पहले ईयर फ़ोन लगाकर, उसके भेजे गाने को कई बार सुना।

"ओ मेरे सपनों के सौदागर मुझे ऐसी जगह ले जाओ... मैं चाहती हूँ मेरे हमसफर मुझे परियों की दुनिया दिखाओ... प्यार ही प्यार हो, जिस जगह मुझे ऐसा जहाँ दिखाओ... ओ मेरे सपनों के सौदागर मुझे ऐसे जगह ले जाओ।" चंदा के रथ पर वो आएगा एक दिन, मुझे साथ लेकर वो जाएगा एक दिन, मेरी माँग भर देगा तारों से वो, बनायेगा दुल्हन मुझे, बनायेगा दुल्हन मुझे..... गाने के आखिरी शब्द "बनायेगा दुल्हन मुझे" मेरे दिल में हलचल मचा रहे थे। मेरे दिल की हलचल तब रुकी, जब मेरा मोबाइल एक अनजान नम्बर की कॉल से बज उठा। मैंने फ़ोन उठाया "हैलो कौन?"

"हितेश, मैं नर्मदा बोल रही हूँ, रागिनी की फ्रेंड।"

"हेल्लो नर्मदा कैसी हो?"

"मैं अच्छी हूँ, तुम कैसे हो?"

"मैं भी अच्छा हूँ।"

"हितेश थैंक यू सो मच, मुझे और रागिनी को दुबारा मिलवाने के लिए।"

"नर्मदा, थैंक यू अपनी फ्रेंड को बोलो; अगर वो मुझे सर्च नहीं करती तो मैं भी तुमको सर्च नहीं कर पाता।"

"हाँ हितेश यह तो है; जब मेरे भाई ने बताया कि रागिनी का फोन आया है, मुझे यकीन ही नहीं हुआ; मैंने अपने हसबैंड को तुम्हारे बारे में बताया कि कैसे मैं और रागिनी मिले तो उन्होंने कहा तुम्हें कम-से-कम एक बार हितेश को पर्सनली फ़ोन करके थैंक्स बोलना चाहिए।"

'अच्छा'

"हाँ हितेश, मैं कई दिनों से तुम्हें फोन करना चाह रही थी, लेकिन आज से पहले कभी कोई बात नहीं की तो थोड़ा अजीब लग रहा था। फिर मेरे हसबैंड ने कहा, अगर ऐसे ही सोचती रहोगी तो कभी कॉल नहीं कर पाओगी,

किसी-न-किसी से कभी-न-कभी हम पहली बार ही बात करते हैं। मेरे लिए यह तो बहुत unexpected है कि हम कॉलेज में कभी आपस में बात नहीं कर पाये और अब मैं और तुम इतने सालों बाद फोन पर एक साथ बात कर रहे हैं।''

''हाँ नर्मदा, इसी का नाम लाइफ है, यहाँ सब-कुछ unexpected होता है, मुझे भी कहाँ पता था कि इस कॉलेज में मुझे रागिनी मिलेगी''

''हितेश, रागिनी बहुत अच्छी लड़की है; जब तुमने बुलाया तो वो तुमसे एक बार और मिलना चाहती थी, लेकिन फिर हमने ही उसके साथ आने को मना कर दिया... वो बहुत जिद्दी लड़की है, लेकिन उसमें एक अच्छी बात है, वो अपने दोस्तों का कहना मान लेती है।''

'अच्छा'

''हितेश, मैंने व्हाट्स एप ग्रुप में तुम्हारे बच्चों की फ़ोटो देखी, वो बहुत क्यूट हैं, तुम्हारी वाइफ भी बहुत अच्छी लगी।''

''थैंक्स नर्मदा।''

''हितेश, मेरा घर रेलवे स्टेशन के पास ही है, कभी जोधपुर आओ तो मेरे घर जरूर आना।''

''हाँ जरूर, मैं जयपुर तो जाता रहता हूँ।''

''ओके हितेश सी यू।''

''सी यू नर्मदा।''

नर्मदा से बात करके बड़ा अच्छा लगा। उसकी बातों में एक अपनापन दिखाई दिया। यह जिन्दगी भी बड़ी अजीब है; कभी-कभी हम अच्छे लोगों से साथ रहकर भी बात नहीं कर पाते।

* * *

आज सुबह जैसे ही मैंने फेसबुक खोला तो इनबॉक्स में एक रिया नाम की लड़की ने हाय हेल्लो के मैसेज के साथ एक आई लव यू का ग्रीटिंग भेजा था। मेरी फेसबुक फ्रेंड लिस्ट में बहुत से लोग ऐसे भी हैं, जिन्हें मैं पर्सनली नहीं जानता। पहले मैं बिना देखे किसी की भी फ्रेंड रिक्वेस्ट एक्सेप्ट कर लेता था; रिया भी उनमें से एक थी। मैंने अभी तक उसकी प्रोफाइल भी चेक नहीं की थी, लेकिन उसके आई लव यू का मैसेज देखने के बाद मुझे उसकी आई डी फेक लगी और मैंने उसे ब्लॉक कर दिया,

मेरे साथ अक्सर ऐसा होता रहता है। मेरी कुछ फेसबुक फ्रेंड्स भी मुझे हाय हैलो के मैंसेज भेजती रहती हैं, कुछ तो बीच-बीच में डबल मीनिंग वाली शायरी भी भेज देती हैं। अगर यह काम कोई बेचारा जेंट्स कर दे तो लेडिज उसका स्क्रीन शॉट लेकर सीधा पोस्ट कर देती हैं, साथ में बड़े-बड़े अक्षरों से लिख भी देती हैं "बहनों, अगर यह सज्जन आपकी फ्रेंड लिस्ट में हो तो इसे तुरंत ब्लॉक कर दो।"

अभी कुछ दिन पहले मैंने एक बड़ा इंट्रेस्टिंग पोस्ट पढ़ा, उसमें एक मोहतरमा ने लिखा था, कल एक महाशय ने मेरे इनबॉक्स में हाय हेल्लो का मैसेज भेजा... प्लीज़ कोई मुझे इस तरह के मैसेज न भेजे; मेरे रेस्पांस नहीं देने पर भी उसके कई मेसेज आये-

1. आप अपने आप को बहुत स्मार्ट समझती हो।

2. आप तो बहुत Attitude वाली हो।

3. आप बहुत बिजी रहती हो।

4. आप क्या केवल अपनी जान पहचान वालों से ही बात करती हो।

इस पोस्ट को पढ़कर मुझे उन महाशय के बारे में बस इतना पता चल सका, कि हो सकता है उनकी हाय हेल्लो की स्पेलिंग गलत हो या वो भी 'दिल तो बच्चा है जी' वाली बीमारी से पीड़ित हों; लेकिन उन मोहतरमा के बारे में बहुत कुछ पता चल गया-

1. वो बहुत स्मार्ट हैं।

2. वो बहुत Attitude वाली हैं।

3. वो बहुत बिजी रहती हैं।

4. वो केवल जान पहचान वालों से ही बात करती हैं या यूँ कह सकते हैं, उनसे बात करने के लिए पहले जान पहचान बढ़ानी पड़ती है।

एक बार मेरी भी एक फेसबुक फ्रेंड ने कुछ ऐसा पोस्ट किया कि उसे इनबॉक्स में किसी सज्जन पुरुष ने छेड़ दिया। मैंने उससे पूछा "यार यह चैटिंग का स्क्रीन शॉट क्यों पोस्ट कर दिया; उसको ब्लाक कर देती या उसकी किसी बात का जवाब नहीं देती; देखते बेचारा कितनी बार ऐसे मैसेज भेजता; जब उसे कोई रेस्पांस नहीं मिलता तो वो खुद एक न एक दिन छोड़ देता।

उसने रिप्लाई किया, हितेश तुम ऐसे लोगों को नहीं जानते; इनका काम बस महिलाओं और लड़कियों को छेड़ना है; यह हमारा कर्तव्य है कि ऐसे लोगों के बारे में सबको बतायें, ताकि और महिलायें भी इनसे सावधान रह सकें।''

उसका तर्क सुनने के बाद मैंने भी उसके स्क्रीन शॉट पर कमेन्ट किया 'सावधान इण्डिया।'

जैसे ही रागिनी शाम को ऑनलाइन आई, मैंने सबसे पहले उसे यही खबर दी ''पता है, आज सुबह-सुबह एक लड़की ने मुझे इनबॉक्स में आई लव यू बोला।''

''मुबारक हो; फिर तुमने क्या किया?''

''मैंने उसे ब्लॉक कर दिया।''

'क्यों?'

''क्योंकि अब फेसबुक चलाते-चलाते इतना अनुभव हो गया है कि यह जरूर कोई फेक आई डी होगी; एक बार पहले भी ऐसा हुआ था।''

''एक तो बेचारी ने तुम्हें आई लव यू बोला और तुमने उसे ब्लॉक कर दिया, ऐसा क्या हो गया था।''

''यार पहले मेरी फ्रेंड लिस्ट में एक प्रिया नाम की एक लड़की थी; वो मेरी सभी कवितायें और कहानियाँ बहुत लाइक करती और उन पर अच्छे-अच्छे कमेंट्स भी देती।''

''यह तो अच्छी बात है।''

''फिर वो मुझसे चैटिंग करने लगी और उसने एक दिन मुझे आई लव यू का मैसेज सेंड कर दिया।

''फिर क्या हुआ?''

मैंने उससे पूछा ''यह क्या है?''

''तो कहने लगी सॉरी, आई मीन, आई लव योर पोस्ट; आप इतना अच्छा लिखते हो कि मुझे आप की पोस्ट से प्यार हो गया है।''

''एक रायटर को और क्या चाहिए; उसे तो ऐसे रीडर ही चाहिए जो उसकी रायटिंग को प्यार करते हों।''

"और उस रायटर से भी..." इसके साथ ही रागिनी ने कुछ गुस्से वाले इमो सेंड किये,

"हाँ मुझसे भी; वो मेरी राइटिंग से प्यार नहीं करती थी, वो मुझसे ही प्यार करने लगी थी, अब खुश" मैंने भी रागिनी को इस मैसेज के साथ गुस्से वाले इमो सेंड कर दिये।

"नहीं यार, तुम्हें तो मेरे अलावा कोई प्यार नहीं कर सकता... अच्छा बताओ फिर क्या हुआ?"

"फिर वो मुझे कभी-कभी अपनी कुछ हॉट पिक्स सेंड कर देती और कभी-कभी चैटिंग में भी जरूरत से ज्यादा प्यार भरी बातें करती।"

"यार तुम तो बहुत लकी हो।"

"हाँ कुछ ज्यादा ही लकी हूँ, आजकल के जमाने में जब कोई आपसे जरूरत से ज्यादा प्यार दिखाये तो समझो दाल में काला है।"

"अरे वाह, तुम तो बहुत समझदार निकले; फिर क्या हुआ?"

"फिर मुझे उसकी आई डी पर शक हो गया; मैंने उसकी प्रोफाइल सीरयसली चेक की, तो मैं सरप्राइज रह गया, वो मेरी कई दोस्तों की फ्रेंड बन चुकी थी; उसमें कुछ तो मेरी स्कूल टाइम की फ्रेंड भी थीं, मैंने उनसे पूछा, तुम प्रिया को कैसे जानती हूँ, तो सबका एक ही जवाब आया, "हम उसे नहीं जानते, हमने तो उसकी फ्रेंड रिक्वेस्ट बस इसीलिए एक्सेप्ट की थी, क्योंकि वो तुम्हारी फ्रेंड लिस्ट में है। जब मैंने उन्हें बताया कि वो एक फेक आई डी है और उसे राहुल नाम का कोई लड़का ऑपरेट कर रहा है, तब वो सरप्राइज़ रह गयीं। मजेदार बात यह थी कि कुछ लोगों की लिस्ट में राहुल और प्रिया दोनों थे।"

"अच्छा, यह तो बहुत इंट्रेस्टिंग है; लेकिन तुम्हें कैसे पता चला कि वो एक फेक आई डी है।"

"जब मुझे उस पर शक हुआ, तो मैंने उससे उसका व्हाट्स एप नम्बर माँगा तो बोली, हमारे पैरेंट्स यह allow नहीं करते कि हम किसी अनजान दोस्त को अपना फोन नम्बर दें।"

'फिर?'

"फिर मैंने उससे कहा कोई बात नहीं, अगर तुम्हारे पैरेंट्स यह allow

नहीं करते तो अपनी कोई पिक ही सेंड कर दो, जिसमें तुम अपने पैरेंट्स के साथ हो या तुम्हें वो भी allow नहीं करते, तो कहने लगी मेरे पैरेंट्स को फोटो खिंचवाने का बिल्कुल भी शौक नहीं है।''

फिर मैंने उससे कहा, अच्छा तुम्हें तो फोटोज का बहुत शौक है, फिर तुम अपने स्कूल टाइम की कुछ पुरानी पिक्स सेंड कर दो।''

''फिर क्या हुआ, उसने फ़ोटो सेंड की?''

''नहीं... न ही वो अपना फ़ोन नम्बर दे पाई, न अपने पैरेंट्स के साथ कोई फोटो सेंड कर पाई और न ही अपने बचपन की कोई तस्वीर भेज पाई; फिर मैंने उसे ब्लॉक कर दिया।''

''और तुम्हारे दूसरे दोस्तों ने?''

उन्होंने भी उसको ब्लॉक कर दिया; तुम्हें एक बात पता है?

'क्या?'

''वो मेरे साथ किन-किन टॉपिक पर डिस्कशन करती थी?''

''यार फ्रेंड तुम्हारी थी तो मुझे क्या पता होगा कि वो तुम्हारे साथ किस-किस टॉपिक पर डिस्कशन करती थी।''

''वो मुझसे बड़े सीरियस विषय पर डिस्कशन करती, जैसे पुरुषवादी मानसिकता के बारे में आपकी क्या राय है? हमारे समाज में महिलायें इतनी असुरक्षित क्यों हैं? भ्रूण हत्याओं को कैसे रोका जा सकता है, लड़कियों के लिए कोई ड्रेस कोड होना चाहिए या नहीं... और मेरी महिला मित्रों से वो ऐसे विषय पर बात करती, कि एक लड़की को अपनी शादी होने तक वर्जिन रहना चाहिए या नहीं, शादी के बाद उनके मैरिटल अफेयर हैं या नहीं, एक से ज्यादा पुरुष मित्र के साथ फिजिकल रिलेशन रखने में आपके क्या विचार हैं?''

''अच्छा बड़ी स्मार्ट लड़की थी, ओह सॉरी, लड़का था, जो इतने लोगों को बेवकूफ़ बना दिया''

''हाँ यार, लोग फेक आई डी बनाकर कैसे-कैसे झूठ बोल लेते हैं... एक बार उसने अपनी एक ऐसी पिक पोस्ट की, जिसमें वो बाइक चला रही थी, मैंने उससे कहा यार तुम्हें तो भगवान ने लड़की बनाकर गलती की, तुम्हें तो लड़का बना देना चाहिए, तो पता है क्या बोली?''

“क्या बोली.. ओह सॉरी, क्या बोला?”

“बोली, नहीं हितेश मुझे तो लड़की होने पर गर्व है, क्योंकि ईश्वर ने एक लड़की को ही माँ होने का गौरव दिया है; वो एक बच्चे को जन्म देती है, सृष्टि में जन्म देना का अधिकार केवल ईश्वर को है, इसलिए माँ को ईश्वर के बराबर माना गया है।”

“अच्छा, यह तो कमाल है।”

“हाँ यार, मुझे तो आज तक यह यकीन नहीं होता कि कोई लड़का केवल फेक आई डी चलाने के लिए एक माँ तक बन सकता है और एक बच्चे को जन्म भी दे सकता है; वैसे भी सुबह जिस लड़की की फ्रेंड रिक्वेस्ट आई थी, उसका नाम रिया था, उसे तो ब्लॉक करना ही था, पता है, मुझे एक पंडित ने क्या बताया है?”

“क्या बताया है?”

“बेटा हितेश ‘R’ नाम वाली लड़कियों से बचकर रहना, यह तुम्हारा बहुत इमोशनल अत्याचार करेंगी और मुझे क्या पता था मेरी गर्ल फ्रेंड और वाइफ दोनों का नाम R से होगा।”

“ज्योषियों की सारी बातें झूठी होती हैं।”

“कोई झूठी नहीं होतीं। ज्योतिष भी एक विज्ञान है, उसकी यह बात तो सही निकली।”

“कौन-सी बात?”

“कि R नाम वाली लड़की मेरा बहुत इमोशनल अत्याचार करेगी।”

“अच्छा, तो फिर उससे यह भी पूछ लेते कि कौन से नाम वाली लड़की तुम्हें बहुत प्यार करेगी।”

“पूछा था।”

“क्या कहा उसने?”

“उसने कहा ‘S’ नाम वाली लड़कियाँ तुम्हें दिल से चाहेंगी, लेकिन कभी इजहार नहीं करेंगी, वो हमेशा तुम्हारी शुभचिंतक रहेंगी”

“अरे वाह, यह तो सच है; तुम्हें श्वेता याद है?”

“कौन श्वेता? तुम्हारे अलावा कुछ भी याद नहीं।”

“क्यों झूठ बोलते हो, वो भी हमारे साथ टेबिल टेनिस खेलती थी और हमेशा तुम्हें देखती रहती; जब वो तुम्हें देखती, तो मुझे उसके ऊपर बहुत गुस्सा आता”

“अच्छा लेकिन मुझे सच में कुछ याद नहीं आ रहा और यह मत बोलो कि मैं तुमसे झूठ बोल रहा हूँ; यह तो तुम्हें भी पता है कि उस कॉलेज में, मैंने तुम्हारे अलावा किसी को नहीं देखा”

“I know, तुम उस कॉलेज में सिर्फ मेरे लिए आये थे।”

अच्छा रागिनी, अगर तुम्हारे पास किसी की फ्रेंड रिक्वेस्ट आये, जो मेरी लिस्ट में हो, तो एक्सेप्ट करने से पहले एक बार पूछ लेना; आजकल फेसबुक पर बहुत फेक आई डी हैं।

तुम चिंता मत करो, मैं पूछ लूँगी; लेकिन इन लड़कों का क्या करूँ... जब से तुम फेसबुक पर मेरे फ्रेंड बने हो, मेरे पास रोज दो चार लड़कों की फ्रेंड रिक्वेस्ट आती है, सभी हमारे कॉलेज के पास आउट होते हैं, सभी तुम्हारे फ्रेंड होते हैं; मुझे बस इसी बात का डर था, कि तुम मेरे बारे में सबको बता दोगे।

“यार मैंने तुम्हारे बारे में किसी को नहीं बताया; फेसबुक, हमारा नाम कुछ लोगों को अपने आप सजेस्ट कर देता है; तुम्हें तो सारा कॉलेज जानता था, केवल मेरी वजह से नहीं, तुम्हारी स्पोर्टस और अन्य कल्चर एक्टिविटी के कारण भी।”

“ओके, आई कैन अंडरस्टैंड; वैसे एक बार मेरे साथ भी ऐसा हुआ”

‘क्या?’

“एक बार मेरे स्टाफ में एक लड़के ने मुझे व्हाट्स एप पर आई लव यू कहा।”

‘फिर?’

“मैंने उसे रिप्लाई किया, यह सब क्या है? वह बोला मैं आपसे शादी करना चाहता हूँ। फिर मैंने उसे समझाया कि मैं तो पहले से शादीशुदा हूँ।”

“अरे यार इसमें उस बेचारे की गलती नहीं है, तुम्हें देखकर कोई नहीं कह सकता कि तुम मैरिड हो, तुम तो आज भी कॉलेज गर्ल ही लगती हो और तुमने उसका दिल तोड़ दिया; वैसे तो कहती हो, मुझे आज तक किसी ने आई लव यू नहीं बोला।”

“वो भी तुम्हारी तरह कहाँ बोल पाया, उसने भी केवल मैसेज ही किया।”

“अच्छा, फिर क्या वो किसी पहाड़ी पर चढ़कर चिल्लाता.. आई लव यू।”

“हितेश, काश मेरी जिंदगी में भी कोई ऐसा भी आता, जो सारी दुनिया के सामने मुझसे आई लवं यू कहता; मेरी तो यह इच्छा कभी पूरी ही नहीं हुई।”

“क्यों, प्रकाश ने तुम्हें कभी आई लव यू नहीं बोला?”

“नहीं यार, उन्होंने मुझे कभी आई लव यू नहीं बोलाः वो मेरी कभी कोई तारीफ़ नहीं करते, यह सब उनकी हैबिट में नहीं है।”

हाँ वो बेचारा भी तो एक भारतीय पति है; हमारे देश के अधिकतर पति ऐसे होंगे, जिन्होंने आज तक अपनी पत्नी को आई लव यू नहीं बोला होगा... मैंने भी तो रंजना को कहाँ आज तक आई लव यू बोला है; हमारे यहाँ यह कल्चर है कि दिन में पति-पत्नी आपस में लड़ते हैं, रात में समझौता कर लेते हैं और दिन में फिर लड़ने बैठ जाते हैं।

“अच्छा रागिनी तुम्हें एक बात बतानी थी; अब हम कुछ दिन-रात में चैटिंग नहीं कर पायेंगे।”

“क्यों?”

“क्योंकि अभी मैं कुछ दिन के लिए घर जा रहा हूँ; मेरी बेटी का बर्थडे है और कुछ जरूरी काम भी”

“ओह, कोई बात नहीं, फेमिली फर्स्ट।” कहकर रागिनी ऑफ लाइन हो गई।

रात के ग्यारह बजे थे। रंजना ने दोनों बच्चों को जल्दी सुला दिया। वो बहुत देर से मेरे सीने पर सर रखकर लेटी थी।

“रंजना तुम्हें एक बात पता है?”

‘क्या?’

“अभी दो तीन दिन पहले फेसबुक पर मुझे कॉलेज की एक फ्रेंड मिल

गई।'' वैसे रागिनी को मिले दो तीन महीने हो गये थे, लेकिन कोई बात नहीं, पति-पत्नी के बीच इतना झूठ तो चलता है।

''कौन रागिनी वो नैनीताल वाली?''

हे भगवान! तू औरतों को इतनी मेमोरी क्यों देता है; रागिनी के बारे में तो मैंने रंजना को बस अपनी शादी के समय बताया था; इसे दस साल बाद भी उसका नाम याद है... उसके बाद तो मैंने कभी इससे उसका जिक्र भी नहीं किया।

''हाँ वो ही''

''फिर क्या हुआ?''

''कुछ खास नहीं; कभी-कभी गुड मॉर्निंग वाले मैसेज भेज देती है; एक बार उसने अपना डांस का विडियो भी भेजा था; वो बहुत अच्छा डांस करती है और गाना भी बहुत अच्छा गाती है।''

''अच्छा अब उसका नाच गाना छोड़ो, कुछ रोमांस की बातें करो।'' उसने लिप किस करते हुए कहा।''

तभी फोन की घंटी बजी ''सॉरी रंजना, पता नहीं इतनी रात को कौन मिस्ड कॉल कर रहा है।''

''इस कमबख्त फोन को भी अभी आना था।'' रंजना अपनी नाइट ड्रेस ठीक करते हुए बोली।

मैंने फोन उठाकर देखा तो रागिनी की कॉल थी। इसे क्या हो गया... इसे तो पता था कि मैं अपने घर पर हूँ, फिर इतनी रात को कॉल क्यों कर रही है?

''रंजना, ऑफिस से एक अर्जेंट कॉल है।''

''ऑफिस से? ऑफिस वाले तो कभी इतनी रात को फ़ोन नहीं करते।''

''यार दिल्ली ऑफिस से नहीं, साइट ऑफिस से; आजकल वहाँ दिन-रात काम चल रहा है, मैं अभी दो मिनट में बात करके आता हूँ।'' यह कहकर मैं चोरों की तरह चुपके से बालकनी की तरफ चला गया,

''हाँ रागिनी क्या हुआ, इतनी रात को फोन क्यों कर रही हो?''

''क्या कर रहे थे? अपना नेट क्यों ऑफ कर रखा है, पता है मैंने व्हाट्स एप पर कितने मैसेज छोड़े''

बिल्कुल इडियट लड़की है। भला कोई इतनी रात को अपनी पत्नी के साथ क्या काम करता है। "हाँ, सो गया था, बोलो क्या काम है?"

"यार नींद नहीं आ रही, प्लीज़ अपनी कोई पोएम सेंड कर दो।"

"यार फेसबुक खोलकर पढ़ लो, वहाँ मैंने बहुत-सी पोएम पोस्ट की हुई है।"

"नेटवर्क के सिग्नल वीक हैं, फेसबुक ओपन नहीं हो रहा, मुझे व्हाट्स एप पर भेज दो।"

"रागिनी प्लीज कल ले लेना।"

"नहीं, मुझे अभी चाहिए।"

'अभी।'

"हाँ बिल्कुल अभी; ऐसी पोएम जो तुमने सिर्फ मेरे लिए लिखी हो, सिर्फ मेरे लिए; जिसमें मेरे और तुम्हारे बीच में कोई और न हो।" इस बार उसकी आवाज में एक गुस्सा था, लेकिन उस गुस्से में एक अपनापन था, एक राइट था; वो राइट, जो आज भी एक इडियट दूसरे इडियट पर समझता था।"

"तुम भी बिल्कुल बच्चों की तरह जिद करती हो।"

मैंने जल्दी से एक पोएम सर्च की और रागिनी को व्हाट्स एप पर पोस्ट कर दी-

'तस्वीर'
फिर वही तनहाई
फिर तेरी याद आई
तेरी यादों की याद्दाश्त
है कितनी पक्की
उन्होंने बरसों पुरानी
तेरी वो ही तस्वीर बनाई
कुछ भी तो नहीं बदला
न तेरी भोली सूरत
न तेरी ऊँची नाक
न तेरे सुर्ख होंठ
न तेरी बोलती आँखें

कुछ भी तो नहीं बदला

अभी मैं कर ही रहा था
तेरी आँखों से बतियाँ
कि मेरे पास आ गई
फुदकती एक चिड़िया
और तेरी तस्वीर हो गई
एक दम से फुर्र...
तुझे आज भी नहीं पसंद
किसी और का यूँ आना
तेरे मेरे दरम्यां.....
तुम भी तो नहीं बदली
कुछ भी तो नहीं बदला

मैं बालकनी में खड़ा रागिनी के रिप्लाई का इन्तजार करने लगा। दस मिनट बाद उसका मैसेज आया "वेरी ब्यूटीफुल पोएम, थैंक यू सो मच।" इसके साथ ही उसने ढेर सारे लव वाले इमो सेंड किये।

मैंने आकर देखा तो रंजना बेड से उठकर बच्चों के पास जाकर सो गई। मैं भी अब सोने की कोशिश कर रहा था, लेकिन रागिनी ने सारी नींद उड़ा दी। मुझे उसकी इस जिद पर गुस्से के साथ-साथ प्यार भी आ रहा था। उसे पता था कि मैं रंजना के साथ हूँ, लेकिन फिर भी वो यह देखना चाहती थी कि मैं उसे कितनी इम्पॉर्टेंस देता हूँ।

अगले दिन सुबह सोकर उठा तो रंजना बेड टी देते हुए बोली, "सुनो, आज तुम ऑफिस हॉफ डे से चले जाना।"

"क्यों क्या हुआ?"

वो मेरा हाथ अपने माथे पर रखते हुए बोली "कुछ नहीं, बस थोड़ी हरारत हो रही है, ऐसा लग रहा है जैसे बुखार आने वाला हो; आज अदिति के स्कूल में पेरेंट्स मीटिंग भी है।"

"मैडम, बुखार आने वाला नहीं, बुखार आ गया है, तुम्हारा माथा गर्म लग रहा है; जब तबियत खराब थी, तो मुझे जगा दिया होता, मैं बेड टी बना

लेता।''

''अच्छा बड़े आये मेरी तबियत की फ़िक्र करने वाले; अगर मेरी तबियत की इतनी चिंता होती, तो अकेले बिस्तर पर जाकर नहीं सोते।''

''अरे मैं कहाँ सोया, तुम ही तो बच्चों के पास जाकर सो गई।''

''सो गई, तो तुम जगा नहीं सकते थे क्या?''

मैं कुछ नहीं बोला, चुपचाप फ्रेश होने चला गया। रंजना भी ब्रेकफास्ट की तैयारी में लग गई।

''यह पेरेंट्स मीटिंग भी बड़ा बोरिंग काम है; आज रंजना की तबियत खराब न होती तो अदिति के साथ मुझे न जाना पड़ता। रंजना भी कितना काम करती है; बैंक के सारे काम, बच्चों के स्कूल के काम, घर के काम, बाजार के काम, सब-कुछ वो कितना अच्छी तरह सँभाल लेती है... मैं तो टूरिंग जॉब होने की वजह से उसके किसी काम में हेल्प ही नहीं कर पाता, ऊपर से यह राइटर बनने का भूत, इंसान एक अलग ही दुनिया में रहने लगता है। मेरे कई दोस्तों ने मेरे साथ बोलना भी छोड़ दिया; कहीं भी गेट टूगेदर कर लेते हैं लेकिन मुझे नहीं बुलाते, साफ़ बोल देते हैं, यार तुझे बुलाकर क्या फायदा; अब तू बदल गया है, साथ रहकर भी साथ नहीं रहता, हमेशा पता नहीं किन ख़्यालों में खोया होता है।''

अब इन दोस्तों को क्या समझायें। राइटिंग के लिए अच्छे खयाल भी तब आते हैं, जब हम सबसे ज्यादा बिजी हों। पता नहीं इन्हें कैसे पता चल जाता है कि हम दोस्तों के साथ पार्टी एंज्वाय कर रहे हैं, बस सीधा टपक जाते हैं और अगर हमें इन्हें तुरंत कैच न करें तो दूसरा मौका भी नहीं देते; फिर खाली बैठ कर याद करते रहो वो क्या खयाल था। कल एक फेसबुक दोस्त ने कितना अच्छा पोस्ट किया ''यह खयाल भी उस गर्ल फ्रेंड की तरह होते हैं, जिसे अगर तुम समय पर प्रपोज न करो तो वो हमेशा के लिए तुम्हें छोड़कर चली जाती है।''

मैं ऐसे ही कुछ बेवजह आने वाले खयालों में खोया था कि अदिति की आवाज सुनकर वापिस आ गया,

''डैडी! पता है, हमारी क्लास टीचर भी आपके स्कूल में पढ़ी है, वो मुझे छोटा हितेश कहती है।''

“अच्छा, मेरे साथ, मेरे स्कूल में... क्या नाम है तुम्हारी क्लास टीचर का?” मुझे लगा जैसे अदिति मुझसे मजाक कर रही हो।

“शालिनी श्रीवास्तव।”

“यह कौन है?”

“डैडी, वो कह रही थी, वो और आप एक ही कॉलोनी में रहते थे।”

‘ओह माई गॉड, शालिनी, मेरे डैडी के बॉस की बेटी।’ उसका ख़्याल आते ही, मैं इतना excited हो गया कि सामने एक बाइक वाले को देखते ही मैंने कुछ ज्यादा जोर से ब्रेक लगा दिये। पीछे से धड़ाम की आवाज आई। मैंने गाड़ी से उतरकर देखा तो बाइक वाले ने पूरा बम्पर bend कर डाला, “क्यों भाई; गाड़ी में ब्रेक नहीं है क्या?”

“ब्रेक तो है, लेकिन तुम्हारी गाड़ी जैसे नहीं है; गाड़ी चलानी नहीं आती तो सड़क पर लेकर क्यों चलते हो; पीछे भी देख लिया करो कि कोई आ रहा है; मेरी बाइक का इन्डिकेटर टूट गया।”

मैंने देखा, उसका इन्डिकेटर एक तरफ झूल रहा था और हमारे एक्सीडेंट की वजह से जाम धीरे-धीरे बढ़ता जा रहा था। तभी एक सरदार जी ने अपनी गाड़ी से झाँकते हुए कहा, “भाइयो कुछ नहीं हुआ, गाड़ी सड़क पर चलेगी तो थोड़ा बहुत ठुकेगी भी।”

उसकी बात सुनकर मैं और बाइक वाला दोनों एक-दूसरे की तरफ देख मुस्कुरा दिये। मैंने उससे कहा “सॉरी भाई, गलती मेरी थी, सामने वाले को बचाने में ब्रेक कुछ ज्यादा जोर से लग गये।”

“कोई बात नहीं भाई, यह सब चलता रहता है।”

मैं वापिस आकर अपनी गाड़ी में बैठ गया। मैंने गाड़ी स्टार्ट की और आगे बढ़ा दी,

“क्या हुआ डैडी?”

“कुछ नहीं, पीछे एक बाइक वाले की थोड़ी साइड लग गई, कार का बम्पर bend हो गया और उस बेचारे की बाइक का इन्डिकेटर टूट गया; सब तुम्हारी क्लास टीचर के चक्कर में”

“मेरी क्लास टीचर या आपकी दोस्त के चक्कर में।” अदिति हँसते हुए

बोली।

दोस्त क्या पूरी हिटलर थी वो। शालिनी मुझसे दो साल बड़ी थी। जब मैं उससे पहली बार मिला, तब मैं फोर्थ में और वो सिक्स्थ में पढ़ती था। एक बार मैं डैडी के साथ उसके घर पर गया, तब डैडी ने शालिनी को बुलाकर कहा- "यह हितेश है, इसका एडमीशन भी 'स्प्रिंग डेल्स पब्लिक स्कूल' में करा दिया है; अब यह भी तुम्हारे स्कूल में पढ़ेगा... बेटा तुम इसका ख्याल रखना।"

"अंकल आप चिंता मत करो, मैं इसका अच्छे से ख्याल रखूँगी।" और शालिनी ने ऐसा खयाल रखा कि मैंने खुलकर साँस भी तब ली, जब वो टेंथ पास करके दूसरे स्कूल में चली गईं। डैडी के बॉस की बेटी क्या थी, पूरी बॉस गिरी मुझ पर ही झाडती... वहँ क्यों खड़े थे, वहाँ क्या कर रहे थे, उस लड़के के साथ क्यों घूम रहे थे; जैसे मेरी जिन्दगी का ठेका उसी ने ले लिया हो।

वाकई यह दुनिया भी गोल है, कौन कब कहाँ टकरा जाये कोई नहीं जानता। अभी कुछ दिन पहले फेसबुक पर रागिनी मिली और अब यह शालिनी भी मिल गई। रागिनी सत्ररह साल बाद मिली थी, मगर शालिनी से मैं पूरे पच्चीस साल बाद मिलूँगा। शालिनी को कॉमिक्स पढ़ने और पेटिंग बनाने का बहुत शौक था। उसे पिंकी और बिल्लू की कॉमिक्स बड़ी अच्छी लगती। कभी-कभी मैं उसे पिंकी कहता और वो मुझे बिल्लू कहती; वैसे मुझे चाचा चौधरी, साबू, नागराज, राजन इकबाल वाले कॉमिक्स पसंद थे। उसके पास पैसों की कोई कमी नहीं थी और यहाँ डैडी एक रुपया भी बड़ी मुश्किल से देते थे। उन दिनों किराये पर कॉमिक्स मिलने का चलन था, मार्केट में नये-नये विडिओ गेम भी आ रहे थे। मुझे अब कॉमिक्स से ज्यादा विडिओ गेम खेलना अच्छा लगता। शालिनी मुझे रोज दो रुपये देती थी, एक मेरे विडिओ गेम खेलने के लिए, दूसरा उसको कॉमिक्स लाने के लिए। हम दोनों में, यह बात तय थी कि कोई किसी के घर कुछ नहीं बतायेगा। वो बचपन के दिन भी कितने प्यारे थे... काश बचपन फिर से लौटकर आ जाया करता।

मैंने पेन ड्राइव लगाकर, कार का म्यूजिक प्लेयर ऑन कर दिया। उस पर मैंने जगजीत जी की गजल लगाई थी 'ये दौलत भी ले लो, यह शोहरत भी ले लो, भले छीन लो मुझसे मेरी जवानी, मगर मुझको लौटा दो बचपन का सावन वो कागज की कश्ती वो बारिश का पानी।'

गजल खत्म होने के साथ ही मैं अदिति के स्कूल पहुँच गया। मैंने पार्किंग में गाड़ी खड़ी की और तेज कदमों से अदिति के साथ चलने लगा। आज मैं उससे भी तेज चलकर उसकी क्लास में पहुँच जाना चाहता था,

"तुम्हारी क्लास किधर है?" मैंने अदिति से पूछा।

"डैडी, सेकेंड फ्लोर पर।"

"सेकेंड फ्लोर पर, तुम इतना भारी बैग लेकर रोज सेकेंड फ्लोर पर जाती हो।"

"हाँ डैडी, इसमें क्या बात है... सब बच्चे ले जाते हैं, कुछ तो मुझसे भी छोटे हैं।"

आज मुझे अपनी नाजुक-सी गुड़िया, बहुत बहादुर नजर आई। जब मैं अदिति की क्लास में पहुँचा तो वहाँ दो तीन पेरेंट्स अपने बच्चों के साथ बैठे थे। मैंने अदिति को इशारा किया और मैं चुपचाप जाकर एक मिडिल सीट पर बैठ गया। शालिनी एक पेरेंट्स को समझा रही थी 'थोड़ा बच्चों पर भी ध्यान दिया करो, बीच में उनकी डायरी चेक क्या करो, उनकी बुक्स देखा करो; उनसे बात क्या करो कि वो स्कूल में क्या सीख रहे हैं।"

"जी मैम, हमने तो अपने बच्चे का ट्यूशन लगा रखा है।"

"आजकल यही तो समस्या है; बच्चे पहले स्कूल का होम वर्क करते हैं, फिर ट्यूशन का वर्क करते हैं, फिर टीवी पर बैठकर कार्टून देखते हैं या अपने पेरेंट्स के मोबाइल पर गेम खेलते हैं; क्या यही बचपन है? बच्चों को अपने पेरेंट्स की जरूरत होती है। बच्चा जितना स्कूल में नहीं सीखता, उससे ज्यादा घर पर सीखता है; आपका बच्चा बहुत होशियार है, इसके सभी सब्जेक्ट में अच्छे नम्बर आये हैं, बस कुछ नम्बर कम्प्यूटर में कम हैं... यहाँ से सीधे जाकर लेफ्ट हो जाना, वहाँ कम्प्यूटर लैब है, एक बार जाकर कम्प्यूटर टीचर से भी मिल लो।"

"जी मैम।" कहकर वो अपने बच्चे का हाथ पकड़े आगे बढ़ गये। शालिनी ने दो तीन पेरेंट्स को और अटेंड किया,

"शालिनी थोड़ी मोटी हो गई थी, लेकिन यह मोटापा उस पर अच्छा लग रहा था। पहले वो बिल्कुल स्लिम थी, लेकिन आदत में अभी भी वैसी ही है। पेरेंट्स से बात कर रही है तो केवल उन्हीं की तरफ अटेंशन है, बाकी

क्लास मैं कौन आ रहा है कौन जा रहा है, इसे कोई मतलब नहीं। मुझे बैठे हुए दस पन्द्रह मिनट हो गये, लेकिन एक बार भी इसने इस तरफ नहीं देखा। अब उसने पहली बार सामने सीट पर बैठी अदिति से कहा ''तुम्हारी ममा कहाँ हैं?''

''मैम, आज मेरी ममा नहीं, मैं अपने डैडी के साथ आई हूँ, वो वहाँ बैठे हैं।''

कुछ पलों के लिए मैं और शालिनी एक-दूसरे को देखते रहे। उन लोगों से मिलकर कितनी ख़ुशी होती है, जिनके साथ आपने अपना बचपन बिताया हो... यह शब्दों में बयां नहीं हो सकता।

''हितेश तुम! इतनी देर से बैठे हो, मुझे बताया भी नहीं।''

''नहीं तुम थोड़ा बिजी थी, बस इसीलिए तुम्हें दूर से बैठा देख रहा था।''

''अच्छा मैं थोड़ा बिजी थी और तुम कितना बिजी हो... तुम्हें तो आज समय मिला है; पता है मैंने अदिति की ममा से कितनी बार बोला ''हितेश कहाँ रहता है, वो कभी स्कूल नहीं आता, तो कहने लगीं नहीं वो बहुत बिजी हैं, बच्चों के स्कूल के काम मैं ही देखती हूँ। मैंने उन्हें अपना फ़ोन नम्बर भी दिया, लेकिन तुमने कभी एक बार भी कॉल नहीं की, फिर मुझे लगा कि इतना समय हो गया है, शायद तुम सब भूल गये होंगे''

''अच्छा, वेरी सरप्राइज, मुझे उसने बताया ही नहीं; मुझे आज अदिति ने बताया कि तुम उसकी क्लास टीचर हो।''

''पता है तुम्हारी बेटी ने मुझे कितना परेशान किया है।''

''मेरी बेटी ने?''

''हाँ इस छोटे हितेश ने... मैंने दो साल पहले ही, यह स्कूल ज्वॉइन किया था, तब यह थर्ड क्लास में पढ़ती थी। एक बार मैंने इसे देखा, तो इसका चेहरा बहुत जाना, पहचाना लगा। मेरी समझ में नहीं आया कि मैंने इस बच्ची को कहाँ देखा है। फिर मैंने अपने हसबैंड से पूछा 'गौरव! तुम्हारे किसी रिलेटिव या फ्रेंड की बेटी हमारे स्कूल में तो नहीं पढ़ती।'' जब उन्होंने मना कर दिया तो मैंने इसकी क्लास टीचर से जाकर इसके पेरेंट्स का नाम पूछा। जब उसने बताया इसके डैडी का नाम हितेश राघव है, तब मुझे पता चला यह तो अपनी ही बेटी है; इसका फेस बिल्कुल तुम्हारी तरह है।''

"शालिनी, तुमसे मिलना वाकई बहुत बड़ा सरप्राइज़ है, अंकल-आंटी कैसे हैं?"

"सॉरी हितेश, वो अब इस दुनिया में नहीं हैं।"

"ओह माई गॉड, कब? कैसे?"

डैडी को कैंसर हो गया था, वो दो साल पहले गुजर गये और उनके छह महीने बाद माँ भी गुजर गई।

"उन्हें क्या हुआ था?"

"उन्हें कुछ नहीं हुआ, वो तो बिल्कुल ठीक थीं, लेकिन डैडी के जाने के बाद दिन-पर-दिन कमजोर होती चली गईं। वो उनसे बहुत प्यार करती थीं।" कहते हुए शालिनी का गला भर आया,

"प्लीज़ शालिनी दुखी मत हो, इस दुनिया से सबको एक न एक दिन जाना है।"

"हाँ हितेश, तुम सुनाओ तुम कैसे हो और अंकल-आंटी कहाँ हैं?"

"सब ठीक है; मम्मी डैडी मेरठ में रहते हैं, उनका यहाँ दिल्ली में मन नहीं लगता और वहाँ रंजना की मम्मी से ज्यादा नहीं पटती।"

'क्यों?'

"कुछ खास नहीं; वो ही सास-बहू के झगड़े और आदमी बेचारा सैंडविच बन जाता है, किसकी बात सुने... जिसकी सुनता है, उसे उसकी बात ही ठीक लगती है।"

"और गलत किसी को कह नहीं सकते।" शालिनी ने मुस्कराते हुए कहा,

'हम्म' मैंने भी सहमति में गर्दन हिला दी।

"हितेश कभी नोयडा आओ, मैं घर पर अकेले रहते-रहते बोर हो जाती हूँ; बच्चे बोर्डिंग में पढ़ते हैं और हसबैंड का गारमेंट एक्सपोर्ट का बिजनेस है, वो भी अधिकतर समय विदेश में ही रहते हैं, अभी दो तीन महीनें के लिए कनाडा गये हैं।"

"अच्छा तुम नोयडा में रहती हो; मैं भी मयूर विहार में रहता हूँ, चिंता मत करो, अब मैं तुम्हें कभी बोर नहीं होने दूँगा, तुम्हें पढ़ने के लिए कहानियाँ सेंड

करता रहूँगा।''

स्कूल से लौटते वक्त आज मैं बहुत खुश था। अब शालिनी भी मेरे साथ फेसबुक और व्हाट्स एप्प पर जुड़ गई। वाह कान्हाँ तुम भी कमाल हो! रागिनी से मिलना मेरा एक सपना था, लेकिन इस जिंदगी में दुबारा कभी मैं शालिनी से मिलूँगा, यह मैंने कभी सपने में भी नहीं सोचा था,

आज मुझे रंजना पर बहुत गुस्सा आ रहा था; वो दो साल से यह बात जानती थी, लेकिन मुझे कभी नहीं बताया। माँ सही कहती है ''यह रंजना किसी से बस वो ही बात शेयर करती है, जिसमें इसका फायदा हो, अपने फायदे के लिए तो इतना मीठा बोलेगी, जैसे दुनिया की सबसे अच्छी बहू यही हो और काम होने के बाद उसको पहचाने भी न।''

हे कान्हाँ, तूने ये दोनों सेल्फिस लड़कियाँ मेरी जिंदगी में ही लिखी थी। जैसे ही मैं घर पहुँचा 'रंजना ने मुस्कराते हुए पूछा- ''जनाब, मीटिंग कैसी रही?''

''अच्छी थी; अदिति की क्लास टीचर उसकी काफी तारीफ़ कर रही थी।''

''और तुम्हारी?''

''मेरी क्यों करेगी?''

''क्योंकि तुम उसके बचपन के दोस्त हो, तुम दोनों एक ही कॉलोनी में रहते थे, जब मैं मीटिंग में जाती थी तो सबसे पहले यही पूछती कि हितेश कहाँ है आजकल।''

''अच्छा, तुमने तो नहीं बताया।''

''मैं क्यों बताती; एक बार मैंने उससे कहा, उनकी तो टूरिंग जॉब है, कभी इस शहर तो कभी दूसरे शहर; तो बिल्कुल मेरी सास बन गई, कहने लगी तुम्हें यह भी नहीं पता कि तुम्हारे पति कहाँ जाते हैं, इतना तो ख्याल रखा करो।''

''अच्छा ऐसा कहा उसने; मुझसे तो कुछ नहीं बोली।''

''क्या वो तुमसे कुछ भी नहीं बोली?''

''नहीं, कह रही थी, हम और तुम एक कॉलोनी में रहते थे, तुमने मुझे पहचाना नहीं; एक बार मैंने तुम्हारी स्केच भी बनाई थी।''

“फिर तुमने क्या कहा?”

मैं क्या कहता; मैंने कहा, अब कुछ ज्यादा याद नहीं रहा, बस थोड़ा बहुत याद है, तुम्हें पेंटिग का बहुत शौक था।

रंजना हमेशा मेरी मेमोरी को लेकर ताने मारा करती थी, “कितने भुलक्कड़ हो, जो हर चीज रखकर भूल जाते हो।” लेकिन आज उसका फेस देखकर ऐसा लगा जैसे वो भगवान का शुक्रिया अदा कर रही हो।

* * *

जब बॉस का फोन आया कि हितेश तुम्हें अर्जेंटली उदयपुर जाना है, तो मन खिल उठा। वहाँ हमारी दो तीन साइट आ रही हैं; यह एक बड़ा प्रोजेक्ट है, इसीलिए मैंने तुम्हें दिया है।

मैंने मन-ही-मन सोचा जब हम रागिनी जैसे प्रोजेक्ट डील कर सकते हैं तो हमारे लिए यह छोटे-छोटे प्रोजेक्ट क्या हैं?

“ओके बॉस, मैं आज ही चला जाता हूँ।” घर पर रहते हुए एक हफ्ता हो गया था, इस बीच रागिनी से भी कोई बात नहीं हो पा रही थी; हाँ शालिनी के रोज सुबह गुड मॉर्निंग के मैसेज आ जाते। कभी-कभी वो अपनी बनाई, पेंटिग भी सेंड करती। शालिनी ने मनोविज्ञान में मास्टर डिग्री की थी, इसकी झलक उसकी पेंटिंग्स में भी नजर आती... उसकी हर पेटिंग को देखकर ऐसा लगता जैसे वो रंगों के माध्यम से कोई अनकही बात कहना चाहती हो,

उदयपुर पहुँचते-पहुँचते रात हो चुकी थी। होटल से थोड़ी दूर एक मशहूर ढाबा था। मैं जब भी इस होटल में ठहरता, खाना उसी ढाबे पर खाता। आज भी होटल में सामान रखने के बाद, मैं सीधा यही आ गया। खाना खाने के बाद मैं टहलते हुए होटल की तरफ जा रहा था कि मैंने सामने देखा, एक बारात आ रही थी। मैं भी रुककर उसे देखने लगा। कुछ गानों के बिना शायद भारतीय बारात आज भी पूरी नहीं होती; इसी क्रम में पहला गाना बज रहा था ‘आज मेरे यार की शादी है, ऐसा लगता है जैसे सारे संसार की शादी है।’ दूल्हें के दोस्त दारू की बोतल के पूरे पैसे वसूल कर रहे थे, वे पसीने-पसीने नहा रहे थे, कुछ नागिन डांस करने में व्यस्त थे। दिल उन्हें देखकर मुस्करा उठा, नाच लो आज जितना भी नाचना है, शादी के बाद तुम्हारा एक दोस्त कम हो जायेगा।”

अब एक लड़का बग्घी से दूल्हे का हाथ पकड़कर नीचे उतार लाया।

अब दूसरे पायदान का गाना बज चुका था, 'ये देश है वीर जवानों का अलबेलों का मस्तानों का, इस देश का यारों क्या कहना।' सारे लोगों के साथ दूल्हा भी पूरे जोश में भाँगड़ा कर रहा था। यह उसकी वीरता का आज आखिरी दिन है; यह बात शादीशुदा लोग ज्यादा अच्छे से समझ सकते हैं।

वीरता का चैप्टर खत्म होने के बाद दूल्हा वापिस आकर बग्घी पर बैठ गया। अब तीसरा गाना बजने लगा 'दूल्हे का सेहरा सुहाना लगता है, दुल्हन का तो दिल दीवाना लगता है।' यह गाना सुनने के बाद दूल्हे का चेहरा उदास हो गया। शायद उसने इस गाने को ज्यादा सीरियसली ले लिया या उसने शादी के बाद उदास रहने की प्रेक्टिस आज से ही शुरू कर दी।

मैं अभी इसी सोच-विचार में उलझा था और बैंड बाजा बारात धीरे-धीरे आगे बढ़ रही थी। यह सोचते-सोचते मैं भी होटल पहुँचकर बिस्तर पर आकर लेट गया।

रात के ग्यारह बजे थे, मेरी नजर मैंसेंजर पर टिकी थी कि कब रागिनी के नाम के आगे ग्रीन सिग्नल आये, जिससे मुझे यह पता चल सके कि रागिनी अब ऑन लाइन है। हमारी जेनरेशन के लोग इस मामले में लकी हैं। हमने प्यार का वो दौर भी देखा है जब प्रेमिका का दीदार केवल खिड़की से होता था और हम इस दौर का भी इंज्वॉय कर रहे हैं। किसी ने सही कहा है, उम्र का हर दौर अच्छा है, बस आप उसका मजा लीजिए।

पहले दौर के राइटर भी खिड़की को बहुत वैल्यू देते थे। हीरोइन गीत गाकर हीरो को चेतावनी देती, 'शाम ढले खिड़की तले तुम सीटी बजाना छोड़ दो, तुम सीटी बजाना छोड़ दो।' और हीरो भी, चाहे वो देखने में मेरी तरह कितने भी शर्मीले हों, लेकिन ईंट का जवाब पत्थर से देते 'घड़ी-घड़ी खिड़की पर खड़ी तुम तीर चलाना छोड़ दो, तुम तीर चलाना छोड़ दो।' सही बात है अगर तुम खिड़की पर आकर यूँ खड़ी न हो, तो कौन इडियट अपना काम धाम छोड़कर तुम्हें सीटी सुनाने आये।

धीरे-धीरे वक्त के साथ बहुत कुछ बदला, लेकिन खिड़की की वैल्यू कम नहीं हुई। फिर से एक हिट गीत लिखा गया, जिसमें हीरो के घर के सामने एक खूबसूरत हिरोइन रहती है और उसके घर की खिड़की ठीक हीरो की खिड़की के सामने खुलती है, जिसे देखकर वो गाना गाता है 'मेरे सामने वाली खिड़की में एक चाँद का टुकड़ा रहता है, अफ़सोस मगर ये है मुझको वो उखड़ा-उखड़ा

रहता है।'

जब हमारी कॉलेज लाइफ का दौर था, तब खिड़की की वैल्यू कम होने लगी, फिर भी कभी-न-कभी कोई ऐसा गीत आ ही जाता था कि युवा दिलों की खिड़की अपने महबूब के लिए खुल जाती। उस समय का एक गीत मुझे बहुत पसंद था, *'कल सुबह देखा जो बाल बनाते वो, खिड़की पे आई नजर... घर से निकलते ही, कुछ दूर चलते ही रस्ते में है उसका घर।*

वो तो अच्छा हुआ खुदा न मुझे फिल्मों में लिरिक्स राइटर नहीं बनाया, नहीं तो मैं कुछ ऐसा गाना लिखता-

फूल तितली चाँद सितारे
ये तो... सारे बहाने हैं
F.B. पर तेरी pic जो देखी
हम उसके.... दीवाने हैं
लेटर ग्रीटिंग तोते कबूतर
ये तो.... सारे पुराने हैं
इनबॉक्स में जो चैटिंग है
हमारे प्यार के अफ़साने हैं
स्कूल कॉलेज गली -मोहल्ले
ये तो..... सारे पुराने हैं
ऑन लाइन तुम मिला करो
अब अपने .... नये ठिकाने हैं

रागिनी का घर न तो मेरे रास्ते में था और न ही मेरे पड़ोस में, लेकिन हम दोनों की लवस्टोरी में एक खिड़की का बहुत इम्पॉर्टेंट रोल था और वो थी उसके स्कूल बस की खिड़की। रागिनी हमेशा स्कूल बस में विंडो सीट पर बैठती और उसका ब्लैक शीशा खुला रखती; उसे पता था कि उसका इडियट कहीं न कहीं, किसी-न-किसी रास्ते पर दिख ही जायेगा। कभी-कभी रागिनी इतनी मेहरबान होती कि हाथ हिलाकर बॉय-बॉय कर देती। उसका बॉय-बॉय मुझे महँगा पड़ता, कि उसकी कीमत मुझे दोस्तों को पार्टी देकर चुकानी पड़ती। सभी दोस्त पीछे पड़ जाते... हितेश आज पार्टी बनती है; हमने देख लिया कि तुम्हारा चाँद तुम्हें बस की खिड़की से बॉय-बॉय कर रहा था।

चाँद और खिड़की का खयाल आते ही मैंने भी दो लाइन लिखकर

अपनी टाइमलाइन पर पोस्ट कर दी।

मेरी खिड़की से गुजरा चाँद तो ठहर गया,

उसका हमशक्ल कोई मेरे घर में रहता है।

कुछ लाइनें ऐसी होती हैं कि इंसान केवल उन्हें फेसबुक पर ही पोस्ट कर सकता है, इन लाइनों को मैं रागिनी को नहीं भेज सकता था, क्योंकि वो मेरे घर में नहीं रहती और न ही इनको रंजना को भेज सकता हूँ, क्योंकि उसे यह कभी यकीन नहीं होगा कि यह लाइन मैंने उसके लिए लिखी है... सबसे पहले तो वो यह पूछेगी, यह लाइन तुमने किसके लिए लिखी है? अगर मैं कह भी दूँ तब भी वो यकीन नहीं करेगी कि यह लाइन मैंने उसके लिए लिखी है। थैंक गॉड, अच्छा है, रंजना केवल व्हाट्स एप्प चलाती है; अगर वो फेसबुक पर होती तो मुझे अपना फेसबुक अकाउंट बंद करना पड़ता।

तभी रागिनी को ऑन लाइन देख दिल धड़क उठा, मैं 'हाय रागिनी!' लिखकर सेंड करने ही वाला था कि मिस्टर माइंड ने फिर ऑब्जेक्शन कर दिया, 'हितेश, हमेशा तुम ही चैटिंग स्टार्ट करते हो, कभी रागिनी को भी स्टार्ट करने दिया करो।''

दिल माइंड की बात का कुछ रिप्लाई देने ही वाला था कि रागिनी का मैसेज आ गया ''क्या कर रहे हो हितेश?''

''कुछ खास नहीं''

''जरूर कुछ लिख रहे होगे; मैं इतनी देर से ऑन लाइन थी, कोई मैसेज क्यों नहीं भेजा?''

''नहीं, बस भेजने ही वाला था कि तुम आ गई; ओ सॉरी तुम्हारा मैसेज आ गया''

''नहीं मेरा मैसेज क्या, मैं ही आ गई; हमेशा मैं ही आती थी तुम्हें डिस्टर्ब करने, तुम तो कभी आये ही नहीं; कितने लड़के हमारे हॉस्टल में लड़कियों से मिलने आते थे, लेकिन तुम नहीं आ सके, तुम रजिस्टर पर थोड़ा-सा झूठ भी नहीं लिख सकते थे।''

''नहीं यार तुम्हें तो पता है, मैं ऐसा नहीं लिख सकता; पता नहीं, कुछ लड़के रिलेशन वाली जगह कैसे अपनी लवर को कजिन लिख देते थे।''

''कोई कजिन नहीं लिखता था... एक बार हम लड़कियों ने रजिस्टर

चेक किया, सब लड़कों ने कजिन की गलत स्पेलिंग लिख रखी थी, बस तुम्हीं इडियट थे।''

'फिर से कहो।'

'क्या?'

''इडियट; कितना अच्छा लगता है जब तुम इडियट बोलती हो।''

''इडियट, इडियट, इडियट''

''रागिनी तुम्हें एक बात पता है?''

'क्या?'

''फेसबुक पर एक पेज है, उस पर अक्सर मैं अपनी कहानियाँ पोस्ट करता रहता हूँ।''

'वैरी गुड।'

''उस पर मैंने आज एक ऐसी कहानी पोस्ट की, जिसके नायक और नायिका कॉलेज टाइम में एक-दूसरे से बहुत प्यार करते थे, फिर कई सालों बाद वो फेसबुक पर दुबारा मिलते हैं; इस स्टोरी का THE END मैंने आर्ट फिल्मों की तरह लिखा,

''आर्ट फिल्में मतलब।''

''मतलब लड़का चैटिंग के दौरान उस लड़की से मिलने के लिए कहता है, लड़के का मैसेज तो सेंड हो जाता है, लेकिन लड़की मैसेज रीड नहीं कर पाती। लड़का यह सोचता है कि हो सकता है उसका नेट चला गया हो; वो अपना लैपटॉप बंद करके बैग में रखता है और अपने बेडरूम में चला जाता है, जहाँ उसकी पत्नी उसका इन्तजार कर रही है, जिसे देखकर वो कहता है, हे भगवान उसका नेट कभी न आये।''

''ओ, तुम भी कमाल हो; उस लड़की का नेट तुमने जिंदगी-भर के लिए बंद कर दिया; उस लड़के ने यह क्यों नहीं कहा, अब मैं कभी नेट नहीं चलाऊँगा?'' इसके साथ रागिनी ने गुस्से वाले इमो सेंड किये।

''यार तुम भी हर बात लड़का और लड़की पर लेकर चली जाती हो, मैं तुम्हें कुछ और बताने वाला था।''

''अच्छा आगे भी है क्या? सॉरी मुझे लगा स्टोरी खत्म हो गई।''

“नहीं, स्टोरी बस इतनी है, लेकिन उस पर खूब सारे कमेन्ट मिले; मैंने उन कमेंट्स का एनालिसिस किया। थॉट के आधार पर मैंने सब कमेन्ट अलग-अलग कर लिए तो बड़ा इंट्रेस्टिंग रिजल्ट निकलकर आया”

“अच्छा ऐसा क्या रिजल्ट था?”

“जिन रीडर्स ने ये कमेन्ट दिये कि उनको तुरंत मिलना चाहिए, जिन्दगी में हमेशा उसके टच में रहना चाहिए; जो तुम्हें प्यार करता है, उन सबकी उम्र 18 से लेकर 30 साल थी, उन सबका एक ही तर्क था, ‘ये जिंदगी न मिलेगी दुबारा।’

जिन लोगों ने यह कमेन्ट दिया, उन्हें कम-से-कम एक बार तो मिलना चाहिए। उन सबकी उमर 30 से 45 साल थी। उन सबका भी एक ही तर्क था, ‘चलो एक बार फिर से अजनबी बन जाये हम दोनों।’

जिन लोगों ने यह कमेन्ट दिया, अच्छा हुआ नेट चला गया, दोनों अब शादीशुदा हैं, उन्हें कभी नहीं मिलना चाहिए, उन लोगों की उम्र 45 से 55 साल थी और यहाँ भी सबका एक ही तर्क था, ‘न तुम बेवफा हो न हम बेवफा हैं, मगर क्या करें अपनी राहे जुदा हैं।’

यह देखकर मैं आश्चर्यचकित रह गया, कि एक ही कहानी पर रीडर्स के विचार उनकी उम्र के हिसाब से अलग-अलग थे, लेकिन सेम ऐज ग्रुप वालों के एक ही विचार थे।’

“यार यह तो बड़े आश्चर्य की बात है।”

“हाँ इससे भी आश्चर्य की एक बात और है।” इसके साथ ही मैंने उसे लव वाले इमो सेंड किये।

“वो क्या है?”

“55 से 65 साल वाले लोगों के विचार 18 से 30 साल वाले लोगों से मैच कर रहे थे; उनका कहना था, अपनी जिंदगी में वो सारे काम कर लेने चाहिए जिसके लिए तुम्हारा दिल गवाही दे।” उन सबका तर्क भी बहुत मासूम था, ‘दिल तो बच्चा है जी।’

“Wow! amazing अनालेसिस है यह तो।”

“हाँ यार कमाल के डाटा हैं। मैंने सारे कमेंट्स अपने लैपटॉप में सँभाल

कर रख लिए।''

"I know, मुझे पता था तुम ऐसे डाटा जरूर सँभालकर रखोगे।''

रागिनी से बात करने के बाद, मुझे आज अपनी एक पुरानी कम्पनी की बहुत याद आई। वहाँ मेरे बॉस को हर बात पर 'You know' कहने की आदत थी। उससे कुछ भी कहो, वो बस यही कहता 'You know' फिर एक-दूसरे डिपार्टमेंट में नये बॉस ने ज्वॉइन किया। यह सुनकर बड़ा मजा आया, उसे हर बात में 'I know' कहने की आदत थी,

स्टाफ के लोगों ने उनका नाम I know और You know रख दिया। ऑफिस का माहौल पहले ही बहुत खुशनुमा था। I know और You know की जोड़ी ने इसे और मजेदार बना दिया। दोनों एक-दूसरे को देखकर बहुत खुश रहते, लेकिन अंदर-ही-अंदर एक-दूसरे से बहुत चिढ़ते।

मेरे बॉस को उस पर बहुत गुस्सा आता। एक दिन बॉस ने मुझे अपने केबिन में बुलाया "हितेश, You know?''

"क्या सर?''

"इस I know को कुछ नहीं आता, पता नहीं मैंनजमेंट इसे कहाँ से पकड़कर लाई है।''

एक बार मन में आया कि बोल दूँ "सर, जहाँ से आपको पकड़कर लाई है।'' लेकिन चाहकर भी नहीं बोल सका... मैंने बस इतना ही कहा "I know Sir."

बॉस ने घूरकर देखा "You know, इसे कहाँ से पकड़कर लाई है?''

"नहीं सर, I know कि इसे कुछ नहीं आता।''

मैं और मेरा बॉस बहुत देर तक हँसते रहे। बॉस ने फोन करके दो कॉफ़ी का ऑर्डर कर दिया।

एक बार बॉस दो दिन तक ऑफिस नहीं आये, न ही उन्होंने किसी का फोन उठाया। जब वो ऑफिस आये तो अकेले बैठे जोर-जोर से हँस रहे थे। मैंने जाकर पूछा, "क्या हुआ सर?''

"हितेश You know."

मन में गुस्सा तो बहुत आया; जब तुम बताओगे तभी तो पता चलेगा; पहले ही बोल देता है "You know."

"नहीं सर क्या हुआ?" मैंने फीकी मुस्कान से पूछा।

"पता है, आज I know मुझे पार्किंग में ही मिल गया; मुझसे पूछने लगा, आप दो तीन दिन से ऑफिस नहीं आये, क्या हुआ?"

"फिर सर?"

"मैंने कहा, कमर में दर्द हो गया था, ऑर्थो को दिखाया तो उसने चेक अप करने के बाद डिस्क की प्रॉब्लम बताई; पता है उसने क्या कहा?"

"क्या कहा?"

बॉस बहुत जोर से हँसता हुआ बोला "I know, साला मुझे तब पता चला, जब कमर में दर्द हुआ, ऑर्थो को तब पता चला जब उसने चेकअप किया और इस I know को पहले ही पता चल गया।"

वो कम्पनी छोड़ने के बाद You know से तो पीछा छूट गया, लेकिन मेरी जिंदगी में अब यह एक नया I know आ गया; वो भी मेरा पहला प्यार 'रागिनी।' भगवान कुछ चीजें इस दुनिया में सिर्फ तुम्हारे लिए बनाता है... पहले ही मेरी जिंदगी कहानियों की एक किताब है, रागिनी से मिलकर यह एक पूरी लाइब्रेरी बन गई। रागिनी इतनी दिलचस्प है, यह मुझे उससे चैटिंग करके पता चला। उससे कुछ भी कहो, वो बस एक ही बात कहेगी 'I know'

मैंने उससे कहा "I miss you lot in my life."

उसने कहा "I know."

मैंने उससे कहा "You are very beautiful and charming."

उसने कहा "I know."

मैंने उससे कहा "तुम बिल्कुल नहीं बदली; बिल्कुल पहले जैसी हो।"

उसने कहा "I know."

मैंने उससे कहा "I like blue colour."

उसने कहा " I know, मोस्टली बॉयज लाइक दिस कलर।"

एक बार उसके I know पर इतना गुस्सा आया, मैंने उससे कहा "मैं तुमसे बहुत नाराज हूँ।"

उसने कहा "I know."

"मैं तुमसे कभी बात नहीं करूँगा।"

"I know."

"यू आर वेरी सेल्फिश गर्ल।"

"I know."

"आई हेट यू।"

"I know."

ओह माई गॉड मैंने यह गुस्से में क्या लिख दिया, 'आई हेट यू।' यह तो मेरे स्कोप में भी नहीं है, रागिनी से नफरत मैं चाहकर भी नहीं कर सकता।

मैंने फिर लिखा "सॉरी रागिनी, यह गलती से टाइप हो गया।"

तब भी उसने यही कहा "आई नो हितेश; यह गलती से टाइप हो गया होगा; मुझे पता है तुम यह कभी नहीं लिख सकते।'

लेकिन आज इस इंटेलिजेंट रागिनी को केवल कमेंट्स का एनालिसिस अमेज़िंग लगा; यह इडियट लड़की, एक बार भी यह नहीं कह सकती, हितेश मैं तुमसे मिलना चाहती हूँ... एक बार अपने मन में यह नहीं सोच सकती कि हम भी तो 30 से 40 साल वाले ग्रुप के हैं। मान लिया यह युनिवर्सल थॉट भी सच है कि लेडिज हमेशा अपने आपको कम उम्र का समझती हैं... तब और भी अच्छा है, फिर तो यह अपने आपको 20 से 30 साल वाले ग्रुप का मानती होगी, तब तो हमें बिना किसी देरी के तुरंत मिलना चाहिए।

मेरा आज का दिन बहुत बिजी था। सुबह से कस्टमर के साथ मीटिंग और साइट विजिट, इस वजह से मैं बुरी तरह थक गया। मैं बस होटल जाकर तुरंत सो जाना चाहता था। मैंने रिसेप्शन पर पहुँचकर रूम की चॉबी लेते हुए पूछा, "मुझे डिनर आज रूम में चाहिए, कितना टाइम लग जाएगा?"

रिसेप्शनिस्ट मेनू कार्ड पकड़ाती हुई बोली "सर केवल थर्टी मिनट्स।"

मुझे पता है इनके थर्टी मिनट कभी एक घंटे से पहले खत्म नहीं होते, इसलिए मैंने कहा "अभी जल्दी से क्या मिल सकता है?"

"सर अभी तो ब्रेड आमलेट, इडली और डोसा यही सब मिल पायेगा।"

"ठीक है, फिर एक मसाला डोसा भिजवा दो।" मैं ऑर्डर कर रूम में चला गया। मैंने अभी अपने जूते ही उतारे थे कि रागिनी का मैसेज आ गया "क्या कर रहे हो, घर पर हो या कहीं बाहर?"

"यार आउट ऑफ़ स्टेशन हूँ, बहुत थक गया हूँ, इसलिए आज आराम से सोऊँगा।"

"I know, रंजना रात-भर सोने नहीं देती होगी।"

ओह माई गॉड, इसे कैसे पता चल गया... रंजना में एक बुरी आदत है, वो कहती है अगर मेरे पास सोना है तो बस मेरी तरफ फेस करके सोओ, ताकि मैं तुम्हें देखती रहूँ। वो मुझे अपनी तरफ पीठ करके तो सोने ही नहीं देती; भला एक इंसान एक साइड से कितनी देर तक सोयेगा।

लेकिन मुझे रागिनी को यह बात नहीं बतानी चाहिए। माना मैं रागिनी से अपनी सारी बातें शेयर कर लेता हूँ, लेकिन अगर मैं इसे यह बात बताऊँगा तो कहीं बुरा न मान जाये, वैसे भी यह बहुत जेलस फील करने वाली लड़की है, इसलिए मैंने बस इतना ही टाइप किया।

"नहीं यार, मुझमें ही एक बुरी आदत है।"

'क्या?'

"मुझे सोने के लिए पूरा एक डबल बेड चाहिए; कभी-कभी सोते हुए रंजना के भी एक दो लात लग जाती है।"

"heheheheheheh... यार मुझे भी ऐसी ही आदत है, मेरे भी सोते हुए हाथ पैर चलते रहते हैं।"

"अच्छा, तुम तो कॉलेज की जुडो कराटे चैम्पियन भी हो, बेचारे प्रकाश की हालत खराब हो जाती होगी, तुम्हारे पास सोते हुए... heheheheheh"

"हाँ यार, मुझे भी सोने के लिए पूरा एक डबल बेड चाहिए। वो भी मुझे कई बार टोक चुके हैं, रागिनी यह तुम सोते-सोते हाथ पैर क्यों चलाती रहती

हो।''

''ये तो कमाल है; मैं ही पागल था, पता नहीं क्या-क्या सोचता रहता... मुझे लगता था हमारी शादी इसलिये नहीं हो सकती, क्योंकि हमारी कास्ट और कल्चर अलग थे या उस बीस साल की उम्र में हम मेच्योर नहीं थे; लेकिन असली वजह आज पता चली।''

'क्या?'

''यार ऊपर वाले ने सोचा होगा, जब यह दो इडियट एक बेड पर साथ नहीं सो सकते तो इनकी शादी करके क्या करना? आजकल फ्लैट्स में इतने बड़े बेडरूम भी नहीं होते कि एक ही रूम में दो-दो डबल बेड आ जायें, hehehehehehe" इसके साथ ही मैंने रागिनी को कॉमेडी वाले इमो सेंड किये।

''ऐसा नहीं है, मैं तुम्हारे साथ हर चीज एडजस्ट कर लेती; तुम्हारे साथ मैं डबल बेड क्या, सिंगल बेड पर भी सो जाती।''

''अच्छा, वैरी नाइस।''

''हाँ यार, तुमसे शादी करके, मुझे एक प्रॉफिट और होता।''

''वो क्या है?''

''तुमसे मैं अपनी हर बात मनवा लेती।''

थैंक गॉड, ऊपर वाले तूने आज मुझे बचा लिया। यहाँ भी रागिनी को बस पहले अपने प्रॉफिट की चिंता है। अगर कहीं रागिनी गलती से भी यह लिख देती कि हितेश अगर तुमसे मेरी शादी होती, मैं तुम्हें बहुत प्यार करती, तो मुझे जिन्दगी- भर रागिनी को खोने का मलाल और बढ़ जाता।

''हाँ रागिनी यह बात तो है, तुम मुझसे अपनी हर बात बनवा लेती, लेकिन अच्छा हुआ हमारी शादी नहीं हुई, नहीं तो तुम इस तरह यूँ जींस टॉप पहनकर न घूम रही होती, किसी फंक्शन में फिल्मी गाने पर डांस न कर रही होती... तुम्हें एक बात पता है?''

'क्या?'

''मुझे भी यह बात शादी के बाद पता चली, जब रंजना ने बताया कि मेरी माँ दुनिया की सबसे डेंजर सासों में से एक है, वो चाहती हैं कि बहू बस उनके कण्ट्रोल में रहे।''

"अच्छा, फिर मैं बहुत लकी हूँ; मेरी सास मेरी फ्रेंड की तरह है, वो मुझे क्या मना करेंगी, उल्टा मैंने उन्हें मॉडर्न कपड़े पहनना सिखा दिया; तुम्हें एक बात पता है, मुझमें एक क्वालिटी और है।"

यह सुनकर दिल को बड़ा सुकून लगा कि इण्डिया में ऐसी सास बहू भी हैं जो फ्रेंड की तरह रहती हैं; रंजना तो इस बात पर पूरी एक स्पीच सुना देती "हितेश, एक सास कभी माँ नहीं बन सकती;" और मेरी माँ एक दूसरी स्पीच सुना देती, "हितेश, एक बहू कभी बेटी नहीं बन सकती। टी0वी0 पर एक प्रोग्राम का तो नाम भी यही है, सास, बहू और साजिश।'

"और क्या क्वालिटी है आप में रागिनी जी, वो भी बता दों"

"हितेश, मैं कैसी भी परिस्थिति में रह सकती हूँ; अपना तो वो फंडा है, जैसा देश वैसा भेष। पता है, मेरी पहली पोस्टिंग एक हाई हील एरिया गाँव के स्कूल में हुई थी, जहाँ मार्केट क्या कोई दुकान भी नहीं थी। गाँव में घर भी एक-दूसरे से बहुत दूर-दूर बने थे। वहाँ मोबाइल नेटवर्क और लाइट भी पूरे हफ्ते गायब हो जाती; लेकिन मैं वहाँ भी खुश थी।"

"रागिनी यू आर रियली ग्रेट।"

"I know; अच्छा हितेश, एक बात बताओ।"

'क्या?'

"क्या तुम्हारी कम्पनी का टूर, कभी पिथौरागढ़ की तरफ नहीं लगता... जब कभी इस तरफ आओ तो मुझसे जरूर मिलना।" इस मैसेज के साथ ही रागिनी ने अपना एड्रेस सेंड कर दिया।

इडियट लड़की... एक पागल लड़के ने पूरे सत्रह साल बस इसी इन्तजार में गुजार दिये कि उसकी जिंदगी में वो दिन जरूर आयेगा, जब रागिनी खुद कहेगी कि हितेश मुझे तुमसे मिलना है। उसके इस मैसेज ने मुझे पलभर में सत्रह साल पीछे धकेल दिया। रागिनी से अपनी आखिरी मुलाक़ात के बाद मैं अपने आपको बहुत गिल्टी फील करने लगा था। मैंने अपने आप को हॉस्टल के एक कमरे में कैद कर लिया। मैं अब जल्दी-से-जल्दी फाइनल एग्जाम फिनिश कर अपने घर जाना चाहता था। मैंने दोस्तों से मिलना-जुलना भी बंद कर दिया।

फिर एक दिन अमित मेरे कमरे में आया "हितेश, यह क्या हाल बना

रखा है! क्या हो गया तुम्हें? तुम अब अपने रूम से बाहर क्यों नहीं निकलते?, आलोक बता रहा था कि तुमने दो दिन से खाना भी नहीं खाया; जब से तुम लखनऊ से आये हो बहुत गुमसुम रहते हो। क्या हुआ, लखनऊ में रागिनी से कोई बात हुई क्या?''

''यार अमित, रागिनी ने मेरी सारी स्क्रिप्ट ही चेंज कर दी। मैंने सोचा था जब हम अलग होंगे तब दो अच्छे दोस्तों की तरह अलग होंगे, लाइफ में जब भी मिलेंगे तो दोस्तों की तरह मिलेंगे। मुझे लगा था मैं ही रागिनी को प्यार करने लगा हूँ, लेकिन रागिनी मेरे बारे में कुछ ऐसा सोच रही है, यह मैंने कभी सपने में भी नहीं सोचा था।

''क्या सोच रही थी वो?''

''यार उसने कहा 'हितेश मैंने तो हमेशा तुम्हें अपने हसबैंड की तरह देखा है।'

''ओह, फिर तुमने क्या कहा?''

''यार यह बात उसने अलग होने से थोड़ी देर पहले बोली। मैं तो कुछ समझ ही नहीं पाया, बस चुपचाप पागलों की तरह उसके साथ चलता रहा।''

''चलो अच्छा हुआ तुम चुप रहे; मुझे हमेशा यही डर लगा रहता था कि कहीं रागिनी इमोशनल होकर तुमसे कुछ बोल न दे और तुम कोई कमिटमेंट न कर बैठो।''

''लेकिन अमित, अब पता नहीं क्यों, मैं अपने आपसे बहुत गिल्टी फील कर रहा हूँ; जाने रागिनी मेरे बारे में क्या सोच रही होगी।''

''मैंने तुमसे पहले ही कहा था कि वो तुम्हें प्यार करने लगी है। मैं जब भी उससे मिलता वो हमेशा तुम्हारे बारे में पूछती रहती। यार कोई भी लड़की जब किसी लड़के से प्यार करती है तो उसके मन में शादी करने का ही प्लान होता है, लेकिन हम लड़के ऐसा नहीं कर पाते।''

''अमित, मेरी जिन्दगी की ऐसी कोई बात नहीं जो तुम्हें न पता हो; तुम तो मुझे मुझसे ज्यादा जानते हो... तुम्हें तो पता है, मैंने कभी उससे क्लोज होने की कोशिश नहीं की, हमेशा उससे एक दूरी बनाकर रखी।''

''हितेश तुम क्या सोचते हो, प्यार कोई फैन चलाने वाला रेगुलेटर है, जिसे तुम जितना घुमाओगे वो उतनी ही तेज चलेगा, उतनी ही हवा देगा; मुझे

पता है, तुमने हमेशा एक दूरी बनाकर रखी, लेकिन कभी उससे दूर भी तो नहीं हुए, उससे मिलने को कोई मौका भी तो नहीं छोड़ा और प्यार एक ऐसी चीज है जो कभी छुपाये नहीं छुपता। तुम अपने आपसे कितना भी झूठ बोल लो, कि तुम उससे प्यार नहीं करते, लेकिन सच तो यह है तुम भी उससे बहुत प्यार करते हो, यह प्यार तुम्हारी आँखों से झलकता है... जब तुम उसे देखते हो, यह प्यार तुम्हारे चेहरे से पता चलता है, जब कोई तुमसे उसकी बातें करता है।''

''हाँ यार, मैं उससे प्यार करने लगा हूँ, लेकिन मैं उससे कोई ऐसा कमिटमेंट नहीं करना चाहता जिसे मैं पूरा न कर सकूँ; अभी तो मुझसे दो साल छोटी मेरी एक सिस्टर है, घरवाले उसके लिए लड़का तलाश कर रहे हैं; पहले उसकी शादी होगी।''

''हितेश, तुम्हारी शादी तो अभी पाँच छह साल तक नहीं होगी, तो क्या तब तक रागिनी तुम्हारा इन्तजार करती रहेगी; तभी तो कहता हूँ, तुमने अच्छा किया, कि तुम चुप रहे; अब इस कहानी को यही खत्म कर दो, कुछ दिनों में एक्जाम आने वाले हैं, उसकी तैयारी करो।''

''अमित, मुझे पता था, तुम भी सबकी तरह बस यही उपदेश दोगे, उसे भूल जाओ, अपने एग्जाम की तैयारी करो; बस इसलिए मैं अपने रूम से कहीं बाहर जाना नहीं चाहता, इसलिए मैं किसी से बात नहीं करना चाहता; मुझे यहाँ कोई नहीं समझता, तुम भी नहीं। मैं रागिनी से अपने मन में कोई बोझ लेकर अलग नहीं होना चाहता; आखिर उसके साथ मैंने अपनी जिन्दगी के सबसे खूबसूरत पल गुजारे हैं।''

''हितेश, पता है सब तुम्हें लेकर कितना परेशान हैं; यहाँ सब तुम्हें कितना प्यार करते हैं; कोई भी तुम्हें इस तरह दुःखी नहीं देखना चाहता। तुम कहते हो, यहाँ तुम्हें कोई नहीं समझता; मैं भी तुम्हें नहीं समझता, फिर तुम ही बताओ, तुम क्या चाहते हो... होगा तो वही जो तुम चाहते हो।'' कहते हुए अमित की आँखें नम हो गईं।

यार मैं रागिनी से एक बार और मिलना चाहता हूँ। मैं उससे पूछना चाहता हूँ, क्या तुम मेरा कुछ साल इंतजार कर सकती हो? तुम रागिनी को मेरा मैसेज दे देना। कल सन्डे है; कॉलेज के सामने जो हॉस्पिटल है, हम उसी में मिल लेंगे।

''ठीक है भाई, लेकिन मैं भी तुम्हारे साथ चलूँगा; तुम कोई उल्टा- सीधा

डिसीजन न ले लो।

"नहीं अमित, मैं उससे अकेले मिलना चाहता हूँ; जिंदगी के कुछ फैसले अकेले ही लेने पड़ते हैं।"

"ओके, जैसा तुम ठीक समझो" कहकर अमित अपने रूम में चला गया।

सन्डे को मैं रागिनी का सारा दिन इन्तजार करता रहा। सुबह से लेकर शाम हो गई, लेकिन वो नहीं आई। थक हार कर मैं मायूस कदमों से अपने हॉस्टल की तरफ लौटने लगा। मन में कई तरह के सवाल चल रहे थे। अब अगर अमित मुझसे पूछेगा कि मीटिंग में क्या हुआ? तो मैं क्या जवाब दूँगा। मेरा राइटर दिमाग फिर कोई नई स्क्रिप्ट लिख रहा था। "हितेश, अगर कोई पूछे तो कह देना कि रागिनी मिलने आई थी, उसने कहा है वो तब तक इन्तजार करने के लिए तैयार है, जब तक मैं अपनी लाइफ में सेटल न हो जाऊँ; लेकिन उसने एक शर्त रखी है, कि इस बीच हम आपस में कभी नहीं मिलेंगे।"

लेकिन कुछ स्क्रिप्ट दोस्तों पर काम नहीं करतीं। अमित के सामने आते ही मेरी आँखें कुछ गीली-सी हो गयीं।

"नहीं आई न वो।"

"तुम्हें कैसे पता?"

"अगर वो आ जाती तो तुम्हारी आँखों में यूँ आँसू न होते, इनमें एक ख़ुशी की चमक होती; तुम मेरे सामने यूँ मुँह लटकाये न खड़े होते; प्लीज़ अब उसके लिए मत रोओ, उसे भूल जाओ।"

यह देख मेरे और दोस्त भी वहाँ इकट्ठा हो गये। सबको इस बात की खबर हो गई कि रागिनी ने हितेश को धोखा दिया है, इसीलिए हितेश बहुत अपसेट है।

एक दोस्त ने मेरे कंधे पर हाथ रखकर कहा "यार, सब लव स्टोरियों में यही होता है, लड़कियाँ बाद में धोखा ही देती हैं।"

मेरा एक दूसरा दोस्त बोला, "मुझे तो वो शुरू से फ्लर्ट करने वाली लगती थी; घूर-घूर कर पागलों की तरह तो ऐसे देखती रहती थी, जैसे तुम्हें कितना प्यार करती हो... हितेश अब बहुत हो गया, इस कहानी का चैप्टर यहीं क्लोज कर दो।"

“हाँ हाँ हितेश, अब तुम उसे भूल जाओ; तुम उससे मिलने की कभी कोई कोशिश मत करना, तुम्हें हमारी कसम।” यह कहते हुए, सभी दोस्तों ने अपने हाथ मेरी तरफ बढ़ा दिये।

मैंने भी अपना हाथ आगे बढ़ाकर उनसे वादा किया, “मुझे अपने दोस्तों की कसम, अब जब तक वो मुझे खुद नहीं बुलायेगी, मैं उससे मिलने की, कोई कोशिश नहीं करूँगा, चाहे मुझे उस दिन के इन्तजार में पूरी जिंदगी गुजारनी पड़े।”

ये हुई न दोस्तों वाली बात। सब दोस्तों ने मिलकर मुझे अपने कंधे पर उठा लिया, जैसे मैंने यह निर्णय लेकर कोई जंग जीत ली हो।

तभी रागिनी का मैसेज देखे मैं यादों की दुनिया से वापिस आया “कहाँ गायब हो गये हितेश?”

“कहीं नहीं, बस एक पागल लड़का याद आ गया था”

“पागल लड़का? कौन पागल लड़का?”

“कोई नहीं; है एक पागल लड़का, जो बरसों से मेरे साथ रहता है... सोच रहा हूँ, जब मैं तुमसे मिलने आऊँ तो उसे भी अपने साथ ले चलूँ या नहीं।”

“हितेश, वो पागल लड़का, तुम्हारे साथ रहता है या तुम हो?”

“यार यह तो तुम खुद चेक कर लेना; मैं आज ही ऑफिस में लीव अप्लाई कर देता हूँ, अब दो तीन दिन तुम्हारे साथ ही रहूँगा।”

“नहीं यार, पिथौरागढ़ मिलने मत आना; जहाँ मैं रहती हूँ, वहाँ और भी कई टीचर्स रहती हैं।”

“तो फिर मैं अल्मोड़ा आ जाता हूँ, वहीं कोई होटल ले लेंगे।”

“हितेश, अल्मोड़ा में तो मुझे सब जानते हैं।”

“ठीक है फिर रानीखेत, हल्द्वानी, जहाँ तुम कहो, वहाँ आ जाता हूँ।”

“यार नहीं, इन जगहों पर भी मुझे सब जानते हैं।”

“अरे वाह, तुम तो पहाड़ों की रानी हो; तुम्हें तो सारे पहाड़ वाले जानते हैं, फिर तुम ही बताओ कहाँ मिलना है?”

“ठीक है फिर मैं तुम्हें बताऊँगी कि कहाँ मिल सकते हैं; लेकिन हितेश,

दो तीन दिन कुछ ज्यादा नहीं हो जायेंगे।'' साथ ही रागिनी ने कुछ स्माइली वाले इमो चिपका दिये। आजकल यह अच्छा है कि आपके पास रेडीमेड इमो मौजूद हैं; अगर आप रोमांटिक मूड में हो तो लव वाले इमो सेंड कर दो, अगर आप खुश हो तो स्माइली वाले इमो और अगर आप दुःखी हो तो रोने वाले इमो अपने रिप्लाई के साथ चिपका सकते हो, जिससे सामने वाले को पता चल जाए, कि इस चैटिंग के वक्त आपके क्या इमोशन थे?

''अच्छा मुझे तो लगा तुम कहोगी, हितेश दो तीन दिन में क्या होगा, दो तीन दिन तो हम बस एक-दूसरे की आँखों में देखकर गुजार सकते हैं।'' इसके साथ मैंने रागिनी को ढेर सारे प्यार वाले इमो सेंड किये।

''इडियट! सचमुच आज भी उतने ही इडियट हो, जितने पहले थे; बिल्कुल भी नहीं बदले।''

''हाँ हूँ लेकिन सिर्फ तुम्हारे लिए।''

''I know, सिर्फ मेरे लिए... अच्छा हितेश अभी मेरे स्कूल की तीन चार दिन की छुट्टी आ रही है, तुम अपनी फेमिली को लेकर मेरे घर नैनीताल आ जाओ, सब साथ में घूमेंगे, बहुत इंज्वॉय करेंगे।''

''Wow! what a great idea.'', और तुम अपने हसबैंड को क्या कह कर introduce कराओगी? ''मिलिये, यह हितेश हैं, हम दोनों कॉलेज में एक-दूसरे को प्यार करते थे और मैं रंजना से क्या कहूँगा; यह रागिनी है, मेरा पहला प्यार जिसे मैं आज तक नहीं भूला।''

''तुम मेरी चिंता मत करो, मैं प्रकाश को कुछ न कुछ बोल दूँगी, तुम अपनी सोचो तुम रंजना से क्या बोलोगे? ''

''चलो मैंने भी अगर रंजना को मना लिया और हम तुमसे मिलने आ गये, तब तो और मजेदार सीन बन जाएगा।''

''वो क्या हितेश?''

''अरे यार, जब इतने सालों बाद हम मिलेंगे, फिर ऐसा तो होगा नहीं कि हम एक-दूसरे से नजरें चुराकर बात करें या मैं तुम्हें देखकर अनदेखा करूँ। मैं इस तरह की झूठी एक्टिंग नहीं कर सकता। जब हम मिलेंगे तो एक-दूसरे को देखेंगे भी, एक-दूसरे को देखेंगे तो पुराना प्यार भी याद आ सकता है; वैसे भी हमारे अंदर दो इडियट रहते हैं, जिसे केवल तुम और मैं जानते हैं, अगर वो

जाग गये तब क्या होगा? अगर दोनों में से एक भी इडियट थोड़ा इमोशनल हो गया तो दूसरा तो खुद-ब-खुद आँसू बहाने लगेगा।''

''हाँ यार, यह तो मैंने सोचा ही नहीं।''

''रागिनी, वैसे सीन बहुत अच्छा होगा; प्रकाश मुझे चुप कराये और रंजना अपने रुमाल से तुम्हारे आँसू पोछे, कि कोई बात नहीं, प्यार में ऐसा हो जाता है... hehehehehehe''

''थैंक्स हितेश, तुमने मुझे बचा लिया; मैंने यह सोचा ही नहीं था कि मैं तुम्हें देखकर कैसा रिएक्ट करूँगी''

''चलो अच्छा हुआ, अब तो सोच लिया।''

''हाँ हितेश, अब मैंने सोच लिया, पहले हम अकेले मिलेंगे, फिर चेक करेंगे कि हम अपने अंदर रहने वाले इडियट्स को कण्ट्रोल कर सकते हैं या नहीं।''

''वाह, क्या बात है; तुम तो सब समझ गईं और अगर हमने उन इडियट्स पर कंट्रोल कर लिया, तब हम फेमिली के साथ मिलेंगे।''

''अच्छा हितेश, जब तुम मिलने आओगे, तो क्या रंजना को बताकर आओगे; मैं तो प्रकाश को बताकर आऊँगी; मुझे पता है वो तुमसे मिलने के लिए कभी मना नहीं करेंगे।''

''हाँ, प्रकाश क्यों मना करेगा वो तो तुम्हारा बेस्ट फ्रेंड है, तुम तो उसके सामने बैठकर मुझसे चैटिंग भी कर सकती हो; लेकिन मैं रंजना को बताकर नहीं आ सकता... वो मेरी वाइफ है मेरी बेस्ट फ्रेंड नहीं, पता नहीं वो अपने मन में बिना मतलब क्या-क्या शक पाल ले; हाँ मिलने के बाद मैं जरूर उसे किसी दिन बता दूँगा कि एक दिन तुम मुझे कहीं अचानक मिल गईं, किसी रेलवे स्टेशन पर या किसी फंक्शन में, कुछ-न-कुछ कहानी सुना दूँगा।

''हाँ हितेश, तुम कोई-न-कोई कहानी सुना दोगे, तुम तो स्टोरी राइटर हो।''

''और रागिनी तुम, तुम तो मुझसे बड़ी रायटर हो; मैं दूसरों के लिए कहानी लिखता हूँ और तुम मेरी जिंदगी की कहानी लिख देती हो; तुम्हारा तो एक ही सेंटेंस मेरी सारी स्टोरी बदलकर रख देता है''

''I know, लेकिन यार मैं कोई राइटर नहीं हूँ; हाँ मुझे सिंगिंग का बहुत

शौक था, तुम्हें याद है, मैंने कॉलेज के एक फंक्शन में गाना भी गाया था।''

''सॉरी यार, याद नहीं आ रहा।'' एक बार सोचा उसी की स्टाइल में कह दूँ ''I know", लेकिन नहीं कह सका। कुछ अदाएँ हसीनाओं पर ही अच्छी लगती है। किसी ने क्या खूब लिखा है-

''खुदा जब हुस्न देता है, नजाकत आ ही जाती है, कदम वो गिन के रखते हैं, कमर बल खा ही जाती है।''

वैसे भी आजकल फैशन शो का जमाना है; जहाँ खूबसूरत मॉडल लड़कियाँ कैटवॉक करती हैं, वो अपने कदम गिन-गिन कर रखती हैं। पहले मुझे लगता था कि CATWALK का मतलब 'बिल्ली की तरह चल कर दिखाओ' से होता होगा, जिसमें मॉडल लड़कियाँ बिल्ली की तरह चलती हैं, कपड़ों का विज्ञापन करती हैं और जजों का दिल बहलाने के लिय डांस दिखाती हैं; लेकिन एक दिन मेरे Civil इंजीनियर दोस्त ने बताया, इसका मतलब वुडेन और स्टील से बना एक WALKWAY है। यह एक ऐसी स्टेज होती है जो थोड़ी narrow एंड elevated हो... मैं भी कहाँ CATWALK कंस्ट्रक्शन में उलझ गया। मैंने रागिनी को रिप्लाई किया, ''अच्छा वैरी नाइस, फिर अपनी कुछ ऑडियो क्लिप भेजो।''

''बताओ कौन-सा गाना सुनोगे?''

रागिनी के इस सवाल पर मैं थोड़ा अटक गया। मुझे गानों से ज्यादा गजलें पसंद है या वो गाने अच्छे लगते हैं, जिसमें खूबसूरत फीलिंग को जादुई शब्दों में पिरोया गया हो। मैंने कहा ''कोई भी, जो तुम्हें अच्छा लगता हो।''

''अच्छा फिर यह सुनाऊँ, बहना ने भाई की कलाई से प्यार बाँधा है... hehehehehe''

''नहीं यार, इससे अच्छा तो वो सुना दो, चोली के पीछे क्या है, चोली में दिल है मेरा, यह दिल मैं दूँगी अपने यार को, अपने प्यार को.. रागिनी तुम तो यही सुना दो।'' इसके साथ ही मैंने भी उसे चिढ़ाने वाले इमो भेजे।

''हितेश तुम बिल्कुल बदतमीज हो।''

''थैंक गॉड, तुम्हें पता चल गया।''

''नहीं, I know, you are not like this, You are just pulling my leg."

मन में आया लिख दूँ, तुमने तो pulling का मौका भी कहाँ दिया; लेकिन यह कुछ ज्यादा ओवर हो जाता। पता नहीं बेचारी सीधी-साधी लड़की क्या गलत अर्थ निकाल लेती। रागिनी, बाहर से दिखने में चाहे कितनी भी बोल्ड हो, कितनी भी गोल-मोल बातें करती हो, उसे चाहे कितनी भी Fill in the blanks वाली चैटिंग पसंद हो, लेकिन उसके अंदर एक ईमानदार, साफ़ दिल वाली लड़की रहती है, जिसे केवल मैं जानता हूँ।

"यार तुम कुछ भी गाकर सुना दो; तुम्हारी आवाज तो इतनी स्वीट है कि उसे सुनते ही वैसे भी शुगर का लेवल बढ़ जाता है।"

"अच्छा तो मैं तुम्हें वो सुनाती हूँ, जो आजकल मैं तब गुनगुनाती हूँ, जब तुम्हारा खयाल आता है।"

"अरे वाह! ऐसा कौन-सा गाना है, प्लीज़ जल्दी भेजो।"

"यार तुम्हारे अंदर एक बात बहुत बुरी है, जरा भी पेशेंश नहीं है; दस मिनट वेट करो, मैं अभी सेंड करती हूँ।"

"ओए, दस मिनट के चक्कर में दस घंटे मत लटका देना।"

रागिनी ने अभी मैसेज रीड नहीं किया था। अगर वो एक बार रीड कर लेगी तो राइट क्लिक के दोनों सिंबल अपने आप उसकी आँखों की तरह ब्लू हो जायेंगे। व्हाट्स एप पर यह सुविधा अच्छी है कि आपको पता चल जाता है आपका मैसेज रीड हुआ या नहीं; नहीं तो दुनिया-भर की लड़कियाँ, लड़कों को इसी तरह लटका कर रखतीं, "कौन सा मैसेज, कब भेजा था, हमें तो कुछ भी याद नहीं।" और बेचारे बेवकूफ लड़के इमोशनल होकर एक ही मैसेज बार-बार भेजते रहते। "बेचारी ने पढ़ा ही नहीं, तो वो जवाब क्या देती।" और जिंदगी-भर इसी तरह लटके रहते। रागिनी को तो वैसे भी लटका कर रखने में पी एच् डी हासिल है। मैसेज लिखकर छोड़ देना, आधी-अधूरी बात कहकर बीच में चले जाना, यह सब उसकी एक अदा है।"

सुबह से लेकर शाम हो गई और शाम से लेकर रात होने को आई, लेकिन रागिनी के दस मिनट खत्म नहीं हुए। जब मैं डिनर के लिए जा रहा था, तब रागिनी ने अपना ऑडियो क्लिप भेजा। इस गाने को सुनने के लिए मैं बहुत बैचेन था। मैंने कानों में लीड लगाई और बिस्तर पर लेटे-लेटे गाना

सुनने लगा।

गाने के बोल "ऐ काश कि हम होश में अब आने न पाये, बस नगमें तेरे प्यार के गाते ही जायें, ऐ काश कि हम होश में आने न पायें" मेरे दिल और दिमाग में छाने लगा। वाह, रागिनी भी कमाल है और इसकी आवाज में कितना नशा है; जिसके पास रागिनी हो उसे तो मयखाने की भी जरूरत नहीं।

एक बार सोचा मैं भी रागिनी को उसकी तरह लटका कर रखूँ और सुबह जवाब दूँ, लेकिन हम लड़के चाह कर भी ऐसा नहीं कर सकते। मैंने सोने से पहले इसी गाने की एक लाइन लिख उसे रिप्लाई कर दिया, "रागिनी, तुम्हारी आवाज में जादू है... हो बस अगर तुम हमारे सनम, हम तो सितारों पे रख दें कदम।"

आज संडे का दिन था। सुबह आँख खुली तो मैंने होटल के रूम की खिड़की खोलकर देखा, सामने गार्डन में कुछ फूल खिले थे। फूल भी बिल्कुल पहले प्यार की तरह होते हैं, सुंदर मासूम और नाजुक से... कुछ दिन खिलते हैं, अपनी खुश्बू बिखेरते हैं और फिर मुरझाकर बिखर जाते हैं। रागिनी से मिलने के बाद ऐसे लग रहा था जैसे हमारे प्यार के पौधे पर फिर से बहार आ गई, उस पर फिर से रंग-बिरंगे फूल खिलने लगे थे; इन फूलों का असर मेरी जिन्दगी क्या मेरी रायटिंग में भी नजर आने लगा था। अब मैं दिल टूटने वाली गजलों की जगह, प्यार वाली कवितायें ज्यादा लिखता। मैं अपनी कहानियों में नायक और नायिका को बिछुड़ने नहीं देता, अगर वो बिछुड़ भी जाते तो मैं उन्हें कहानी के अंत में जरूर मिलवा देता। चाहे वो अपनी जिन्दगी के आखिरी पड़ाव पर ही एक-दूसरे से क्यों न मिलें। आज फिर मैंने एक ऐसी कहानी लिखी थी, जिसका नाम था 'दो टिकट', यह कहानी लिख कर मैंने फेसबुक पर पोस्ट कर दी और खुद कॉफ़ी मशीन से कॉफ़ी निकालकर पीने लगा।

'दो टिकट'

जाड़ो के दिन थे। वर्मा जी बालकनी में बैठे अखबार पढ़ रहे थे। रिटायरमेंट के बाद, ज़िंदगी इतनी बोर न थी, लेकिन जब से पत्नी साथ छोड़ कर गई, एक-एक पल काटना मुश्किल हो गया था। पति पत्नी का असली प्यार बुढ़ापे में समझ आता है। जवानी में सब अपने आपको शहंशाह समझते हैं। अब अखबार ही उनका जीवन साथी था। तभी अंदर से एक बच्चे ने

आवाज लगाई "दादा जी! टेबिल पर आपका फ़ोन बज रहा है।"

वर्मा जी ने वहीं बैठे-बैठे कहा "देख तो क्या नाम लिखा आ रहा है।"

"कोई दीपाली गुप्ता लिखा आ रहा है।"

"बेटा उन्हीं का फ़ोन है, जिनकी बेटी की शादी में तू मेरे साथ गया था।" वर्मा जी ने पोते के हाथ से फ़ोन लेते हुए कहा,

"हाँ बोलो दीपाली, कैसी हो?"

"मैं ठीक हूँ, तुम कैसे हो?"

"बस अब बची-खुची जिंदगी गुजारनी है, सो गुजार रहे हैं; फ़ोन कैसे किया, कुछ काम था क्या?"

"हाँ, घर से भागना था।"

"इस पैंसठ साल की उम्र में... किसके साथ भाग रही हो?"

"तुम्हारे साथ"

"मेरे साथ भागना होता तो उस बीस साल की उम्र में भाग जातीं, जब तुम नहीं आईं और मैं सुबह से शाम तक हाथ में ट्रेन के दो टिकट लिए रेलवे स्टेशन पर खड़ा रहा।"

"हाँ, तब नहीं आ सकी; फिर शादी, उसके बाद बच्चे, बस उसी में रम के रह गई... गुप्ता जी मेरे लिए यह मकान और बेटी की जिम्मेदारी छोड़कर गये थे। बेटी अपने घर चली गई और यह मकान मैंने एक संस्था को लाइब्रेरी खोलने के लिए दे दिया; अपने लिए एक कमरा रखा है।"

"यह तुमने अच्छा किया; अब इतने बड़े मकान का अकेली करोगी भी क्या।"

"एक बस, तीर्थ यात्रा के लिए जा रही है, उसी में दो टिकट बुक कराये हैं; आ जरूर जाना; कहीं ऐसा न हो, इस बार मैं टिकट लिए खड़ी रहूँ।"

"तीर्थ यात्रा पर अपने दीवाने के साथ भागकर जाओगी, भगवान बहुत पाप देंगे।" इस बार वर्मा जी की आवाज में एक खनक थी।"

"अरे कोई पाप नहीं देंगे; पहले भी हम मन्दिर में कौन-सा पूजा करने जाते थे।" अब दीपाली की आवाज भी वर्मा जी की आवाज के साथ खनखना रही थी।

मेरी राइटिंग में क्या, मेरे फेस पर भी प्यार का रंग साफ़ नजर आ रहा था। आप अपनी जिंदगी में सबसे हैंडसम तब लगते हो, जब आप प्यार में होते हो। दुनिया की कोई ब्यूटी क्रीम ऐसी नहीं बनी, जो इंसान के चेहरे पर इतना निखार ला सके। अब मैं एक बार नहीं चार बार आइना देखता, अपने बाल ठीक करता, अपनी शर्ट के कॉलर सही करके पहनता; हफ्ते में चार बार सेविंग बनाता... 37 साल की उमर ऐसे लगने लगी थी जैसे अभी मैं 17 साल का हूँ।

लोग युवा दिखने के लिए न जाने क्या-क्या करते हैं... योग करते हैं, सुबह उठकर नींबू और शहद का पानी पीते हैं; मैं यह नहीं कहता, यह गलत है, लेकिन इन चीजों का फायदा तभी है, जब तुम अंदर से खुश हो और इंसान को अंदर से ख़ुशी तब होती है जब उसे किसी से इश्क हो। इश्क होने का मतलब है तुम्हारा कोई प्यार हो... वो प्यार जरूरी नहीं कोई लड़का या लड़की हो; वो तुम्हारा काम भी हो सकता है। दुनिया के सबसे सफल इंसान वो हैं, जिन्हें अपने काम से प्यार है।

मेरा एक दोस्त है खुराना। वो इंजेक्शन मौल्डिंग मशीनों का बिजनेस करता है। उसकी बात सुनकर तुम्हें ऐसा लगेगा जैसे वो केवल मशीनों से प्यार करता हो, "यार मेरी एक मशीन तो इतनी प्यारी निकली, उसने मुझे आज तक कभी तंग नहीं किया, उसमें कभी कोई प्रॉब्लम नहीं आई; उसका कस्टमर भी इतना अच्छा है, हमेशा टाइम पर सर्विस कराता है; कुछ कस्टमर तो ऐसे लालची होते हैं, बस मशीन को दिन-रात चलाते रहते हैं, सर्विस का कोई काम नहीं... जब खराब हो जाती है तो कहते, खुराना जी आपने कैसी मशीन दे दी।"

"हितेश, तुम तो जानते हो, मैं मशीन को किसी इन्जीनियर के भरोसे नहीं छोड़ता; जब मशीन तैयार हो जाती है, तो उसे सबसे पहले मैं खुद टेस्ट करता हूँ... जब सैटिस्फाई हो जाता हूँ, तभी डिलवरी देता हूँ। मेरी एक मशीन इतने नखरे वाली निकली, कि मुझे कम्पनी के logo में अपनी फ़ोटो लगानी पड़ी।

मैंने हँसकर पूछा "ऐसा क्या हो गया था खुराना जी?"

यार मैं एक मशीन की डिलेवरी करके आया; रास्ते में ही क्लाइंट का फोन आ गया, "खुराना जी, मशीन सही काम नहीं कर रही।" मैं गया तो मशीन सही चल रही थी। उसके दो तीन दिन बाद फिर क्लाइंट का फोन

आया; मैं फिर गया, मैंने देखा तो मशीन में कोई प्रॉब्लम नहीं थी।

वो क्लाइंट एक लेडिज थी। एक बार जब मैं मशीन चेक कर वापिस आने लगा तो वो हँसकर बोली "खुराना जी, यह आपने कैसी मशीन दे दी, जो आपके आते ही ठीक चलने लगती है... या तो आप यह मशीन उठवा लो, या अपनी एक फ़ोटो इस मशीन पर चिपका दो"

"मैडम, अगर मैंने मशीन वापिस मँगा ली, तो सारे मार्केट में यह खबर उड़ जायेगी कि खुराना की मशीन खराब है; जो क्लाइंट उसकी मशीन ले जाता है, वो वापिस भिजवा देता है, मेरा तो धंधा पानी चौपट हो जायेगा। फिर मैंने अपनी एक फोटो उस मशीन पर चिपका दी।" खुराना अपनी मूँछों को ताव देते हुए बोला।"

"वाह खुराना जी, पहले मुझे लगता था कि तुम ही मशीनों को प्यार करते हो, लेकिन आज पता चला मशीनें भी तुम्हें उतना ही प्यार करती हैं।"

"हाँ हितेश, उसके बाद तो कमाल हो गया; मैंने जो भी डिलेवरी दी, सभी मशीनों में कुछ-न-कुछ प्रॉब्लम आने लगी।

"ऐसा क्या हो गया था खुराना जी?" मैंने चकित होकर पूछा।

"यार सारी मशीनें उस मशीन से जेलस फील करने लगी हैं। फिर मैंने कम्पनी के लोगो पर अपनी तस्वीर बनवा दी, उसके बाद किसी मशीन में कोई खराबी नहीं आई... तब से माता रानी की कृपा से बिजनेस बढ़िया चलने लगा"

खुराना ही क्या, अब मेरे बॉस को ही ले लो, हमेशा प्रोजेक्ट के बारे में डिस्कस करता रहता है। एक बार वो और मैं एक होटल में रुके। उसके आस-पास भी बहुत आलीशान होटल थे। मैंने पूछा "सर हम इसमें क्यों रुक रहे हैं? बराबर में एक नया होटल खुला है, उसमें स्विमिंग पूल भी है, चलिए वहीं रुकते हैं।"

तब उन्होंने बताया "हितेश, मेरे लिये यह दुनिया का सबसे प्यारा होटल है; यह हमारी कम्पनी ने बनाया है, जब मैं तुम्हारी तरह प्रोजेक्ट कोऑर्डिनेटर था, तब इसकी लैंड अक्वायर हुई थी, यहाँ कम्पनी की तरफ से, क्लाइंट के साथ सबसे पहले मैं ही आया था।

एक amusement पार्क के बारे में उन्होंने बताया था, जिस दिन इसका

उद्घाटन हुआ, उस दिन मेरे बड़े बेटे का जन्म हुआ, लेकिन में हॉस्पिटल में वाइफ के साथ नहीं, क्लाइंट के साथ था; उसकी बातें मुझे बहुत इंस्पायर करती हैं जब मेरी बेटी अदिति होने वाली थी, तब मैं भी एक प्रोजेक्ट पर दुबई चला गया। उसको मैंने पूरे पाँच महीने बाद देखा। वो मेरी जिंदगी का एक कभी न भुलाने वाला पल है। हुआ यूँ कि जिस दिन मैं इण्डिया आया, मैंने एअरपोर्ट से रंजना को फ़ोन किया, मैं दिल्ली पहुँच गया हूँ, लेकिन यहाँ बहुत ट्रैफिक जाम है, इसलिए वो मेरा इन्तजार न करे और सो जाये, मैं सुबह तक मेरठ पहुँच पाऊँगा। उन दिनों रंजना, मेरठ में पेरेंट्स के साथ ही रहती थी, जबकि मुझे पता था कि मैं 12 बजे तक घर पहुँच जाऊँगा। मैं बस रंजना को सरप्राइज़ देना चाहता था। मुझे घर पहुँचने की बहुत जल्दी थी, मैं बस तुरंत अपनी लिटिल परी को देखना चाहता था,

जैसे ही मैं घर पहुँचा, तो माँ ने गेट खोला। मैं अपना सामान ड्राइंग रूम में रख, चुपके से रंजना के रूम में गया। रंजना घोड़े बेचकर सो रही थी और उसके बराबर में लेटी एक छोटी-सी गुड़िया अपने डैडी का इन्तजार कर रही थी। जैसे ही मैंने उसे देखा तो उसके छोटी-छोटी आँखों में एक चमक आ गई। उसके चेहरे पर एक मुस्कान तैर आई, मैंने उसे गोद में उठाकर कहा, "लव यू माई लवली डॉटर।"

मैंने अपनी जिंदगी में बहुत से प्रोजेक्ट्स पर काम किये, लेकिन मैं कभी उस दुबई वाले प्रोजेक्ट को नहीं भूल पाता; वो मेरे लिए बहुत लकी रहा। उस पर काम करते हुए, मैंने काफी पैसा कमाया, क्योंकि मेरे घर में मेरी बेटी अदिति, लक्ष्मी के रूप में जन्म ले चुकी थी।

फूलों को निहारने के बाद मैंने रागिनी को व्हाट्स एप पर एक दिल वाला ग्रीटिंग सेंड किया। इस पर गुड मॉर्निंग लिखा था, इसके चारों तरफ खूबसूरत फूल बने थे।

तभी रागिनी का मैसेज आ गया "गुड मॉर्निंग हितेश, आज सन्डे इंज्वॉय कर रहे हो?"

"हाँ यार, आज सारे दिन चैटिंग करेंगे; मैंने एक नई कहानी लिखी है।"

"हितेश, तुम हमेशा अपनी कहानी सुनाते रहते हो, लेकिन आंज मैं तुम्हें अपनी कहानी सुनाऊँगीं।"

"तुम्हारी कहानी... क्या तुम भी कहानी लिखने लगी हो?"

"नहीं यार, यह मेरी असली जिन्दगी की कहानी है; तुम्हारी तरह मेरी जिंदगी भी कहानियों की एक किताब है।"

"अरे वाह, जरूर सुनाओ; हम भी तो सुनें, हमारी रागिनी की क्या कहानी है।"

"हितेश, मैं जब भी तुमसे चैट करती हूँ, मेरे मन में एक बोझ सा बना रहता है; मैं तुमसे कोई बात छुपाना नहीं चाहती, लेकिन बताने को सोचती हूँ तो मन में एक डर लगा रहता है"

"यार ऐसी क्या बात है? किस बात का डर?"

"तुम्हें खोने का डर।"

"मुझे खोने का?"

"हाँ हितेश, मैं तुम्हें पाना नहीं चाहती, लेकिन अब मैं तुम्हें कभी खोना भी नहीं चाहती; मैं चहाती हूँ मरते दम तक, तुम किसी-न-किसी रूप में मुझसे जुड़े रहो... मेरी कहानी सुनकर तुम मुझसे नाराज तो नहीं होगे, मुझे छोड़कर तो नहीं जाओगे?"

"यार रागिनी, प्लीज़ सस्पेंस मत बढ़ाओ, आखिर ऐसी क्या बात है?"

"तुम्हें एक बात पता है?"

'क्या?'

"हितेश मेरी दो शादी हुई है।"

जब वो कहती है, तुम्हें एक बात पता है? तो वैसे ही मेरे दिल की धड़कनें तेज हो जाती हैं; लेकिन आज उसकी बात सुनकर पल भर के लिए मेरे होश उड़ गये। कितनी आशंकायें मन में एक साथ उभर आईं। रागिनी की दो शादी... कहीं इसका पहले पति के साथ तलाक तो नहीं हो गया... आखिर रागिनी की दो शादी का क्या मतलब है? ओह माई गॉड, कहीं यह आज तक मुझे अपना पहला पति तो नहीं मानती। मैंने खुद को सँभालते हुए कहा "क्या कह रही हो रागिनी, तुम्हारी दो शादी हुई है!"

"हाँ यार, मेरी दो शादी हुई है, मीन्स मेरी शादी दो बार हुई है।" इसके साथ उसने मुझे चिढ़ाने वाले इमो सेंड किये।

इमो देखकर मैं इमोशनल मोड से नॉर्मल मोड में वापिस आ गया। "अच्छा वेरी इंट्रेस्टिंग; क्यों, पहले वाला तुम्हें छोड़कर चला गया था क्या?"

इसके साथ मैंने भी उसको कुछ फनी इमो सेंड किये।

"हाँ, तुम छोड़कर ही तो चले गये थे, तुम्हें नहीं पता क्या?"

"यार मजाक मत करो, सही-सही बताओ क्या हुआ?"

"अच्छा यार मजाक नहीं कर रही, अब बीच में मत बोलना; अगर तुम बीच में बोले तो फिर मैं अपनी कहानी कभी नहीं सुना पाऊँगी।"

"अच्छा नहीं बोलूँगा, तुम सुनाओ?"

हितेश, प्रकाश को मैं तुमसे मिलने से पहले जानती थी। वो मेरे बड़े भाई का दोस्त था, इसलिए हमारे घर उसका आना-जाना लगा रहता। हमारे स्कूल तो अलग थे, लेकिन ट्यूशन हम साथ-साथ पढ़ते। मैं बचपन से ही प्रकाश से शादी करना चाहती थी। मैं अपनी स्कूल कॉपी पर 'P' लिखकर रखती, यानी प्रकाश के नाम का पहला लेटर। जब कोई मुझसे पूछता यह क्या है, तो मैं P को R बना देती। जब मैं कॉलेज में पढ़ती थी, तब भी मेरी मुलाक़ात प्रकाश से होती रहती। घर वाले मेरी शादी को लेकर चिंतित थे और तुम बिना कुछ कहे मेरी जिंदगी से दूर चले गये।

मैंने हमेशा एक ही सपना देखा था, कि शादी करूँगी तो एक ऐसे लड़के से करूँगी, जिसे मैं पहले से जानती हूँ, जिससे पहले मैं मिल चुकी हूँ, जिससे पहले मैंने ज्यादा नहीं तो कम-से-कम थोड़ी बहुत बात जरूर की हो। हितेश, मैं आज तक यह नहीं समझ पाई कि कोई लड़की भला कैसे किसी अनजान लड़के से शादी कर लेती है, कोई भला कैसे किसी को अपना तन मन सौंप सकती है, कोई भला कैसे किसी के साथ एक पत्नी का रिश्ता निभा सकती है, जिसे वो बिल्कुल जानती न हो, जिससे उसने कभी कोई बात भी न की हो, जिससे वो पहले कभी मिली न हो, जिससे वो प्यार न करती हो; ऐसी शादी तो बस एक समझौता है।

मुझे यह अरेंज मैरिज बिल्कुल भी पसंद नहीं। पहले लड़के वाले लड़की को ऐसे देखते हैं, जैसे वो बाजार में रखा कोई शो पीस हो... कोई उससे बोलेगा, थोड़ा चलकर दिखाओ, कहीं लड़की लंगड़ी तो नहीं है; कोई उससे बोलेगा, कुछ बोलकर दिखाओ, कहीं लड़की गूँगी तो नहीं है; कोई मेज़रमेंट टेप लेकर उसकी लम्बाई नापेगा, तो कोई उसकी सारी मार्कशीट चेक करेगा।

अगर लड़की उनके मानदंडों पर सही उतरी तो फिर उसके पिता से दहेज का सेटलमेंट होगा। सब ठीक ठाक रहा तो दूल्हे का दुल्हन के तन मन पर अधिकार हो जाएगा। कुछ बात बिगड़ गई तो लड़के वाले कहेंगे इनके ग्रह आपस में मैच नहीं कर रहे; हम तो शादी के लिए तैयार हैं, लेकिन क्या करें हमारे पंडित जी ने मना कर दिया।

मैंने कई लड़कियों के रिश्ते टूटते देखे हैं। हमारे पड़ोस में एक दीदी रहती थीं। उनकी शादी एक साल तक तय रही, फिर उस लड़के की कोई सरकारी जॉब लग गई, तो लड़के वालों ने शादी करने से इन्कार कर दिया। इस बीच वो एक दो बार उस लड़के से पर्सनली मिलीं भी; तुम कह सकते हो, उन्होंने डेटिंग भी की।

रिश्ता टूटने के बाद दीदी पूरी तरह टूट गईं। जो लड़का उनके साथ कुछ दिन पहले जीने मरने की कसमें खाता था; सरकारी जॉब लगने के बाद उसने दीदी का फ़ोन भी नहीं उठाया। उन पर एक स्टेम्प चिपक गई, कि इस लड़की का रिश्ता एक बार टूट चुका है। फिर एक साल बाद उनकी बड़ी मुश्किल से कहीं दूसरी जगह शादी हुई, लेकिन मैंने उनके चेहरे पर वो पहले वाली रौनक आज तक नहीं देखी। तब से मुझे इन अरेंज मैरिज के ड्रामों से सख्त नफरत हो गई और दहेज... माई फुट... किस बात का दहेज, हम लड़कियाँ दहेज क्यों दें, यह दहेज तो लड़कों को देना चाहिए कि उन्हें इतनी अच्छी लड़कियाँ मिलती हैं।

उन दिनों मैं Delhi में जॉब करती थी। एक दिन मेरी सिस्टर का फोन आया कि मुझे घर पर बुलाया है, कोई लड़का मुझे देखने आने वाला था। लेकिन मैंने जान-बूझकर बहाना बना दिया कि मैं अभी लीव नहीं ले सकती, ऑफिस में कुछ ऑडिट चल रहा है। मैं घर जाना ही नहीं चाहती थी।

फिर डैडी का फोन आया "तुम जॉब छोड़कर चुपचाप घर चली आओ।" मैं घर चली आई। डैडी ने मुझसे पूछा कि तुम शादी क्यों नहीं करना चाहती?

मैंने कहा "मैं किसी अनजान लड़के से शादी नहीं कर सकती।"

उन्होंने मुझसे पूछा "फिर तुम किससे शादी करना चाहती हो?"

मैंने कहा प्रकाश से; जबकि मुझे यह भी नहीं पता था कि वो मुझसे शादी करेंगे या नहीं। वो प्रकाश को पसंद नहीं करते थे। इस बात पर वो मुझसे इतना

नाराज हो गये कि उन्होंने मुझसे बोलना छोड़ दिया। मैं अपने परिवार की ऐसी पहली लड़की हूँ, जो अपने घर से बाहर किसी दूसरे शहर में जाकर पढ़ी। मेरे डैडी मुझ पर बहुत गर्व करते थे, मैं उनका गरूर थी; मैं स्पोर्ट्स में भी स्टेट लेवल चैम्पियन थी। वो चाहते थे कि मेरी शादी बहुत धूमधाम से हो। वो किसी आर्मी ऑफिसर से मेरी शादी करना चाहते थे। मेरी मुझसे बड़ी दो बहनें और थीं। डैडी ने उन दोनों की शादी भी बहुत धूमधाम से की, जिसके लिए उन्हें अपनी प्रॉपर्टी का कुछ हिस्सा बेचना पड़ा। अब वो मेरी शादी की तैयारी कर रहे थे। वो फिर हमारी कुछ प्रॉपर्टी बेचना चाहते थे, जबकि मैं दहेज के बिल्कुल खिलाफ थी। वो मेरी जिन्दगी का सबसे कठिन दौर था।

फिर मैं गुस्से में घर छोड़कर वापिस दिल्ली आ गई। एक दिन प्रकाश भी दिल्ली आये हुए थे। वो मुझसे मिलने आये। लेकिन प्रकाश भी तुम्हारी तरह था। पता नहीं यह दोनों शाई नेचर के लड़के ऊपर वाले ने मेरी जिंदगी में ही क्यों लिखे थे, जो मुझसे चाहकर भी कभी I love you कहने की हिम्मत नहीं जुटा पाये। प्रकाश से भी मुझे ही पूछना पड़ा "विल यू मैरी मी?" और वो तुम्हारी तरह चुप नहीं रहा। प्रकाश मुझसे शादी करने को तैयार हो गया। उसने कहा, मैं अपने घरवालों को मना लूँगा, लेकिन तुम्हारे घर वाले कभी नहीं मानेंगे, इसलिए पहले हमें कोर्ट मैरिज कर लेनी चाहिए। फिर हम कोर्ट मैरिज करके दिल्ली में रहने लगे।

मेरी सिस्टर और प्रकाश की फेमिली के अलावा हमारी शादी के बारे में कोई नहीं जानता था। एक दिन मेरी बड़ी सिस्टर ने डैडी को समझाया कि रागिनी दिल्ली में रहती है; आजकल प्रकाश भी दिल्ली में है। प्रकाश एक अच्छा लड़का है और घर पर सभी का देखा भाला है... अगर उन्होंने दिल्ली में शादी कर ली तो भी हम क्या कर सकते हैं; इससे अच्छा है रागिनी को घर बुला लेते हैं और दोनों की शादी करा देते हैं।

फिर हम घर आ गये और हमारी दुबारा से अरेंज मैंरिज हुई।

रागिनी अपनी कहानी सुना रही थी। उसकी कहानी सुनकर मेरे दिल और दिमाग दोनों ने काम करना बंद कर दिया, कमाल की बात यह थी कि आज मेरे दिल और दिमाग दोनों आपस में झगड़ा नहीं कर रहे थे; दोनों को आज प्रकाश पर बहुत गुस्सा आ रहा था। कैसा इंसान है, अपने दोस्त की बहन से ही शादी कर ली। भला कोई दोस्त की बहन से भी घर से भागकर

शादी करता है। हमारे यहाँ तो दोस्त की बहन को, अपनी रियल बहन की तरह समझा जाता है। जिस घर में हमारा आना-जाना हो, उस घर की बेटी के बारे में तो हम ऐसा सोच भी नहीं सकते। ऐसे लोगों की वजह से ही कोई किसी बैचलर लड़के को अपने घर किराये पर कमरा तक नहीं देता। रागिनी को तो मैं जानता हूँ, यह तो इडियट है, मगर प्रकाश... वो तो फोटो में बड़ा समझदार लग रहा था। लेकिन कुछ लोग तो बस इसी इन्तजार में रहते हैं कि कोई टूटे दिल वाला मिल जाये और हम उसे सिर रखने के लिए अपना कंधा दे दें। यह क्या सलाह हुई कि हमारे घर वाले शादी को तैयार नहीं होंगे, चलो पहले दिल्ली में कोर्ट मैरिज कर लेते हैं। भला ऐसी शादी से क्या फायदा जिसमें हमारे माँ-बाप भी न आ सकें, जिसमें हमारा कोई भाई-बहन भी शामिल न हो सके। ऐसे तो रागिनी ने मुझसे भी कहा था, कि मैंने तुम्हें हमेशा अपने हसबैंड की तरह देखा है, तो क्या मैंने उसे यह सलाह दी कि अभी हमारे घर वाले नहीं मानेंगे, चलो पहले कोर्ट मैरिज कर लेते हैं, जो होगा वो बाद में देखा जायेगा। लेकिन मैं ऐसा क्यों सोच रहा हूँ, मुझे प्रकाश पर गुस्सा क्यों आ रहा है? रागिनी अब मेरी रागिनी नहीं रही, अब वो रागिनी प्रकाश है; वो प्रकाश, जिसे वो मुझसे पहले से जानती थी, जिसके लिए वो अपनी कॉपी पर 'P' लिखती थी, जिससे वो कॉलेज टाइम में भी मिलती थी।

हितेश! क्या सोच रहे हो? क्या मैंने लव मैरिज करके कुछ गलत किया? तुम मुझसे नाराज तो नहीं हो?

नहीं यार, मैं तुमसे क्यों नाराज होऊँगा; तुमने तो वो ही किया, जो तुम्हारे दिल ने कहा। घर से भागकर तो वो लोग शादी करते हैं जो बोल्ड होते हैं, जो अपने दिल की सुनते हैं; तुमने अपने बारे में सब-कुछ बता दिया, मुझे तो अच्छा लगा... दहेज वाली बात सुनकर तो मुझे तुम पर गर्व महसूस हो रहा है; मुझे तुमसे कोई शिकायत नहीं है, बस रागिनी एक बात का दुःख है?

"किस बात का हितेश?"

"तुम्हारी कहानी में मैं कहाँ हूँ? जब तुम प्रकाश को मुझसे पहले से जानती थी और उससे शादी करना चाहती थीं, तो तुम मेरी जिंदगी में क्यों आईं?"

"हितेश, तुमसे मिलने से पहले मैं प्रकाश से शादी करना चाहती थी, लेकिन मैं उससे सिर्फ एक दोस्त की तरह मिलती थी। प्रकाश मेरे बारे में क्या

सोचता है, यह भी मुझे नहीं पता था। जब तुम मेरी जिंदगी में आये, तो मेरी जिंदगी ही बदल गई; तब मुझे समझ आया, कि चाहत और प्यार में क्या फर्क है। मुझे नहीं पता, कैसे मेरे अंदर एक इडियट लड़की पैदा हो गई। तुम्हारा चेहरा मेरी आँखों के आगे से हटता ही नहीं था। मुझे ऐसे लगने लगा जैसे मेरी आँखों में तुम्हारी तस्वीर बसी हो। मुझे यकीन हो गया, कि तुम ही वो लड़के हो जो मुझे जिन्दगी भर प्यार करोगे, मैं तुम्हें अपना जीवन साथी बनाने का सपना बुनने लगी।''

''हितेश, तुम जब मेरी जिन्दगी में आते हो, मेरे ऊपर तुम्हारे इश्क का बुखार चढ़ जाता है, मैं प्रकाश को भूल जाती हूँ; तुम्हारा नाम लेने से मेरे दिल की धड़कनें बढ़ जाती हैं। जब मैं कॉलेज में तुमसे मिली थी, तब भी यह हाल था और अब फेसबुक पर मिली हूँ, आज भी यही हाल है, मैं बस तुम्हारे रंग में रंगकर रह जाती हूँ।''

''रागिनी... ओह सॉरी, रागिनी प्रकाश, प्लीज़ झूठ मत बोलो; सच तो यह है, कॉलेज खत्म होने के बाद तुमने मुझे कभी याद नहीं किया, तुम अपने घर चली गईं। तुम्हें वहाँ फिर प्रकाश मिल गया और प्रकाश से मिलने के बाद, तुम मुझे भूल गईं। मुझे आज पता चला, तुम्हारे अंदर ऐसी कोई इडियट लड़की कभी थी ही नहीं, जो मुझसे प्यार करती हो; तुम तो शुरू से रागिनी प्रकाश थी।''

''हितेश, काश यही सच होता... और मैं भी इसी सच के साथ जी रही थी, कि मैं तुम्हें भूल गई, लेकिन फिर एक दिन...।

''क्या हुआ एक दिन?''

''मेरी शादी की फिफ्थ एनिवर्सरी थी। मैं और प्रकाश मनाली घूमने गये।''

'फिर...'

''उस दिन वहाँ बहुत बर्फ पड़ी। सारे पहाड़, पेड़ व पौधे, सब बर्फ की चादर से ढँक गये, सारे रोड जाम हो गये। हमे वहाँ से निकलना था, लेकिन हम निकल नहीं पाये। सारा दिन इन्तजार करते-करते आखिर शाम हो गयी। प्रकाश ने रूम में ही व्हिस्की की एक बॉटल मँगा ली।''

''फिर क्या हुआ?''

दो पेग लगाने के बाद उन्होंने मुझसे कहा, ''रागिनी तुम भी एक पेग लगा लो, आज बहुत ठंड है।''

''मैंने मना कर दिया, लेकिन वो नहीं माने। उन्होंने जबरदस्ती एक पेग बनाकर, मेरे हाथ में पकड़ा दिया। मैंने सोचा इससे अच्छा मौका भला कहाँ मिलेगा, चलो आज व्हिस्की पीकर देख लेते हैं, पता चल जायेगा कि आखिर लोग क्यों पीते हैं।''

''अच्छा, फिर पता चल गया, क्यों पीते हैं?''

''हाँ यार, उस दिन पता चला कि हम जैसे लोग क्यों पीते हैं।''

''हम जैसे मतलब?''

''मतलब पहले प्यार के मारे लोग; मेरे और तुम्हारे जैसे लोग। जैसे ही मैंने पहला पेग पिया, मेरी आँखों के सामने तुम्हारा चेहरा आ गया। फिर मैंने दूसरा पेग कब पिया, मुझे खुद पता नहीं चला। नशा होते ही मुझे लगने लगा जैसे तुम मेरे साथ हो, तुम मुझे छोड़कर कभी गये ही नहीं, तुम हमेशा मेरे दिल में रहते रहे। वो रात मेरी जिन्दगी की सबसे खूबसूरत रात थी। उस रात मुझे अहसास हुआ कि मैं तुम्हें कभी भुला ही नहीं पाई। एक इडियट लड़की, जो तुम्हें प्यार करती थी, वो तो मेरे दिल के अंदर चुपचाप जीती रही। यह लड़की तो मेरे दिल से कभी गई ही नहीं, यह तो मुझे तब भी मिलती है, जब मैं बारिश की बूँदें देखती हूँ, यह लड़की तो मुझे तब भी मिलती है, जब मैं लाल रंग के फूल देखती हूँ, यह लड़की मुझे तब भी मिलती है, जब मैं बहुत खुश होती हूँ, यह लड़की तो मुझे तब भी मिलती है, जब मैं बहुत तनहा होती हूँ; यह इडियट लड़की हमेशा मेरे साथ रहती है, बस मैंने ही इसको इग्नोर कर दिया था।

''अच्छा, सो स्वीट, फिर क्या हुआ?''

सुबह जब मेरी आँख खुली तो प्रकाश मेरे बराबर में बैठे चाय पी रहे थे। मैं चाहे कितनी भी देर से सोऊँ, लेकिन हमेशा बिना अलार्म के छह बजे उठ जाती हूँ। मैंने आँखें मलते हुए पूछा ''आज चाय बड़ी जल्दी मँगा ली, कितने बजे हैं?''

तब उन्होंने बताया, सुबह के नौ बज गये हैं और हमारी बस भी छूट गई।

मैंने कहा ''सॉरी, अब मुझे कभी ड्रिंक मत कराना।''

तो वो बोले ''नहीं, अब तो मैं तुम्हें जरूर पिलाऊँगा, मुझे तो शादी के

पाँच साल बाद पता चला।''

''क्या पता चला?'' पल भर के लिए तो मैं घबरा गई।

उन्होंने हँसते हुए कहा ''अगर वाइफ का सच्चा प्यार पाना हो तो उसे कम-से-कम दो पेग जरूर पिलाने चाहिए... तुमने मुझे कभी इतना प्यार नहीं किया, जितना कल रात किया था।''

वो मेरे सामने खड़े हँस रहे थे और मैं नजरें झुकाये चुपचाप बैठी थी। मेरी उनसे नजरें मिलाने की हिम्मत नहीं हो रही थी।

''लेकिन क्यों? तुमने व्हिस्की पी थी इसीलिए?''

''पूरे इडियट हो; इसलिए नहीं कि मैंने पहली बार पी थी, बल्कि इसलिए, क्योंकि उस रात, मैंने प्रकाश को महसूस ही नहीं किया; मुझे लगा कि मैं तुम्हारी बाँहों में हूँ।''

''ओह माई गॉड''

''हितेश, सच-सच बताना, तुम ड्रिंक करते हो?''

''हाँ कभी-कभी कर लेता हूँ।''

''यार तुम्हें ड्रिंक करने के बाद सबसे ज्यादा कौन याद आता है?'',

हमारी चैटिंग का माहौल बहुत गमगीन हो गया था, इसलिए मैंने माहौल को हल्का करने की कोशिश की, 'स्वीटी।'

''यह स्वीटी कौन है?'' इस बार रागिनी ने गुस्से वाले इमो सेंड किये। मैंने भी रिप्लाई में उसे चिढ़ाने वाले इमो भेज दिये।

''हितेश, मजाक मत करो, मैं बहुत सीरियस हूँ, यह स्वीटी कौन है?''

''स्वीटा, स्वीटी है और कौन।''

''अच्छा ठीक है, तुम अपनी स्वीटी के साथ इंज्वॉय करो, मैं जा रही हूँ।'' फिर मेरे इनबॉक्स में कभी कोई मैसेज मत भेजना।'' इस बार रागिनी ने मैसेज के साथ और ज्यादा गुस्से वाले इमो सेंड किये।''

''यार नाराज मत हो; हमारी सोसाइटी के बाहर एक पान की दुकान है, उसका नाम स्वीटी पान कॉर्नर है; मैं जब भी ड्रिंक करता हूँ तो बस यही ख़याल रहता है कि घर पहुँचते-पहुँचते कहीं वो दुकान बंद न हो जाये।''

'क्यों?'

“क्योंकि उस दुकान पर सौंफ, इलायची, पुदीन हरा और पिपरमेंट वाली टॉफी मिलती है; ड्रिंक करने के बाद यही डर बना रहता है कि कहीं रंजना को स्मेल न आ जाये। वो सब-कुछ एडजस्ट कर लेती है, लेकिन उसका हसबैंड ड्रिंक करे, यह उसे बिल्कुल पसंद नहीं।”

इस बात पर रागिनी ने कुछ बीयर और वाइन से भरे गिलास वाले इमो सेंड किये और लिखा “चीयर्स एंड गुडनाइट।”

मैंने भी “गुडनाइट” का एक ग्रीटिंग सेंड कर दिया, फिर मैं अपना लैपटॉप बंद कर सोने की कोशिश करने लगा, लेकिन आँखों में नींद का कोई नामो निशां नहीं था। चैटिंग करते-करते आज भी सुबह के चार बज गये थे। आज तो मैं डिनर करना भी भूल गया। अभी तक केवल फिल्मों में इस तरह का सीन देखा था, कि अगर तुम दो मिनट आँख बंद करके किसी को याद करो और तुम्हारे ख़यालों में जिस शख्स की तस्वीर सबसे पहले आये, वो ही तुम्हारा सच्चा प्यार है, लेकिन आज इस बात का अहसास हुआ यह सब फ़िल्मी बात है; रील लाइफ और रियल लाइफ में बहुत फर्क होता है... रियल लाइफ फैक्ट के ऊपर चलती है रील लाइफ की तरह इमेजिनेशन पर नहीं। फैक्ट यह है कि दो पेग पीने के बाद तुम्हें जिसकी याद आये, वो ही तुम्हारा सच्चा प्यार है। कोई भी इंसान ड्रिंक करके झूठ नहीं बोल सकता; तभी तो पुलिस वाले भी बड़े-बड़े मुजरिमों से सच उगलवाने के लिए नार्को टेस्ट करते हैं।

तभी मेरे वाट्स एप पर एक मैसेज आया ‘दुनिया के सबसे ज्यादा झूठ अदालत ने सुने हैं और दुनिया के सबसे ज्यादा सच, मयखाने में बोले जाते हैं।’

* * *

टूर से लौटने के बाद, मैं अपने पड़ोसियों के साथ स्वीटी पान कॉर्नर पर बैठा गप-शप कर रहा था। मेरी निगाहें सामने रखी कुछ फ्रूट बीयर की बोतलों पर अटक गयीं। मैंने दुकान के मालिक से पूछा “चौरसिया जी, इन फ्रूट बीयर में भी कुछ नशा होता है क्या?”

“साब हमने तो आज तक कोई नशा नहीं किया, सो हमें खबर नहीं, वैसे इन्हें स्कूल के बच्चे खरीदते रहते हैं।

‘चौरसिया जी, बच्चों को नहीं पिलानी, बच्चों की मम्मी को पिलानी

है।' आखिर हमें भी तो पता चले, रंजना के दिल में क्या है। यह सोचते हुए मैंने कहा "अच्छा एक बॉटल देना।"

फिर मुझे ख़याल आया, नशे की कम डोज़ से कहीं नार्को टेस्ट फेल न हो जाये; हो सकता है रंजना पर इस फ्रूट बियर का कोई असर न हो, यह सोचकर मैंने एप्पल फ्लेवर में वोदका की भी एक बॉटल खरीद ली।

घर पहुँचकर मैंने दोनों बोतलें चुपके से एक अलमारी में रख दी। मैं सोफे पर बैठकर अपने शूज उतारने लगा, तभी किचन से रंजना की आवाज आई, "आज आने में बहुत देर कर दी; दोनों बच्चे भी तुम्हें याद करते-करते सो गये... चलो जल्दी से फ्रेश हो जाओ, मैं खाना लगा देती हूँ।"

"रंजना, आज खाना साथ ही खायेंगे; कितने दिन हो गये हमने साथ-साथ खाना भी नहीं खाया।"

"अच्छा, आज साथ खाने का ख्याल आया है, नहीं तो जनाब के पास हमारे लिए वक्त ही नहीं है, हमेशा कहीं-न-कहीं बिजी रहते हो।"

"क्या करें, जॉब ही ऐसी है; लेकिन इसका एक फायदा भी है।"

'क्या?'

"जितना कम वक्त के लिए मिलते हैं, मिलने का रोमांच उतना ही बना रहता है।"

"क्या बात है, आज बहुत रोमांटिक लग रहे हो।"

"हाँ, आज तुम भी तो बहुत खूबसूरत लग रही हो; चलो सारी लाइट बंद कर देते हैं, आज घर पर ही कैंडिल लाइट डिनर करेंगे और फिर उसके बाद...।"

"उसके बाद क्या?"

"उसके बाद ढेर सारा रोमांस।" मैंने रंजना को अपनी बाँहों में लेते हुए कहा।

फिर मैंने रूम की सारी लाइट्स बंद करके एक केंडिल जला दी। रंजना ने टेबल पर खाना सजा दिया। मैं अलमारी से दोनों बॉटल निकाल लाया।

"यह क्या है?"

"यह फ्रूट बियर है, एक तुम्हारे लिए एक मेरे लिए।"

“न-बाबा-न, मैं यह सब नहीं पीती; यह शराब है।”

“अरे यार यह फ्रूट बियर है और बियर शराब नहीं होती है; यह तो अंगूर के रस से बनती है... जब किसी को स्टोन हो जाता है, तो डॉक्टर भी बियर पीने की सलाह देते हैं।”

“मुझे स्टोन नहीं है; तुम्हें पीनी है तो तुम पियो, मुझे नहीं पीनी।”

“यार कुछ तो एडवांस बनो, अंग्रेज लोगों की पत्नियों को देखो, पति के साथ कैंडिल लाइट डिनर करती हैं, उसके साथ वाइन पीती हैं, खूब सारा रोमांस करती हैं, अपनी जिंदगी का इंज्वॉय करती हैं; एक हमारे यहाँ, मुझे मेरा पति बहुत प्यार करे, इसके लिए फास्ट तो रख लेंगी, कोई बाबा ताबीज दे वो पहन लेंगी; लेकिन जो पति को अच्छा लगे वो काम नहीं करेंगी। यार एक बार पीकर तो देखो, यह कहते हुए, मैंने रंजना की तरफ वोदका का एक गिलास बढ़ा दिया।

रंजना ने एक घूँट पिया और गिलास तुरंत टेबिल पर रख दिया, “यह तो बहुत कड़वी है, इसमें से महक भी कितनी अजीब आ रही है।”

“यार इसका स्वाद कम्पनी वाले ऐसा रखते हैं, जैसे व्हिस्की का हो, ताकि पीने वाले को ऐसा लगे जैसे वो फ्रूट बीयर नहीं, व्हिसकी पी रहा हो।”

“लेकिन कम्पनी वाले ऐसा टेस्ट क्यों रखते हैं, कुछ अच्छा-सा टेस्ट नहीं बना सकते।”

“यार तुम पहली बार पी रही हो, इसीलिए ऐसा लग रहा है; तुम जितना धीरे-धीरे पियोगी, यह उतनी ही कड़वी लगेगी; एक साथ पूरा गिलास खाली कर दो।” मैंने नमकीन काजू की प्लेट रंजना की तरफ बढ़ाते हुए कहा।

इस बार रंजना एक साथ तीन चार घूँट पी गई। अब उसका गिलास आधा खाली हो गया था,

“यार यह तो अभी भी कड़वी लग रही है।”

मैंने रंजना के मुँह से यार शब्द आज बहुत दिनों बाद सुना था। मैं मन-ही-मन खुश हो गया, ‘लगता है वोदका अपना असर कर रही है।”

“अच्छा अब ये आधा भी एक बार में पी जाओ, फिर बिल्कुल भी कड़वी नहीं लगेगी।” मैंने रंजना की तरफ गिलास बढ़ाते हुए कहा।

अब रंजना का गिलास पूरी तरह खाली हो चुका था, जबकि मेरा गिलास

अभी आधा भरा था। मैंने एक पेग और बनाकर रंजना की तरफ बढ़ा दिया। इस बार रंजना एक साथ पूरा पेग पी गई। मैंने रंजना का खाली गिलास अपनी तरफ खिसका लिया और अपना आधा गिलास रंजना की तरफ बढ़ाते हुए बोला, "रंजना, यह प्यार बहुत कमीनी चीज है; इंसान को अगर एक बार किसी से हो जाए तो फिर यह दुबारा उस इंसान को किसी और का होने नहीं देता।"

"यार सही कहा तुमने, यह प्यार बहुत कमीना होता है।" अब रंजना की आवाज नशे के कारण लड़खड़ा रही थी,

"रंजना, तुम्हें कभी किसी से प्यार हुआ है?"

"हाँ, लेकिन वो मुझे प्यार नहीं करता।"

"कौन रंजना? इस दुनिया में ऐसा कौन है, जो तुम्हें प्यार न करे?"

"मेरा पति हितेश राघव।"

"अच्छा, वो तो तुम्हें बहुत प्यार करता है।"

"नहीं, वो सिर्फ अपने लैपटॉप को प्यार करता है, हर समय उसी पर कुछ-न-कुछ लिखता रहता है; अच्छा हितेश तुम्हीं बताओ, जब उसे अपने लैपटॉप से इतना प्यार था तो उसने मुझसे शादी क्यों की? उसने मुझे धोखा दिया है... इस दुनिया में मुझे हर इंसान ने धोखा दिया है; तुम जिस पर जितना विश्वास करो, वो उतना ही धोखा देता है।" कहते-कहते रंजना सोफे पर लुढ़क गई।

मैंने उसे अपनी गोद में लिया और बिस्तर पर लिटा दिया। उसके बाल बिखरकर उसके चेहरे पर आ गये थे। मैं उसके बालों को एक तरफ करने लगा, "रंजना, तुम्हें किसने धोखा दिया है?" मैंने रंजना को एक और पेग पकड़ाते हुए कहा। रंजना, पेग खत्म करने के बाद काजू का पीस अपने हाथ में लेते हुए बोली "उस रिलायबल गारमेंट्स वाले ने; मैं उस पर आँख बंद करके विश्वास करती थी... मैंने उससे कभी मोल-भाव भी नहीं किया, लेकिन इस बार उसने मुझे जो साड़ी पाँच हजार की दी, बिल्कुल वैसी साड़ी उसने हमारी सोसाइटी में रहने वाली एक लेडिज को तीन हजार में दी।"

"हितेश, तुम्हें एक बात पता है?"

'क्या?'

"कुछ लोग पहले हमारा विश्वास जीतते हैं और फिर हमें ही लूटते हैं। मैं उसकी रेगुलर कस्टमर थी, लेकिन उसने मुझसे ही चीटिंग की। उसने सोचा होगा कि यह बेचारा तो हमारा रेगुलर कस्टमर है, यह तो हमें छोड़कर कहीं जाएगा नहीं, इसे तो जितना लूट सको लूटो। अगर मैं उस लेडिज से नहीं पूछती कि वो कितने की लाई है, तो मुझे कभी पता ही नहीं चलता; अब मैं उसकी दुकान पर कभी नहीं जाऊँगी।"

"हाँ, मत जाना।"

"हितेश, मुझे बहुत नींद आ रही है; किचन में गैस पर दूध रखा है, तुम उसे उठाकर फ्रिज में रख दो, नहीं तो वो सुबह तक खराब हो जायेगा।"

"हाँ तुम सो जाओ, मैं रख दूँगा।" कहकर मैं किचन में चला गया। हे भगवान, इसने तो सारा नार्को टेस्ट फेल कर दिया; तीन चार पेग पीने के बाद भी इसे यह याद है कि दूध का बर्तन अभी गैस पर रखा है, उसे फ्रिज में रखना है। मैं दूध को फ्रिज में रख, वापिस अपने बिस्तर पर आया। मैंने देखा तब तक रंजना सो चुकी थी। मुझे अब नींद नहीं आ रही थी। मैंने अपना लैपटॉप बैग से निकाला, लेकिन फिर मुझे ख़याल आया, इसकी वजह से ही रंजना को लगता है, कि मैं उसे प्यार नहीं करता, मैंने लैपटॉप वापिस बैग में रख दिया और चुपचाप रंजना के बराबर में लेट गया।

अगले दिन रागिनी ने सुबह गुड मॉर्निंग का मैसेज भेजा; उसमे गौतम बुद्ध की एक तस्वीर बनी थी, साथ में एक पौधा भी बना था, जिस पर एक फूल लगा था। उस तस्वीर पर कुछ पंक्तियाँ भी लिखी थीं, 'अगर हमें कोई फूल पसंद है तो हम उसे तोड़ लेते हैं, लेकिन अगर हमें कोई फूल प्यारा लगता है, तो उसे हम रोज पानी देते हैं, उसकी देखभाल करते हैं।"

मैंने रागिनी के मैसेज का कोई रिप्लाई नहीं दिया। शाम को रागिनी का दुबारा मैसेज आया "हितेश, नाराज हो मुझसे?"

"नहीं तो, मैं तुमसे कभी चाह कर भी नाराज नहीं हो सकता।"

"फिर सुबह मेरी गुड मॉर्निंग का कोई रिप्लाई क्यों नहीं दिया?"

"सॉरी यार, बस थोड़ा बिजी था।"

"अच्छा हितेश एक बात सच-सच बताना, तुमने कभी मेरे बारे में अपनी वाइफ को बताया है?"

“शादी के वक्त उसने मुझसे पूछा था, आपका कोई अफेयर तो नहीं है?”

“अच्छा, फिर तुमने क्या कहा?”

मैंने कहा “हाँ कॉलेज में रागिनी नाम की एक लड़की मेरे पीछे हाथ धोकर पड़ गई थी; वो नैनीताल की रहने वाली थी, उसने मेरी रात की नींद, दिन का चैन सब छीन लिया था; इससे पहले कि बात कुछ आगे बढ़ती, कॉलेज खत्म हो गया, फिर वो अपने घर चली गई और मैं अपने घर।”

“यार तुम तो बहुत स्मार्ट निकले; मेरी क्या इमेज बनाकर रख दी, वो भी जाने क्या सोचती होगी मेरे बारे में।”

“अच्छा तो क्या मैं उसे अपनी प्रेम कहानी सुनाने लगता और मैं उससे झूठ भी तो नहीं बोलना चाहता था, इसलिए मैंने थोड़े कॉमिक अंदाज में अपना किस्सा सुनाया।”

“चलो तुमने अच्छा किया; लोग सच का सहारा लेकर झूठ बोलते हैं और तुमने झूठ का सहारा लेकर सच बोला।”

“अच्छा तुम बताओ, तुमने मेरे बारे में अपने बेस्ट फ्रेंड... सॉरी, अपने हसबैंड को कभी कुछ बताया है?”

“यार मैंने तुम्हारे बारे में पहले तो कभी नहीं बताया, लेकिन इस बार तुम्हारी फेसबुक की कुछ फोटो उनको दिखाई और कहा, यह लड़का कॉलेज में मेरे साथ पढ़ता था। उन्होंने तुम्हें कॉम्प्लीमेंट भी दिया”

“क्या कहा?”

“बंदा तो बड़ा हैंडसम है।”

“अच्छा उनको मेरी तरफ से थैंक्स बोलना... और क्या-क्या बताया तुमने?”

“यार मेरे बताने से पहले ही उन्होंने बोल दिया, यह तो तुम्हारा कुछ ज्यादा ही खास लगता है।”

“मैंने कहा कैसे?” वो बोले, पिक दिखाते हुए तुम्हारे चेहरे की रौनक खुद बता रही है... तुम्हें इतना खुश पहले कभी नहीं देखा।”

‘फिर?’

"फिर क्या, मैंने कहा यह बेचारा तो अभी भी मुझे बहुत चाहता है; मुझे देखना तो क्या, मुझसे बात करने को भी तरसता है।"

"ओह माई गॉड तुम तो बहुत स्मार्ट निकली।"

"हाँ वो तो मैं हूँ... पता है, उस दिन के बाद से प्रकाश मुझे दिन में कम-से-कम एक बार जरूर कॉल करते हैं... रागिनी कहाँ हो, क्या कर रही हो?"

"यार यह तो सच है; मैंने भी कुछ दिन पहले रंजना को बताया कि फेसबुक पर मेरे कॉलेज की एक फ्रेंड मिल गई है तो उसने पूछा, कौन, वो नैनीताल वाली? मैंने कहा हाँ वो ही, तब से मैडम दिन में चार बार फ़ोन करती हैं, कहाँ हो, क्या कर रहे हो, खाना खा लिया, कब आओगे तुम्हारी बहुत याद आ रही है।"

"अरे वाह यह तो कमाल है, हमारे पहले प्यार ने हमारे जीवन साथियों को भी हमारी केयर करना सिखा दिया।"

" हाँ यार वाकई कमाल है, तभी तो कहते हैं सच्चे प्यार में बहुत ताकत होती है।"

"यार हितेश, हम लोगों के बीच कितनी अनकही बातें थीं; अच्छा है जो मैंने तुम्हें फेस बुक पर ढूँढ़ लिया, तुमसे तो यह काम भी नहीं हुआ।"

"अरे यार मुझे क्या पता था... तुम अब भी बिल्कुल पहले जैसी हो; मैं तो सोचता था शादी के बाद तुम बदल गई होगी।"

"ओ मिस्टर, पहले जैसी कहाँ हूँ, अब मैं सैंतीस साल की हो गई।"

"यार मेरी नजर में तो तुम अब भी सोलह साल की हो और मैं सत्रह साल का"

"इडियट, सचमुच पागल हो।"

"कोई शक, तभी तो मैं कहता हूँ, तुम सोलह बरस की, मैं सत्रह बरस का; एक दो बरस जरा दूर रहना, कुछ हो गया तो फिर न कहना।"

मुझे लगा मेरी इस बात पर वो खुश होकर कुछ प्यार वाले इमो सेंड करेगी या लव का कोई ग्रीटिंग भेजेंगी, लेकिन कुछ देर तक उसका कोई रिप्लाई नहीं आया, फिर मैंने ही मैसेज सेंड किया "क्या हुआ? सॉरी तुम्हें कुछ बुरा लगा तो।"

"नहीं यार, मैं तुम्हारी किसी बात का बुरा नहीं मानती; तुम्हें एक बात

पता है?''

'क्या?'

''मेरा कोई बेबी नहीं है... हितेश मैं कभी माँ नहीं बन सकती।''

रागिनी के इस जवाब की तो मैंने कल्पना भी नहीं की थी। मैं पूरी तरह shock रह गया। मेरी समझ में नहीं आ रहा था कि इस सिचुएशन में क्या बोलूँ। हिम्मत करके बस इतना ही लिख पाया ''रागिनी तुम चिंता मत करो, सब ठीक हो जायेगा''

''क्या ठीक हो जायेगा हितेश; मेरा पहला IVF सायकल फेल हो चुका है; मैं पूरी तरह फाइनेंसिली और मेंटली टूट चुकी हूँ; मेरी शादी को पन्द्रह साल हो गये, बोलो क्या ठीक हो जायेगा!''

''रागिनी, लेकिन प्रॉब्लम क्या है?''

''इनफर्टिलिटी प्रॉब्लम।''

''किसमें? प्रकाश में?''

''नहीं, प्रॉब्लम मुझमें है; मुझे कॉलेज टाइम से ही इमबैलंस हारमोन की प्रॉब्लम थी; मेरा उसका ट्रीटमेंट चलता रहता था; फिर पहले मैं और प्रकाश अपने कैरियर पर ध्यान देना चाहते थे, इसलिए कुछ साल हमने बच्चा नहीं चाहा। जब बाद में प्रॉब्लम आई, तो सारे चेक अप कराये गये। फिर पता चला मेरे अंदर egg develop नहीं होते, अगर egg develop होते भी हैं तो उनकी क्वालिटी इतनी अच्छी नहीं होती कि वो कंसीव कर सकें। हितेश, तुम्हें पता है, एक औरत को अपनी जिन्दगी में कितना दर्द सहना पड़ता है... egg develop करने के लिए मुझे जो इंजेक्शन दिए जाते हैं, उनसे बहुत दर्द होता है; यह दर्द मैंने अकेले सहा है... एक औरत अपने सारे दर्द अकेले सहती है।''

''ओह! तो प्रकाश तुम्हें इसके बारे में कुछ कहता है?''

''नहीं, मैंने बताया न, वो मेरे सबसे अच्छे फ्रेंड हैं; उन्होंने हर कदम पर मेरा साथ दिया है। हितेश, अगर प्रकाश की जगह तुम होते, तुम तो मुझे छोड़ कल चले जाते''

कभी-कभी रागिनी ऐसा सवाल कर बैठती है कि मेरे पास उसका कोई

जवाब नहीं होता। मैं रागिनी के इस सवाल का कोई जवाब नहीं दे सका।

“हितेश तुम्हें मेरी आँखे बहुत पसंद हैं, लेकिन इन आँखों में इतना दर्द है कि मैं तुम्हें कभी चाहकर भी अपना प्यार नहीं दे सकती; मैं तुम्हें जब दूँगी, अपना दर्द दूँगी।”

“रागिनी, एक बार तुमने कहा था, तुम और मैं एक हैं; जब हम एक हैं तो तुम्हारा प्यार, तुम्हारा दर्द, वो सब मेरा भी हुआ; तुम अपने आपको कभी अकेले मत समझना... अगर तुम्हें मुझसे किसी भी तरह की कोई हेल्प चाहिए तो बिना हेजिटेशन के बताना, मैं बस तुम्हें दुःखी नहीं देख सकता, हमेशा खुश रहा करो।”

“हाँ यार मैं हमेशा खुश रहने की कोशिश करती हूँ; डॉक्टर भी यही कहते हैं, खुश रहा करो, पॉजिटिव रहा करो, अपने आपको यंग फील करो, इसलिए मैं अपने कॉलेज टाइम के दोस्तों से मिलना चाहती थी, इसीलिए मैंने सबसे पहले फेसबुक पर तुम्हें ढूँढ़ा; तुम चाहो तो मुझे सेल्फिश कह सकते हो।”

“ओह यार, वेरी सॉरी, अगर मेरी किसी बात से तुम्हें क़भी कोई तकलीफ पहुँची हो।”

“हितेश, कभी-कभी मैं सोचती हूँ, चलो अच्छा हुआ, तुम्हारी शादी मुझसे नहीं हुई; अगर ऐसा होता तो तुम्हें भी वो सब प्रॉब्लम फेस करनी पड़तीं, जो प्रकाश को फेस करनी पड़ रही हैं, तुम्हें एक बात पता है?”

‘क्या?’

“मैं अपनी जिंदगी में सब-कुछ सहन कर लेती, लेकिन मुझसे शादी करके तुम्हें कोई दुःख होता, यह मैं कभी सहन नहीं कर पाती; मैं हमेशा तुम्हें खुश देखना चाहती हूँ।”

मैं आज रागिनी का वो रूप देख रहा था, जो मैंने अपनी आखिरी मुलाकात में देखा था। मुझे लगा मैं आज फिर उस इडियट लड़की से बात कर रहा हूँ, जिसको बरसों पहले मैंने खो दिया था... वही लड़की, जो प्यार करना जानती थी। सच्चा प्यार खुद की ख़ुशी में नहीं, उसकी ख़ुशी में होता है जिसे हम प्यार करते हैं। मैं भी कितना इडियट था, जो कभी रागिनी को नहीं समझ सका; मैंने इसे हमेशा एक सेल्फिश लड़की माना। सचमुच मैं बहुत बुरा लड़का हूँ, शायद इसलिए रागिनी को खोने का दर्द हमेशा मेरे साथ रहता है,

मैं इसी दर्द के साथ जीता हूँ; जैसे सागर किनारे दूर तक फैला हुआ रेत, जो सागर के पास तो है, लेकिन उसकी किस्मत में वो ही लहरें हैं जो भाग्य की मुट्ठी में कैद है; जब किस्मत मेहरबान होती है तो वो लहरें हवा के झोंके के साथ मिलने चली आती हैं और कुछ पल की नमी देकर फिर उन्हीं हवाओं के साथ वापिस लौट जाती है... मेरा रागिनी का मिलन भी ऐसा ही है।

"क्या सोच रही हो रागिनी?"

"हितेश, कभी-कभी लगता है, यह सारे दर्द मुझे इसलिए मिले हैं कि मैं कभी तुम्हारा प्यार नहीं समझ पाई; मेरी वजह से तुम इतना दुःखी रहे।"

"वाह हम दो इडियट लोगों का प्यार भी कमाल का है, जो यह समझते हैं कि एक इडियट को अपनी जिंदगी में दर्द सिर्फ इसलिए मिला कि उसने दूसरे इडियट को दर्द दिया।

"हितेश आज मैंने फेसबुक पर तुम्हारे बच्चों की पिक देखी, दोनों बहुत क्यूट हैं।"

"हाँ मैंने तुम्हारा कमेंट्स देखा था, मैंने तो लाइक भी किया।"

"बेटी तो बिल्कुल तुम पर गई है; बिल्कुल तुम्हारी तरह मासूम"

"और बेटा? वो भी तो मेरी तरह है।"

"नहीं यार, वो तुम्हारी वाइफ पर गया है, बस उसकी आँखें बिल्कुल तुम्हारी तरह हैं... हितेश मुझे भी बच्चे बहुत अच्छे लगते हैं; उनके साथ खेलना, उनसे बातें करना... भगवान का सबसे कीमती उपहार तो ये बच्चे ही हैं"

"हाँ रागिनी यह तो सच है।"

"अच्छा हितेश, तुम कहाँ हो? किसी साइट पर या दिल्ली में?"

"यार आजकल तो मैं दिल्ली में ही हूँ।"

"क्या तुम कल मुझसे मिलने गंगा राम हॉस्पिटल आ सकते हो?"

"तुमसे मिलने तो मैं कहीं भी आ सकता हूँ; वैसे ये हॉस्पिटल है कहाँ?"

"करोल बाग़; मैं केवल तुम्हें दो घंटे के लिये मिल सकती हूँ; मैं वहाँ सुबह दस बजे पहुँच जाऊँगी और मुझे बारह बजे वापिस लौटना होगा।"

"ओके, लेकिन तुम आओगी कहाँ से?"

“वहाँ से दस मिनट पहले एक मैट्रो स्टेशन है, रामकृष्ण आश्रम, मैं वहाँ से आऊँगी”

“तो फिर मैं राम कृष्ण आश्रम ही पहुँच जाता हूँ।”

“लेकिन क्यों?”

“फिर मुझे तुम्हारे साथ दो घंटे दस मिनट मिलेंगे।”

“चलो जैसा तुम ठीक समझो; लेकिन इस बीच प्लीज़ मुझे कॉल मत करना, वहाँ पहुँचकर मैं तुम्हें खुद कॉल करूँगी।”

“ओके, डन।”

अगले दिन मैं मेट्रो पकड़कर सुबह नौ बजे आर.के. आश्रम पहुँच गया। यह एक बहुत छोटा-सा स्टेशन था... न कोई चहल-पहल, न बैठने के लिए कोई बेंच, न कोई शॉप। मैं वहाँ से निकलकर स्टेशन के बाहर चहलकदमी करने लगा। उसके आने में अभी एक घंटा बाकी था; लेकिन महबूब का इन्तजार करना भी, जिन्दगी का सबसे खूबसूरत पल है और मेरी जिन्दगी में यह पल पूरे सत्रह साल बाद आ रहा था।

कितने इत्तेफाक की बात है, सत्रह साल पहले मैंने भी रागिनी को मिलने के लिए कॉलेज के सामने एक हॉस्पिटल में बुलाया था और आज भी रागिनी ने मिलने के लिए एक हॉस्पिटल चुना। हमारी प्रेम कहानी भी बड़ी अजीब है। लोग मिलने के लिए होटल, कॉफ़ी हाउस और गार्डन चुनते हैं और हम इतने सालों बाद एक हॉस्पिटल में मिलेंगे। वैसे देखा जाये तो एक प्वाइंट ऑफ व्यू से यह सही भी है, दिल के मरीजों को हॉस्पिटल में ही मिलना चाहिए; क्या पता कब किसके दिल की हर्ट बीट ज्यादा बढ़ जाये और हर्ट अटैक हो जाये... कम-से-कम वो हॉस्पिटल में मिलेंगे तो सुरक्षित रहेंगे। रागिनी के साथ गुजरे हुए पल मेरे ख़यालों में तैर रहे थे। मैं पुरानी यादों में खोया, वहाँ पर स्थित पुराना हनुमान मन्दिर, पुराना शिव मन्दिर, चित्रगुप्त जी का मन्दिर, सब घूम चुका था। वहाँ पर जितनी भी चाय की दुकानें थी, सब के यहाँ कम-से-कम दो बार चाय पी चुका था। दस बजने को जा रहे थे, लेकिन रागिनी का कोई अता-पता नहीं। अब तो आर.के. आश्रम भी खुल चुका था। चलो कुछ देर वहीं के गार्डन में टाइम पास किया जाए, यह सोच, मैं आश्रम के गार्डन में चला गया।

“अब तो बिल्कुल हद हो गई। ग्यारह बजने को जा रहे हैं, लेकिन मैडम का कुछ पता नहीं और फ़ोन भी करने को मना कर रखा है।” यह सोच मैं

आश्रम से वापिस मेट्रो स्टेशन की तरफ जाने लगा।

तभी रागिनी की कॉल आई, "सॉरी हितेश, मैंने आने की बहुत कोशिश की, लेकिन मैं नहीं आ पाऊँगी।"

फ़ोन सुनते हुए, मैंने सामने की तरफ देखा तो रागिनी आ रही थी। उसकी लम्बाई उसे दूसरों से अलग बना देती है, इसलिए भीड़ में भी उसे पहचान पाना आसान है। उसने ब्लैक जींस और पिंक कलर का टॉप पहन रखा था। रागिनी में एक अलग ही अट्रैक्शन था। जब वो आ रही थी तो राह चलते आधे लोग बस उसी को ताक रहे थे। उसकी बात सुन एक बार मन में आया, कि बोल दूँ "क्यों इतनी नौटंकी दिखा रही हो, सीधे चुपचाप चली आओ, तुम्हारे सामने ही खड़ा हूँ।" लेकिन मुझे आज उसकी यह शरारत बहुत प्यारी लगी, "हे भगवान, कमाल है, यह आज भी उतनी ही शरारती है जितनी बरसों पहले थी; तू इसे कुछ तो बदल देता। कॉलेज में कितने दोस्त थे, अब तो बस कुछ गिने-चुने बचे हैं, सब-के-सब बदल गये... कुछ दोस्त उस दिन बदल गये, जिस दिन उनकी अच्छी नौकरी लगी; कुछ तब बदल गये जब उन्होंने अपनी पहली कार ली। कुछ तब बदल गये जब उन्होंने फ्लैट लिया, कुछ तब बदल गये जब उनकी शादी हुई। अभी तक यही सुना था कि लड़कियाँ बहुत जल्दी बदल जाती हैं, लेकिन रागिनी को देखकर ऐसा नहीं लगा।"

"ओह सॉरी भगवान, प्लीज रिक्वेस्ट कैंसिल कर देना; अगर तू इसे सचमुच बदल देता तो आज यह इडियट लड़की एक इडियट लड़के से मिलने नहीं आती।"

मैंने नाराज होने का झूठा अभिनय करते हुए कहा "यार जब आना ही नहीं था तो पहले से मना नहीं कर सकती थीं; मैं यहाँ पागलों की तरह भटक रहा हूँ, तुम्हें पता है इन्तजार का एक-एक पल कितनी मुश्किल से गुजरता है।"

"नहीं पता यार, तुमने कभी मौका ही नहीं दिया, हमेशा टाइम से पहले आ जाते थे; अच्छा नाराज मत हो, मैं तो बस तुम्हें चिढ़ा रही थी, मैं स्टेशन पहुँचने वाली हूँ, तुम कहाँ पर हो?"

"थोड़ा और आगे आओ, तुम्हारे सामने ही खड़ा हूँ।"

"हाय हितेश कैसे हो?"

वो ही गोरा रंग, वो ही बड़ी-बड़ी नशीली आँखें, वो ही काँधे पर लटकते काले बाल। मैंने रागिनी को देखा तो बस देखता ही रह गया,

"अब कुछ बोलोगे भी, या यूँ ही पागलों की तरह देखते रहोगे।"

"यार बोलने की लिए होश में आना तो जरूरी है"

"ठीक है, मैं वहाँ बैठती हूँ; जब होश में आ जाओ, तब मुझे बता देना।" कहते हुए वो ऊपर, प्लेटफ़ार्म की तरफ जाने वाली सीढ़ियों पर बैठ गई, मैं भी उसके पास जाकर बैठ गया।

"क्यों मिस्टर, आ गया होश या अभी बेहोश हो!"

"मुझे तो होश आ गया, लेकिन तुम्हें क्या हुआ है; वहाँ हॉस्पिटल किस लिए जा रही हो?"

"यार कुछ नहीं; तुम्हें बताया तो था वहाँ मेरा IVF ट्रीटमेंट चल रहा है, डॉक्टर से कुछ कंसल्ट करना था, बस उसी के सिलसिले में आई हूँ; चलो चलते हैं; तुम्हारे पास मेट्रो कार्ड है?"

"यार, कार्ड तो था, लेकिन आज घर पर ही रह गया, मैं टिकट लेकर आता हूँ।"

"यह लो, मेरे पास दो कार्ड हैं।" वो मुझे एक कार्ड पकड़ाते हुए बोली।

वाह, रागिनी भी कमाल है; इसके पास दो मोबाइल नम्बर, दो व्हाट्स एप नम्बर, दो फेसबुक अकाउंट हैं और यह मेट्रो कार्ड भी दो रखती है; रागिनी क्या हर चीज दो-दो रखती है।

"रागिनी, तुम्हारे पास दो मेट्रो कार्ड कैसे; वो भी तब, जब तुम उत्तराखंड में रहती हो।"

"यार मैं और प्रकाश, ट्रीटमेंट के चलते अक्सर दिल्ली आते रहते हैं, यहाँ आर. के. आश्रम क़े पास मेरी बहन का घर भी है, मैं जब भी दिल्ली आती हूँ तो उसके पास ही रुकती हूँ।"

फिर हम दोनों गंगा राम हॉस्पिटल पहुँच गये। वहाँ एक छोटा-सा पार्क बना था, दोनों उसी पार्क में जाकर घास पर बैठ गये,

रागिनी ने अपनी बड़ी-बड़ी आँखों से मेरी तरफ देखा और पूछा "मैरिज कब की?"

"तुम्हारी मैरिज के बाद।"

"वैरी नाइस, लव मैरिज की थी या अरेंज मैरिज?"

"अरेंज मैरिज।"

"क्यों मिस्टर, फिर किसी से लव नहीं हुआ क्या?"

"नहीं यार, कुछ साल तुम्हें भुलाने में गुजर गये और कुछ साल लाइफ सेटल होने में।"

"अच्छा, फिर अभी तक भुला क्यों नहीं पाये?"

"तुम क्यों नहीं भुला पाई?"

फिर कुछ देर तक हम दोनों चुप रहे। हमारे बीच एक अजीब-सी खामोशी छा गई। उसके चाँद से चहरे पर उदासियों के काले बादल घुमड़ आये और उसके बालों की दो लट गिरकर उसके गालों को छूने लगीं। उसने दोनों गुस्ताख लटों को अपनी खूबसूरत उँगलियों में लपेटा और वहीं फँसा दिया, जहाँ से वो गिरी थीं। शायद उसे यह आज भी पसंद नहीं कि हमारे सामने उसे कोई और इस तरह तंग करे।

मैंने खामोशी को तोड़ते हुए कहा, "यार तुम्हारी आँखें आज भी उतनी खूबसूरत हैं, जितनी बरसों पहले थीं।"

"अच्छा, तुम्हें एक बात पता है?"

'क्या?'

"प्रकाश को मेरी आँखें जरा भी पसंद नहीं।"

"फिर उसे तुम्हारा क्या पसंद है?"

यह सुनकर रागिनी थोड़ा शरमा गई, उसने पलक झुकाते हुए कहा- "बिल्कुल पागल हो; हर बात बताने के लिए नहीं होती।"

रागिनी के पलकें झुकाते ही, मेरी निगाहें आँखों से फिसलकर उसके गुलाबी होंठों पर जा गिरीं। रागिनी के होंठ बहुत खूबसूरत थे, लेकिन अब उन पर किसी और का नाम लिखा था; मेरी निगाहें पलभर भी वहाँ ठहर नहीं सकीं, वो वापिस आकर फिर रागिनी की आँखों को देखने लगीं, जहाँ आज भी मेरी बरसों पुरानी तस्वीर बनी थी।

"क्या हुआ? ऐसे क्यों देख रहे हो, क्या मिल गया मेरी आँखों में?"

“उस सवाल का जवाब कि उन्हें तुम्हारी आँखें अच्छी क्यों नहीं लगतीं।”

“अच्छा, क्यों नहीं लगतीं?”

“क्योंकि उनको उसमें मेरी तस्वीर नजर आती होगी।” मैंने हँसते हुए कहा।

इस बात पर रागिनी बहुत देर तक हँसती रही, “हाँ यार, यह तो तुमने सच कहा; कभी-कभी आईना देखते हुए मुझे भी इन आँखों में तुम्हारी तस्वीर नजर आ जाती है।” यह कहते-कहते अचानक उसकी आँखों में एक सूनापन उभर आया, उसका हँसता फूल जैसा चेहरा अचानक मुरझाने लगा। वो एकटक मेरी ओर देखने लगी।

“क्या हुआ रागनी, इतनी सिरियस क्यों हो?”

“कुछ नहीं बस ऐसे ही।”

“कुछ तो बात होगी, बताओ न।”

“यार, काश कॉलेज टाइम में तुम भी शादी को लेकर कुछ सीरियस होते, तो हम कभी अलग न हुए होते; तुम भी उन लड़कों की तरह निकले, जिन्हें बस प्यार करने के लिए एक गर्ल फ्रेंड चाहिए, जिन्दगी-भर साथ निभाने के लिए एक पत्नी नहीं... लेकिन हम लड़कियाँ जिससे प्यार करती हैं, उसमें अपने जीवन साथी को तलाशने लगती हैं; मैं भी यही गलती कर बैठी। मुझे लगा तुम ही वो शख्स हो जो मुझसे बहुत प्यार करोगे, मुझसे शादी करोगे।”

मैंने रागिनी की बात का कोई जवाब नहीं दिया, बस मन-ही-मन सोचने लगा, शायद हम दोनों की सेम एज एक फैक्टर रही हो। जब हम अलग हुए थे, तब दोनों बीस साल के थे... बीस साल की उम्र में लड़कियाँ तो शादी के लिए सीरियस हो जाती हैं, लेकिन लड़के नहीं।

मुझे चुपचाप बैठा देख, रागिनी ने पूछा “यार तुम्हें अपने सपनों की राजकुमारी मिली या नहीं?” तभी मोबाइल की रिंग सुन मैंने फोन उठाया “हाँ बोलो क्या बात है?”

“कल जो तुम आलू लाये थे, वो कितने रुपए किलो थे?”

“पच्चीस रुपये किलो।”

“आज मैंने सोसाइटी के अंदर से बीस रुपये किलो में खरीद लिए।”

"चलो अच्छा किया।"

"और टमाटर कितने रुपए किलो लाये थे?"

"चालीस रुपये किलो।"

"इसने भी चालीस रुपये किलो दिये हैं; मुझे लगा तुम पचास रुपये किलो लाये होगे; चलो बच गये, तुम्हें तो कोई भी लूट लेता है।"

"हाँ, तुमको तो कोई नहीं लूट सकता, तुम बचकर रहना; अच्छा मैं एक मीटिंग में हूँ, थोड़ी देर बाद कॉल करता हूँ।"

"किसका फ़ोन था?"

"मेरे सपनों की राजकुमारी का।"

"यार तुम तो बहुत लकी हो।"

'क्यों?'

"इतनी अच्छी वाइफ मिली है।" रागिनी ने हँसते हुए कहा,

"हाँ बहुत अच्छी है, लेकिन तुम्हें कैसे पता; मुझे तो यह पता करने में पूरे दस साल लग गये।"

"बहुत सिम्पल रहती है; मैंने तुम्हारे साथ उनकी एक पिक फेसबुक पर देखी थी, बहुत अच्छी लग रही थी।"

"अच्छा, मुझे नहीं पता; तुम्हारा ऐसा कोई नोटिफिकेशन नहीं मिला; तुम मेरी और रंजना की किसी पिक पर लाइक या कमेन्ट कहाँ करती हो।"

"यार पहले यह अपने आप से पूछो; तुमने आज तक मेरी ऐसी कौन सी पिक पर कमेंट किया है, जिसमें मैं प्रकाश के साथ हूँ। तुम भी तो नहीं करते।"

"हाँ यार, बस पता नहीं क्यों, वो पिक देखने का मन नहीं करता, जिसमें तुम प्रकाश के साथ होती हो।"

"सेम हियर... मुझे भी तुम्हारी वो पिक अच्छी नहीं लगती, जिसमें तुम रंजना के साथ होते हो।"

फिर हम दोनों थोड़ी देर चुपचाप बैठे रहे।

"अच्छा हितेश एक बात बताओ, तुम इतना अच्छा कैसे लिख लेते हो? तुम्हारे अंदर यह टैलेंट भी है, मुझे तो अब जाकर पता चला... मुझे तुम्हारी कवितायें और कहानी बहुत अच्छी लगती हैं; बहुत सिम्पल लिखते हो, सीधा

दिल को छू जाता है; रंजना को तो तुम्हारी रायटिंग बहुत पसंद आती होगी!''

उसकी यह बात सुन मैं अपनी हँसी नहीं रोक पाया। मुझे यूँ हँसता देख रागिनी ने पूछा,

''हँस क्यों रहे हो?''

''यार उसने मेरा लिखा आज तक कभी कुछ नहीं पढ़ा।''

''ऐसा क्यों?''

''वो कहती है, यह लिखना लिखाना सब आलतू फ़ालतू लोगों का काम है; जो बिल्कुल खाली होते हैं, वही लोग यह काम करते हैं।''

''यह तो सही कहती है।'' रागिनी मुझे चिढ़ाते हुए बोली।

''अच्छा, तुम भी...''

''नहीं यार, उन्हें घर और बच्चों के इतने काम होते होंगे, वो नहीं पढ़ पाती होंगी।''

''हाँ वो बहुत बिजी रहती है; उसके पास बहुत सारी डिग्रीज हैं; कुकिंग की, टेलरिंग की, हैण्डक्राफ्ट आईटमस की, होम डेकोरेशन की और भी न जाने क्या-क्या।''

''वाह! और क्या चाहिए, तभी तो कहती हूँ, तुम्हें बहुत अच्छी वाइफ मिली है।''

''हाँ यार वो मेरे लिए बहुत लकी है; जब से मेरी जिन्दगी में आई है, मेरी जिन्दगी की गाड़ी पटरी पर दौड़ने लगी; वैसे अरेंज मैरिज में एक बात और अच्छी होती है।''

'क्या?'

''शादी के बाद कुछ साल तो पति पत्नी के एक-दूसरे को समझने में ही गुजर जाते हैं; अगर गलती से कभी कोई झगड़ा हो भी जाये, तो रिश्तेदार क्या, पड़ोसी भी समझाने आ जाते हैं कि पति-पत्नी गाड़ी के दो पहियों की तरह होते हैं, जब दोनों साथ चलेंगे, तभी जिंदगी की गाड़ी आगे बढ़ेगी... और अगर कोई लव मैरिज कर ले तो यही सब लोग अपने हाथों में कील और काँटे लेकर खड़े हो जाते हैं, कि कैसे इनकी जिंदगी की गाड़ी को पंचर किया जाये; कोई सपोर्ट नहीं करता।''

"हाँ यह तो है; तुमने तो अरेंज मैरिज की थी, तुम तो अपनी मैरिड लाइफ से खुश हो?"

"हाँ बहुत खुश हूँ... रागिनी, तुमने तो लव मैंरिज की है, वो भी अपने बेस्ट फ्रेंड के साथ; तुम तो मुझसे भी ज्यादा खुश होगी।"

"यार तुम्हें एक राज की बात बताऊँ?"

'क्या?'

"कभी भी अपने बेस्ट फ्रेंड से मैंरिज मत करो, वरना तुम अपना एक अच्छा दोस्त भी खो दोगे।"

उसकी गोल-मोल बातें, मुझे हमेशा से बड़ी चार्मिंग लगती थीं। मैंने रागिनी से पूछा "हर लड़की चाहती है कि उसका पति उसका बेस्ट फ्रेंड हो और तुम्हें इस बात से भी परेशानी है।"

"यार यह सब कहने वाली बातें हैं, फ्रेंड, फ्रेंड होता है और पति,पति; तुम्हीं बताओ, मैंने कहा, मुझे रेड कलर पसंद है, तो वो बोलते हैं "मुझे पता है"

मैंने कहा "चलो डोसा खा लेते हैं, तो वो बोले- नहीं छोले भटूरे खाते हैं, तुम्हें तो वो ही पसंद है... इतनी अंडरस्टैंडिंग भी किस काम की, कि जिन्दगी बिल्कुल स्पाइसी न रहे; हम दोनो में न रूठना है, न मनाना है, न कोई गाना है, न बजाना है; एक दिन तो हद हो गई, मैंने उनको बिना बताये एक नई ड्रेस खरीद ली, बस उन्हें सरप्राइज देना चाहती थी, तो पता है क्या बोले?"

"क्या बोले आपके हसबैंड... ओ सॉरी,आपके बेस्ट फ्रेंड?"

"मैंने ड्रेस पहनकर पूछा, कैसी लग रही हूँ? बोले, जैसी हो वैसी लगोगी; मैं तुम्हें तब से जानता हूँ, जब तुम एक पुरानी सी फ्रॉक पहनकर मिट्टी में खेला करती थी; बोलो कोई अपनी पत्नी से ऐसा बोलता है?"

मैंने थोड़ा सीरियस होते हुए कहा "नहीं, वेरी बैड, ऐसा तो कोई हसबैंड नहीं कह सकता।"

"हितेश, वो मेरी कभी कोई तारीफ़ नहीं करते; न जाने क्यों हम शादी के बाद भी पति पत्नी की तरह नहीं, बस दो दोस्तों की तरह रहते हैं, जैसे कोई लिव इन रिलेशनशिप में रहता है।" कहते-कहते उसकी बड़ी-सी आँखों से आँसुओं की दो बूँदें लुढ़क आईं।"

शादी से पहले लिव इन रिलेशनशिप में रहने वालों के किस्से तो मैंने खूब सुने थे, मगर शादी के बाद भी कोई ऐसे रहता है यह मैं पहली बार सुन रहा था। मन में तो आया अपना हाथ बढ़ाकर उसके आँसू पोंछ दूँ, लेकिन मेरे पास भी अब यह हक कहाँ था। मैंने पॉकेट से अपना रुमाल निकाला और रागिनी की तरफ बढ़ा दिया।

रागिनी अपने आँसू पोंछते हुए बोली "अच्छा, एक बात पूछूँ?"

"हाँ बिल्कुल, तुम एक क्या बहुत सारी बातें पूछो, मैं तुम्हारी हर बात का जवाबदेना चाहता हूँ।"

"हितेश तुम अब मेरे बारे में क्या फील करते हो?"

"मुझे रागिनी से ऐसी उम्मीद नहीं थी कि वो मुझसे यह सवाल पूछेगी, कि मैं उसके बारे में क्या फील करता हूँ।" मैं कुछ नहीं बोला। शायद रागिनी समझ गई कि मैं कोई जवाब देना नहीं चाहता।

"हितेश, यहाँ बहुत धूप आ गई है, चलो वहाँ बैठते हैं।" रागिनी ने पेड़ के नीचे बनी एक पत्थर की बेंच की तरफ इशारा किया और वहाँ जाकर बैठ गई।

मैं भी उसके पीछे-पीछे आ गया। उसने मुझे अपने राइट साइड बैठने का इशारा किया और खुद लेफ्ट साइड खिसक गई"

"नहीं यार, अब मेरे पास तुम्हें लेफ्ट साइड बिठाने का राइट नहीं रहा।"

रागिनी बिना कुछ बोले एक तरफ खिसक गई, शायद उसे उसके सवाल का जवाब मिल गया था। रागिनी के चेहरे के भाव देखकर लगा जैसे उसे मुझसे इस तरह के जवाब की उम्मीद नहीं थी।

हम दोनों कुछ देर तक यूँ ही चुपचाप बैठे रहे। हमारे चेहरे से एक-दूसरे को खोने की उदासी साफ़ झलक रही थी, लेकिन फिर भी हम एक-दूसरे को देखकर मुस्कुराने की कोशिश कर रहे थे... हम दोनों आज भी अपने आप से झूठ बोल रहे थे।

"हितेश, अब मैं चलती हूँ, शायद डॉक्टर आ गये होंगे।"

"अच्छा रागिनी, अब कब मिलोगी?"

"पता नहीं।"

"तुम पिथौरागढ़ कब जाओगी?"

'कल।'

"रागिनी तुम्हें एक बात पता है?"

'क्या?'

"मेरा एक सपना था, जो कल पूरा होने जा रहा है।"

"बधाई हो; कौन-सा सपना था?"

"यही कि मैं तुम्हें लेकर कहीं लॉन्ग ड्राइव पर जाऊँ; तुम मेरी गाड़ी की फ्रंट सीट पर बैठी हो और मैं किसी फ़िल्मी हीरो की तरह तुमसे कहूँ "रागिनी! तुम वो पहली लड़की हो, जो मेरी गाड़ी की फ्रंट सीट पर बैठी हो और तुम सारे रास्ते मेरे लिए कोई गाना गुनगुनाती रहो।"

"अच्छा, बहुत प्यारा सपना है, लेकिन मैं तो कल पिथौरागढ़ जा रही हूँ।"

"और मैं तुम्हें छोड़ने जा रहा हूँ।"

"बिल्कुल पागल हो क्या? तुम मुझे छोड़ने कैसे जा सकते हो, मैं लोगों से क्या कहूँगी।"

"किन लोगों से?"

"अपने आस-पड़ोस में रहने वाले लोगों से; वो दिल्ली नहीं है, एक छोटा-सा शहर है, वहाँ मुझे सभी लोग जानते हैं।"

"ठीक है मैं तुम्हें पिथौरागढ़ से कुछ देर पहले छोड़ दूँगा, वहाँ से तुम खुद चली जाना।"

"नहीं यार।"

"क्या नहीं यार; हम पति-पत्नी नहीं बन सके तो क्या हुआ, एक-दूसरे के बॉय फ्रेंड और गर्ल फ्रेंड तो आज भी हैं, इतना राइट तो बनता है कि मैं तुम्हें तुम्हारे घर तक छोड़ दूँ।" इस बात पर रागिनी भी मान गई।

"ठीक है फिर कल वैशाली मेट्रो स्टेशन पर आ जाना, वहाँ मैं तुम्हें पिक कर लूँगा।"

रागिनी से मिलने के बाद मैंने घर आकर इस मुलाकात पर सबसे पहले एक पोएम लिखी और उसे फेसबुक पर पोस्ट कर दिया।

'मुलाक़ात'
बरसों बाद मिले थे वो
बिल्कुल पहले जैसे थे
बातें दिल में ... छुपाकर
नजरें मिलने से बचाकर
बैठे अन्जानों.... जैसे थे
बरसों बाद मिले थे वो
बिल्कुल पहले जैसे थे
आँखों में सूनापन
होंठो पर मुस्कुराहट
लगता था उनके गम भी
कुछ -कुछ मेरे जैसे थे
बरसों बाद मिले थे वो
बिल्कुल पहले जैसे थे
हालात.. बदल गये
सवालात बदल गये
लेकिन जज्बात..अभी
जाने क्यों जैसे -तैसे थे
बरसों बाद मिले थे वो
बिल्कुल पहले जैसे थे
वक्त! तेरा शुक्रिया
जो उनका साथ मिला
मुलाकात के कीमती पल
वो सुंदर सपनों जैसे थे
बरसों बाद मिले थे वो
बिल्कुल पहले जैसे थे।

अगले दिन हम सुबह सूरज निकलने से पहले दिल्ली छोड़ चुके थे। कुछ घंटों बाद गाड़ी मैदानी इलाकों को छाड़कर, पहाड़ी इलाकों में आ गई। रागिनी के साथ घंटे भी पलों में बदल जाते हैं। जो पहाड़ दूर से बादलों की शक्ल में दिखाई दे रहे थे, अब हकीकत में गाड़ी के साथ दौड़ रहे थे। कहीं-

कहीं पहाड़ों से पानी के झरने भी बह रहे थे, "अच्छा हितेश, तुम्हें वो दिन याद है, जब एक बार हम स्पोर्ट्स के लिए एक ही बस में लखनऊ गये थे और तुम पूरी रात मुझे देखते रहे।"

"हाँ रागिनी, वो रात मेरी जिंदगी की सबसे खूबसूरत रात थी, जब बस के सारे लोग सो गये थे, केवल तुम और मैं जाग रहे थे; अगर मुझे कभी नींद भी आ जाती तो तुम खाँस-खाँस कर जगा देती थीं।"

"हाँ यार, उन दिनों हम कितने इडियट थे।"

"हाँ और आज भी उतने ही हैं। मैंने मुस्कुराकर कहा, तभी मेरी नजर पहाड़ पर चढ़ते कुछ छोटे-छोटे बच्चों पर पड़ी; उनकी कमर में एक बैग और हाथ में पानी की बॉटल लगी थी।

"यार यह बच्चे अपना स्कूल बैग लेकर कहाँ जा रहे हैं?"

"वो देखो उस पहाड़ी के ऊपर जो एक पीला-सा मकान दिख रहा है, वो इनका स्कूल है।"

"ओह माई गॉड, यह बच्चे वहाँ तक पैदल जायेंगे?"

"हाँ यार, पहाड़ों पर पैदल ही चलना पड़ता है, यहाँ मैदानों की तरह स्कूल बस नहीं दौड़ती; एक गाँव में कुछ ही घर होते हैं और उन तीन चार गाँवों का एक स्कूल होता है; स्कूल जाने के लिये दो तीन किलोमीटर पैदल चलना यहाँ नॉर्मल बात है।"

"इसीलिए पहाड़ के लोग बहुत मेहनती होते हैं।"

"हाँ यार, हम पहाड़ी लोग बचपन से ही जीने के लिए संघर्ष शुरू कर देते हैं; कभी-कभी बारिश से सड़कें पूरी टूट जाती हैं, कभी लैंड स्लाइडिंग होने लगती है, कभी बिजली के तार टूट जाते हैं, जिससे कई दिनों तक बिजली नहीं आती... पहाड़ उन लोगों को बहुत अच्छे लगते हैं जो यहाँ बस कुछ दिनों के लिए घूमने आते हैं, लेकिन असलियत में पहाड़ की लाइफ, मैदानों से बहुत कठिन है; कभी-कभी इन ऊँचे पहाड़ों को देखकर मेरा दम घुटने लगता है, मेरा मन करता है, यहाँ से कहीं ऐसी जगह भाग चलूँ, जहाँ दूर-दूर तक मैदान फैले हों, जहाँ खड़े होकर आसमान वहाँ तक दिखाई दे, जहाँ वह धरती से मिलने नीचे उतर आता हो।"

"यार मुझे तो पहाड़ बहुत पसंद हैं; मन करता है सारी जिन्दगी किसी

नदी किनारे बैठा रहूँ।'' अचानक गाड़ी रोककर मैंने एक साइड में लगा दी।

''क्या हुआ?''

''वो देखो उस रास्ते पर कितनी प्यारी झोपड़ी है, चलो वहाँ चलते हैं।'' मैंने रागिनी से एक पहाड़ी की तरफ इशारा करते हुए कहा।

''तुम भी बच्चों जैसी बात करते हो, भला वहाँ जाकर क्या करेंगे?'' रागिनी अपने बिखरे बालों को समेटते हुए बोली, जो तेज हवा के कारण उसके चेहरे के सामने आ गये थे,

''यार वो देखो, वहाँ नीचे कुछ घर हैं; शायद कोई गाँव होगा, वहाँ से थर्मस में चाय ले लेंगे, हमारे पास चिप्स के पैकेट भी हैं, फिर उस झोपड़ी में चलेंगे, जहाँ सिर्फ मैं और तुम होंगे... वो झोपड़ी बिलकुल हमारे सपनों का घर जैसा लग रही है, प्लीज चलो न।'' मैंने रागिनी का हाथ पकड़ते हुए कहा।

''ठीक है यार, तुम भी इतना रोमांटिक हो जाते हो, कि अब तुम्हारे साथ उस सपनों के घर में चलना ही पड़ेगा, चलो चलते हैं।'' रागिनी हँसते हुए बोली।

''अरे बाबा! यहाँ कहीं चाय मिलेगी क्या?'' मैंने एक बुजुर्ग आदमी को देखकर पूछा।

''नहीं बेटा, अब नहीं मिल पायेगी; वो रास्ते में जो झोपड़ी देख रहे हो, वहीं एक बुढ़िया चाय बनाती थी, कल ही उसका अंतिम संस्कार किया है; पता नहीं कब से मरी पड़ी थी।''

रागिनी चौंक पड़ी ''कब से मरी पड़ी थी! मतलब उसके परिवार में कोई और नहीं था क्या?'

''उसके दो बेटे थे, लेकिन वो शहर चले गये। पहाड़ों में हमारे बच्चों के लिए रोजगार नहीं है और शहर में हमारे बच्चों के पास रहने के लिए जगह नहीं; वो बेचारी भी कई दिनों से अपने बेटों को याद कर रही थी।'' कहते-कहते उस बुजुर्ग की आँखें भर आईं।

अब मैं और रागिनी भी दुःखी मन से अपनी गाड़ी की तरफ लौट आये। पूरे रास्ते मैं और रागिनी चुपचाप बैठे रहे, ''रागिनी देखो, उस बुढ़िया के दो बेटे थे, लेकिन उसके अंतिम समय में कोई भी उसके पास नहीं रह पाया... मेरे एक अंकल थे, उनका एक बेटा सॉफ्टवेयर इंजीनियर है, वो अपनी फैमिली

के साथ अमेरिका में रहता था; उनका दूसरा बेटा आर्मी में ऑफिसर है, उसकी पोस्टिंग कहीं चाइना बॉर्डर पर थी। एक बार अंकल और आंटी भोपाल से दिल्ली आ रहे थे। अंकल को ट्रेन में ही हार्ट अटैक आ गया। आंटी जैसे-तैसे उनकी डेड बॉडी दिल्ली तो ले आईं, लेकिन अंतिम समय तक उनका कोई भी बेटा नहीं आ पाया। सोसाइटी के लोग और रिश्तेदारों ने मिलकर उनका अंतिम संस्कार किया, फिर बाद में उनके दोनों बेटे आये और कुछ दिन रहकर चले गये। आंटी इतने बड़े घर में अब अकेले रहती हैं, वो उस घर को छोड़कर कहीं जाना नहीं चाहतीं... कहती हैं, इस घर से उनकी यादें जुड़ी हैं। कभी-कभी मैं सोचता हूँ, जरूरी नहीं तुम अपने बच्चों का सुख भोग सको; यह सब शायद ऊपर वाला तय करता है। अब आंटी को देखता हूँ तो बहुत दुःख होता है। उनके बेटे भी इतने कामयाब हैं, अंकल की उम्र भी कोई ज्यादा नहीं थी, एक साल पहले ही रिटायर हुए थे, लेकिन किसी को क्या पता था आंटी को बाद में अकेले ही रहना पड़ेगा।

रागिनी कुछ नहीं बोली, वो बस सुनती रही। मुझे अहसास हुआ कि कहीं रागिनी यह तो नहीं समझ रही कि उसके कोई बच्चा नहीं है और मैं उसे यह समझाने की कोशिश कर रहा हूँ। फिर मैं भी चुप हो गया,

चलते-चलते शाम होने वाली थी, ‘‘हितेश तुम मुझे यहीं छोड़ दो।’’

अरे यह तो अभी लोहाघाट आया है, मैंने एक साइन बोर्ड की तरफ इशारा किया।

‘‘हाँ मुझे पता है, यह लोहाघाट है; लेकिन अगर तुम पिथौरागढ़ गये तो बहुत रात हो जायेगी, फिर तुम वापिस नहीं लौट पाओगे; मुझे यहाँ से कोई बस या टैक्सी मिल जायेगी।’’

मैंने न चाहते हुए भी कार के ब्रेक लगा दिये ‘‘जैसा तुम ठीक समझो।’’

रागिनी गाड़ी से नीचे उतरकर बोली ‘‘अब वापिस जाओ।’’

‘‘नहीं पहले तुम जाओ; जब तक तुम नहीं जाओगी मैं यहीं पर रहूँगा।’’

‘‘और जब तक तुम नहीं जाओगे मैं भी यूँ ही खड़ी रहूँगी।’’

‘‘चलो देखते हैं कौन जीतता है; मैं तो आराम से गाड़ी में बैठा हूँ, लेकिन तुम तो बाहर खड़ी-खड़ी थक जाओगी।’’

‘‘अच्छा, यह तो चीटिंग हुई; फिर तुम भी गाड़ी से बाहर आकर मेरे साथ

खड़े हो जाओ, फिर देखते हैं कि कौन जीतता है।'' रागिनी मुझे चैलेंज करते हुए बोली।

अब मैं भी गाड़ी से बाहर आकर खड़ा हो गया ''चलो देखते हैं, कौन जीतता है।''

''हितेश तुम सचमुच पागल हो।'' इस बार रागिनी के चेहरे पर मुस्कुराहट दौड़ आई। जब वो मुस्कुराती है तो मौसम में एक ताजगी आ जाती है, मौसम सुहाना हो जाता है। मैं एकटक रागिनी को देखता रहा और बोला ''हाँ मैं बिल्कुल पागल हूँ, लेकिन थोड़ा-थोड़ा तुम भी पागल हो... पता है ऊपर वाले ने हमारी शादी क्यों नहीं की?''

''क्यों नहीं की?'' रागिनी मेरी आँखों में देखते हुए बोली।

''इसलिए, क्योंकि मैं ज्यादा पागल, तुम थोड़ा पागल और हमारे बच्चे होते, वो तो बिल्कुल पागल होते।'' इस बात पर मैं और रागिनी बहुत देर तक पागलों की तरह हँसते रहे।

''मैं तो अभी थोड़ी-थोड़ी पागल हूँ, लेकिन हितेश अगर तुम्हारे साथ थोड़ी देर और यूँ ही खड़ी रही तो सचमुच बिल्कुल पागल हो जाऊँगी; अच्छा मैं चलती हूँ, बस स्टॉप सामने ही है।

''चलो मैं तुम्हारे घर तक नहीं छोड़ सकता, लेकिन तुम्हें उस स्टॉप तक तो छोड़ सकता हूँ।''

मैं रागिनी के साथ-साथ चलने लगा। रागिनी चलते-चलते फिर मेरे राइट हैण्ड से लेफ्ट हैण्ड पर आ गई।

उसकी बॉडी लैंग्वेज बिल्कुल बदल गई थी। जो लड़की अभी हँस-हँस कर बात कर रही थी, उसकी आँखें कुछ नम हो गईं, ''हितेश आज नहीं पूछोगे कि मैं क्यों तुम्हारे लेफ्ट हैण्ड पर आकर चलने लगी?''

मैं चाहकर भी कुछ नहीं बोल सका। सामने स्टॉप आ गया था। मैंने रागिनी की तरफ देखा तो उसने मुँह मोड़ लिया। मैं वापिस अपनी गाड़ी की तरफ चलने लगा। गाड़ी के पास आकर एक बार फिर मैंने पलटकर रागिनी की तरफ देखा, रागिनी अभी भी दूसरी तरफ मुँह करके खड़ी थी। उसके हाथों में रुमाल लगा था, जिससे वो अपने आँसू पोंछ रही थी।

मैं गाड़ी में बैठ गया। मैंने रागिनी को बिना देखे, गाड़ी बैक की और

वापिस दिल्ली की तरफ चल दिया।

दिल्ली आकर मेरा मन किसी काम में नहीं लग रह था, बस हमेशा रागिनी की याद आती रहती। पता नहीं रागिनी ने यह क्यों पूछा "हितेश, तुम अब मेरे बारे में क्या फील करते हो?", रागिनी अभी भी मेरे लेफ्ट साइड में ही क्यों चलना चाहती है? पता नहीं रागिनी के दिल में क्या चल रहा है। शाम के सात बजे थे, मैं ऑफिस से घर लौट रहा था कि तभी रागिनी ने एक ऑडियो क्लिप सेंड की, मैं उसको ओपेन करने की कोशिश करने लगा, लेकिन शायद फ़ाइल में कुछ प्रॉब्लम थी, वो कोशिश करने के बाद भी ओपेन नहीं हुई। मैंने रागिनी को फोन मिला दिया,

"रागिनी, क्या सेंड किया है, फ़ाइल ओपेन ही नहीं हो रही।"

"एक सांग था; कोई बात नहीं मैं दुबारा सेंड कर देती हूँ।"

"यार सेंड क्या करना, तुम तो गाकर सुना दो।"

रागिनी वो गाना गाने लगी, जो उसने मुझे सेंड किया था। मुझे नहीं पता था इस गाने के साथ ही मेरा एक बरसों पुराना सपना पूरा हो जायेगा। माना हम जगजीत सिंह के फैन हैं और उनकी गाई गजल "जिस्म की बात नहीं थी... उनके दिल तक जाना था, लम्बी दूरी तय करने में वक्त तो लगता है... प्यार का पहला खत लिखने में वक्त तो लगता है।" मेरी फेवरेट गजलों में से एक है; लेकिन अपनी गर्लफ्रेंड को आई लव यू बोलने में किसी लड़के को सत्रह साल लग जायेंगे; कोई यह सुनेगा तो उस लड़के को इडियट ही बतायेगा। रागिनी ने भी तो आई लव यू सुनने के बाद पहला शब्द इडियट ही बोला। मैं आज बहुत खुश था। मैं अपनी यह ख़ुशी अमित के साथ शेयर करने के लिए मचल उठा। अमित भी यह सुनकर बहुत खुश हो जायेगा, यह सोच मैंने उसे फ़ोन मिला दिया, "अमित आज मैं बहुत खुश हूँ, मेरा एक सपना पूरा हो गया।"

"कौन-सा सपना?"

"रागिनी को आई लव यू बोलने का।"

"अच्छा, मगर कैसे?"

"यार उसने मुझे एक सांग सेंड किया "दिल आजकल मेरी सुनता नहीं, दिल आजकल पास रहता नहीं, ये तुझसे ही मिलने को चाहे, ये तेरी ही करता

है बातें, तुम हो वोही, क्या तुम हो वो ही?''

''फिर क्या हुआ?''

मैंने सोचा अब इससे अच्छा चांस कहाँ मिलेगा; मैं बहुत लकी हूँ, जो किस्मत ने मुझे दुबारा यह चांस दिया। मैंने उसे तुरंत कह दिया ''हाँ मैं वो ही हूँ, मैं आज भी तुम्हें उतना ही प्यार करता हूँ, जितना पहले करता था, आई लव यू रागिनी।''

''अरे वाह! फिर रागिनी ने क्या कहा?''

दो तीन मिनट तक उसका कोई जवाब ही नहीं आया। मैंने सोचा उसे कहीं बुरा तो नहीं लगा... यार तुझे तो पता है इन लड़कियों का, कुछ बातें वो हमसे सुनना भी चाहती हैं और शो ऐसे करेंगी कि जैसे हमने कहकर कुछ गलती कर दी हो।

मैंने उससे पूछा ''क्या हुआ रागिनी, तुम साइलेंट मोड में क्यों चली गई, तुमने कोई रिप्लाई नहीं दिया। तो पता है क्या बोली?''

'क्या?'

उसने कहा ''इडियट, यह भी नहीं पता, रिप्लाई देने के लिए होश में आना जरूरी है; तुम्हें पता है यह सुनकर मेरा दिल कितनी जोर से धड़क रहा है, कम-से-कम मुझे नॉर्मल मोड में तो आ जाने दो; तुमने तो मेरे दिल की धड़कनें ही तेज कर दी।''

मुझे लगा मेरी बात सुनकर अमित बहुत खुश होगा, लेकिन उसकी आवाज से महसूस हुआ जैसे उसे कोई ख़ुशी नहीं हुई, ''हितेश अब तुम भी नॉर्मल मोड में आ जाओ।''

''मैं... मुझे क्या हुआ, मैं तो नॉर्मल मोड़ में ही हूँ; तुम कहना क्या चाहते हो?''

''वही जो तुमको इतने दिन से कह रहा हूँ; रागिनी से चैटिंग मत किया करो, उसे फ़ोन मत किया करो, वो फिर से इमोशनल हो जायेगी, अब तुम अनमैरिड नहीं, मैरिड हो, तुम्हारी एक फेमिली है।''

''हाँ पता है यार, लेकिन वो इमोशनल नहीं होगी, वो एक प्रैक्टिकल लड़की है, तुम उसको नहीं जानते।''

''मैं रागिनी को नहीं जानता, लेकिन मैं हितेश को जानता हूँ... इस

दुनिया में ऐसा कोई नहीं है जो तुम्हें लेकर इमोशनल न हो जाये; तुम्हें सुहैल याद है?''

''कौन सुहैल, वो बिच्छू गैंग का बॉस?''

''हाँ वो ही... तुम्हें याद होगा, एक बार कॉलेज में हमारे ग्रुप का एक एंटी ग्रुप बन गया था, उसका बॉस सुहैल था। धीरे-धीरे उनके ग्रुप की ताकत बढ़ने लगी और वो हमारे मामलों में अपना इंटरफेयर करने लगे, जिसे हमारा ग्रुप कभी बर्दाशत नहीं कर सकता था। एक दिन तो हद हो गई, उन्होंने हमारे ग्रुप के एक लड़के को पीट दिया।''

''हाँ अमित, अच्छी तरह याद है और फिर हमने डिसीजन लिया, हम बदला लेने के लिए उनके ग्रुप के किसी लड़के को नहीं मारेंगे, बल्कि हमें वो ग्रुप खत्म करना है, इसलिए सबके सामने सुहैल को पीटेंगे। फिर मैंने फील्ड में जाकर उसको एक थप्पड़ मारा। उस बेचारे की आँखों से आँसू बहने लगे, वो एकटक मुझे देखता रहा। मेरी उसको दुबारा थप्पड़ मारने की हिम्मत नहीं हुई।''

''हाँ हितेश, फिर वो ग्रुप हमेशा के लिए खत्म हो गया; अभी कुछ साल पहले बाम्बे में एक इंटरव्यू था, वहाँ मुझे सुहैल भी मिला; वो बस तुम्हारे बारे में पूछता रहा, हितेश कहाँ है? अब क्या करता है? मैंने हितेश का दिल दुखाया, मैं उससे जेलस फील करने लगा था, इसलिए मैंने कॉलेज में एक अलग ग्रुप बनाया; पता नहीं वो मुझे कभी माफ़ भी करेगा या नहीं; उसने तो मेरी फेसबुक पर फ्रेंड रिक्वेस्ट भी एक्सेप्ट नहीं की।''

''हाँ यार, उसकी रिक्वेस्ट आई तो थी, लेकिन मैंने सोचा जब कॉलेज में ही उससे बात बिगड़ गई तो अब क्या दोस्ती करूँ; लेकिन मुझे उस बेचारे का वो चेहरा अब भी याद आ जाता है, जब उसकी आँखों में आँसू आ गये थे।''

''हितेश, उसकी आँखों में आँसू इसलिए आये थे, क्योंकि वो भी तुम्हें प्यार करता था; वो हमेशा तुम्हारी तरह पापुलर बनना चाहता था। हितेश जो तुम्हें थोड़ा-सा भी जानता है, जिसके साथ तुमने थोड़ा-सा भी वक्त बिताया है, वो सब तुम्हें प्यार करने लगते हैं, तुम्हारे लिये इमोशनल हो जाते हैं; क्योंकि तुम, लोगों के सीधे दिल से कनेक्ट करते हो, इसलिए मुझे हमेशा यह डर लगा रहता है।''

''कैसा डर अमित? साफ़-साफ़ कहो, तुम कहना क्या चाहते हो।''

“हितेश, तुम्हें भी अच्छी तरह पता है कि मैं क्या कहना चाहता हूँ... इस लव स्टोरी से कहीं तुम दोनों की फेमिली में कोई प्रॉब्लम न आ जाये।”

“अरे यार, क्यों बिना मतलब टेंशन ले रहे हो; रंजना को तो मैं रागिनी की पिक्स और डांस वाले विडियो दिखाता रहता हूँ... एक बार मैंने चैटिंग करते हुए रागिनी से भी पूछा, तुम्हारे हसबैंड क्या कर रहे हैं, तो वो बोली, मेरे पास ही बैठे हैं; उन्हें तो पता है मैं तुमसे चैटिंग कर रही हूँ, ही इज माई बेस्ट फ्रेंड।”

“यार उसने कहा और तुमने मान लिया; भला कोई हसबैंड ऐसा करेगा! क्या पता उसके हसबैंड से उसके टर्म्स खराब हों या हो सकता है उसने डाइवोर्स ले रखा हो।”

“अमित, तुम्हारा दिमाग खराब है क्या? अगर उसने डाइवोर्स ले रखा होता तो मुझे जरूरी बताती।”

“भाई मेरा दिमाग खराब नहीं है, बस कॉलेज की तरह तुम्हारा दिमाग खराब न हो जाये, मुझे इस बात की चिंता है; कहीं वो दुबारा तुमसे कुछ ऐसा न बोल दे कि तुम उसको लेकर फिर इमोशनल हो जाओ।”

“यार नहीं हो रहा मैं उसको लेकर इमोशनल; वो कॉलेज का टाइम अलग था, अब अलग है; बस उससे चैटिंग करके दिल खुश हो जाता है और क्या... कम-से-कम तुम तो यह समझ सकते हो।”

“अच्छा ठीक है... और क्या पता तुम्हारी वजह से रागिनी की फेमिली में कोई प्रॉब्लम आ जाये, उसके अपने हसबैंड के साथ टर्म्स खराब हो जायें, फिर तुम क्या करोगे?”

“ओह, यह तो मैंने सोचा ही नहीं।”

“बस हितेश, इसलिए तुम्हें उससे दूर रहने के लिए कहता हूँ; अगर तुम्हारी वजह से उसे थोड़ा-सा भी दुःख हुआ तो तुम अपने आप को कभी माफ़ नहीं कर पाओगे, कॉलेज की तरह फिर अपने आप को पनिशमेंट देने लगोगे।”

अमित से बात करके मेरे जेहन में यह सवाल घूमता रहा, कि मेरी वजह से रागिनी को कोई दुःख हो, यह तो मैं भी कभी नहीं चाहूँगा। पता नहीं उसके प्रकाश के साथ कैसे टर्म्स हैं। एक बार उसने मुझसे यह जरूर कहा था

“हितेश, मुझे कॉल करते हुए कोई झिझक महसूस मत किया करो, तुम किसी की पत्नी से नहीं, अपनी रागिनी दीक्षित से बात कर रहे हो।”

यह रागिनी की सारी बातें भी एक पहेली की तरह होती हैं; पता नहीं क्या कहना चाहती है। हो सकता है उसके और प्रकाश के टर्म्स वाकई अच्छे न चल रहे हों और मेरी वजह से उसमें और दरार आ जाये।

मैं इसी सवाल के जवाब में उलझा था कि आखिर मुझे कैसे पता चलेगा कि रागिनी और प्रकाश के टर्म्स कैसे हैं, मुझे कौन बता सकता है... तभी मुझे शिवानी का ख्याल आया। रागिनी कहती है मैं उससे अपनी सारी बातें शेयर करती हूँ; शिवानी मुझे तुमसे बात करने के लिए मना भी करती है।

मैंने देखा, घड़ी की सुई रात के दो बजा रही थी; चलो सुबह उठकर सबसे पहले शिवानी को ही कॉल करता हूँ, वैसे भी एक ज्योतिषी ने कहा है ‘S’ नाम वाले हमेशा तुम्हारे शुभचिंतक रहेंगे।

सुबह मैं घर से ऑफिस के लिए निकल रहा था, मैंने रास्ते में ही शिवानी को फ़ोन मिला दिया,

“हैलो शिवानी, कैसी हो? मैं हितेश बोल रहा हूँ।”

“मैं सही हूँ, तुम कैसे हो?”

“मैं अच्छा हूँ; यार मुझे तुम्हारा थोड़ा फेवर चाहिए।”

“हाँ बोलो।”

“बहुत कांफिडेंसियल है; इसे किसी से शेयर मत करना, रागिनी को तो बिल्कुल मत बताना कि मैंने तुम्हें कभी कोई फ़ोन किया है... मुझे रागिनी के बारे में कुछ पूछना था।”

“हाँ श्योर, क्या बात है; रागिनी मेरी फ्रेंड ही नहीं, मेरी बड़ी सिस्टर की तरह है।”

“यार, मुझे इतना पूछना है कि उसके प्रकाश से कैसे रिलेशन हैं?”

“उसके तो बहुत अच्छे रिलेशन हैं; हाँ उसकी लाइफ में कुछ अप्स डाउन्स आये थे, लेकिन अब सब ठीक है; तुम यह सब क्यों पूछ रहे हो?”

“बस यूँ ही, एक दिन उससे बात करते हुए, ऐसा लगा, जैसे वो अपनी मैरिड लाइफ से खुश नहीं है; जब मैं उसे दुःखी देखता हूँ, तो पता नहीं क्यों

मुझे फिर कुछ भी अच्छा नहीं लगता।''

''अरे वो वहाँ अकेली रहती है और यह सोचती है कि प्रकाश उसे दिन में दस बार फ़ोन करे। प्रकाश के पास और भी तो काम हैं या उसी को फ़ोन करता रहे; लेकिन प्लीज, तुम उसके लिए एक कंधा बनने की कोशिश मत करो।''

''नहीं, मुझे कंधा बनने की जरूरत नहीं है, अगर मेरी ऐसी विश होती तो आज मैं तुम्हें कॉल न कर रहा होता, मेरी बस इतनी विश है कि वो खुश रहे।''

''हाँ, यह तो हम सभी चाहते हैं कि वो खुश रहे... हितेश, अगर वो तुम्हें कभी अकेले मिलने के लिए बुलाये तो उससे मिलने मत जाना।''

''क्यों? इतनी खतरनाक है क्या तुम्हारी फ्रेंड... ओह सॉरी... सिस्टर।'' मैंने हँसते हुए पूछा।

''नहीं, अगर तुम अकेले मिले तो दीदी इमोशनल हो जायेंगी।''

''ठीक है मैं कोशिश करूँगा।''

''हितेश, तुम भी उसके चक्कर में इमोशनल मत हो जाना; तुम उस लड़की को नहीं जानते, वो बस तुम्हें इमोशनल करेगी और खुद किसी दिन तुम्हारी जिंदगी से चुपचाप चली जायेगी।''

''अरे वाह, यह तुमने सही बताया; ऐसा तो वो कॉलेज टाइम में मेरे साथ कर चुकी है... वहाँ वो एक ऐसा डायलॉग बोल कर चली गई, कि मैं आज तक उसे याद करता हूँ।''

''तुम्हें एक बात पता है?''

'क्या?'

कॉलेज के बाद हमने कुछ दिनों साथ-साथ जॉब भी की है। वहाँ एक विवेक नाम का लड़का था। मुझे याद नहीं इसने ऑफिस में कभी उससे सही से बात की हो, लेकिन आजकल सुना है, यह उससे भी खूब बातें करती है।''

''अच्छा शिवानी एक बात और बताओ; कॉलेज खत्म होने के बाद भी तुम रागिनी के साथ रहती थीं, क्या वो मुझे कभी याद करती थी?''

''नहीं, उसने मुझसे तुम्हारे बारे में कभी कोई बात नहीं की... ऐसे तो मेरे भी दो फ्रेंड हैं, बल्कि एक फ्रेंड तो मेरे घर के पास ही रहता है... मेरा तो मानना है कि रिलेशन कोई भी हो, उसे पूरी ईमानदारी से निभाना चाहिए।''

"हाँ रिलेशन में ईमानदारी तो होनी चाहिए; थैंक यू शिवानी, तुमसे बात करके अच्छा लगा।"

"ओके हितेश, फिर कोई बात हो तो जरूर बताना।"

"ओके, हाँ अगर फिर तुम्हारी हेल्प की जरूरत पड़ी तो जरूर।"

"सी यू, टेक केयर।"

"सी यू" कहकर मैंने फोन डिसकनेक्ट कर दिया।

वाह, आज पता चला क्यों यह रागिनी की बेस्ट फ्रेंड है; रागिनी को fill in the blanks वाली चैटिंग पसंद है और लगता है शिवानी को True and False वाले question पसंद हैं... इसने तो दोनों सेंटेंस एक साथ बोल दिये।

तुम उससे अकेले मत मिलना, वो तुम्हें देखकर इमोशनल हो जायेगी,

तुम इसके चक्कर में मत पड़ना, यह बस तुम्हें इमोशनल करेगी और किसी दिन चुपचाप तुम्हारी जिंदगी से चली जायेगी।

हे कान्हाँ! मैंने तेरा क्या बिगाड़ा था जो तुझे इतने बड़े देश में मेरा दिल अटकाने को यह रागिनी ही मिली... मैं पहले ही इसकी fill in the blanks वाली चैटिंग से परेशान था, इस शिवानी ने और यह True and False वाला question पकड़ा दिया। अगर इसका पहला सेंटेंस ठीक है, फिर तो चलो सही है लोग अपने पहले प्यार से मिलकर इमोशनल हो जाते हैं, लेकिन अगर इसका दूसरा सेंटेस ठीक है तो फिर मुझसे ज्यादा इडियट इस दुनिया में कोई नहीं, जिसको एक लड़की जान-बूझकर इमोशनल बना रही है।

शिवानी से बात हुए दो तीन दिन हो गये थे। आज मैं अपने ऑफिस में था, कि मैसेंजर में रागिनी का मैसेज आया,

"सॉरी हितेश, मैंने बहुत बड़ी गलती की; मुझे लगा मैं उसी इडियट लड़के से बात कर रही हूँ, जिसे मैं प्यार करती थी, लेकिन तुम तो बहुत समझदार निकले।"

ओह माई गॉड, लगता है, शिवानी ने इसे मेरे फ़ोन के बारे में बता दिया। अब मैं रागिनी को क्या बोलूँ "सॉरी रागिनी, मैं समझा नहीं कि तुम क्या कहना चाहती हो और तुमने क्या गलती की है?"

"वो ही गलती, जो लड़कियाँ अक्सर करती हैं; लड़कियाँ बहुत जल्दी

सपने बुनने लगती हैं, मैं भी कुछ सपने बुनने लगी थी, मैंने तुम पर विश्वास किया, तुमसे अपनी बातें शेयर की; मुझे नहीं पता था कि तुम मेरे साथ ऐसा करोगे।''

''रागिनी तुम मुझसे क्या, तुम तो और लोगों से भी अपनी बातें शेयर करती हो; तुम तो विवेक से भी बातें करती हो।''

''यार मैंने तो विवेक से मुश्किल से एक या दो बार बात की होगी, वो भी अपनी कजिन की जॉब को लेकर; लेकिन तुम विवेक को कैसे जानते हो?''

''मैं विवेक को नहीं जानता, मैं तो बस तुम्हारे बारे में जानना चाहता था।''

''तो फिर सीधे मुझसे पूछते; किसी दूसरे से क्यों पूछा... तुम क्यों हमेशा दूसरों की बातों पर विश्वास कर लेते हो, तुमने तो मेरा दिल ही तोड़ दिया।''

''सॉरी रागिनी, तुम तो जानती हो कि मुझसे कुछ-न-कुछ गलती हो जाती है, बस मैं कभी भी तुम्हें हर्ट करना नहीं चाहता।''

रागिनी ने मेरा मैसेज रीड करने के बाद भी कोई जवाब नहीं दिया, वो ऑफ लाइन हो गई।

इसके बाद रागिनी ने ग्रुप में भी मेरी किसी बात का जवाब देना बंद कर दिया। अब वो फेसबुक पर भी मेरे किसी पोस्ट को लाइक नहीं करती थी। मैंने रागिनी को एक मैसेज और सेंड किया, ''प्लीज़ रागिनी; मैंने बहुत सोचा, अब हम प्यार करने वाले हितेश रागिनी नहीं बन सकते, अब हम केवल आपस में लड़ने झगड़ने वाले हितेश रागिनी बन सकते हैं; तुम कम- से-कम ग्रुप में तो मेरी किसी बात का जवाब दो... हम दो दोस्तों की तरह तो बिहेव कर सकते हैं।''

इस बार रागिनी का रिप्लाई आ गया, ''हितेश तुम मेरे दोस्त नहीं हो और न ही कभी हम दोस्त बन सकते हैं; मुझे अब तुमसे कभी कोई बात नहीं करनी।''

मैंने रागिनी को कोई रिप्लाई नहीं दिया। शायद रागिनी सही कहती है, दो प्यार करने वाले कभी दोस्त नहीं बन सकते। अब हमारे रिश्ते में एक दरार पड़ गई। मैंने अमित का कहना माना, मैंने शिवानी पर भरोसा किया, लेकिन सिर्फ इसलिए कि रागिनी की लाइफ में आगे कोई प्रॉब्लम न आये, उसे कभी

मेरी वजह से कोई दुःख न पहुँचे, लेकिन मुझे नहीं पता था कि मेरी एक कॉल से हमारा रिश्ता ही कमजोर हो जायेगा। मैं अपने रिश्ते को फिर से मजबूत करने की कोशिश में लग गया। मैं रागिनी को रोज व्हाट्स एप्प पर गुड मॉर्निंग वाले ग्रीटिंग भेजता, जिसमें कभी सुंदर फूल बने होते, कभी दिल बना होता। मैं कभी-कभी उसको इस तरह के मैसेज भेजता कि एक गलत पेज की वजह से पूरी किताब नहीं फाड़ी जाती, लेकिन रागिनी पर कोई असर नहीं होता; वो किसी भी बात का कोई रिप्लाई नहीं करती, एक दिन मैंने उसे मैसेज किया "रागिनी क्या मैं तुम्हें कॉल कर सकता हूँ, प्लीज़ मुझसे एक बार बात करो।", उसका जवाब आया "प्लीज डोन्ट कॉल मी।", इसके बाद मैंने भी उसे मैसेज भेजने बंद कर दिये।

"एक दिन मैं मेरठ जाने की तैयारी कर रहा था कि अमित का फ़ोन आ गया "हेल्लो हितेश, आजकल कहाँ गायब हो।"

"कही नहीं भाई, बस थोड़ा बिजी था।"

"और सुनाओ काफी दिन हो गये तुमसे बात किये हुए; रागिनी के क्या हाल चाल हैं?"

"पता नहीं यार, अब उससे कोई बात नहीं होती।"

'क्यों'

"तुमने ही तो मना किया था उससे बात करने के लिए।"

"हाँ मैंने मना किया और तुम मान गये; तुम तो बहुत सीधे हो... मैंने तो इसीलिये मना किया था कि वो कहीं तुम्हें लेकर कुछ इमोशनल न हो जाये।"

"तुम्हें पता है, मैंने एक दिन उसकी फ्रेंड शिवानी से बात की, वो क्या बोली?"

'क्या?'

"हितेश, तुम उसके चक्कर में ज्यादा इमोशनल मत हो जाना, तुम उसको नहीं जानते, वो तुम्हें इमोशनल कर देगी और खुद चुपचाप तुम्हारी जिंदगी से निकल जायेगी"

"अच्छा, यह तो सरप्राइज है।"

"सॉरी अमित, मुझे फेमिली के साथ कहीं जाना है, मैं तुम्हें बाद में कॉल करता हूँ।" कहकर मैंने फोन काट दिया।

आज मैं फेमिली के साथ दिल्ली से अपने घर मेरठ आया था। मैं यह देखकर खुश था कि जबसे हम दिल्ली शिफ्ट हुए हैं, तब से रंजना और मम्मी के सम्बंध बहुत मधुर हो गये, पहले तो दोनों आपस में बस लड़ते रहते थे। लेकिन अब वो घर में एक-दूसरे की कमी महसूस करने लगे थे। हमारे घर एक आंटी आई हुई थीं। उनके और हमारे बिल्कुल घरेलू सम्बंध हैं। आंटी को देखकर मैं आश्चर्यचकित रह गया। अभी उनकी उमर कोई पचपन साल के आस-पास रही होगी, वो बहुत ज्यादा एजेड लग रही थीं। पहले उनकी सेहत कितनी अच्छी थी, लेकिन अब वो कितनी कमजोर हो गई हैं। उनके जाने के बाद मैंने माँ से पूछा "आंटी क्या बीमार हैं?"

"बीमार नहीं हैं, बेचारी अपने भाई के गम में सूखी जा रही है; जब से वो खत्म हुए हैं, तब से आधी रह गई है।"

"कौन से भाई? वो बरेली वाले?"

"हाँ वो एक ही तो भाई था इनका।"

मुझे अच्छी तरह याद है, आंटी की बेटी नीलम की शादी करीब दस साल पहले हुई थी। शादी में कपड़ों को लेकर दोनों भाई-बहन में इतना झगड़ा हुआ कि बोलचाल बंद हो गई। आंटी ने किसी रिश्तेदार से कह दिया था "नीलम के मामा तो इससे भी महँगी साड़ी लेकर आते, लेकिन क्या करें, उनके घर में चलती तो उसकी मामी की है।"

"माँ, लेकिन अपने भाई से तो आंटी की दस साल से बोलचाल बंद थी।"

"बोलचाल बंद थी तो क्या हुआ, दोनों भाई-बहन में आपस में प्यार भी तो बहुत था; अपने भाई की डेड बॉडी देखकर तेरी आंटी बेहोश हो गई"

'अच्छा।' फिर मैंने माँ से कुछ नहीं पूछा, मैं अपने कमरे में चला गया, लेकिन मेरे जेहन में यह सवाल चलता रहा कि हम इंसान भी कैसे होते हैं; जब लोग जिंदा रहते हैं, तो हम उनसे किसी बात पर बोलना छोड़ देते हैं या उनसे लड़ते रहते हैं; जब वो इंसान मर जाता है, तो हम उसके लिए आँसू बहाते हैं, कि हम उसे कितना प्यार करते थे। आखिर हम जिंदा लोगों को, यह क्यों नहीं बता पाते कि उनकी जिंदगी हमारे लिए कितनी कीमती है।

अब रागिनी का और मेरा रिश्ता देखो, हम कॉलेज में बिछुड़े तो सत्रह साल बाद मिले और अब फिर झगड़कर बैठ गये। क्या अब मैं और रागिनी

कभी आपस में पहले की तरह बात नहीं कर पायेंगे, क्या हमारा रिश्ता बस इतना ही था। रिश्ते भी कितने अजीब होते हैं... रिश्ते काँच की तरह होते हैं, जरा-सी ठेस लगने पर चटक जाते हैं और उसके छोटे-छोटे टुकड़े जिन्दगी भर हमें चुभते रहते हैं। रिश्ते पालतू परिंदों की तरह होते हैं, इन्हें अगर कस कर पकड़ो तो दम तोड़ देते हैं और बेपरवाह छोड़ दो तो ये अपना रास्ता भटक जाते हैं।

मेरी एक कॉल की वजह से मेरा और रागिनी का रिश्ता भी अपना रास्ता भटक गया है, मुझे अपने और रागिनी के रिश्ते को बचाना ही होगा... कोई बात नहीं जो रागिनी मुझसे नाराज है, लेकिन मैं उससे नाराज नहीं हूँ... मैंने तो रागिनी से हमेशा सच्चा प्यार किया है और मरते दम तक करता रहूँगा। मैंने अब फिर से उसे गुड मॉर्निंग मैसेज भेजना शुरू कर दिया। मैं अब फेसबुक पर उसकी सारी पिक्स लाइक करता, उन पर अच्छे-अच्छे कमेंट्स देता, लेकिन रागिनी का कोई रिप्लाई नहीं आता। कभी-कभी तो इतना बुरा लगता, जब वो मुझसे बाद वाले कमेंट्स का रिप्लाई दे देती और मेरा छोड़ देती। आज भी मैंने उसे एक फूलों का गुलदस्ता वाला गुड मॉर्निंग का मैसेज भेजा था, लेकिन उसका कोई रिप्लाई नहीं आया।

मैंने कान्हाँ को याद किया "हे कान्हाँ तू ही बता अब रागिनी कभी कोई रिप्लाई देगी भी या नहीं?"

"हितेश, तुम निस्वार्थ भाव से बिना किसी फल की इच्छा के अपने मैसेज भेजते रहो।"

"सॉरी कान्हाँ, प्लीज़ डोन्ट माइंड, तुम्हारा यह निस्वार्थ भाव से कर्म करने वाला लॉजिक कभी मेरी समझ में नहीं आया; यार तुम्हीं बताओ, बिना किसी फल की इच्छा के कोई कैसे कर्म कर सकता है? अगर किसी को पता हो, इस महीने उसे सेलरी नहीं मिलेगी, तो वो क्या काम करेगा?"

"हितेश, तुम्हारा काम केवल कर्म करना है और फल देने का काम मेरा है; प्रॉब्लम तब शुरू होती है जब इंसान कर्म करने के साथ-साथ, उसे कितना फल मिलेगा, इस बात का भी हिसाब लगाने लगता है, जिससे उसका फोकस अपने काम पर भी नहीं रहता... उसे मुझ पर विश्वास होना चाहिए कि अगर वो अच्छा काम कर रहा है तो मैं उसे फल जरूर दूँगा।"

"ठीक है कान्हाँ, हम भी अच्छा काम कर रहे हैं और हमें तुम पर पूरा

विश्वास है; अब मैं बस अपना कर्म करूँगा।'' मैं उसको डेली गुड मॉर्निंग के मैसेज भेजूँगा, बिना इस इच्छा के, कि उसका कोई रिप्लाई आये या नहीं।''

एक दिन मैं टी.वी. देख रहा था, अक्रूर जी के हाथ में सफेद घोड़ों से सजे रथ की लगाम थी। वो मथुरा की तरफ आगे बढ़ रहे थे कि अचानक उनके रथ के आगे एक गोपी आकर खड़ी हो गई। उसे देखते ही रथ पर बैठे तीनों लोकों के स्वामी कान्हाँ ने कहा, ''अक्रूर जी रथ रोको।''

अक्रूर जी ने रथ रोकते हुए पूछा ''कान्हाँ, यह कौन है?''

कान्हाँ के मुख पर वो ही रहस्मयी मुस्कान उभर आई, जिसके अंदर इस जगत का रहस्य छुपा है। वो मुस्कुराते हुए बोले ''अक्रूर जी, सारी दुनिया प्रेम पाने के लिए मेरे पास आती है और ये वो है जिसके पास में जाता हूँ; इसका नाम राधा है।''

यह सुन मैंने टी.वी. का रिमोट उठाया और चैनल बदल दिया। कभी-कभी कान्हाँ की बात पर इतना गुस्सा आता है कि प्रेम के सारे सुपरहिट डायलॉग बोलकर खुद चले गये; कम-से-कम दूसरों के लिए भी कुछ छोड़ देते।

आज मैंने भी रागिनी को निस्वार्थ भाव से एक स्पेशल डायलॉग लिखकर सेंड किया, ''ओय इडियट लड़की, बहुत सँभालकर रख मुझे, मैं तेरा प्यार ही नहीं, तेरा आधार कार्ड भी हूँ; मेरी आँखों और हाथ की लकीरों को स्कैन करके तेरा पता चलता है।''

मैसेज रीड करते ही रागिनी ने तुरंत रिप्लाई दिया ''आई नो हितेश, बट यू डोन्ट नो, आई एम आल्सो योर आधार कार्ड।''

रागिनी का मैसेज पढ़कर दिल खुश हो गया। रात के करीब ग्यारह बजे थे, मैं ऑफिस का कुछ जरूरी काम कर रहा था, लेकिन काम था कि खत्म होने का नाम ही नहीं ले रहा था। मेरा इतना काम पेंडिंग पड़ा है, यह मुझे आज पता चला। तभी मोबाइल की रिंग बजी तो देखा बॉस का फ़ोन आया था, ''हितेश, प्रोग्रेस रिपोर्ट तैयार हो गई क्या?''

''यस सर, बस तैयार होने वाली है, कुछ प्रिंट आउट लेने बाकी हैं।''

''प्रोग्रेस रिपोर्ट के साथ, मीटिंग में पेमेंट स्टेटस का प्रिंटआउट भी

लेकर आना; हम अपने कांट्रेक्टर को डेढ़ करोड़ से ज्यादा की पेमेंट कर चुके हैं, लेकिन क्लाइंट से हमें केवल नब्बे लाख मिले हैं... तुम्हारे प्रोजेक्ट में कोई प्रॉफिट तो क्या, मुझे नेगेटिव बैलंस दिखाई दे रहा है।''

''यस सर; लेकिन दो करोड़ के बिल मैं प्रोसेस भी कर चुका हूँ; वो क्लाइंट के पास पेंडिग हैं, इस मंथ पेमेंट आ जायेगी।''

''हितेश, पेमेंट आ जायेगी और पेमेंट आ गई, दोनों में बहुत फर्क है; मीटिंग में क्लाइंट के साथ वो भी डिस्कस कर लेंगे।''

''ठीक है सर।''

बॉस से बात करने के बाद मैं कॉफी बनाने चला गया। आखिर नींद भगाने के लिए कुछ तो करना था। मैंने एक स्ट्रांग कॉफी बनायी, ताकि नींद भाग सके। यह नींद भी तभी ज्यादा आती है, जब कोई जरूरी काम हो, मैंने अभी कॉफी का पहला ही घूँट पिया था, कि व्हाट्स एप्प पर रागिनी का मैसेज आ गया, ''हितेश, बिजी तो नहीं हो, तुमसे एक काम था!''

अब रात के ग्यारह बजे मैडम को क्या काम याद आ गया। रागिनी जब भी याद करती है, इसे हमेशा कोई-न-कोई काम ही रहता है... कभी यह नहीं कह सकती कि बस तुम्हारी याद आ रही थी इसलिये मैसेज कर दिया,

''हाँ बोलो, क्या काम था?''

''यार कल मेरी ट्रेनिंग है, मुझे पपेट (कठपुतली) की कुछ इमेज चाहिए, प्लीज़ तुम नेट से डाउनलोड करके व्हाट्स एप्प कर दो।''

''डोन्ट वरी, मैं अभी कर देता हूँ।''

मैंने अपनी प्रोग्रेस रिपोर्ट और पॉवर प्वाइंट की फ़ाइल बंद की और गूगल इमेज खोल लिया। वाह! इतने अच्छे-अच्छे पपेट भी होते हैं, यह आज पता चला।

''हितेश, तुमसे अच्छा पपेट कौन है, जिसकी डोर रागिनी के हाथ में है; जो एक बार भी यह नहीं कह सका कि मैं अपने ऑफिस का जरूरी काम कर रहा हूँ... बस अपनी प्रोग्रेस रिपोर्ट बंद कर उसकी ट्रेनिंग की तैयारी में लग गये! मेरे माइंड ने मुझ पर कमेन्ट कसा।

''प्लीज़ तुम चुप रहो; यह प्यार का मामला है, तुम्हारी समझ में नहीं आयेगा।'' दिल ने भी तुरंत माइंड को रिप्लाई कर दिया।

माइंड ने अगला लॉजिक दिया "हितेश, ऑफिस का काम पहले है; तुम एक मैनेजर हो; प्लीज अपनी प्रोफेशनल लाइफ को पर्सनल लाइफ के साथ मिक्स मत करो, यह गलत है।"

"हितेश, कुछ गलत नहीं है; लव एंड वार में सब जायज है... रागिनी ने कितने दिनों बाद कुछ काम बताया है; ऑफिस का काम तो तुम रोज ही करते हो।" दिल ने रिटर्न लॉजिक दिया।

दिल और माइंड की जंग में आज फिर एक इडियट लड़का, एक मैनेजर से जीत गया। अब मैं पपेट की कुछ इमेज डाउनलोड कर रहा था। इमेज डाउनलोड कर मैंने रागिनी को सेंड कर दी।

"I don't need such type, I need paper puppet which belong to handicrafts items."

"ओके सॉरी, मैं कुछ दूसरी सेंड करता हूँ।"

मैंने कुछ पेपर पपेट की इमेज रागिनी को भेजी। इस बीच मुझे कुछ ऐसी पपेट्स की इमेज मिलीं जिनके हाथ में दिल की शेप का बैलून था और उस पर love लिखा था। वाकई में प्यार भी इंसान को पपेट बनाकर रख देता है। मैंने बहुत सारी प्यार वाली पपेट डाउनलोड की और रागिनी को सेंड कर दी।

रिप्लाई में रागिनी ने गुस्से वाले इमो सेंड किये। रागिनी को पता है, उसकी यह अदा मुझे बहुत पसंद है और पसंद भी क्यों न हो; मुझे वो सबसे ज्यादा यही इमो सेंड करती है। रागिनी की आवाज सुने बिना तो ऐसा लगता है जैसे एक अरसा बीत गया। क्या मैं उससे दुबारा पूछूँ "Can I call you?"

लेकिन अगर उसने मना कर दिया तब क्या होगा? मैं उससे कुछ महीने पहले भी यह पूछ चुका हूँ, तब उसने सीधे जवाब दे दिया था "प्लीज़ डोन्ट कॉल मी।"

"हितेश, उस दिन और आज के दिन में अंतर है; उस दिन तुमने उसे मैसेज भेजा था, आज रागिनी ने तुम्हें मैंसेज किया है; आज वो जरूर बात कर लेगी, प्लीज़ उससे पूछकर देखो।" मिस्टर दिल ने मुझसे कहा।

यह दिल भी इंसान को मजबूर करके रख देता है। मैंने रागिनी को मैसेज कर दिया "Can I call you?"

'No'

"यार ठीक है मैं तुम्हें कॉल नहीं कर सकता, तो तुम ही कुछ वॉयस मैसेज भेज दो; तुम्हारी आवाज सुनने का बहुत मन कर रहा है।"

मैसेज रीड करने के बाद भी रागिनी ने कोई रिप्लाई नहीं दिया। उसके रिप्लाई का इन्तजार करते-करते रात के बारह बज चुके थे। मुझसे लकी तो उसके स्कूल के बच्चे हैं जो उसे रोज देखते होंगे, रोज उसकी आवाज सुनते होंगे। उसके स्कूल के बच्चे क्या उसके स्टाफ के लोग भी तो होंगे; उसके पड़ोस में रहने वाले लोग भी तो होंगे, उसके शहर के लोग भी तो होंगे... सब रागिनी को देख सकते हैं, उसकी आवाज सुन सकते हैं।

अब ऐसा तो हो नहीं सकता, कि उसके निकलते ही सब अपने घर के दरवाजे बंद कर लेते होंगे, सड़क पर चलते लोग अपनी आँखें बंद कर लेते होंगे और उसके स्कूल के बच्चे उससे बात करते हुए, अपनी नजरें झुका लेते होंगे, कि कहीं किसी की गलती से उससे आँखें न मिल जाएँ और वो बेचारा भी मेरी तरह इडियट न बन जाये।

वैसे ऐसा हो भी सकता है। राजा महाराजाओं के टाइम में भी ऐसा होता था, जब कोई राजकुमारी अपने राज्य में घूमने के लिए निकलती, तो उसके सैनिक पहले ही सारे नौजवानों को रास्ते से हटा देते। उन्हें यह डर लगा रहता कि कहीं कोई इडियट उनकी राजकुमारी का दिल न चुरा ले। वैसे रागिनी भी किसी राजकुमारी से कम कहाँ है... वो ही गरूर, वो ही नखरे, वो ही जिद; सब उस पर अच्छा लगता है। अब ऊपर वाले ने उसे हमारी गर्ल फ्रेंड बनाया है, तो कुछ सोच समझकर ही बनाया होगा।

मेरी आँखों से नींद कोसों दूर थी। मैंने दुबारा अपनी प्रोग्रेस रिपोर्ट की फ़ाइल खोली और कल की मीटिंग की तैयारी करने लगा। मैं हर पन्द्रह बीस मिनट बाद अपना मोबाइल चेक करता। पता नहीं क्यों, मुझे लग रहा था, रागिनी कुछ-न-कुछ मैसेज जरूर सेंड करेगी, कम-से-कम मैंने जो पपेट की इमेज भेजी थी, उसके लिए थैंक्स बोलेगी; लेकिन रागिनी का न ही कोई मैसेज आया और न कोई फोन। प्रोग्रेस रिपोर्ट बनाते-बनाते सुबह के सात बज गये। मैंने अपनी फ़ाइल बंद की, लैपटॉप शट डाउन किया और साथ में रागिनी को एक मैसेज छोड़ा "Please never send me any message on Whats App", उसके बाद मैं फिर एक स्ट्रांग कॉफी बनाने लगा। सुबह दस बजे से मीटिंग है; अगर अब सो गया तो कहीं सोता ही न रह जाऊँ। मीटिंग खत्म होने

के बाद सबसे पहले मैंने व्हाट्स एप चेक किया, लेकिन रागिनी का कोई रिप्लाई नहीं आया। पहले भी मेरे और रागिनी के बीच ऐसा चलता रहता था, कि कोई एक कहता "आज से मैं तुमसे कोई बात नहीं करूँगा, तो दूसरा उसे चिढ़ाने के लिए कहता, मत करना, तुमने तो मुझसे कभी सच्चा प्यार किया ही नहीं; मैंने किया है तो मैं तुमसे बात करता रहूँगा और फिर अगले ही पल हम दोनों में चैटिंग शुरू हो जाती थी; लेकिन इस बार रागिनी ने मेरे मैसेज का कोई जवाब नहीं दिया।

आज मैं अपने एक फेमिली फंक्शन में बिजी था। मेरे कजिन की शादी थी। तभी रागिनी का फ़ोन आया, "ओ मिस्टर, क्या कर रहे हो?"

मैंने रागिनी की आवाज एक अरसे बाद सुनी थी। उसकी आवाज में वो ही खनक थी, जो मेरे दिल के सारे तारों को झनझना देती है, "रागिनी, आज मेरठ में मेरे कजिन की शादी है, बस फेमिली के साथ वहीं आया था।"

"यार मुझे तुमसे एक काम था।"

"हाँ बोलो क्या काम है?"

"कल मेरे स्कूल में एक फंक्शन है, उसमें मुझे एक पोएम देनी है, सब्जेक्ट है गर्ल्स एजुकेशन; अब भला तुमसे अच्छी पोएम कौन लिख सकता है।

"शुक्रिया मैडम, मैं कल तक तुम्हें पोएम लिखकर दे दूँगा।"

"कल नहीं, कल तो फंक्शन है; मुझे पोएम आज ही चाहिए, लेकिन तुम तो बिजी हो"

"सॉरी यार, आज तो नहीं दे पाऊँगा।"

"ठीक है, तुम अपना फेमिली फंक्शन इंज्वॉय करो।" कहकर रागिनी ने फ़ोन डिस्कनेक्ट कर दिया।

"हितेश, क्या तुम उसका यह छोटा-सा काम भी नहीं कर सकते। बेचारी ने कितनी उम्मीद से यह कहा होगा।" मेरे दिल ने रागिनी के लिए उसकी सिफारिश करना शुरू कर दिया था।

तभी मेरा दिमाग भी बोल पड़ा, "हितेश, तुमने आज अपना और रंजना का फोटो फेसबुक पर डाला है, जिसमें तुमने साफ़-साफ़ लिखा है "टुडे बिजी इन अ फॅमिली फंक्शन" और आज ही उसका फ़ोन आ गया। वो बस जान-

बूझकर तुम्हें डिस्टर्ब करना चाहती है।''

''प्लीज़ मिस्टर माइंड, बहुत हो गया, तुम अब चुप रहो; तुम्हारी और अमित की सलाह पर ही मैंने उस दिन शिवानी को फोन मिलाया था, उस दिन से आज तक हमारी प्यार की गाड़ी पटरी से उतरी हुई है। हम दोनों के बीच क्या है जो हमें बरसों बाद भी जोड़कर रखता है, वो एक-दूसरे के ऊपर विश्वास ही तो है और तुम्हारी वजह से वो भी खतरे में आ गया; अब मैं प्यार के मामले में तुमसे कोई सलाह नहीं लूँगा, जो मेरा दिल कहेगा, मैं सिर्फ वो ही करूँगा।''

मेरा दिल अब मुस्कुरा रहा था। मैं चुपचाप किसी को बिना बताये, अपना फंक्शन छोड़कर, मार्केट की तरफ चला आया। वहाँ मुझे एक साइबर कैफे दिखाई दिया। आजकल साइबर कैफे भी खाली पड़े रहते हैं। पहले इनका कितना क्रेज था। स्मार्ट फोन आने से इनका बिजनेस भी चौपट हो गया। अगर मुझे पोएम न लिखनी होती तो मैं भी कभी साइबर कैफे नहीं आता। मैंने स्मार्ट फ़ोन पर कई बार पोएम लिखने की कोशिश की, लेकिन पता नहीं मैं क्यों फ़ोन पर लिखने में कम्फर्ट फील नहीं करता... मुझे पोएम लिखने के लिए लैपटॉप या डेस्कटॉप ही चाहिए। मैंने कैफे वाले को कॉफी का ऑर्डर दिया और खुद गर्ल एजुकेशन पर पोएम लिखने लगा।

सर्विस ब्वॉय ने कॉफी लाकर रख दी। मैं कॉफी की चुस्की के साथ पोएम लिखने की कोशिश करने लगा, तभी मेरा मोबाइल बज उठा। देखा तो रंजना का फ़ोन था। दो कॉल को तो मैंने इग्नोर कर दिया, लेकिन जब तीसरी कॉल आई तो फ़ोन उठा लिया ''अरे कहाँ चले गये तुम, यहाँ सब लोग तुम्हें ढूँढ़ रहे हैं।''

''सॉरी मैं तुम्हें बताना भूल गया, ऑफिस से बॉस का फ़ोन आ गया था, उन्हें कुछ अर्जेंट मेल भेजनी है, इसलिए एक साइबर कैफे मैं आ गया।''

''तुम ऑफिस से छुट्टी लेकर यहाँ फंक्शन अटेंड करने आये थे या यहाँ आकर भी ऑफिस का काम करने लगे; बच्चे अलग तंग कर रहे हैं।

''प्लीज थोड़ी देर मैनेज कर लो, मैं बस अभी आता हूँ'' कहकर मैंने फ़ोन डिस्कनेक्ट कर दिया। मैं फिर पोएम लिखने में व्यस्त हो गया। एक घंटे की मेहनत के बाद मैं एक पोएम लिख सका। एक राइटर में यह बीमारी होती है, जब तक वो अपने लिखे से खुद संतुष्ट नहीं हो जाता, उसमें सुधार करता

रहता है। मैंने भी पोएम कई बार पढ़ी और उसको कई बार एडिट किया। अब पोएम कॉफी अच्छी बन पड़ी थी... शायद इसको भी मेरे और रागिनी के प्यार का अहसास हो गया था। मैंने पोएम रागिनी को सेंड कर दी।

'शिक्षा'
हम बेटियों को पढ़ना होगा
खुद ही आगे बढ़ना होगा
तितलियों -सी नाज़ुक हम
फूलों पर मँडराती हैं
लेकिन इक दिन हमको
काँटों से भी लड़ना होगा.....
हम बेटियों को पढ़ना होगा
खुद ही आगे बढ़ना होगा
राहों में मुश्किल आयेंगी
कदम हमारे डगमगायेंगी
हौसलों के पंख लगाकर
नील गगन में उड़ना होगा....
हम बेटियों को पढ़ना होगा
खुद ही आगे बढ़ना होगा
हम किसी से कम नहीं
हम बिन जीवन में रंग नहीं
अपने सपनों में भी हमको
शिक्षा का रंग भरना होगा..
हम बेटियों को पढ़ना होगा
खुद ही आगे... बढ़ना होगा।

रागिनी को भी पोएम पसंद आ गई, "बहुत अच्छी पोएम लिखी है, जैसा बिल्कुल मैंने सोचा था"

"अरे बड़ी जल्दी पढ़ ली!"

"हाँ यार, दो घंटे से इसी का इन्तजार कर रही थी।"

"लेकिन रागिनी मैंने तो कहा था कि मैं आज पोएम नहीं दे पाऊँगा, फिर तुम इन्तजार क्यों कर रही थी?"

"क्योंकि मेरे दिल को तुम्हारे ऊपर पूरा विश्वास है कि तुम कभी भी मेरे किसी काम को मना नहीं करोगे; तुम चाहे कितने भी बिजी हो, मेरे लिए समय निकाल ही लोगे।"

"रागिनी इतना विश्वास भी मत किया करो, जब विश्वास टूटता है तो बहुत दुःख होता है"

हितेश प्लीज़, मेरे इस विश्वास को कभी टूटने मत देना; एक तुम ही हो जिस पर मैं आँख मूँदकर विश्वास कर लेती हूँ।"

अब धीरे-धीरे मेरी और रागिनी की प्रेम कहानी फिर पटरी पर आने लगी थी। इसके बाद हम एक-दूसरे को प्यारे-प्यारे मैसेज भेजते, एक-दूसरे के साथ बहुत देर तक चैटिंग करते।

एक दिन रागिनी ने अपनी पिक सेंड की, जिसमें उसने स्काई ब्लू कलर की जींस और ग्रीन कलर की एक टी-शर्ट पहन रखी थी। मैंने उसे कमेन्ट किया, "यार इस जींस और टी-शर्ट में तो बड़ी हॉट लग रही हो; किसका कत्ल करने का इरादा है?"

'तुम्हारा।'

"यार मेरा कत्ल कर दिया तो बहुत पछताओगी।"

"क्यों, ज्यादा-से-ज्यादा उम्रकैद ही होगी; वैसे भी यह जिन्दगी तुम्हारी यादों में ही गुजरती है।"

मेरी यादों में क्या, मेरे साथ ही गुजार लेना; मैं मरने के बाद भी भूत बनकर तुम्हारे साथ ही रहूँगा।

"नहीं यार, मुझे भूतों से डर लगता है; तुम चुपचाप जाकर किसी बरगद के पेड़ से लटक जाना और तब तक लटके रहना, जब तक मैं भूतनी बनकर न आ जाऊँ... फिर दोनों साथ बैठकर आराम से बात करेंगे, बिना टिकट कहीं भी घूमेंगे; सागर, दरिया, पहाड़, आसमान सब साथ-साथ देखेंगे।"

"और रागिनी, मैं तुम्हारे गुलाबी होंठो को किस भी करूँगा।"

"नहीं यार, फिर मैं भूतनी नहीं बनूँगी, न ही कोई रूप धारण करूँगी, बस रूह बनकर भटकती रहूँगी।"

"लेकिन क्यों?"

"तुम्हारे अंदर के उस पुरुष की तलाश में, जो जिस्म से पार मेरी रूह तक पहुँच सके।" कहकर रागिनी, भूतनी की तरह ऑफ लाइन हो गई। यह रागिनी भी कभी-कभी ऐसी बात बोल देती है, कि हमारी हल्की-फुल्की लव स्टोरी भी सीरियस हो जाती है। पता नहीं इस इडियट लड़की ने कौन-सी किताब में पढ़ लिया कि दुनिया में ऐसा पुरुष भी होता है, जो जिस्म को नहीं, रूह से प्यार करता हो और अगर स्त्रियों को ऐसा ही पुरुष चाहिए, तो क्यों वो ब्यूटी पार्लर के चक्कर काटती हैं, क्यों इतना मेकअप करती हैं? यह सोचते-सोचते मैं भी ऑफ लाइन हो गया।

आज मैं ऑफिस के काम से बनारस जा रहा था। जैसे ही मैं अपनी सीट पर आया तो सामने बैठे एक फॉर्नर जोड़े ने मुस्कुराकर मेरा स्वागत किया। उनकी उम्र 28- 30 साल के आस-पास थी, दोनों ही बहुत ख़ूबसूरत लग रहे थे। वो ब्रिटेन के रहने वाले थे, इसलिये उनका रंग बेहद गोरा था, लेकिन उनका लुक्स इन्डियन लोगों की तरह था, मुझे वो अंग्रेज देखने में हमेशा से ही बहुत अच्छे लगते थे जिनका लुक इन्डियन जैसा हो और रंग अंग्रेजों जैसा। शिव गंगा एक्सप्रेस बिल्कुल सही समय पर चल दी। यह शायद इंडिया की उन कुछ चुनिंदा ट्रेनों में होगी जो अक्सर सही समय पर चलती हैं और बनारस भी सही समय पर पहुँचा देती है। ट्रेन के सही समय पर चलने पर वो दोनों बहुत खुश थे। उन्होंने अपनी घड़ी की तरफ देखा और एक-दूसरे की तरफ देखकर मुस्कुराये। कुछ ही मिनटों में उनकी और मेरी अच्छी दोस्ती हो गई। लड़के का नाम हैरी और लड़की का नाम जूलिया था।

बनारस जाने से पहले वो जयपुर भी घूमकर आये थे। हैरी ने अपने कैमरे में बहुत सारे बंदरों के फोटो लिए थे, वो मुझे उन्ही बंदरों के फोटो दिखा रहा था। मैंने हैरी से पूछा "जयपुर में इतने अच्छे किले हैं, सिटी पैलेस, आमेर का किला, जयगढ़ का किला और तुमने सिर्फ हवामहल पर जाकर बंदरों के फोटो लिए। हैरी तो कुछ नहीं बोला, लेकिन जूलिया खिलखिलाकर हँस पड़ी, "इसे बन्दर बहुत पसंद हैं, यह भी तो एक बन्दर है।" फिर जूलिया अपने कैमरे के फोटो दिखाने लगी। उसे इण्डिया के महल बहुत पसंद थे। उसने बताया वह दूसरी बार इण्डिया आई है। हैरी उसके कॉलेज का फ्रेंड है। जूलिया की शादी हो चुकी थी, जबकि हैरी अभी अनमैरिड था। पिछली बार जूलिया अपने हसबैंड के साथ इंडिया आई थी। उसके हसबैंड को म्यूजिक का बहुत शौक है

और हैरी को फोटोग्राफी का, विशेषकर एनीमलस की फोटो लेने का, जबकि जूलिया को पुराने महल और एतिहासिक चीजें पसंद हैं।

जूलिया ने बताया, पिछली बार वो अपने पति के साथ आई थी, लेकिन फिर भी बोर हो गई। इस बार वो टूर को बहुत एन्ज्वॉय कर रही है। उसके पति जहाँ भी जाते, गिटार लेकर बैठ जाते; कभी-कभी तो वो अपने होटल के रूम में भी घंटों गिटार बजाते रहते। जूलिया को म्यूजिक भी पसंद है, लेकिन इस बार उसे हैरी के साथ घूमना ज्यादा अच्छा लग रहा है। वे अपने होटल में कम ही रुकते हैं, सुबह होते ही कहीं न कहीं घूमने निकल पड़ते थे। हैरी और जूलिया के साथ वक्त कैसे बीत गया कुछ पता ही नहीं चला। रात के ग्यारह बजने वाले थे। सबने एक-दूसरे को गुडनाइट बोला और सोने की तयारी करने लगे।

मैं भी अपनी बर्थ पर लेट गया, लेकिन मुझे नींद नहीं आ रही थी। मैं मन-ही-मन सोच रहा था, यह विदेश के लोग अपनी ज़िदगी का फुल एन्जॉय करते हैं। हमारे देश के करोड़ों लोग ऐसे होंगे, जिन्होंने आज तक ताजमहल नहीं देखा होगा; करोड़ों क्या ताजमहल तो मैंने भी आज तक नहीं देखा। आगरा कई बार गया, लेकिन कभी ताजमहल देखने का मौका नहीं मिला। एक यह विदेशी लोग हैं, किसी भी देश में घूमने निकल जाते हैं, अपने किसी भी फ्रेंड के साथ। हैरी और जूलिया को देखो, दोनों पति-पत्नी नहीं हैं, फिर भी साथ में घूमते हैं, एक होटल में रहते हैं, एक साथ खाना खाते हैं, अपनी बातें शेयर करते हैं; दोनों को एक-दूसरे का साथ पसंद है।

एक हम लोग हैं; चाहे इण्डिया कितना भी एडवांस बन गया हो, हमारे विचार अभी भी वही पुराने हैं। यहाँ एक लड़का और लड़की का मिलना सिर्फ फिजिकल रिलेशन बनने से है। मैं और रागिनी चाहें भी तो एक-दूसरे के साथ अपना कुछ टाइम शेयर नहीं कर सकते। टाइम शेयर क्या, मैं तो उसे कभी जी भरकर देख भी नहीं सकता।

सत्रह सालों में कान्हाँ ने हमें बड़ी मुश्किल से केवल एक बार मिलवाया है। वो जब देखो बस उसी का अहसान दिखाते रहते हैं; जब भी कुछ और माँगो तो कहते हैं कि मिलवा तो दिया तुम्हें एक बार रागिनी से। अरे अगर हम दो-चार बार और मिल लेंगे तो कौन-सा पहाड़ टूट जाएगा। अगर मैं उसके साथ कुछ टाइम शेयर कर लूँगा तो कौन-सा भूकम्प आ जाएगा, जो यह दुनिया तहस-नहस हो जायेगी। अरे हमारे मिलने से कुछ नहीं होगा; पता नहीं कान्हा

इतनी छोटी-सी बात को भी क्यों नहीं समझ पाते। इन विदेशी लोगों को देखो, आराम से अपने फ्रेंड और लवर के साथ दूसरे देशों में घूमते रहते हैं... एक हम भारतीय हैं, जो अपने दिल के आधे काम बस इसलिये नहीं कर पाते कि पता नहीं लोग क्या कहेंगे। अरे लोगों का क्या, वो तो कुछ-न-कुछ कहेंगे ही; जब पहले मैं कॉलेज में पढ़ता था, तब यही डर लगा रहता था कि टीचर क्या कहेंगे, लव मैरिज इसलिए नहीं कर सकता था कि रिश्तेदार क्या कहेंगे, कि इनका लड़का कॉलेज में पढने गया था या घर से भागकर शादी करने। आज पत्नी और बच्चे हैं, उनके बारे में सोचता हूँ तो लगता है रागिनी के साथ थोड़ा टाइम शेयर करना भी एक पाप है। किसी ने सही कहा है, 'सबसे बड़ा है रोग क्या कहेंगे लोग' यही सोचते-सोचते मैं भी सो गया।

बनारस से लौट के आने के बाद जब मैं घर आया तो रंजना ने बताया कि एक दिन शालिनी और उसके हसबैंड आये थे। नॉएडा में एक एक्जिबिशन चल रही है, जिसमें शालिनी की बनाई पेंटिंग भी लगी थी, वो उसी का इनवीटेशन देने आई थी; तुम्हारा फ़ोन आउट ऑफ रेंज था, इसलिए बात नहीं हो सकी।

"हाँ उसका मैसेज आया था, तुम गई थी क्या एक्जीवेशन देखने?"

"हाँ मैं और अदिति गये थे; वो बहुत अच्छा पेंटिंग बनाती है।" रंजना मेरी तरफ देखते हुए बोली।

मैंने थोड़ा आश्चर्य व्यक्त करते हुए कहा "अच्छा, मुझे आइडिया नहीं है; मैंने कौन-सा उसकी पेंटिंग देखी है।" यह सुनकर रंजना चुपचाप चाय बनाने चली गई।

थैंक गॉड, अगर मैं इससे यह कह देता कि आजकल सुबह मेरी आँखें शालिनी के गुड मॉर्निंग मैसेज से खुलती है और वो मुझे अक्सर अपनी पेंटिंग भेजती रहती है, तो यह अभी उसमें सौ कमियाँ निकाल देती।

रंजना, टेबिल पर चाय रखते हुए बोली "हितेश तुम भी कभी शालिनी की पेंटिंग देखना, उसकी हर पेंटिग देखकर ऐसा लगता है, जैसे वो कुछ कहानी कह रही हो; तुम भी तो कुछ-न-कुछ लिखते रहते हो, शायद तुम्हें भी कुछ नया आइडिया मिल जाये, तुम भी कभी फेमस राइटर बन जाओ।"

अरे वाह, आज रंजना के सुर बड़े बदले लग रहे हैं; इसे कब से पेंटिंग और राइटिंग अच्छे लगने लगे; यह तो बस कुकिंग, टेलरिंग और

होमडेकोरेशन की बुक पढ़ती थी।

"मुझे इन पेंटर लोगों की यह बात समझ नहीं आती।"

'क्या?'

"शालिनी करोड़पति है, लेकिन मैंने उसकी कुछ पेंटिंग देखी। उसकी एक पेटिंग में गरीब बच्चे फुटपाथ पर सो रहे थे और रोड के दूसरी तरफ बने मन्दिर में लोग नोटों से दान पेटी भरने में व्यस्त थे; उसकी दूसरी पेंटिंग में एक जवान गरीब लड़की के कपड़े फटे थे और राह चलते अमीर लोग उसके अंगों को देख मुस्करा रहे थे; उसकी एक पेंटिंग में गरीब मजदूर, वेतन को लेकर हड़ताल पर बैठे थे और कम्पनी का मालिक अपनी आलीशान कार से नीचे उतर रहा था।"

"तो उसने इसमें क्या गलत दिखाया; यही तो हमारे समाज की विंसगति है।"

"गलत यह है, अगर उसे गरीबों की इतनी ही चिंता है तो खुद क्यों गले में डायमंड का हार पहनकर घूम रही थी; ड्रेस भी इतनी मँहगी पहन रखी थी कि जैसे लोग उसकी पेंटिंग नहीं, उसे ही देखने आ रहे हों... अपना सब-कुछ वो गरीबों को दान क्यों नहीं कर देती?" रंजना, चाय का कप खाली करते हुए बोली।

ओह माई गॉड, रंजना को शालिनी की पेंटिग से ज्यादा उसकी महँगी ड्रेस और डायमंड हार से परेशानी है... पता नहीं इन लेडिजों का दिल हम जेंट्स की तरह बड़ा क्यों नहीं होता, जो सबसे प्यार कर सकता है; हम इनकें तरह छोटे दिल वाले नहीं होते। एक लेडिज दूसरी लेडिज से केवल इसलिये भी जेलस कर सकती है कि उसकी साड़ी का रंग मेरी साड़ी के रंग से ज्यादा सफेद कैसे? इस दुनिया में अगर सारी लेडिज एक-दूसरे का साथ दें, तो कोई उनका शोषण नहीं कर सकता, कोई बाबा उनकी इज्जत नहीं लूट सकता; जब तक साध्वी उसके षड्यंत्र में शामिल न हो। मैंने अपने विचारक वाले खयालों से बाहर आते हुए रंजना से पूछा "तुम कहना क्या चाहती हो; वो अपना सब-कुछ दान करके खुद फुटपाथ पर आकर बैठ जाये; अरे इससे तो उसके बड़े दिल का पता चलता है कि वो खुद अमीर होकर गरीबों के लिए सोचती है।"

"हाँ तुम्हें तो उसके दिल का सारा पता है; तुम भी चिकन खाते हुए, पशु पक्षी प्रेम की कहानी लिख देते हो; दो पेग लगाने के बाद बता सकते हो कि

शराब पीना कितना बुरा है... मुझे इस तरह के लोग पसंद नहीं हैं जो दोहरी जिन्दगी जियें''

हे भगवान! तूने यह दोनों इंटेलीजेंट लड़कियाँ मेरी किस्मत में ही क्यों लिख दी; हम दुनिया को समझा देते हैं और यह हमें समझाकर चली जाती हैं। ''अच्छा रंजना, तुम्हें तो सारी बुराई एक राइटर में नजर आती है; मुझे नहीं पता था कि अगर वो एक चोर की कहानी लिखे, तो उसे पहले चोरी करना आना चाहिये, अगर वो किसी हत्यारे की कहानी लिखे तो पहले किसी का मर्डर कर दे... तुम जो यह पिक्चर और सीरयल देखती रहती हो, उनका क्या? फिर यह हीरो हिरोइन क्यों इतनी आलीशान जिन्दगी जीते हुए भी, अपनी फिल्मों में गरीबों और गुंडा मवाली का रोल करते हैं और वो तुम्हारी सीरियल वाली हिरोइन; वो रोल तो ऐसा कर रही है जैसे कितनी बड़ी पतिव्रता है; पता है उसके कितने अफेयर हैं?''

''हितेश, मुझे तो आज तक यह पता नहीं, तुम्हारे कितने अफेयर हैं, तो उसका क्या पता होगा, वो तो कलाकार है; जो डायरेक्टर जैसा कहता है वो वैसी कला दिखा देते हैं।''

मैंने उसका पहला सेंटेंस अनसुना कर दिया, ''अच्छा, वो जो करोड़ों रुपये लेकर शराब सिगरेट का विज्ञापन करते हैं, वो भी उनसे डायरेक्टर कहता है।''

''हाँ यह तो मैं गलत मानती हूँ, उन्हें ऐसा नहीं करना चाहिए; बच्चे भी उनका एड देखते हैं... अच्छा छोड़ो, तुम मेरे लिए एक पोएम लिख दो।''

मैंने रंजना को आज पहली बार ध्यान से देखा... क्या रंजना को देखकर भी कोई पोएम लिखी जा सकती है। ''यार तुम्हारे लिए क्या पोएम लिखना, तुम्हारी सेवा के लिए तो ऊपर वाले ने खुद एक राइटर बनाया है, तुम उससे कहो रूम में कितने जाले लगे हैं, उन्हें हटा दे, सीलिंग फैन के ब्लेड कितने गंदे हो गए हैं, उन्हें साफ़ कर दे।'' मैंने रंजना को अपनी बाँहों में भर लिया, ''यार, तुम तो उस राइटर से कहो, मेरे पैरों में कितना दर्द है, चलो मेरे पैर दबा दो; फिर हमारी एक फ़ोटो लेकर फेसबुक पर पोस्ट कर दो, कि मुझ जैसे राइटर तुम्हारे पैर दबाते हैं''

''मैं फेसबुक नहीं चलाती, मैं तो बस व्हाट्स एप्प चलाती हूँ; यह फेसबुक वाला हमेशा पूछता रहता था 'व्हाट्स ऑन योर माइंड', इसलिए मैंने

तो अपना अकाउंट ही बंद कर दिया... भला हम तुझे क्यों बता दें कि हमारे दिमाग में क्या चल रहा है; तुम मेरे पैर मत दबाओ, तुम मेरे लिए बस एक पोएम लिख दो, कल वीमेंस डे है, सोसाइटी की सारी महिलायें मिलकर एक प्रोग्राम कर रही हैं, उसमें सभी को अपने विचार व्यक्त करने हैं; मेरी समझ में नहीं आ रहा वहाँ जाकर क्या बोलूँ।''

मैंने उसके बालों को चेहरे से हटाकर, गालों पर किस करते हुए कहा ''यार वहाँ जाकर मर्दों की बुराई कर देना, कह देना सारे मर्द बहुत बुरे होते हैं।''

''तुम इतने भी बुरे नहीं हो कि मैं वहाँ जाकर तुम्हारी बुराई करूँ; हटो छोड़ो भी, यह भी कोई वक्त है प्यार करने का... अभी सारी रात बाकी है।'' वो अपने आपको मुझसे छुड़ाते हुए बोली।

मैंने उसको और कस कर पकड़ लिया, ''यार, रात को दुबारा प्यार कर लेंगे; जिस पर मुझे पोएम लिखनी है, पहले मैं उस कैरेक्टर को अच्छी तरह समझ तो लूँ।''

''यह सारे काम टाइम पर अच्छे लगते हैं; जब तुम मुझे दस साल तक नहीं समझ पाये, तो अब क्या समझोगे।'' कहकर रंजना ने टेबिल से चाय का कप उठाया और किचन की तरफ चली गई। मैंने रंजना के लिए एक पोएम लिखी... ओ सॉरी, विमेंस डे के लिए एक पोएम लिखी।

'पहचान'
कोई नदी हो तुम,
जो सबकी प्यास बुझाती हो,
या फिर कोई नाव,
जो सबको पार लगाती हो,
कोई शीतल छाँव हो तुम,
जो कड़ी धूप से बचाती हो,
या रिमझिम बारिश की बूँदें,
जो अपना प्यार बरसाती हो,
कोई वसुंधरा हो तुम,
जो सबको आसरा देती हो,
या फिर कोई चिड़िया,
जो तिनकों से घर बनाती हो,

कौन हो तुम?
त्याग, समर्पण या अधूरे अरमान,
प्रेम, स्नेह या सौन्दर्य का सामान,
नहीं, तुम्हें बनानी होगी,
अपनी एक अलग पहचान,
जिससे मिल सके तुम्हें,
अपने सपनों का आसमान।

रंजना को भी पोएम बहुत पसंद आई। उसने पहली बार मेरी किसी कविता को पसंद किया था,

आज बहुत दिनों बाद मैंने अपने बचपन के दोस्त विकास को फ़ोन किया। कुछ दोस्त ऐसे होते हैं, जिन्हें देखकर तुम्हारी वाइफ बोल उठे ''इसी ने मेरे पति को बिगाड़ा है।'', विकास जब भी ड्रिंक करता, घर पर यही कहता था ''आज हितेश मिल गया।'' और मैं भी रंजना से अक्सर यही बताता 'कि आज विकास मिल गया था।', रंजना को विकास इसलिए पसंद था, क्योंकि उसका डायमंड और ज्वेलरी का बिजेनस था; रंजना और सोसाइटी की वो लेडिज, जो उसके साथ विकास के शोरूम पर जातीं, उन्हें अच्छा डिस्काउंट दे देता।

विकास और मैं दो ऐसे दोस्त हैं, जिन्हें ऊपर वाले ने कभी अलग नहीं होने दिया। वो और मैं केवल बचपन में चार साल साथ पढ़े, लेकिन उसके बाद भी वो जिन्दगी के किसी-न-किसी मोड़ पर, कहीं-न-कहीं मुझसे टकरा जाता। जब फेसबुक के जमाने नहीं थे, तब भी वो मुझे मिल जाता; कभी किसी रेलवे स्टेशन पर, कभी किसी पार्टी में और कभी किसी बियर बार में।

आज भी मैंने विकास को मिलने के लिए एक बार में बुलाया। मुझे उससे कुछ जरूरी टिप्स लेने थे, 'किसी लड़की को कैसे अपनी और आकर्षित कर सकते हैं, उसे कैसे अपनी बातों से प्रभावित कर सकते हैं?''

विकास उन लोगों में से एक है, जिनको भगवान ने केवल इस दुनिया में एन्ज्वॉय करने के लिए पैदा किया है; उसकी स्कूल और कॉलेज में बहुत सारी गर्ल फ्रेंड्स रहीं हैं। वो शादी के बाद भी जिसको चाहे अपनी ओर आकर्षित कर लेता है। पता नहीं विकास की बातों में क्या जादू है, उससे अगर कोई एक बार बात कर ले, वो उसका फैन बन जाता था। मुझे कभी-कभी विकास से

बहुत जेलस फील होती, लेकिन क्या करें, अपने बचपन का सबसे प्यारा दोस्त है।

मैंने बीयर का गिलास पीते हुए उससे पूछा "और सुना, क्या चल रहा है?"

"भाई अपने तो आजकल मजे चले रहे हैं।

"हाँ तेरे हमेशा मजे रहते हैं; अब कौन मिल गया?"

"सोनल; तुझे याद है?"

"कौन सोनल?"

"यार तेरी भाभी की फ्रेंड, जो मेरे बेटे के बर्थडे पार्टी में आई थी, तुझसे बड़े हँस-हँस कर बात कर रही थी... तू भूल गया क्या उसे?"

"अच्छा वो... यार वो तो बहुत बोल्ड लड़की है, तूने उसको भी सेट कर लिया; मगर यह कमाल किया कैसे?"

"यार इसमें कमाल क्या है; तू अपने भाई को जानता है; बोल्ड लड़कियों को सेट करना और भी आसान है।"

"अच्छा, ऐसा क्यों?"

"यार उन्हें क्या चाहिए, बस उनके गुड लुक्स की तारीफ़ करते रहो और हमेशा उनके डिसीजन को सही बताओ; वो जो कह रही हैं बस वो ही सही है... वो इतना अपने आप से प्यार नहीं करतीं, जितना अपने डिसीजन से प्यार करती हैं।"

"अच्छा, और उनकी तारीफ़ करने से ऐसा नहीं लगेगा जैसे हम बटरिंग कर रहे हैं?"

"यार, तारीफ़ करने और बटरिंग में फर्क होता है; इस दुनिया में लड़कियाँ क्या, कोई ऐसा शख्श नहीं है जिसे अपनी तारीफ़ पंसद न हो। अगर तुम अपने बॉस से कहो, सर इस शर्ट में आप बड़े स्मार्ट लग रहे हो, तो वो चाहे तुम्हारे काम से खुश न हो, लेकिन तुमसे हमेशा खुश रहेगा।"

आज मुझे अहसास हुआ, कभी-कभी जिन्दगी में विकास जैसे ज्ञानी लोगों से भी डिस्कस करना चाहिए। अगर रागिनी का मैटर न होता तो मैं कभी विकास की प्रतिभा को पहचान नहीं पाता। मैं भी कितना इडियट हूँ, जो हमेशा विकास से उन दिनों की बात करता रहा, जब हम छत पर जाकर पतंग उड़ाया

करते थे, पंतग कैसे उड़ाई जाती है, पेंच कैसे लड़ाये जाते हैं, यह मुझे विकास ने सिखाया था, लेकिन प्यार की पतंग कैसे उड़ाई जाती है और किसी लड़की से पेंच कैसे लड़ाये जाते हैं, इस टॉपिक पर मैंने विकास से कभी कोई बात ही नहीं की। मैंने एक-एक बीयर का ऑर्डर और कर दिया।

''विकास, लड़कियों को और क्या-क्या पसंद है?''

''यार, किसी को महँगे गिफ्ट पसंद होते हैं, किसी को महँगी गाड़ियों में घूमना पसंद होता है; सबकी पसंद अलग-अलग होती है... किसी लड़की का प्यार पाने के लिए सबसे पहले यह जानना पड़ता है कि उसे क्या पसंद है और गीत गाना पड़ता है; जो तुमको हो पसंद वही बात कहेंगे, अगर तुम दिन को रात कहो तो रात कहेंगे।''

''अच्छा, इतना बड़ा झूठ बोलना पड़ता है कि लड़कियाँ अगर दिन को रात कहेंगी तो लड़कों को भी रात कहना पड़ेगा... वैसे कहती हैं, हमें अपनी जिंदगी में केवल सच्चा प्यार चाहिए; अरे जब तुम्हें झूठी बातें पसंद हैं, फिर सच्चा प्यार करने वाला लड़का कहाँ मिलेगा; यार विकास, क्या सच्चा प्यार पाने के लिए भी झूठ बोलना पड़ता है?''

''हाँ हितेश, यह सच्चा प्यार सब कहने वाली बातें हैं; कोई सच्चा प्यार नहीं होता, तुम्हें अगर उनका प्यार पाना है तो दिल पर पत्थर रखकर बस झूठी बातें करनी पड़ेंगी; तुम्हें नहीं पता एक लड़की का प्यार पाने के लिए कितना नाच दिखाना पड़ता है। यार हम इंसान हैं, तुमने किसी कबूतर को कबूतरी से चोंच लड़ाते देखा है... चोंच लड़ाने से पहले बेचारा घूम-घूमकर तब तक नाचता रहता है, जब तक वो मान न जाये।''

''अच्छा भाई, फिर यह बहुत मुश्किल काम है; मुझे लगता था केवल आँखों-आँखों में देखने से प्यार हो जाता है; मुझे आज तक यह भी नहीं पता कि रागिनी को क्या-क्या पसंद है... मैंने उससे कभी पूछा भी नहीं कि रागिनी तुम्हें क्या पसंद है, मगर अब वो कोई लड़की नहीं रही, शादीशुदा है।'' मैंने अपनी दूसरी बियर खत्म करते हुए विकास से पूछा, ''यार किसी मैरिड लड़की को कैसे इम्प्रेस कर सकते हैं?''

मैरिड लड़की का नाम सुन, विकास मुस्कराकर बोला, ''क्यों भाई, किसी से चक्कर चल रहा है क्या? अगर मैरिड लड़की किसी लड़के को अपनी ओर आकर्षित करना चाहती है, वो उससे कहेगी मेरा पति मुझसे प्यार

नहीं करता, वो मेरी कभी कोई तारीफ़ नहीं करता, वो और मैं पति-पत्नी की तरह नहीं रहते; यही बात एक मैरिड लड़का बोलेगा कि मेरी पत्नी मुझे प्यार नहीं करती, मैं अपने आपको बहुत तनहा फील करता हूँ, इस दुनिया में ऐसा कोई नहीं है जो मुझे प्यार करे; वैसे भी आजकल आफ्टर मेरिटल अफयेर का जमाना है।''

अगर मैंने विकास को यह बताया कि मेरा पहला प्यार और आफ्टर मेरिटल अफेयर एक ही लड़की से है, तो यह मुझ पर बुरी तरह हँसेगा। मैंने उसकी बात पर सहमति जताते हुए कहा ''हाँ विकास, यह तुमने सही कहा, आजकल पहले प्यार को पूछता कौन है।''

''हितेश, इसीलिए मैं तुमसे कहता हूँ, समय के साथ-साथ चलो, हम जैसे दोस्तों से मिलते रहा करा; लेकिन तुम बस अपनी जॉब में बिजी रहते हो, जब खाली होते हो राइटिंग में बिजी हो जाते हो; यार यह राइटर अपनी जिन्दगी के सबसे फ्लॉप लोग होते हैं; यह जिससे प्यार करते हैं, उससे कभी कह नहीं पाते और फिर अपनी कविताओं और कहानियों से किताबों के पन्ने भरते रहते हैं... यार तुम इतना सिरियस मत बनो, अपने असली हितेश को पहचानो, जो मुझे बचपन में मिला था, जो हमेशा खुश रहता था; तुम्हें एक बात पता है?

'क्या?'

''आजकल लड़कियों को सीरियस टाइप लड़के पसंद नहीं; सब मौज मस्ती करना चाहती हैं। यह जिन्दगी दुबारा नहीं मिलेगी, इसलिए इसका फुल इंज्वॉय करो; हितेश, प्लीज डोन्ट माइंड, तुमसे एक बात कहूँ?''

''यार मैं तुम्हारी किसी बात का माइंड नहीं करता; तुम्हें राइटर लोग पसंद नहीं है और वो सब अपनी जिंदगी के फ्लॉप लोग हैं... अगर तुम्हारे अलावा किसी ने यह बात बोली होती, मैं अब तक उसे छोड़कर चला गया होता; तुम कहना क्या चाहते हो?''

''यार अब यह दुनिया बदल गई है, हमारा यान मंगल ग्रह पर पहुँच गया है, इंडिया डिजिटल बनने जा रहा है, अन्तरिक्ष में प्लॉट कटने वाले हैं, बच्चे, पैदा होते ही दूध की बोतल की जगह स्मार्ट फ़ोन लेने के लिए रो रहे हैं और तुम अभी तक वहीं के वहीं पड़े हो, अपने ख्यालों की दुनिया में; यार किसी सॉफ्टवेयर एप्लीकेशन को भी टाइम के साथ अपग्रेड करना पड़ता है, नहीं तो

वो भी काम करना बंद कर देता है''

विकास की यह बात मुझे माइंड हो गई कि मैं आउट ऑफ़ डेट हूँ। प्यार कोई सॉफ्टवेयर या एप्प नहीं, कि नया वर्जन आते ही तुम पुराने को भूल जाओ, प्यार कोई मोबाइल नहीं कि नया मार्केट में आते ही तुम पुराने को डस्टबिन में फेंक दो। रागिनी ने एक बार कहा था, जब किसी इंसान के दिल में किसी के लिए प्यार पैदा हो जाता है, फिर वो उसे कभी भुला नहीं पाता।

लगता है आज मुझे विकास का टेस्ट करना ही पड़ेगा, अपने आपको कुछ ज्यादा एडवांस समझ रहा है, आज इसे राइटरों की ताकत दिखानी ही पड़ेगी। हमारे देश में वैसे भी इतने महान राइटर पैदा हुए हैं, जो ऐसा लिखकर चले गये कि दुनिया आज तक रिसर्च कर रही है, उनके लिखे किरदार हकीकत थे या काल्पनिक... वैसे आज माहौल भी अच्छा है, बियर और पहले प्यार का क्या कॉकटेल होता है, यह मुझसे बेहतर कौन समझ सकता है।

''यार विकास, मैं तुझे एक बात बताना भूल ही गया।''

'क्या?'

''एक बार मुझे शालिनी मिली थी।''

''कौन शालिनी?''

''थी एक शालिनी, जिसकी एक झलक देखने के लिए मेरे बचपन का दोस्त विकास, मेरी छत पर पतंग उड़ाने आया करता था''

''शालिनी, वो अंकल के बॉस की बेटी?''

''अरे वाह, तुझे बड़ी जल्दी याद आ गया, पता है सबसे पहले उसने मुझसे क्या पूछा?''

'क्या?'

''तुम्हारा वो दोस्त विकास आजकल कहाँ है, अभी भी लोफरों की तरह घूमता है या कुछ काम भी करता है।''

''सचमुच ऐसा कह रही थी वो?''

''हाँ यार, मैं तुझसे कोई झूठ बोलूँगा; वो आज भी तेरी बहुत केयर करती है।''

यह सुनकर विकास इमोशनल हो गया, ''यार, केयर करती थी तो उसने

कभी बताया क्यों नहीं; पता है, उसके चक्कर में मैं दो बार फेल हुआ और उसकी क्लास से तेरी क्लास में आ गया।''

''हाँ यार, यह राज की बात, केवल मैं जानता हूँ कि वो तुम्हारा पहला प्यार है और तुम उसकी वजह से फेल हुए।''

अब विकास की आँखों में आँसू आने वाले थे और मुझे उसकी रोनी सूरत देखकर हँसी आ रही थी कि यह बड़ी जल्दी इमोशनल हो गया, इससे मेरी एक झूठी कहानी भी नहीं सँभाली गई; इसने हितेश राघव को पहचाना कहाँ है, अरे हम वो हैं जो अच्छे-अच्छों को इमोशनल कर दें।

''ठीक है विकास, अब मैं चलता हूँ; तुम बहुत लकी हो, जो तुम्हें अपनी जिन्दगी में सारी समझदार लड़कियाँ मिलीं, अगर कोई इडियट लड़की मिल जाती, फिर तुम मुझसे बड़े राइटर बनते।''

विकास से मिलने के बाद मैं मेट्रो से अपने घर जा रहा था। मेरे दिमाग में बस यही बात घूम रही थी कि यह सब रागिनी ने मुझसे भी बोला है कि प्रकाश कभी मेरी कोई तारीफ़ नहीं करते, उन्होंने मुझे कभी आई लव यू नहीं बोला, वो और मैं पति-पत्नी की तरह नहीं रहते। पता नहीं इस रागिनी के दिल में क्या चल रहा है; क्या मुझे भी अब झूठ बोलना पड़ेगा... मुझे रागिनी से कहना पड़ेगा कि रंजना मुझे प्यार नहीं करती, इस दुनिया में ऐसा कोई नहीं है जो मुझे प्यार करता हो। रागिनी की उम्र भी कितनी लम्बी है, इसे याद किया और इसका मैसेज भी आ गया ''हाय हितेश क्या कर रहे हो?''

''कुछ नहीं, रागिनी तुम्हें एक बात पता है?''

'क्या?'

''अब यह दुनिया बदल गई है, हमारा यान मंगल ग्रह पर पहुँच गया है, इंडिया डिजिटल बनने जा रहा है, अन्तरिक्ष में प्लॉट कटने वाले हैं, बच्चे पैदा होते ही दूध की बोतल की जगह स्मार्ट फ़ोन लेने के लिए रो रहे हैं।''

''हाँ यह तो है; मेरी बहन का एक साल का बेटा है, जब तक उसके हाथ में मोबाइल न दो, वो दूध नहीं पीता... दीदी पहले अपना मोबाइल उसको पकड़ाती है, फिर दूध की बोतल उसके मुँह में लगाती है।''

''यार हम टेक्नालॉजी से कितने भी एडवांस बन जाएँ, लेकिन विचारों से अभी भी बहुत पिछड़े हुए हैं; आज के युग में भी पति-पत्नी खुलकर प्यार

नहीं कर सकते... एक अंग्रेज लोग हैं, जब अपनी पत्नी या गर्लफ्रेंड को एयरपोर्ट, रेलवे स्टेशन, कहीं छोड़ने जाते हैं तो वो बिना किसी की परवाह करे, आपस में गले मिलते हैं, एक-दूसरे को किस करते हैं।''

''यार इसमें एडवांस जैसी कोई बात नहीं है; हमारे कल्चर में प्यार, दिखावे की चीज नहीं है।''

''अच्छा; हमारे कल्चर में तो पहले पत्नियाँ, पति का नाम भी नहीं लेती थीं; तुम्हें एक बात पता है?''

'क्या?'

''मेरे दादा जब भी घर आते थे तो मेरी दादी घूँघट ओढ़कर बैठ जाती थीं, फिर भी उनके सात बच्चे थे, चार बेटे और तीन बेटियाँ; मेरी माँ अभी भी मेरे डैडी का नाम नहीं लेतीं, लेकिन रंजना मुझे नाम से बुलाती है; तो क्या अब हमारा कल्चर खत्म हो गया? अच्छा एक बात बताओ, क्या कभी ऐसा हुआ है कि प्रकाश तुम्हें छोड़ने रेलवे स्टेशन आया हो और ट्रेन में बैठने से पहले उसने तुम्हें किस कर लिया हो?''

''प्रकाश ने नहीं किया, लेकिन तुम मुझे छोड़ने कभी रेलवे स्टेशन मत आना, नहीं तो मैं तुम्हें जरूर किस कर लूँगी, hehehehehe.''

''अच्छा, तुम तो बहुत बोल्ड हो।''

''हाँ तुमसे ज्यादा हूँ; मैं तुम्हारी तरह नहीं हूँ कि कुछ डिसीजन लेने से पहले दस बार सोचूँ कि लोग क्या सोचेंगे; अरे यार, लोग क्या सोचेंगे क्या यह सोचने का काम भी हमारा है; मेरा दिल जो कहता है, मैं वो डिसीजन तुरंत ले लेती हूँ, मैं फायदे नुकसान की परवाह नहीं करती।''

''अच्छा, कोई भी डिसीजन लेने से पहले उसके रिजल्ट के बारे में सोचने में क्या बुराई है? बाद में पछताने से अच्छा है कि कोई डिसीजन सोच समझ कर लो।''

''इडियट, चाहे सोचने समझने में वक्त निकल जाए और बाद में हम पछताते रहें कि काश उस वक्त हमने यह डिसीजन ले लिया होता... जैसे तुम पछताते हो, मुझे खोने के बाद।''

''तुम्हें कैसे पता कि मैं तुम्हें खोने के बाद पछताता हूँ?''

''आई नो, मुझे तुम्हारी कविता और कहानी पढ़कर पता चल जाता है;

अच्छा यह बताओ, तुमने कभी रंजना को किस किया है किसी रेलवे स्टेशन के प्लेटफॉर्म पर खड़े होकर?''

''यार, नहीं किया।''

''क्यों, तुम्हें तो फॉरेन के लोगों का कल्चर अच्छा लगता है, तुम उसे फॉलो क्यों नहीं करते?''

''यार तुम्हें एक बात पता है?''

'क्या?'

''रंजना मुझे बिल्कुल भी प्यार नहीं करती, मैं अपने आपको बहुत तनहा महसूस करता हूँ।''

''hehehehehe, अच्छा, प्यार नहीं करती फिर दो बच्चे कैसे हो गये? यह तुमने झूठ बोलना कब से सीख लिया।''

''तुम्हें कैसे पता मैं झूठ बोल रहा हूँ, तुम क्या रंजना को जानती हो?''

''मैं रंजना को नहीं जानती, लेकिन तुम्हें अच्छी तरह जानती हूँ; इस दुनिया में ऐसा कोई नहीं जो तुम्हें प्यार न करता हो।''

''तुम हो न; तुम तो सारा प्यार अपने बेस्ट फ्रेंड को करती हो; तुम्हारा सब-कुछ उसी का है, मेरा कुछ है ही नहीं।''

''यार पहला ऑफर तुम्हें ही दिया था, तुमने कुछ किया ही नहीं।''

''अच्छा, सारी गलती मेरी है, तभी आज तक मेरा कोई सपना पूरा नहीं हुआ।''

''कौन-सा सपना हितेश?''

''तुम्हारे साथ अपनी जिन्दगी के कुछ दिन बिताने का, जहाँ तुम्हारे और मेरे अलावा कोई न हो; तुम्हारे साथ मूवी देखने का, तुम्हारे साथ कैंडल डिनर करने का, किसी नदी किनारे पेड़ के नीचे घंटों बैठकर, तुम्हें यूँ ही देखते रहने का, सुबह से शाम तक; यार कोई भी सपना पूरा नहीं हुआ।''

''हाँ यार, हम दोनों का प्यार शुरू होने से पहले खत्म हो गया, सारे सपने-सपने रह गये... काश हम साथ-साथ कुछ वक्त बिता पाते... मेरा भी एक सपना था कि मैं तुम्हारे कंधे पर सिर रखकर घंटों बैठी रहूँ या फिर तुम मेरी गोद में सिर रखकर यूँ ही लेटे रहो।''

"यार अभी जिंदगी खत्म नहीं हुई है, चलो तीन चार दिन के लिए कहीं घूमने चलते हैं।"

"अच्छा, पागल हो क्या; तुम्हारे साथ, वो भी तीन चार दिन के लिए... नहीं यार, मैं तुमसे अकेले में नहीं मिल सकती।"

"क्यों नहीं मिल सकती, तुम्हें मुझ पर भरोसा नहीं है?"

"नहीं यार, तुम्हारे ऊपर मुझे अपने आपसे ज्यादा भरोसा है, लेकिन खुद पर नहीं; जिस दिन मुझे खुद पर भरोसा हो जायेगा, उस दिन मैं तुमसे जरूर मिलूँगी।"

"वो दिन कब आयेगा रागिनी; साठ या सत्तर साल की उम्र में? जब तुम्हारी और मेरी आँखों की रोशनी कमजोर हो जायेगी, कानों में सुनने की क्षमता कम हो जायेगी, दिमाग सारी बातें भूल चुका होगा और बेचारा दिल; उसकी तो बाइपास सर्जरी हो चुकी होगी"

"हा हा हा... हाँ यार, तभी मिलेंगे; उस उम्र में मिलने में कितना मजा आयेगा और कोई हम पर शक भी नहीं करेगा कि हम वो इडियट्स हैं जो कॉलेज में एक-दूसरे से प्यार करते थे।"

"नहीं यार; देखना तब भी कोई-न-कोई आ जायेगा और बोलेगा, दो शादीशुदा लोगों को आपस में ऐसे नहीं मिलना चाहिए या कोई बोलेगा, देखो दोनों तीर्थयात्रा पर जाने की उम्र में रोमांस कर रहे हैं। रागिनी लगता है, इस जन्म में हम कभी नहीं मिल सकते, कभी कुछ पल साथ-साथ नहीं रह सकते।"

"ठीक है हितेश, फिर अगले जन्म में मिलेंगे।"

"अच्छा तुम्हें एक बात पता है?"

'क्या?'

"इंसान का अगला जन्म चौरासी लाख योनियों के बाद मिलता है।"

"अरे यार, यह तो बहुत ज्यादा हो जायेगा।"

"फिर मैं तुम्हें इतनी देर से क्या समझा रहा हूँ... यार, अगले जन्म के चक्कर में मत पड़ो, जो करना है इस जन्म में ही कर लेते हैं।"

"अच्छा चलो बाकी बातें बाद में समझाना, मैं खाना बनाने जा रही हूँ।"

"नहीं यार, पहले मिलने का प्रॉमिस करो।"

"यार तुम बिल्कुल बच्चों की तरह जिद पकड़कर बैठ जाते हो।"

"तुम जो भी समझो, पहले मिलने का प्रॉमिस करो"

"अच्छा, लेकिन मिलोगे कहाँ?"

"जहाँ तुम कहो; चार पाँच दिन के लिए गोवा चलते हैं।"

"नहीं यार, यह तो बहुत दूर हो जाएगा, दिल्ली के आस-पास ही कोई जगह बताओ, मैं ज्यादा-से-ज्यादा दो या तीन दिन ही मैनेज कर सकती हूँ।"

"ठीक है यार, फिर शिमला चलते हैं; तुम्हें उत्तराखंड के सारे पहाड़ जानते हैं, हिमाचल के पहाड़ तो नहीं जानते होंगे।"

"डोन्ट वरी, मुझे हिमाचल के पहाड़ नहीं जानते; शिमला ठीक रहेगा।"

"ठीक है, तुम अगले शुक्रवार की शाम दिल्ली आ जाओ, मैं टिकट और होटल बुक करा लेता हूँ; शनिवार सुबह हम शिमला पहुच जायेंगे, फिर वहाँ से सन्डे शाम को चलेंगे और मंडे की सुबह वापिस दिल्ली।"

"हाँ यह ठीक रहेगा; मैं शुक्रवार शाम तक दिल्ली आ जाऊँगी, ओके बॉय बॉय।"

"ओके बॉय बॉय, सी यू इन शिमला।"

"हमारा प्यार चाहे कम समय के लिए रहा हो, लेकिन था बिल्कुल सच्चा। रागिनी अभी भी उतना ही प्यार करती है, जितना पहले करती थी और करे भी क्यों न, मैंने भी तो अपनी जिन्दगी के सबसे खूबसूरत साल उसी को दिये हैं। एक बार रंजना मेरे कॉलेज टाइम के पिक्स देख रही थी, तो बोली, "काश मैं उस हितेश से मिली होती, जिसकी ये पिक्स हैं।"

माना, पति पर पत्नियों का अधिकार है, लेकिन कुछ बातों में प्रेमिकाओं का अधिकार भी कम नहीं; वो भी तब, जब वो अपना पहला और आखिरी प्यार हो। रागिनी कुछ भी बोल देती है, सब अच्छा लगता है; वो इडियट भी कहती है तो उस पर प्यार आता है। इस दुनिया में मुझे इडियट कहने वाली वो इकलौती लड़की है, नहीं तो सारी दुनिया सर सर कहकर बात करती है... इसीलिए इतना हक रागिनी पर मेरा भी बनता है कि मैं उसकी जिन्दगी के कुछ

दिन अपने नाम कर सकूँ, उसके साथ कुछ पल गुजार सकूँ। मैं अभी रागिनी के खयालों में डूबा था कि रंजना की आवाज ने चौंका दिया।

"तुम्हारी ऐसी कौन-सी अर्जेंट मीटिंग आ गई, जो तुम्हें दो तीन दिन के लिए शिमला जाना पड़ रहा है; क्या तुम मीटिंग कैंसिल नहीं कर सकते?"

"नहीं कर सकता, बहुत अर्जेंट मीटिंग है; तुम्हें पता है मैं कितने दिनों से क्लाइंट से वक्त माँग रहा था, उसकी कितनी रिक्वेस्ट करनी पड़ी, तब जाकर वो मीटिंग के लिए तैयार हुआ; तुमने मेरा लगेज तैयार कर दिया?" मैंने अपने चेहरे पर शेविंग क्रीम लगाते हुए पूछा।

"हाँ सब तैयार है।"

"और मेरी वाइट शर्ट और ब्लू जींस, वो भी रख दी?"

"हाँ वो भी रख दी, लेकिन मेरा मन बहुत घबरा रहा है; अदिति की खाँसी भी ठीक होने का नाम नहीं ले रही।" रंजना के चेहरे पर घबराहट साफ़ झलक रही थी।

"खाँसी कहाँ से ठीक होगी; तुम उसको बिल्कुल ठंडा पानी तो पिलाती हो।" मैं टॉवल से अपना चेहरा साफ़ करते हुए बोला।

"क्या करूँ, वो थोड़ा-सा भी गुनगुना पानी नहीं पीती; आज सुबह से उसे बुखार भी है।"

"अच्छा, कुछ मेडिसिन दी क्या... वो कफ सिरप रखा है, वो ही दे दो।"

"मेरे हाथ से वो दवाई भी नहीं पीती; कहती है, डैडी कितनी अच्छी तरह से पिलाते हैं; अब तुम दो तीन दिन के लिए जा रहे हो, बस यही डर लगा रहता है, कहीं उसकी तबियत और ज्यादा खराब न हो जाये; अच्छा देखो कितना खाँस रही है, कम-से-कम जाने से पहले एक बार उसे दवाई जरूर पिला देना, जाने की जल्दी में भूल मत जाना।"

"अभी पिला देता हूँ; कहाँ रखी है दवाई?"

"वहीं सामने है टेबिल पर।"

"अरे इसमें दवाई भी नहीं है और तुमने बताया भी नहीं; मैं ऑफिस से आते हुए। ले आता।"

"हितेश, आजकल तुम्हारे पास वक्त कहाँ है, चलो छोड़ो मैं ले

आऊँगी, मेडिकल स्टोर सामने ही तो है''

''और रंजना, तुम्हारे पास वक्त कहाँ है मेरे लिए?''

''तुम्हारे लिए? क्यों तुम्हें क्या हुआ? अब तुम्हें देखूँ या तुम्हारे दो शैतान बच्चों को और मुझे साथ में घर का सारा काम भी अकेले करना पड़ता है।''

''डैडी, मत जाओ न!''

अदिति की आवाज ने मुझे चौंका दिया, ''कहाँ बेटा?''

''वहीं, जहाँ आपकी मीटिंग है, जिस क्लाइंट से आपको मिलना है, डैडी मीटिंग कैंसिल कर दो।'' अदिति, खाँसते हुए बोली।

''हाँ बेटा, कैंसिल कर देता। लेकिन कुछ जरूरी काम है।'' मैं अदिति को गोदी में उठाते हुए बोला। अदिति का बदन बुखार से तप रहा था। मैंने देखा, अदिति की आँखों में आँसू थे। उसके आँसू मेरी जिंदगी की सबसे बड़ी कमजोरियों में से एक हैं। जब अदिति छोटी थी, एक बार बहुत बीमार पड़ गई। उन दिनों मैं कम्पनी के काम से दो तीन महीने के लिए कहीं बाहर गया था। रंजना ने शहर के बड़े-से-बड़े डॉक्टर को दिखाया, लेकिन वो ठीक नहीं हो रही थी। कोई डॉक्टर उसकी बीमारी नहीं समझ पा रहा था। न वो कुछ खाती थी न कुछ पीती, बस हमेशा खोयी-खोयी, सहमी-सहमी सी रहती थी। फिर एक डॉक्टर ने रंजना से पूछा ''इस बच्ची के डैडी कहाँ हैं?''

तब रंजना ने कहा ''वो घर पर नहीं हैं, दो महीने से ऑफिशियल टूर पर गये हैं।'', यह सुनकर डॉक्टर बोला ''आपकी बेटी भी दो महीने से बीमार है; इसे कुछ बीमारी नहीं है, इसके डैडी को बुला लो, यह अपने आप ठीक हो जायेगी।'' हुआ भी ऐसा ही। मैं तुरंत छुट्टी लेकर घर आया और अदिति के चेहरे पर रौनक लौट आई, ''ठीक है बेटा, मीटिंग कैंसिल कर देता हूँ।''

''थैंक यू डैडी।''

पता नहीं रागिनी मेरे बारे में क्या सोचेगी, मैंने खुद ही जिद करके सारा प्रोग्राम बनाया और मैं ही कैंसिल कर रहा हूँ; लेकिन क्या करूँ, अदिति को इस हालत में छोड़कर भी नहीं जा सकता। रागिनी अब अपने घर से निकल भी गई होगी। वो शाम तक दिल्ली भी पहुँच जायेगी। समझ नहीं आ रहा, मैं उससे क्या कहूँगा।

‘‘डैडी, पॉकेट में आपका फ़ोन बज रहा है।’’ अदिति, मेरी गोदी से उतरते हुए बोली।

‘‘ओह थैंक यू, शायद मीटिंग के लिए उसी क्लाइंट का होगा; तुम बिस्तर पर आराम से लेटो, मैं अभी आता हूँ, यहाँ कुछ नेटवर्क प्रॉब्लम है, आवाज क्लियर नहीं आ रही।’’

‘‘ठीक है डैडी।’’ कहते हुए अदिति बिस्तर पर लेट गई।

‘‘हैल्लो हितेश, सॉरी, मैं नहीं आ पाऊँगी; आज सुबह-सुबह कुछ अपशकुन हो गया।’’

‘क्या?’

‘‘मेरी रिंग कहीं खो गई, मैं सुबह से वो ढूँढ़ रही हूँ, अब जाकर मिली है, तुम्हें एक बात पता है?’’

‘क्या?’

‘‘यह रिंग मेरे लिए बहुत लकी है, यह प्रकाश ने मुझे हमारी शादी की पहली सालगिरह पर गिफ्ट में दी थी।’’

‘‘थैंक गॉड, आपकी रिंग मिल गई।’’

‘‘रिंग तो मिल गई, लेकिन हितेश फिर मैं आ नहीं सकी, कुछ पल जिन्दगी में दुबारा वापिस नहीं मिलते, प्लीज़ ट्राई टू अंडरस्टैंड मी।’’ कहते हुए रागिनी का गला बैठ गया; ऐसा लगा जैसे मैं अभी कुछ देर और उससे बात करूँगा तो वो रो देगी।

‘‘रागिनी, तुमने सही कहा, कुछ पल जिंदगी में दुबारा वापिस नहीं मिलते।’’ कहते हुए मैंने रागिनी का फोन काट दिया। मेरी आँखें भी कुछ नम हो गई थीं, मैं वाश बेसिन के पास गया और अपना मुँह धोने लगा। मैंने शीशे में देखा, मेरी आँखें लाल हो गई थीं।

रंजना अभी भी किचन में थी और अदिति बिस्तर पर लेटी थी, सन्नी भी सो रहा था। मैंने खुद को सँभालते हुए कहा ‘‘रंजना, मैंने क्लाइंट से बात कर ली है, मीटिंग पोस्टपोन हो गई है, तुम आराम से खाना बना लो, मैं मेडिकल से अदिति की दवाई लेकर आता हूँ।’’

‘‘चलो अच्छा हुआ।’’ रंजना किचन में से बोली, ‘‘लेकिन जरा जल्दी आना, अदिति के सोने से पहले एक बार उसे दवाई पिलानी है।’’

"बस अभी आया।" कहते हुए मैं तुरंत घर से बाहर निकल, मेडिकल स्टोर की तरफ चल दिया। मैं अभी कुछ देर और रंजना से नजरें नहीं मिलाना चाहता था।

जब मैं दवाई लेकर वापस लौटा, अदिति बिस्तर पर चुपचाप लेटी थी। मैं अदिति को दवाई पिलाते हुए बोला, "कहाँ हो रंजना?"

"आ गये तुम; मैं सेफ में अपनी शादी की एलबम ढूँढ़ रही थी; पता नहीं अदिति को आज क्या हो गया, सुबह से एलबम देखने की जिद कर रही है, लो मिल गई,

"हितेश तुम खाना खा लो, मैंने टेबिल पर लगा दिया है।" रंजना अदिति को एलबम पकड़ाते हुए बोली,

जब मैं खाना खाकर आया तो देखा, अदिति हमारी शादी की एलबम देख रही थी। मैं भी जाकर उसके पास लेट गया। अदिति ने शादी की एल्बम देखते हुए पूछा "डैडी, क्या रामचन्द्र जी के टाइम में शादी में एलबम नहीं बनती थी?"

मैंने कहा 'नहीं', पुराने जमाने में शादी में एलबम नहीं बनती थी।" उसका अगला प्रश्न वही था, जो अक्सर होता है, "लेकिन डैडी क्यों?"

"उस जमाने में कैमरे नहीं होते थे।"

"लेकिन रामचंद्र जी भगवान थे, वह तो सब-कुछ बना सकते थे, फिर उन्होंने कैमरा क्यों नहीं बनाया?"

"तुम्हें पता है, पुराने जमाने में राक्षस होते थे, जो भगवान की बनी चीजें तोड़ते रहते थे; शायद रामचन्द्र जी ने कैमरा बनाया होगा और राक्षसों ने उसे तोड़ दिया होगा।"

"डैडी, राक्षस बहुत गंदे होते थे?" अदिति कुछ सहमते हुए बोली।

मैंने कहा "हाँ, राक्षस बहुत गंदे होते थे, तभी भगवान ने उन सबको मार दिया, जिससे हम इंसान धरती पर आराम से रह सकें।

फिर अदिति को कुछ सोचते हुए देखकर, मैंने कहा "चलो अब एलबम बंद करो और सो जाओ, बहुत रात हो चुकी है।"

अदिति मेरे बराबर में लेटते हुए बोली "डैडी, अगर रामचन्द्र जी की शादी में एलबम बनी होती तो लव–कुश को इतनी परेशानियों का सामना नहीं

करना पड़ता, उन्हें पहले ही पता चल जाता कि उनके डैडी कौन हैं।

"हाँ बेटा।"

"डैडी, क्या किसी बच्चे के डैडी भी अपने बच्चों को भूल जाते हैं?"

"नहीं बेटा, कोई डैडी अपने बच्चों को नहीं भूलते, बस कभी-कभी रास्ता भटक जाते हैं। मैं अब उसको थपथपा रहा था, जिससे मेरी नन्ही परी चुपचाप सो सके, बिना कोई अगला प्रश्न पूछे।

अदिति के सोने के बाद मैं भी वहीं सो गया। रात के दो बजे थे, मुझे प्यास लगी। मैंने उठकर फ्रिज से बोतल निकाली और पानी पीने लगा। मैंने देखा, सामने वाले रूम की लाइट ऑन थी और रंजना बेड पर बैठी, हमारी शादी की एलबम पलट रही थी। मैंने उसके हाथ से एलबम लेकर एक तरफ रख दी और उसकी गोदी में सर रखकर लेट गया, वो अपनी अँगुलियाँ मेरे बालों में फिराने लगी, "हितेश तुम पहले कितने अच्छे थे, मुझसे कितना प्यार करते थे।"

मैं कुछ नहीं बोला, बस यूँ ही चुपचाप लेटा रहा। "हितेश, पता है एक दिन मैंने क्या सपना देखा?"

'क्या?'

"तुमने मुझे छोड़कर अपनी किसी फेसबुक फ्रेंड से शादी कर ली; उस दिन से मेरा दिल बहुत घबराने लगा है।"

"अच्छा, यह तो बहुत अच्छा सपना है; पता है, मेरी फ्रेंड लिस्ट में बहुत खूबसूरत लड़कियाँ हैं; मैं सोचता हूँ, सबसे शादी कर लूँ, लेकिन भला दो बच्चों के डैडी से कौन शादी करेगा... मैंने अपने स्टेटस में अपनी पत्नी का नाम रंजना, बेटी का नाम अदिति और बेटे का नाम सनी अपडेट कर रखा है।" मैं उसकी नाक खींचकर चिढ़ाते हुए बोला। रंजना की नाक बहुत खूबसूरत है, मेरे खींचने से उसकी नाक का रंग कुछ गुलाबी हो गया।

"हटो छोड़ो, तुम्हें अब भी मजाक सूझ रहा है; पता है जबसे मुझे अलका ने बताया है, मेरा दिमाग बहुत खराब रहता है, पता नहीं क्या उल्टा सीधा सोचता रहता है।"

"क्या बताया है तुम्हें अलका ने?"

"यही कि तुम्हारी बहुत खूबसूरत लड़कियाँ फेसबुक फ्रेंड हैं।

“यार बस इसीलिए मैं तुम्हारी किसी फ्रेंड को ऐड नहीं करता; तुम फेसबुक चलाती नहीं हो, वो पता नहीं तुम्हें क्या-क्या बता देती हैं।”

“फिर अलका को क्यों ऐड किया?”

“कमाल है, तुम ही एक दिन कह रही थी कि अलका फ़ोन पर बोल रही थी, जीजू बहुत घमंडी हैं, मैंने उन्हें फ्रेंड रिक्वेस्ट भेजी और उन्होंने एक्सेप्ट भी नहीं की, बस इसीलिए मैंने कर ली।

“अच्छा, झूठे कहीं के... पता है, अलका की तीन आई डी है, दो फेक आई डी में तुम ऑलरेडी उसके फ्रेंड हो।”

वो अलका है या पूरी मेनका, मैंने अपने मन में सोचते हुए कहा, “अच्छा, मुझे क्या पता किसकी आई डी फेक है और किस की रियल; जब कोई फ्रेंड रिक्वेस्ट भेजता है तो मैं तो बस इतना चेक करता हूँ कि उसका मेरा कोई म्युचुअल फ्रेंड है या नहीं।”

“ओके, मैं एक्सप्लेनेशन नहीं माँग रही; अलका की एक ही आई डी है, मैं बस तुम्हारा रिएक्शन जानना चाहती थी।”

“रंजना की डिक्शनरी में एक्सप्लेनेशन और रिएक्शन की क्या डेफिनेशन है यह मुझे नहीं पता, लेकिन रंजना इतनी स्मार्ट है, आज पता चला; मुझे चेक करने के लिए इसने अलका की एक मिनट में तीन आई डी बना दी।”

मैंने बातचीत का विषय चेंज करते हुए कहा, “अच्छा रंजना, तुम्हें वो दिन याद हैं, जब तुम नई-नई दुल्हन बन कर आई थी?”

“मैं भला उन दिनों को कैसे भूल सकती हूँ, तुम मुझे रात भर सोने नहीं देते थे।”

“अच्छा, मैं तुम्हें क्या तंग करता, रात के दस बजे तो तुम कमरे में आती थीं; दो घंटे मुझे तुम्हारी ज्वेलरी उतारने में लग जाते थे और दो घंटे तुम्हें ज्वेलरी पहनाने में।”

“अच्छा... और सुबह पाँच बजे तुम्हारी माता जी का अलार्म शुरू हो जाता, “बहू और कितनी देर तक सोओगी, हमारे यहाँ बहुएं इतनी देर तक नहीं सोतीं।” कभी-कभी मेरे मन में आता कि एक बार पूछ लूँ, मैं तुम्हारे इकलौते बेटे की इकलौती बहू हूँ, तो घर की किन बहुओं से मुझे कम्पेयर कर

रही हो?"

"अच्छा, फिर पूछा क्यों नहीं?"

"बस, फिर तुम्हारा खयाल आ जाता था कि तुम्हें बुरा लगेगा"

"रंजना अगर मेरा इतना ही ख्याल होता तो तुम रात के दो बजे सास बहू की स्टोरी न सुना रही होती।" मैंने उसके ब्लाउज का हुक खोलते हुआ कहा। रंजना मेरे सीने में अपना सिर छुपाकर सिमट गई। उसके हाथों के नाखून मेरी कमर में गड़ने लगे, उसकी आँखें नम हो गईं, "हितेश, मुझे छोड़कर कभी मत जाना।"

"बिल्कुल पागल हो क्या, मैं तुम्हें छोड़कर क्यों जाऊँगा!"

"क्योंकि मुझे रागिनी की तरह डांस करना नहीं आता, मुझे शालिनी की तरह पेंटिंग बनाना नहीं आता; मुझे उन लड़कियों की तरह चैटिंग करना नहीं आता, जो तुम्हारे इनबॉक्स में हॉय हेल्लो के मैसेज भेजती रहती हैं; मुझे बस तुमसे प्यार करना आता है... प्यार क्या होता है यह मैंने तुमसे मिलने के बाद जाना; मुझे अदिति और सन्नी की केयर करनी आती है।"

"रंजना, तुम्हें एक पता है?"

'क्या?'

"कोई तुमसे अच्छा खाना नहीं बना सकता; मटर पनीर और दम आलू की सब्जी बनाने में तुम एक्सपर्ट हो... अगर मैं तुम्हें छोड़कर जाऊँगा तो मैं भूखा मर जाऊँगा; इंसान का पेट खाने से भरता है, प्यार करने से नहीं।"

"लेकिन हितेश, अगर इंसान का पेट भरा हो और उसे कोई प्यार करने वाला न हो, तब भी वो कभी खुश नहीं रह पायेगा।"

"फिर तुम क्यों चिंता करती हो, तुम्हारे पास तो एक बहुत प्यार करने वाला पति है; देखो, मेरा फेसबुक का पासवर्ड भी तुम्हारे नाम है, अगर मैं तुम्हारा नाम टाइप न करूँ तो किसी फेसबुक वाली लड़की से शादी क्या, मेरा अकाउंट भी ओपन नहीं होगा; तुमसे शादी के बाद मैंने न कभी किसी लड़की से दोस्ती की, न कभी किसी से मिलना चाहा।"

"और शादी से पहले?"

"यार शादी से पहले मैं अपने स्कूल और कॉलेज वालों से यह मना नहीं कर पाया कि तुम किसी लड़की को मेरी क्लास में एडमिशन मत दो, नहीं एक

दिन मेरी वाइफ मुझ पर शक करेगी।''

''हितेश मैं तुम पर शक नहीं कर रही, लेकिन जब तुम नहीं होते तो कभी-कभी यूँ ही खाली बैठे उलटे सीधे खयाल आते रहते हैं।''

सुबह उठकर मैंने बॉलकनी से न्यूज़ पेपर उठाया और अपने बैग से चश्मा निकालने लगा। मैंने देखा तो चश्मे का फ्रेम एक जगह से टूटा पड़ा था। मैं अपने घर में एक बॉक्स रखता हूँ, जिसमें कुछ टूल्स, वायर के टुकड़े, नट-बोल्ट, अल फी (एक विशेष प्रकार का adhesive) और भी बहुत से गैर जरूरी समान पड़े रहते हैं।

मुझे बचपन से ही शौक रहा है, मैं हर टूटी-फूटी चीज को सँभालकर रख लेता हूँ; शायद इसलिए मैंने आज तक एक टूटा दिल, टूटे रिश्ते, टूटे सपने और टूटी उम्मीदें सब सँभालकर रखे हुए हैं, पता नहीं जिन्दगी के किस मोड़ पर इनकी जरूरत पड़ जाये।

यूज एंड थ्रो वाला कांसेप्ट कभी मेरी समझ में नहीं आया। जिस चीज का मैं यूज करता हूँ, उससे कुछ लगाव हो जाता और फिर मेरा उसे कभी डस्टबिन में फेंकने का मन नहीं करता। मेरे पास आज भी मेरी पुरानी जींस, पुरानी घड़ी और पुरानी टी-शर्ट रखी है... पुराने फोटो, पुरानी पिक्चर, पुराने गाने, पुराने लोग, पुराने किले, पुरानी कहानियाँ, सब मुझे बहुत पसंद हैं।

हाँ कभी-कभी मैं अपनी नई चीजें जरूर फेंक देता हूँ; पता नहीं क्यों मैं नई चीजों की केयर नहीं करता, जब तक वो पुरानी न हो जायें, नये दोस्त, नये रिश्ते, नया सपना; किसी की भी केयर नहीं करता।

मेरे बहुत से दोस्त जो अब पुराने हो चुके हैं, मुझ पर अभी भी कमेन्ट पास करते हैं, ''यार जब तुम पहली बार मिले थे, बहुत इगोस्टिक लगते थे; तुमसे निभाना मुश्किल हो गया था और अब लगता है, तुम्हारे बिना जिन्दगी कोई जिन्दगी नहीं।''

मैंने रंजना को आवाज दी ''यार वो टूल बॉक्स लाना।''

''क्यों क्या हुआ?'' वो मेरे हाथ में बॉक्स पकड़ाते हुए बोली।

''कुछ नहीं यार, इस चश्मे का फ्रेम टूट गया, इसी को चिपकाना था।''

''चश्मे का फ्रेम टूट गया या तोड़ दिया; अभी तो दो हजार रुपये में खरीदा था।''

"यार मैंने क्या इसे जान-बूझकर तोड़ दिया, बैग में पड़ा था, टूट गया।"

"श्रीमान जी, इसका कवर भी है; इसे कवर में रखते तो कैसे टूट जाता... अभी नया लिया था... तुमको किसी नई चीज की केयर करनी नहीं आती।"

"तुम सही कहती हो; इस फ्रेम को ऐसे कसकर पकड़ो।" मैंने रंजना के हाथ में चश्मा पकड़ाया और उसे चिपकाने के लिए, उस पर अल फी की कुछ बूँदें डालने लगा।"

अब चश्मा जुड़ चुका था। मैंने रंजना की तरफ देखा। जब वो नई-नई दुल्हन बनकर आई थी तो मैंने उसकी कभी केयर नहीं की, लेकिन हमारा रिश्ता जितना पुराना होता चला गया, उतना मजबूत हो गया।

"अच्छा रंजना, दो दिन कम्पनी की छुट्टी है, चलो कहीं लॉन्ग ड्राइव पर चलते हैं।"

"हाँ चलो, अदिति और सन्नी भी खुश हो जायेंगे।"

"और रंजना, तुम?"

"जब बच्चे खुश तो उनकी माँ भी खुश, अब मेरी सारी खुशी बस उनकी ख़ुशी में है।"

लॉन्ग ड्राइव पर जाते हुए, एक जगह छोटा-सा कस्बा पड़ा, जिसे देख रंजना ने कहा, "अगर कहीं फ्रूट की दुकान दिखाई दे तो गाड़ी रोक लेना।"

'क्यों?'

"सन्नी अभी सो गया है; उठते ही दूध माँगेगा, सोच रही हूँ उसके लिए केले ले लूँ।"

मैंने एक दुकान की तरफ इशारा किया, "फ्रूट की दुकान यह रही, लेकिन यहाँ गाड़ी साइड करने की जगह नहीं है।"

"लो मेरा पर्स पकड़ो, मैंने पचास रुपए ले लिए हैं, एक दर्जन केले आ जायेंगे; तुम गाड़ी कहीं आगे साइड कर लेना।"

"अरे पर्स ही ले जाओ, फिर पैसे कम पड़ गये तो...।" मैं गाड़ी रोकते हुए बोला।

“नहीं पड़ेंगे, मैंने कल ही चालीस रुपए में खरीदे थे।”

मैंने थोड़ा आगे जाकर गाड़ी साइड कर ली। मोबाइल की रिंग बजी तो देखा रंजना का फ़ोन आया था।

“क्या हुआ?”

“अरे यह साठ रुपये से कम नहीं दे रहा; टूरिस्ट प्लेस होने की वजह से लूट मचा रखी है, तुम प्लीज दस रुपए लेकर आ जाओ।”

मैंने रंजना का पर्स अदिति को पकड़ाया, “मैं अभी आता हूँ, तुम्हारी ममा को कुछ पैसे कम पड़ गये, तुम सन्नी को देखती रहना।”

“ओके डैडी।”

मैं गाड़ी से उतरकर थोड़ी दूर चला था, कि एक बूढ़ी औरत की आवाज सुन रुक गया, “बाबूजी मेरे बेटे का एक्सीडेंट हो गया, उसकी टाँग में चोट लग गई।” यह कहकर उसकी आँखों से आँसू बहने लगे।”

“कहाँ है तुम्हारा बेटा?”

“वो अस्पताल में है; हम इस शहर में नये हैं, मेरे पास जितने पैसे थे, सब खर्च हो गये; डॉक्टर पाँच सौ रुपये माँग रहा है, कहता है ऐक्सरा कराना पड़ेगा; बाबू जी आपकी बड़ी मेहरबानी होगी, थोड़ी-सी हेल्प कर दो बाकी मैं किसी और से ले लूँगी।” उसकी आवाज में एक लाचारी झलक रही थी। मैंने अपने पर्स से सौ रुपये निकाल। उसे दे दिये, वो दुआयें देती चली गई।

“कहाँ रुक गये, बड़ी देर लगा दी।” रंजना, दुकानदार को पैसे पकड़ाते हुए बोली।

“कहीं नहीं, बस ऑफिस से एक फ़ोन आ गया था।” मैं रंजना को बूढ़ी औरत वाली बात नहीं बताना चहाता था।

गाड़ी में आकर देखा तो अदिति की आँखों में आँसू थे “क्या हुआ बेटा?”

“डैडी, एक आंटी के बेटे का एक्सीडेंट हो गया, लगता है बेचारे की टाँग टूट गई, आंटी बहुत दुःखी थी।”

ओह यह बुढ़िया भी प्रोफेशनल भिखारी निकली “तुमने उसको पैसे तो नहीं दिये?”

“मैंने ममा के पर्स से पाँच सौ रुपये दे दिये, उनको एक्सरा कराना है।”

“फिर अब क्यों रो रही है; तूने तो मेरे पर्स से पाँच सौ रुपए दे दिए, उसका बेटा ठीक हो जायेगा... इतनी बड़ी हो गई हो, लेकिन जरा-सी भी अक्ल नहीं; पता नहीं क्या होगा भगवान इस लड़की का, मुझे इसी की चिंता खाये जाती है; बिल्कुल अपने बाप पर गई है, किसी ने दो आँसू बहाकर झूठी स्टोरी क्या सुना दी, उस पर तुरंत विश्वास कर लिया।” रंजना ने अदिति पर चिल्लाना शुरू कर दिया।

“अरे यार अब छोड़ो भी, पाँच सौ रुपये ले गई, कौन-सा हमारा मुकद्दर ले गई।” मैंने गाड़ी स्टार्ट करते हुए कहा,

“बात पाँच सौ रुपये की नहीं है; इतनी समझ होनी चाहिए कि आजकल लोग इमोशनल बनाकर लूट लेते हैं।” रंजना का लेक्चर चालू था।

“अरे यार इतनी समझ होती तो तुम्हारी तरह समझदार होती, फिर अपने बाप पर कहाँ जाती।”

मैंने गाड़ी के साइड मिरर में देखा, वो बूढ़ी औरत दूर खड़ी, फिर एक इंसान को अपनी दुःख भरी कहानी सुना रही थी। टूर से लौट आने के बाद मैं अपने ऑफिस के काम मे व्यस्त हो गया।

आज रागिनी से बात हुए मुझे दो महीने से ज्यादा हो गया; न कोई चैटिंग, न व्हाट्स एप्प पर कोई मैसेज... पता नहीं मैंडम आजकल कहाँ बिजी हैं। उसकी तबियत तो ठीक है। ऐसा कभी नहीं हुआ जो उसने इतने दिनों तक कोई मैसेज न सेंड किया हो? चलो एक फ़ोन करके देखता हूँ। अब यह भी नहीं पता कि वो आजकल पिथौरागढ़ में है या अपने घर नैनीताल... क्या पता मैं उसे फ़ोन करूँ और उसका बेस्ट फ्रेंड प्रकाश, फ़ोन उठाकर मुझसे पूछे “कौन बोल रहे हो?” भला मैं क्या जवाब दूँगा। चलो पहले उसे एक मैसेज सेंड कर देता हूँ, ‘रागिनी कहाँ बिजी हो, कैन आई कॉल यू?’

उसका तुरंत जवाब आ गया, “प्लीज नो कॉल मी।”

मैं रागिनी को रोज सुबह मॉर्निंग का मैंसेज भेजता, लेकिन रागिनी का कोई जवाब नहीं आता। एक दिन फेसबुक पर मेरे एक दोस्त ने बहुत अच्छी गजल लिखी। मुझे वो गजल बहुत पसंद आई। वो ऐसे ही एक प्रेमी युगल को ध्यान में रखकर लिखी गई थी, जो बिछुड़ने के बाद भी जिंदगी भर एक-दूसरे से प्यार करते हैं। मैंने वो गजल कॉपी करके रागिनी के इनबॉक्स में सेंड कर

दी। मैं उसके जवाब का बेसब्री से इन्तजार करने लगा। अगले दिन रागिनी का मैसेज आया ''यह क्या है?''

''गजल है; तुम्हें अच्छी नहीं लगी क्या?''

''अच्छी है, लेकिन पढ़कर मजा नहीं आया।''

रागिनी का लिखा शब्द 'मजा' मेरे मन में खटक गया। एक बार चैटिंग करते-करते मैंने उससे पूछ लिया था, ''तुम मेरे साथ यूँ पूरी रात चैटिंग क्यों करती हो?''

''हितेश तुमसे चैट करके दिल खुश हो जाता है।''

''अच्छा, तुम मुझसे मजे लेने के लिए चैट करती हो?''

इस बात पर रागिनी बहुत नाराज हो गई, ''हितेश तुम्हें पता है, यह मजा कितना चीप शब्द होता है, तुम भला ऐसा शब्द कैसे यूज कर सकते हो।''

आज रागिनी ने भी यही शब्द लिखा कि ''मजा नहीं आया।'', मैंने रागिनी के मैसेज का कोई जवाब नहीं दिया। पता नहीं रागिनी को क्या हो गया है; न वो मेरी किसी बात का सही जवाब दे रही है और न ही वो आजकल बैडमिन्टन रॉक ग्रुप में कोई मैसेज सेंड करती है। कभी मैं और रागिनी उस ग्रुप के सबसे एक्टिव मेम्बर थे, हम हमेशा बच्चों की तरह लड़ते रहते थे। कभी-कभी गरिमा का मैसेज भी आ जाता ''यार तुम दोनों हमेशा बच्चों की तरह क्यों लड़ते रहते हो?'' लेकिन उन्हें यह नहीं पता कि हम केवल बच्चों की तरह नहीं लड़ते, हम पर्सनली बड़ों की तरह रोमांस की बातें भी करते हैं। रोमांस की बातें करते-करते मैं अगर कोई उल्टा-सीधा कमेन्ट कर देता, तब रागिनी साफ़ कह देती ''हितेश, यहाँ केवल प्यार की बातें; अगर तुम्हारा लड़ने का मन कर रहा है, फिर ग्रुप में चलते हैं। रागिनी मुझे मैसेज भेजती ''हितेश गिव योर हैण्ड।'' और मैं उसे हैण्ड का सिम्बल भेजता। फिर हम दोनों हाथ पकड़कर व्हाट्स एप्प के बैडमिन्टन रॉक ग्रुप में एंट्री करते। व्हाट्स एप्प पर भी हाथ पकड़कर चला जा सकता है, यह रागिनी ने मुझे सिखाया था।

हो सकता है रागिनी अभी भी अपने मन में इस बात को लेकर गिल्टी फील कर रही हो कि उसकी वजह से हम शिमला नहीं जा पाये, या हो सकता है वो अब मेरे और अपने बीच कुछ गैप रखना चाहती हो, जिससे हमारी शादीशुदा जिन्दगी प्रभावित न हो। लेकिन उसके लिए वो मुझे कोई मैसेज कर सकती थी या मुझसे फ़ोन पर बात कर सकती थी, आखिर वो मुझे इग्नोर करके

क्या शो करना चाहती है?, मेरा फ़ोन भी पिक नहीं कर रही; चलो उसको एक और मैसेज भेजता हूँ, "ओ रागिनी प्रकाश! जरा मेरी रागिनी दीक्षित से बात करा दो।"

दो तीन दिन हो गये, रागिनी ने इस मैसेज का भी कोई जवाब नहीं दिया। मैंने फिर उसे एक मैंसेज सेंड किया "सॉरी रागिनी प्रकाश, मैं तुम्हें बार-बार तंग कर रहा हूँ, लेकिन मैं क्या करूँ; एक इडियट लड़का उस इडियट लड़की से प्यार करता है जो तुम्हारे दिल में रहती है।"

एक हफ्ता बीत गया, रागिनी ने इस बार भी कोई जवाब नहीं दिया। मैंने रागिनी को फिर एक मैसेज भेजा, "ओके रागिनी दीक्षित, अब मैं तुमसे कभी कोई बात नहीं करूँगा।"

अब देखते हैं, आखिर रागिनी कैसे कोई रिप्लाई नहीं करेगी। इस मैसेज को पढ़कर वो तुरंत कुछ-न-कुछ जरूर बोलेगी। सुबह से शाम हो गई, लेकिन उसका कोई रिप्लाई नहीं आया, जबकि वो सारे मैसेज रीड कर रही थी। पता नहीं रागिनी को क्या हो गया है; क्या सचमुच उसकी तबियत खराब है, जिसकी वजह से बेचारी न मेरा फ़ोन पिक कर पा रही हो और न मुझे कोई रिप्लाई दे पा रही हो।

मैंने सोचा चलो मनोज को बोलता हूँ, वो एक बार नॉर्मली रागिनी से बात करके देखेगा, कम-से-कम पता चले कि मैडम आजकल कहाँ बिजी हैं।

मैंने मोबाइल की स्क्रीन पर मनोज का नम्बर सर्च कर, उसे कॉल कर दी "हैलो मनोज, कहाँ हो?"

"यार एक मीटिंग में हूँ, बोल क्या हुआ?"

"कुछ खास नहीं, बस ऐसे ही कॉल किया था; आजकल तेरा बैडमिन्टन ग्रुप बड़ा सुनसान चल रहा है, कोई कुछ मैसेज सेंड नहीं करता।"

"इससे तुम्हें क्या फर्क पड़ता है, तुम्हें तो रागिनी, पर्सनल चैटिंग करती होगी।" उसने हँसते हुए कहा। मुझे यह उसकी हँसी कम, चिढ़ाने की कोशिश ज्यादा लग रही थी।

"कहाँ यार, अब वो भी बात नहीं करती है; लगता है तुम्हारी नजर लग गई"

"मेरी नजर नहीं लगी, उसका ट्रांस्फर हो गया है।"

"ट्रांस्फर हो गया है, लेकिन कहाँ?"

"क्यों, उसने तुम्हें नहीं बताया?"

"नहीं तो।"

"यार अभी दो महीने पहले मैं फेमिली को लेकर नैनीताल गया था, तब वो अचानक एक जगह मिल गई, बोली घर चलो; मैंने कहा अभी हम घूमने जा रहे हैं, लौटते समय आयेंगे। फिर लौटते हुए टाइम नहीं मिला, इसलिए उसके घर नहीं जा सके। तब उसने बताया था कि उसका ट्रांस्फर हो गया है। उसे उसके घर के पास ही एक स्कूल मिल गया है; अब उसे स्कूल और घर दोनों देखने पड़ते हैं, वो काफी बिजी रहती है।"

"चलो यह अच्छा हुआ, पिथौरागढ़ में वो अपनी फेमिली से दूर रहती थी; लेकिन कम-से-कम उसे एक बार मुझे बताना तो चाहिए था, इस बारे में एक मैसेज ही सेंड कर देती।"

यह सुनकर मनोज जोर से हँस पड़ा, "अब तुम्हें बतायेगी या प्रकाश को अपनी कहानी सुनाएगी; मैंने तुमसे पहले ही कहा था उसके चक्कर में मत पड़ो, वो बस अपना टाइम पास कर रही है; वो तुमसे कुछ भी बोल देती है और तुम यकीन कर लेते हो।"

मनोज ने आज यह बात दूसरी बार बोली थी। इससे पहले उसने कॉलेज टाइम में भी यह बात कही थी, "वो बस अपना टाइम पास कर रही है।" लेकिन मुझे तब इतना बुरा नहीं लगा, जितना आज लग रहा था। उसकी बात सुनकर ऐसा लगा जैसे वो झूठ बोल रहा है... या वो, वह सच बोल रहा है जिसे मैं सुनना नहीं चाहता। मैंने शिवानी को भी गलत समझा। उसने भी यही कहा था, "हितेश, तुम उसके चक्कर में इमोशनल मत होना; तुम उसको नहीं जानते, वो बस तुम्हें इमोशनल करेगी और कुछ नहीं... जिस दिन वो बिजी हो जायेगी, उस दिन तुम्हारी तरफ मुड़कर भी नहीं देखेगी।"

रागिनी भला मेरे साथ ऐसा कैसे कर सकती है; वो मुझे अपनी हर छोटी-से-छोटी बात बताती थी, मुझसे अपनी हर फीलिंग शेयर करती थी। यह बड़े कमाल की बात है कि एक इंटेलीजेंट लड़की, एक इडियट लड़के के साथ बस टाइम पास करती रही और मुझे पता भी नहीं चला। शायद सब लोग रागिनी के बारे में सही कहते हैं... मैं ही इडियट निकला, जो उसकी हर बात पर यकीन किया। पता नहीं लोग किसी की जिंदगी में केवल टाइम पास करने

क्यों आते हैं? वो जब कॉलेज में मिली, तब भी उसके पास प्रकाश था, वो शिवानी के साथ जॉब कर रही थी तो उसे विवेक मिल गया, वो पिथौरागढ़ में जॉब कर रही थी, तब उसके स्टाफ के एक लड़के ने उसे शादी का ऑफर दे दिया। रागिनी बहुत ज्यादा इंटेलीजेंट निकली और मैं इडियट्स की तरह सारी जिंदगी उसे प्यार करता रहा। कितनी लड़कियाँ मेरी जिंदगी में आईं, लेकिन मैं कभी किसी से प्यार नहीं कर सका, हमेशा रागिनी का चेहरा मेरे और उनके बीच में एक दीवार बनकर खड़ा हो जाता; उसकी आँखें मुझसे कहतीं "ओ पागल लड़के, तुम सिर्फ मेरे लिए बने हो, तुम सिर्फ मेरे हो।"

रागिनी ने कहा था "हितेश तुम जब भी मेरी जिंदगी में आते हो, मैं सब-कुछ भूल जाती हूँ; मैं प्रकाश को भूल जाती हूँ, मुझ पर तुम्हारे इश्क का बुखार चढ़ जाता है।" और मैं इडियट, उसकी बातों में यह भी भूल गया कि बुखार बस एक सीजनल बीमारी है, मौसम बदल जाने पर अपने आप उतर जाता है।

आज मेरा जन्म-दिन था। मैं कम्पनी के काम से जयपुर आया था, जहाँ मेरे कुछ और फ्रेंडस भी रहते थे। हम सबने शाम को होटल में जन्म-दिन सेलिब्रेट करने का प्रोग्राम बनाया, बर्थ डे केक भी बुक हो चुका था। सबकी सहमति से यह तय हुआ कि पहले हम केक काटेंगे और फिर बियर पार्टी होगी। सभी दोस्त बस शाम होने का इन्तजार कर रहे थे।

लेकिन मुझे एक ही फ़ोन का इन्तजार था, वो भी रागिनी का; लेकिन अभी तक उसका न कोई फ़ोन आया और न कोई मैसेज। आज सबसे पहले रंजना का फोन आया। चाहे मैं अपने जन्म-दिन पर कहीं भी रहूँ, वो मुझे हमेशा बारह बजकर एक मिनट पर कॉल करती है। उसके बाद कुछ खास दोस्तों और रिश्तेदारों के फोन आये, बहुत सारे लोगों ने फेस बुक और व्हाट्स एप पर जन्म-दिन की शुभकामनायें भेजीं, शालिनी ने मेरे जन्म-दिन पर एक पेंटिंग सेंड की, जिसमें मेरी तस्वीर बनी थी, उसमें मेरे हाथ में एक पेन भी था, मैं टेबिल पर बैठा कुछ लिख रहा था, जैसे मैं एक बड़ा राइटर हूँ... मेरे पीछे एक अलमीरा थी, जिसमें बहुत सारी बुक्स रखी थीं। यह मेरी जिंदगी के सबसे खूबसूरत गिफ़्ट्स में से एक था।

इतने लोगों के विश करने के बाद भी मैं बस रागिनी की विश का इन्तजार कर रहा था। रागिनी चाहे कितनी भी बिजी क्यों न हो, लेकिन वो मेरा

जन्मदिन नहीं भूल सकती। मैंने उसके जन्म-दिन पर पूरे बारह बजकर एक मिनट पर विश किया था, गूगल इमेज में जाकर उसके लिए बर्थडे कार्ड सलेक्ट किया, एक बहुत खूबसूरत कविता लिखी थी और उसने कितने प्यार से कहा था "थैंक यू हितेश मुझे स्पेशल फील कराने के लिए", मैंने भी उससे कहा, "रागिनी तुम मेरे लिए बहुत स्पेशल हो और हमेशा रहोगी।"

"लेकिन हितेश, तुम उसके लिए इडियट थे और हमेशा रहोगे; उसको विश करना, ग्रीटिंग भेजना और कविता लिखना, सब तुमने अपने इस दिल के कहने से किया... मैंने तुमसे कितनी बार कहा, उससे ज्यादा प्यार मत जताओ; अब करते रहो उसका इन्तजार।" मिस्टर माइंड की यह बात सुनकर मैं चुप रहा, मेरे पास अभी इसका कोई जवाब नहीं था। जैसे-जैसे समय बीतता जा रहा था, मैं अपने आपको और उदास फील कर रहा था, तभी मिस्टर दिल ने तसल्ली देते हुए कहा, "हितेश, हो सकता है वो भूल गई हो कि आज तुम्हारा जन्मदिन है।"

"यार तुम हमेशा उसी का पक्ष क्यों लेते हो? फेसबुक पर जन्म-दिन का नोटिफिकेशन भी आ जाता है। चलो मान लिया, आज उसने फेसबुक ओपन नहीं किया होगा, लेकिन व्हाट्स एप पर, बैडमिन्टन रोक्स ग्रुप में... उस पर सब मुझे विश कर चुके, मैंने सबको रिप्लाई भी दे दिया, उसने सारे मैसेज रीड भी कर लिए; यह देखो, ऑल रीड का नोटिफिकेशन आ गया।" मैं अपने दिल को समझाते हुए बोला।

फेसबुक पर दोस्तों के शुभकामना संदेश आते जा रहे थे। इस बार मेरा जन्मदिन और फ्रेंड्शिप डे एक ही दिन था। मैं एक-एक करके सभी का आभार जता रहा था, तभी फेसबुक पर रागिनी की एक फ़ोटो आई, जिसमें वो प्रकाश के साथ बारिश में भीग रही थी। उसके साथ उसने लिखा था "हैप्पी फ्रेंड्शिप डे, एन्ज्वॉइ विद माई बेस्ट फ्रेंड।"

यह देखकर में बुरी तरह अपसेट हो गया। मेरी आँखें नम हो गईं। मेरा माइंड आज मुझ पर बुरी तरह हँस रहा था "यह लो आ गई तुम्हारी रागिनी प्रकाश, जिसको तुम सुबह से याद कर रहे थे, अपने बेस्ट फ्रेंड्स के साथ बारिश में नहा रही है, फ्रेंड्शिप डे इंज्वॉय कर रही है।"

अब मेरा दिल बुरी तरह टूट गया। मुझे आज अपने दिल पर बहुत तरस आ रहा था। रागिनी मुझे इतना अच्छा बर्थडे का तोहफा देगी, यह मैंने कभी

सपने में भी नहीं सोचा था। प्रकाश के साथ बारिश में वो कल भी नहा सकती थी... आज के बाद क्या बारिश नहीं होगी, कल से क्या उत्तराखंड में सूखा पड़ जायेगा।

धीरे-धीरे घड़ी की सुइयाँ आगे बढ़ती जा रही थीं। शाम के सात बज चुके थे। मेरे सारे दोस्त भी आ गये। होटल वालों ने रूम को बहुत डेकोरेट किया था। सभी बहुत खुश थे। पहले केक काटा गया और उसके बाद बियर पार्टी शुरू हो गई।

मैं दो बियर पी चुका था, लेकिन बियर भी अपना असर नहीं कर रही थी। रह रहकर एक ही बात का खयाल आ जाता, कि रागिनी ने ऐसा क्यों किया? तभी बैडमिन्टन ग्रुप पर मनोज का मैसेज आया, ''किसी की तलाश मत करो... लोग खोते नहीं, बदल जाते हैं।''

मैंने मैसेज पढ़ा और रिप्लाई कर दिया, ''कुछ लोग इतने एक्सपर्ट होते हैं कि बदलने में वक्त भी नहीं लगाते।''

रागिनी ने मैसेज रीड कर लिया। उस पर मैसेज का असर हुआ या कुछ और, मैंने देखा मोबाइल पर रागिनी का कॉल आ रहा था, लेकिन अब मैं उससे कोई बात नहीं करना चाहता था, मैंने फ़ोन काट दिया। रागिनी ने दुबारा फ़ोन किया। इस बार मैंने फ़ोन उठा लिया।

''हेप्पी बर्थ डे हितेश!''

''थैंक यू'' कहकर मैंने फ़ोन डिस्कनेक्ट कर दिया। इसके बाद रागिनी ने ग्रुप में मैसेज भेजा ''अपनी खुशियों की चाबी दूसरों की जेब में मत रखो।''

जिन लोगों से आप प्यार करो, जिन लोगों से आपको इमोशनल सपोर्ट की जरूरत हो; जब वो लोग आप को उपदेश देने लगते हैं, तो कितना बुरा लगता है, यह बात मुझे आज समझ आ रही थी। रागिनी का एक विश मुझे कितनी ख़ुशी देता, यह बात केवल मैं समझ सकता था, लेकिन वो अपने बेस्ट फ्रेंड के साथ बिजी थी, वो अपनी पिक, फेसबुक पर पोस्ट करने में बिजी थी; लेकिन उसके पास मेरे लिए दो मिनट का समय नहीं था। मैं रागिनी के मैसेज का रिप्लाई टाइप कर रहा था, मगर मेरा दिल मुझे यह रिप्लाई लिखने से रोक रहा था, ''हितेश, तुम कुछ भी लिख दो, लेकिन यह लाइन मत लिखो।''

''क्यों न लिखूँ यह लाइन? उसे भी दूसरों की फीलिंग की रेस्पेक्ट करनी आनी चाहिए, लेकिन नहीं, वो उल्टा हमें उपदेश दे रही है। मैंने रिप्लाई

सेंड कर दिया, "उन लोगों के पॉकेट में अपनी खुशियों की चाबी कभी मत रखो, जो तुम्हारी जिन्दगी में केवल दर्द देने के लिए आते हैं।"

मैसेज लिखने के बाद मैंने अपना नेट डिस्कनेक्ट किया और सोने चला गया।

अगले दिन सुबह उठकर देखा, बैडमिन्टन रॉक ग्रुप पर मैसेज आया था 'रागिनी लेफ्ट।'

"हितेश, मिल गई तुम्हें और तुम्हारे माइंड को शान्ति; मैंने पहले ही कहा था, यह लाइन मत लिखो कि रागिनी हमेशा तुम्हारी जिंदगी में दर्द देने के लिए आती है... वो यह लाइन सहन नहीं कर पायेगी, क्योंकि वो तुमसे प्यार करती है।"

"क्यों नहीं सहन कर पाएगी; उसने भी एक दिन मुझसे कहा था, हितेश मैं तुम्हें कभी अपना प्यार नहीं दे सकती, तुम्हें जब भी दूँगी अपना दर्द दूँगी।" मैंने भी उसे यही लिखा है। उसने आज तक मुझे दर्द के सिवा दिया भी क्या है? अगर वो मुझसे थोड़ा-सा भी प्यार करती, तो मुझे इतना अच्छा बर्थडे गिफ्ट नहीं देती, मुझे यूँ उपदेश नहीं देती, मुझे यूँ हर्ट नहीं करती। इमोशनल सपोर्ट की जरूरत केवल लड़कियों को नहीं, लड़कों को भी होती है... उन्हें भी जिंदगी में कोई एक ऐसा साथी चाहिए, जिससे वो अपने दिल की हर बात कर सकें, कभी प्यार वाले मैसेज भेज सकें। रागिनी मेरा पहला प्यार है; मेरे इस इडियट दिल ने उसके अलावा कभी किसी को नहीं चाहा, लेकिन वो भी दूसरी लड़कियों की तरह निकली। रागिनी ने सही कहा था, "हितेश, अगर तुम जिंदगी में कभी दोबारा मिले, तो मैं प्यार के बाकी बचे चैप्टर भी पढ़ा दूँगी।" हमारे प्यार में सब-कुछ था, लेकिन चीटिंग नहीं थी। जब कॉलेज में हम अलग हुए, तब भी हम दोनों के दिल में एक कसक थी; वो कसक, जिसने हमेशा हमारे प्यार को जिंदा रखा, लेकिन रागिनी ने उन पुरानी मीठी यादों को भी कड़वा बना दिया।

रागिनी कहती थी, हितेश, हम लड़कियों में एक कमी होती है, हम बहुत जल्दी सपने बुनने लगती हैं।

रागिनी! लड़कियाँ सपने नहीं, बस स्वेटर बुनती हैं और अपनी गोलमोल बातों के फंदों में लड़को को उलझाती हैं; वो बस सिलाई-कढ़ाई करती हैं और अपने कमेन्ट की निडल लड़कों को चुभाती हैं; वो बस वॉशिंग

मशीन में कपड़े धोती हैं और लड़कों को भी उन्हीं कपड़ों की तरह गोल-गोल घुमाती हैं। रागिनी! लड़कियाँ केवल जाल बुन सकती हैं, जिसमें वो अपने मनचाहे लड़के को फँसा सकें। दुनिया का कोई लड़का किसी लड़की को नहीं फँसा सकता, जब तक वो खुद न चाहे।

लड़के भी कितने इडियट होते हैं, बेचारे बहुत जल्दी सपने बुनने लगते हैं; उनकी खूबसूरत आँखों को सागर कहने लगते हैं और उसमें डूबने का सपना देखने लगते हैं; उनकी जुल्फों को घटायें कहने लगते हैं और उनके साथ बारिश में भीगने का सपना देखने लगते हैं; उन्हें अपनी हिरोइन समझ लेते हैं और उनके साथ शूटिंग करने का सपना देखने लगते हैं।

रागिनी ने ग्रुप मेरी वजह से नहीं छोड़ा; उसे ग्रुप छोड़ना ही था, क्योंकि वो अब प्रकाश के साथ बिजी है। मैंने यह ग्रुप, रागिनी दीक्षित के लिए ज्वॉइन किया था... मैंने यह ग्रुप उस इडियट लड़की के लिय ज्वॉइन किया था, जो मुझसे प्यार करती थी। अब जब वो रागिनी दीक्षित यहाँ है ही नहीं, तो मैं इस ग्रुप में रहकर क्या करूँगा, उसे रागिनी प्रकाश ने कैद कर लिया है; मैं भी यह ग्रुप छोड़ देता हूँ। मैंने ग्रुप सेटिंग में जाकर लेफ्ट पर क्लिक कर दिया। हम दोनों ग्रुप से बाहर आ गये थे, मगर पर्सनली हम व्हाट्स एप पर अभी भी जुड़े थे।

मैं रागिनी को रोज कुछ-न-कुछ इमोशनल पोस्ट भेजता। मैं रागिनी को ऐसे मैसेज भेजता, "कुछ लोग अपना स्वाद बनाये रखने के लिए दूसरों की जिंदगी को जलेबी की तरह उलझा देते हैं।"

मैं रागिनी को इंडायरेक्टली यह अहसास दिलाना चाहता था कि उसने मुझे कितना चीट किया है, उसने केवल मुझे अपने टाइम पास के लिए यूज किया है। रागिनी अब पहले वाली रागिनी नहीं रही, वो बदल गई है। आज मैंने फिर रागिनी को एक मैसेज भेजा, जिसमें मैंने उसको जानबूझकर टार्गेट किया था।

"हमेशा उन लोगों को सर्च करो, जिन्हें तुम प्यार करते हो; तुम्हें यूज करने वाले तो 17 साल बाद भी तुम्हें फेसबुक पर सर्च कर लेंगे।"

यह मैसेज पढ़ते ही रागिनी का रिप्लाई आ गया, "मैंने तुम्हारा कोई यूज़ नहीं किया है; मैं नहीं बदली, बल्कि तुम बदल गये हो, तुम्हारा नजरिया बदल गया है; मैंने तुम्हें इसलिए छोड़ दिया, क्योंकि मुझे नहीं पता था तुम इतने

इमोशनल हो जाओगे।''

वाह! रागिनी ने अलग होने के साथ-साथ, मेरे अंदर की कमियाँ भी बड़ी जल्दी ढूँढ़ ली... मेरा नजरिया बदल गया है, मैं इमोशनल हो गया हूँ, लेकिन जब रागिनी का ट्रांस्फर नहीं हुआ था, तब उसे मेरे अंदर यही सब अच्छा लगता था। वो कहती थी, ''हितेश, तुम बिल्कुल भी नहीं बदले; जैसे बरसों पहले थे, आज भी वैसे हो... हितेश तुम कभी किसी के लिए मत बदलना, तुम ऐसे ही बहुत अच्छे लगते हो। रागिनी ने यह समझाया था, जो जैसा है हम उसे वैसा ही प्यार करें, प्यार में किसी को बदलने की जरूरत नहीं पड़ती। रागिनी को मेरे इमोशन पसंद थे, उसे मेरी वो सारी कहानियाँ और कवितायें पसंद थीं, जिसमें इमोशन हों; उसे यह देखकर अच्छा लगता था कि मैं आज भी उसके लिए वैसा हूँ, जैसा कॉलेज टाइम में था।

इंसान की भी कैसी फितरत होती है; जब हम किसी से जुड़ना चाहते हैं तो उसके अंदर की खूबियाँ देखते हैं; जब उससे अलग होते हैं, उसमें कमियाँ ढूँढ़ने लगते हैं। अगर रागिनी को इमोशनल लोग पसंद नहीं हैं, फिर इण्डिया में क्यों रहती है? हमारा सारा देश इमोशनल है, यहाँ के नेता, पब्लिक को इमोशनल करके अपनी सरकार बना लेते हैं। वो अपने बेस्ट फ्रेंड के साथ विदेश में जाकर क्यों नहीं बस जाती, जहाँ के लोग प्रैक्टिकल हैं। लगता है रागिनी प्रकाश ने, कोई इंग्लिश मूवी नहीं देखी; इसे यह भी नहीं पता, विदेशी ब्वॉय फ्रेंड इसके साथ कैसे-कैसे प्रैक्टिकल करता; वो मुझ इडियट की तरह इसके ऊपर गजल और कवितायें न लिखता। मैंने रागिनी की बात का कोई जवाब नहीं दिया, बस उसके बाद मैंने उसे मैसेज भेजना बंद कर दिया,

कुछ दिनों बाद मनोज ने मुझे और रागिनी को दुबारा ग्रुप में जोड़ लिया, लेकिन उसके बाद मैंने ग्रुप में पोस्ट करना बंद कर दिया। एक दिन मेरे पास मनोज का फ़ोन आया, ''यार फेसबुक पर निकिता भी मिल गई है, मैंने उसे व्हाट्स एप्प के बैडमिन्टन रोक्स ग्रुप में जुड़ने को कहा, लेकिन उसने साफ़ मना कर दिया है, वो किसी ग्रुप से जुड़ना नहीं चाहती।''

''अच्छा, अभी दो दिन पहले वो मुझे भी फेसबुक पर मिली थी, मैंने उससे थोड़ी चैटिंग भी की; मुझे वो बिल्कुल वैसी लगी, जैसी वो कॉलेज में थी।''

''हाँ, तुमसे तो सब वैसे ही मिलते हैं, रागिनी भी तुमसे वैसे ही मिली

थी।''

''यार प्लीज मुझसे उसकी कोई बात मत कर, मैं तुझसे उसकी कोई बात नहीं करना चाहता।''

''तुम उसकी कोई बात नहीं करना चाहते, तो उसकी वजह से ग्रुप क्यों छोड़ देते हो?''

मैंने मनोज की बात का कोई जवाब नहीं दिया।

''अच्छा हितेश, तुम निकिता से बात करके देखो, अगर वो भी ग्रुप में आ जाये तो कितना अच्छा रहे।''

''चल यार तेरे लिए यह भी कर देते हैं; मैं एक मैसेज लिखकर देता हूँ, लेकिन तुम उसमें अपना दिमाग मत लगाना; कुछ लोग केवल दिल की बातें समझते हैं।''

''अच्छा, ऐसा क्या मैसेज है?''

मैंने उसे मैसेज सेंड किया। ''निकिता! व्हाट्सएप पर हमारा एक बैडमिन्टन ग्रुप है; उसमें वो ही सब लोग हैं, जो साथ-साथ बैडमिन्टन खेलते थे। तुम हमारे ग्रुप की सबसे अच्छी प्लयेर हो और हम नहीं चाहते कि हमारा सबसे अच्छा प्लेयर इस ग्रुप से बाहर रहे।''

मनोज ने यह मैसेज निकिता को सेंड किया। इसे पढ़कर निकिता ने अपना व्हाट्स एप्प नम्बर दे दिया। अब मनोज बहुत खुश था। निकिता के ग्रुप में जुड़ने से एक ताजगी सी आ गई। वो अच्छे-अच्छे गुड मॉर्निंग मैसेज सेंड करती। अब मैंने भी ग्रुप में कुछ मैसेज भेजने शुरू कर दिए थे। आज मेरी बेटी अदिति का बर्थडे था, मैंने उसकी कुछ पिक पोस्ट की थी। ग्रुप के सभी लोग बर्थडे विश कर रहे थे और मैं सबको थैंक्स बोल रहा था, तभी रागिनी ने भी विश सेंड की और मैंने लिख दिया ''थैंक यू रागिनी।''

''हितेश, मेरा नाम रागिनी प्रकाश है, रागिनी नहीं।''

यह वही रागिनी प्रकाश थी, जो ट्रांस्फर होने से पहले कहती थी, ''हितेश, तुम मुझे फ़ोन करते हुए कभी कोई झिझक महसूस मत किया करो; तुम किसी की पत्नी से नहीं, अपनी रागिनी दीक्षित से बात कर रहे हो।''

पता नहीं रागिनी जैसे लोग क्यों दूसरों की जिंदगी में बेवकूफ बनकर आते हैं और उन्हें बेवकूफ बनाकर खुद समझदार बन जाते हैं। अब मैं खुद को

बहुत हारा हुआ महसूस करने लगा था। इसका असर मेरे व्यवहार पर भी पड़ने लगा। मैं लोगों से चिल्ला कर बात करता, मेरा कान्फिडेंस बिल्कुल लूज हो गया था। अब दुनिया को देखने का मेरा तरीका बदल गया। ऐसे लगता था जैसे इस दुनिया में सब एक-दूसरे को धोखा दे रहे हों और सबसे ज्यादा धोखा वो देता है, जिस पर हम विश्वास करते हैं।

लड़कियों की बात पर कभी कोई विश्वास नहीं करना चाहिए; इनका काम बस लड़कों को इमोशनल बनाकर, खुद समझदार बन जाना है। अब मेरी कहानियों का रंग भी बदलने लगा था। आज मैंने एक ऐसी ही कहानी लिखकर फेसबुक पर पोस्ट की...

लिफ्ट

सुबह-सुबह हॉस्टल के रूम नंबर सोलह में फर्स्ट इयर के छात्र की लाश मिली। उसने पंखे से लटक कर अपनी जान दे दी। लड़के का नाम अभिषेक था। कॉलेज मैंनेजमेंट ने उसके परिजनों को सूचित कर दिया। पुलिस भी आकर तहकीकात में जुटी थी। कमरे के कोने-कोने की तलाशी ली जा रही थी, कहीं कोई सुसाइड नोट भी नहीं मिला,

सभी छात्र छात्रायें इकट्ठा हो गये। कॉलेज में अफवाहों का बाजार गर्म था। जूनियर छात्र लामबंद होकर सीनियर छात्रों की रैंगिंग के खिलाफ आवाज उठाने लगे।

तभी कोमल ने प्रिया से आकर पूछा, "प्रिया, यह तो वही लड़का है, जो तुम्हारे साथ उस दिन कॉफ़ी शॉप में मिला था, जिससे तुम्हारा लव चल रहा था।"

"हाँ यार, वही है, लेकिन किसी को बताना मत; मैंने जरा-सी लिफ्ट क्या दी, कुछ ज्यादा इमोशनल हो गया, इसलिए मैंने उससे पीछा छुड़ा लिया।"

"कब पीछा छुड़ाया?"

"कल शाम।" प्रिया नजर चुराते हुए बोली।

"प्रिया, अगर तुमने पीछा छुड़ाने से पहले जरा-सी लिफ्ट न दी होती, तो आज अभिषेक जिंदा होता।"

कोमल की बात को अनसुना कर, प्रिया, रैंगिंग के खिलाफ आवाज

उठाने वाले जुलूस के साथ चल पड़ी।

कहानी पोस्ट करने के बाद में शेविंग बनाने चला गया। शेविंग बनाते बनाते मैंने वाश बेसिन के शीशे को ध्यान से देखा। मुझे लगा जैसे उसके अंदर से कोई झाँक रहा है। यह वो ही इडियट लड़का था, जो मेरे दिल में रहता था। पहले मैं इस लड़के से मिलकर बहुत खुश होता था, इससे खूब सारी बातें करता था, क्योंकि इसने मुझे प्यार करना सिखाया था; इसकी वजह से, मुझे मेरी कॉलेज लाइफ याद रहती थी; इसने जिंदगी में कभी किसी का दिल नहीं दुखाया, हमेशा दूसरों की हेल्प की। आज हम दोनों एक-दूसरे से नजर नहीं मिला पा रहे थे। मैंने चिल्ला कर कहा, चले जाओ मेरी जिंदगी से! तुम जाते क्यों नहीं; आखिर तुम किसका इन्तजार कर रहे हो?''

''उस इडियट लड़की का।''

''यार ऐसी कोई लड़की नहीं है, तुम समझते क्यों नहीं।''

''हितेश झूठ मत बोलो; एक ऐसी रागिनी भी है, जिसे केवल तुम जानते हो, जो केवल तुम्हें मिली है, जिससे केवल तुमने बातें की है... सारी दुनिया रागिनी को जैसा जानती है, वो वैसी नहीं है। खुद रागिनी को भी नहीं पता उस रागिनी के बारे में, जिसे तुम जानते हो।''

''किस रागिनी की बात कर रहे हो? उस सेल्फिश लड़की की, जो अपने सिवा कभी किसी दूसरे के बारे में नहीं सोचती।''

''नहीं, मैं उस इडियट लड़की की बात कर रहा हूँ, जो तुमसे बहुत प्यार करती है; मैं उसकी बात कर रहा हूँ, जिसे एक इडियट लड़का बहुत प्यार करता है।''

''तुम झूठ बोल रहे हो; मैं हितेश राघव हूँ और वो रागिनी प्रकाश; हम कोई इडियट्स नहीं हैं।''

''हाँ मुझे पता है, हितेश राघव और रागिनी प्रकाश ने कभी किसी से प्यार नहीं किया; यह दोनों सिर्फ अपने आप से प्यार करते हैं... प्यार हम इडियट्स ने किया था और कोई हमारे प्यार को नहीं समझ सकता।''

मैं उस लड़के की बात नहीं समझना चाहता था। मैंने अपना फेस अच्छी तरह धोया। मैं दुबारा शीशे के आगे आकर खड़ा हो गया। अब वो इडियट लड़का जा चुका था। मैंने गौर से देखा, शीशे में केवल मुझे हितेश राघव नजर

आ रहा था।

अब मैं ख़ुद को ज्यादा-से-ज्यादा बिजी रखता, जिससे वो इडियट लड़का मुझे कभी दिखाई न दे; इसीलिए मैंने दुबारा सिगरेट पीना भी स्टार्ट कर दिया। लेकिन मैं हमेशा इस बात का ध्यान रखता कि अदिति के सामने घर पर न पिऊँ। मुझे जब सिगरेट पीनी होती, मैं छत पर चला जाता। आज भी मैंने अदिति से नजर बचाकर बैग से सिगरेट निकाली और छत पर आ गया। मैंने देखा चिड़ियों को पानी रखने वाला बर्तन एक कोने में उल्टा पड़ा है। मैंने वह बर्तन उठाया और नीचे आकर रंजना पर चिल्लाकर बोला, ''रंजना, तुमने फिर पानी रखना छोड़ दिया; तुमसे कितनी बार कहा है कि चिड़ियों को रोज पानी रख दिया करो।''

''पानी देखकर बन्दर आ जाते हैं और सारा पानी बिखेर देते हैं।'' रंजना ने पलटकर जवाब दिया। मुझे रंजना के स्वर में एक लापरवाही लगी। मैं उस पर और चिल्लाना चाहता था, लेकिन अदिति को देख चुप हो गया। मुझे अदिति की एक बात याद आ गई। एक बार वो अपना दशहरा का होमवर्क कर रही थी। वो अपनी स्कूल डायरी लेकर मेरे पास आई और मुझसे पूछा ''डैडी, मुझमें क्या बुराई है?''

मैंने उसको गोद में उठाते हुए कहा ''मेरी गुड़िया रानी में कोई बुराई नहीं है, उसमें सारी अच्छाई है।''

''नहीं डैडी, टीचर ने कहा है, सभी के अंदर कुछ-न-कुछ बुराई होती है, यह बुराई ही हमारे अंदर का रावण है; हमें दशहरा पर प्रॉमिश करना चाहिए कि हम अपने अंदर की इस बुराई को खत्म कर दें, जिससे भविष्य में कोई रावण पैदा न हो।''

''यह तो आपकी टीचर ने बहुत अच्छी बात बताई; आप कभी-कभी टूथपेस्ट करना भूल जाती हो, आपको अपनी इस बुराई को खत्म करना है।''

''थैंक यू डैडी, लेकिन आपको भी अपनी एक बुराई खत्म करना है।''

''मेरे अंदर क्या बुराई है?''

''आप कभी भी मेरी ममा से चिल्लाकर बात नहीं करोगे।''

मैंने खुद बर्तन में पानी भरा और उसे छत पर रखने चला गया। मैंने देखा, अदिति भी चुपके-चुपके मेरे पीछे आ गई। उसके हाथ में एक पोस्टर

लगा था।

"लो डैडी, इसे यहाँ दीवार पर चिपका दो।"

उस पोस्टर पर अदिति ने स्केच से बड़े-बड़े अक्षरों में लिखा था "Monkeys are not allowed, only for birds."

मैंने अदिति से कहा, "बेटा मंकीज पढ़े-लिखे नहीं होते, वे यह वार्निंग नहीं पढ़ पायेंगे।"

"डैडी, मंकी पढ़े-लिखे नहीं होते, लेकिन आप यह पढ़ सकते हो।" अदिति ने मेरी पॉकेट से सिगरेट बॉक्स निकाला और मेरे हाथ पर रख दिया, "देखो इस पर साफ़-साफ़ लिखा है, Smoking is injurious for health, फिर आप क्यों पीते हो?"

मैंने बॉक्स डस्टबिन में फेंक दिया। "सॉरी बेटा अबसे मैं कभी सिगरेट नहीं पिऊँगा।" मैंने अदिति को गोद में उठाया और गले से लगा लिया। थैंक गॉड, पता नहीं जिंदगी में कौन-से अच्छे काम किये, जो तूने अदिति जैसी बेटी दी; हे कान्हाँ, तुम्हें हर डैडी को कम-से-कम एक बेटी जरूर देनी चाहिए, जिससे कोई डैडी कभी बिगड़ न पाये।

अब मैं अपना फोकस सिर्फ काम और फेमिली पर रखना चाहता था। मैं उस इडियट लड़के को हमेशा के लिए खत्म करना चाहता था, जो मेरे दिल में बरसों से रह रहा था; लेकिन पिछली बातें मेरा पीछा छोड़ने को तैयार नहीं थीं। आज कम्पनी ने अपना एक प्रोजेक्ट पूरा किया। इसी ख़ुशी में कॉकटेल पार्टी चल रही थी। लोग जाम से जाम टकरा रहे थे, कुछ लोग म्यूजिक की धुन पर डांस कर रहे थे। मैंने जैसे ही पहला पेग पिया, वो इडियट लड़का मेरे सामने आकर खड़ा हो गया,

"हितेश, पहचाना मुझे?"

'कौन?'

"वही इडियट लड़का, जो तुम्हारे दिल में रहता है, जो रागिनी से प्यार करता है।"

"नहीं, मेरे दिल में ऐसा कोई लड़का नहीं रहता और न ही मैं ऐसी किसी रागिनी को जानता हूँ।"

तभी म्यूजिक प्लेयर पर एक गाना बजने लगा। उस गाने के बोल सीधे

मेरे दिल में उतरने लगे, 'दिल आजकल मेरी सुनता नहीं, दिल आजकल पास रहता नहीं, ये तुझसे ही मिलने को चाहे, ये तेरी ही करता है बातें, क्या तुम हो वही, क्या तुम हो वही।'

यह वो ही गाना था जिसे सुनने के बाद मैंने रागिनी से कहा, हाँ मैं आज भी वही हूँ, मैं आज भी तुमसे उतना ही प्यार करता हूँ, आई लव यू रागिनी। यह वो ही गाना था जिसे सुनने के बाद मैंने अगले दिन शिवानी को कॉल की। इस गाने को सुनते ही मुझे लगा जैसे उस दिन की तरह रागिनी गा रही है। वो मेरे सामने बैठकर मुझसे पूछ रही है, क्या तुम हो वो ही ... क्या तुम हो वो ही?

मैंने अपना दूसरा पेग पिया, "हाँ रागिनी, मैं हूँ वही; मैं वही लड़का हूँ जो तुम्हें कॉलेज में मिला था, मैं वो ही लड़का हूँ, जो तुम्हें बहुत प्यार करता है, मैं वो ही लड़का हूँ, जिसके तुम हमेशा लेफ्ट हैण्ड पर चलना चाहती थी... लेकिन क्या तुम हो वही? लेकिन नहीं, तुम अब रागिनी प्रकाश बन गई। सारी दुनिया कहती है, रागिनी शुरू से रागिनी प्रकाश ही थी, लेकिन वो इडियट लड़का नहीं माना; तुम्हें एक बात पता है रागिनी?

'क्या?'

"सब कहते हैं रागिनी मुझसे प्यार नहीं करती, वो बस मुझसे टाइम पास कर रही थी, मुझे चीट कर रही थी, यह बस मेरे मन का वहम है; लेकिन मैं कहता हूँ वो मेरा वहम नहीं है, वो एक इडियट लड़के का प्यार है... रागिनी, तुम्हें एक बात और पता है?"

'क्या?'

मैं भी सब-कुछ भूल जाना चाहता हूँ; मैं उस इडियट लड़के को खत्म करना चाहता हूँ, लेकिन वो ऐसे खत्म नहीं होना चाहता; वो एक बार फिर उस इडियट लड़की से मिलना चाहता है। रागिनी, मैं अपनी जिंदगी में सब-कुछ हार सकता हूँ, मैं हितेश राघव को भी हारा हुआ देख सकता हूँ; लेकिन मैं कभी उस इडियट लड़के के दिल को टूटता हुआ नहीं देख सकता, जिसमें तुम्हारी तस्वीर बनी है।

"बोलो रागिनी क्या तुम हो वो ही... क्या तुम हो वो ही...दिल आजकल मेरी सुनता नहीं..." कहते-कहते मैं लड़खड़ाकर गिर पड़ा। मेरी कम्पनी के दोस्तों ने मुझे सँभाला और मुझे एक चेयर पर बिठाया। मुझे थोड़ा-थोड़ा होश आ रहा था। कुछ लोग मेरे मुँह पर पानी के छींटे मार रहे थे।"

“हितेश आर यू ओके?”

सॉरी गाइज, प्लीज मुझे मेरी गाड़ी तक छोड़ दो, मैं अब घर जाना चाहता हूँ,

“हितेश तुम पागल हो गये हो, इस हालत में गाड़ी कैसे चला पाओगे, मैं तुम्हें घर तक छोड़ आऊँगा।” मेरे एक दोस्त ने मुझे सँभालते हुए कहा।

उसने मुझे गाड़ी में डाला और मयूर विहार की तरफ गाड़ी दौड़ा दी। मैंने उससे ए सी बंद करके गाड़ी के शीशे खोलने को कहा। थोड़ी देर बाद मैं अपने घर पहुच गया। रंजना कुछ नहीं बोली, उसने मुझे बिस्तर पर लिटाया और मेरे शूज खोलकर रख दिये।

मैं सुबह सोकर उठा तो रंजना से आँखे नहीं मिला पा रहा था। मैंने रंजना से चाय माँगी, उसने चुपचाप टेबिल पर लाकर रख दी,

“सॉरी रंजना, अभी तक नाराज हो; यार कल कम्पनी में एक पार्टी थी, इसलिए थोड़ी ज्यादा हो गई।

“हितेश, तुम्हें पता है, मुझे शराब से कितनी नफरत है; मैंने भगवान से बस यही माँगा था, कि चाहे गाड़ी, फ्लैट कुछ मत देना, लेकिन एक शराबी आदमी को मेरा पति मत बनाना, भगवान ने मेरी वो भी नहीं सुनी।”

मन में आया कि बोल दूँ, अगर कोई किसी पार्टी में एक दो पेग ज्यादा ले लेता है, क्या वो शराबी हो जाता है? लेकिन ऐसे मौकों पर चुप रहना ही ठीक है, मैं कुछ नहीं बोला। मैंने टेबिल पर पड़ा न्यूज पेपर उठाया और उससे अपना चेहरा ढँक लिया,

“हितेश जरा यह सोचो, अदिति अब बड़ी हो रही है; सुबह से कितनी बार पूछ चुकी है, क्या हुआ डैडी को, वो अभी तक सो क्यों रहे है? कितना अच्छा रहता कि आज वो मुझे स्कूल बस तक छोड़ आते, लेकिन मैं उसे क्या बताती; तेरे डैडी पीकर आये हैं, इसलिए इतनी देर तक सो रहे हैं।”

“तुम उसे कुछ समझा सकती थी, कह देती तुम्हारे डैडी की तबियत खराब है।”

“मैं किस-किस को समझाऊँगी; आज अदिति पूछ रही थी, कल सन्नी बड़ा हो जाएगा वो पूछेगा, कि ममा मेरे डैडी शराब क्यों पीते हैं?”

रंजना की बातों से लगने लगा अब दो चार दिन घर में यही टॉपिक चलेगा; अगर मैं कुछ बोला, यह मेरे दस साल का पूरा ब्यौरा दे देगी कि मैं कितनी बार ड्रिंक करके घर आया। कोई अभी इसके डैडी के बारे में पूछ ले तो बोलेगी, "नहीं उन्होंने ड्रिंक करनी कब की छोड़ दी।" जबकि इसे अच्छी तरह पता है वो डेली पैसेंजर हैं।"

मैं चुपचाप ऑफिस के लिए तैयार होने लगा। वैसे भी मेरी गाड़ी कल रात होटल में रह गई थी, मुझे आज मेट्रो से निकलना था। मैं मेट्रो पकड़कर कनॉट प्लेस ऑफिस पहुँचा। आज ऑफिस में बस हमारे नाम के चर्चे थे। मुझे देखते ही सब चुप हो गये। मैं सीधा बॉस के केबिन में गया।

"गुड मॉर्निंग सर।"

"गुड मॉर्निंग।"

मैंने सोचा बॉस को भी खबर लग गई होगी, लेकिन उसने इस मैटर पर कोई बात नहीं की। पता नहीं यह अपने मन में जाने क्या-क्या सोच रहा होगा। मैंने हिम्मत करके खुद ही कहा "सॉरी सर।"

"किस बात के लिए?"

पूछ तो ऐसे रहा है, जैसे कुछ जानता ही नहीं, "सर, कल कुछ ज्यादा हो गई थी।"

"कोई बात नहीं, पार्टी इंज्वॉय करने के लिए होती है; अब हमारे घर से परमीशन मिल नहीं पाती, इसलिये हम इंज्वॉय नहीं कर पाते।"

घर से परमीशन नहीं मिलती या वाइफ की दो चार बात सुनने की हिम्मत नहीं है। अरे इंज्वॉय करने के लिए कुछ रिस्क उठाना पड़ता है। बोल ऐसा रहा है जैसे हमारी वाइफ पार्टी में यह कहकर भेजती है, जाओ वहाँ जाकर खूब पीना। लेकिन मैं कुछ नहीं बोला, बस थैंक यू सर कहकर बॉस के केबिन से बाहर आ गया। बाहर आकर देखा, सभी स्टाफ के लोग मेरी सीट के आस-पास मँडरा रहे थे।

कम्पनी की रिसेप्शनिस्ट सारिका, चुटकी लेते हुए बोली "सर आप गाना बहुत अच्छा गाते हो; दिल आजकल मेरा लगता नहीं, क्या तुम हो वो ही?... क्या तुम हो वोही? सर यह रागिनी कौन है?"

"यार जब मैं ड्रिंक कर लेता हूँ, तब तुम्हें ही रागिनी समझ लेता हूँ।"

सारिका मेरा यह डायलॉग सँभाल नहीं पाई और अपनी सीट पर जाकर बैठ गई।

मेरी इस बात पर सारे लोग हँसने लगे और मैं टेबिल पर रखी एक फ़ाइल के पन्ने पलटने लगा।

ऑफिस से शॉर्ट लीव लेकर मैं सीधे अपनी गाड़ी लेने होटल पहुँचा। वहाँ पार्किंग से गाड़ी निकाल मैं घर की ओर चल दिया। मेरे पास केवल गजलों का कलेक्शन है; मुझे गुलाम अली पसंद हैं, लेकिन जगजीत सिंह और चित्रा सिंह मेरे दिल के बहुत करीब हैं। पहले यह हाल था, जब तक मैं उनकी आवाज में कुछ सुन न लूँ, मुझे नींद नहीं आती थी; लेकिन आज कुछ गजल सुनने का मन नहीं कर रहा था, मैं कुछ नया सुनना चाहता था। मैंने एफ एम लगाया और एक सॉन्ग सुनने लगा। इसके खत्म होने के साथ ही दूसरा गाना बजने लगा- दिल तो बच्चा है जी, थोड़ा कच्चा है जी ...। इस गाने को सुनते ही, मिस्टर दिल जोर से धड़कने लगा, ''हाँ तू तो जिंदगी भर बच्चा ही रहेगा और मुझे भी बच्चा बनाकर रखेगा।'' मैंने दूसरा चैनल चेंज किया, उस पर जो गाना बज रहा था, उसके बोल मुझे वापिस रात की पार्टी में ले गये, ''दिल आजकल मेरा लगता नहीं .... क्या तुम हो वो ही, क्या तुम हो वो ही।''

मैं निजामुद्दीन पुल क्रॉस कर रहा था। मैंने म्यूजिक प्लेयर बंद किया और गाड़ी वहीं एक साइड में लगा दी। मैं बस कुछ देर यूँ ही गाड़ी में बैठा रहना चाहता था, मैं अब कहीं नहीं जाना चाहता था।

''क्या है यह सब?'' मैंने गाड़ी के डैश बोर्ड पर लगी कान्हाँ की मूर्ति से कहा।

''क्या हितेश मैं कुछ समझा नहीं।''

''तुम सब समझते हो, तुम्हें सब पता है; मैं रागिनी के बारे में बात कर रहा हूँ, उसकी यादें मेरा पीछा क्यों नहीं छोड़तीं... मैं उसको भूल गया था, तुमने मुझे उससे दुबारा क्यों मिलवाया?''

''हितेश, तुम्हीं ने एक दिन मन्दिर में आकर कहा था, मुझे उससे एक बार मिलवा दो, क्या तुम हो वो ही... क्या तुम हो वो ही।''

''कान्हाँ मैं वैसे ही बहुत परेशान हूँ, कम-से-कम तुम यह गाना मत गाओ, मैं रागिनी दीक्षित से मिलना चाहता था, रागिनी प्रकाश से नहीं।''

“पहले तो वो तुमसे रागिनी दीक्षित बनकर ही मिली थी, रागिनी प्रकाश तो वो ट्रांस्फर होने के बाद बनी।”

“थैंक यू वैरी मच कान्हाँ, कम-से-कम तुम यह बात जानते हो; वैसे इन सत्रह सालों में कुछ भी नहीं बदला... जैसे हालात पहले थे, वैसे ही तुमने आज बना दिये। कॉलेज में आने से पहले भी वो रागिनी प्रकाश थी, मुझसे मिली तो रागिनी दीक्षित बन गई, कॉलेज खत्म हुए फिर रागिनी प्रकाश बन गई... अब सत्रह साल बाद भी ऐसा ही हुआ और मैं बेवकूफों की तरह उसकी याद में आँसू बहा रहा हूँ।”

“हितेश, तुमने ही मुझसे कहा था, कान्हाँ तुम चाहो तो रागिनी क्या तुम तो वक्त को भी दुबारा लाकर दिखा दो... याद करो... क्या तुम हो वो ही ... क्या तुम हो वो ही।”

“हाँ मैं हूँ, वो ही... मुझे सब याद है, मैंने ही तुमसे यह सब माँगा था, लेकिन क्या मैंने आज तक तुमसे जो माँगा है, तुमने मुझे सब दिया है? मैंने तुमसे एक बार यह भी माँगा था कि मैं करोड़पति बन जाऊँ, मैंने तुमसे एक बार यह भी माँगा था कि मैं बहुत फेमस राइटर बन जाऊँ क्या मैं वो सब बन गया? तब तुम बोले, नहीं हितेश मैं सबको वो देता हूँ, जिसके वो योग्य होते हैं, इस संसार में सब अपनी योग्यता अनुसार पाते है, याद करो... क्या तुम हो वो ही... क्या तुम हो वो ही।”

मैंने कान्हाँ की मूर्ति की तरफ ध्यान से देखा, वहाँ कान्हाँ थे ही नहीं। जिसे मैं अभी तक मुरली समझ रहा था, वो एक हाथी की सूँड थी। उन्होंने जो मुकुट पहना था, उस पर मोर पंख नहीं, हीरे-मोती जड़े थे, उनकी जगह वहाँ गणेश जी की मूर्ति लगी थी। मुझे ध्यान आया, एक दिन जब हम लॉन्ग ड्राइव पर जा रहे थे, तब कान्हाँ की मूर्ति, सन्नी ने डैशबोर्ड से हटा दी। हमने उससे मूर्ति माँगी, लेकिन उसने देने के लिए मना कर दिया। अदिति ने कहा, डैडी यहाँ पर गणेश जी की मूर्ति लगा दो और मैंने कार डेकोरेटर की शॉप से खरीदकर गणेश की मूर्ति लगा दी।

जब वहाँ कान्हाँ थे ही नहीं, फिर मैं इतनी देर से किससे बातें कर रहा था, कौन मेरी बातों का जवाब दे रहा था? गणेश जी को मेरे और रागिनी के बारे में कुछ पता भी नहीं, उनसे इस टॉपिक पर मैंने कभी कोई बात भी नहीं की, वैसे भी गनेश अपने माता-पिता के एक आज्ञाकारी बच्चे हैं, वो कान्हाँ की तरह

नहीं, जो गोपियों की मटकी तोड़े, उनके संग रासलीला करे। लगता है मैं पागल हो गया हूँ, मैं इतनी देर से अपने आप से ही बात कर रहा था; सॉरी गणेश, मैंने तुम्हें डिस्टर्ब किया, लेकिन तुम्हीं बताओ मैं क्या करूँ, मेरे कुछ भी समझ में नहीं आ रहा।

"हितेश तुम अपने आपको किसी पागलों के डॉक्टर को दिखाओ।"

"गणेशा, यह सही कहा तुमने, मुझे किसी साइकाइट्रिस्ट को दिखाना चाहिए; मेरे पास एक साइकाइट्रिस्ट है और उसका नाम है शालिनी, उसने मनोविज्ञान में पी एच् डी की है। मैंने गाड़ी स्टार्ट की और नोयडा मोड़ की तरफ टर्न ले लिया। मेरी गाड़ी ने मयूर विहार पीछे छोड़ दिया और वो नोयडा की तरफ दौड़ने लगी।

शालिनी के बँगले के पास पहुँचकर मैं वॉचमैन से बोलने वाला था, कि उसके केबिन में रखा फोन बज उठा।

"आप अंदर जा सकते हैं, मैडम वहाँ नीचे गार्डन में आ रही हैं"

शालिनी का घर है या किसी जासूस का। लगता है यह आज भी अपने आपको वो कॉमिक्स वाली पिंकी समझती है। मैं कुछ कदम चला था कि शालिनी आते हुए दिखाई दी, "अच्छा आज टाइम मिल गया जनाब को, आ ही गये, आने से पहले फ़ोन कर देते, मैं बस अभी शॉपिंग के लिए जा रही थी कि मेन गेट पर तुम्हें देखा"

"बड़ी तेज नजर है आपकी।"

"मेरी नजर तेज नहीं है, लेकिन मेरे गेट पर लगे कैमरों की नजरें बहुत तेज हैं, जब कोई आता है तो पार्किंग और गेट की फोटो तुरंत मेरे पास आ जाती है; एक करोड़पति बिजनेसमैन की पत्नी हूँ, फुल सेफ्टी में रहना पड़ता है,

"हाँ, वो भी अधिकतर बाहर रहते हैं, इसलिए सेफ्टी जरूरी है; पता नहीं कौन तुम्हारा किडनेप करके ले जाये और उनसे करोड़ों रुपए की फिरौती माँग ले।"

"अच्छा हितेश, चाय लोगे या कॉफी?"

"कुछ भी चलेगा, जो भी तुम प्यार से पिला दो।" मैंने हँसते हुए कहा।

"हमारा बहादुर सबको प्यार से ही पिलाता है।" शालिनी ने आवाज देते

हुए कहा, ''बहादुर! यहीं गार्डन में दो चाय ले आना।''

''इतने बड़े बँगले में अकेले रहती हो, डर नहीं लगता?''

''नहीं यार, अब आदत-सी पड़ गई है; बस अपनी पेंटिग में लगी रहती हूँ, बुक्स पढ़ती रहती हूँ, डरने का समय ही नहीं मिलता... वैसे बहादुर की फेमिली पीछे सर्वेंट क्वार्टर में रहती है।''

''अच्छा कभी-कभी हमारी पोस्ट भी पढ़ लिया करो; मैंने तुम्हारी पेंटिंग पर कितनी पोएम पोस्ट की है।''

''हाँ मैंने सारी पढ़ ली, बहुत अच्छा लिखते हो; बिल्कुल सिंपल बच्चों की तरह, मैंने तुम्हें कमेंट्स भी दिये।''

''तुम्हारी पेंटिंग है ही इतनी अच्छी, उसे देखकर कोई कहानी या कविता अपने आप बन जाती है; अच्छा तुमसे एक सलाह लेनी थी।''

''हाँ हाँ बोलो।''

''शालिनी मेरा एक दोस्त है, वो कुछ दिनों से पागल-सा हो गया है।''

'क्यों?'

''वो कॉलेज में एक लड़की से बहुत प्यार करता था, लेकिन जिस दिन वो दोनों अपने प्यार को समझे, उसी दिन अलग हो गये; कॉलेज खत्म हो चुका था और वो बिछुड़ गये।

''लेकिन जब वो प्यार को समझ गये थे, फिर बिछुड़ क्यों गये?'' शालिनी ने हँसते हुए पूछा।

''क्योंकि कभी किसी का पहला प्यार पूरा नहीं होता; खुदा ने प्यार का पहला अक्षर अधूरा बनाया है।''

''हितेश, पहला प्यार इसीलिए पूरा नहीं होता कि उसका पहला अक्षर अधूरा बना है, बल्कि पहला प्यार इसलिए अधूरा रह जाता है, क्योंकि पहला प्यार हमेशा बॉडी अट्रैक्शन से शुरू होता है; पहला प्यार उमर के उस दौर में होता है, जब हम मानसिक और शारीरिक बदलाव से गुजर रहे होते हैं; पहला प्यार तब होता है, जब हम खुद कुछ फैसले लेना चाहते हैं, हमें लगता है हम बड़े हो गये हैं और ज्यादा समझदार। इसी गलतफहमी में हम कुछ गलत फैसले ले लेते हैं।''

भला कोई किसी फिजिशयन को कैसे समझाये, वायरल फीवर के

अलावा इश्क का बुखार भी होता है; कोई किसी कॉर्डियोलॉजिस्ट को कैसे समझाये, दिल का दर्द दूर करने के लिए प्यार की जरूरत होती है; कोई किसी आई स्पेशलिस्ट को कैसे समझाये, आँखें सबसे ज्यादा खूबसूरत तब लगती हैं, जब उसमें किसी की तस्वीर बसी हो; कोई किसी हेयर ड्रेसर को कैसे समझाये, जुल्फों को घटायें भी कहते हैं; कोई किसी ब्यूटी पार्लर वाले को कैसे समझाये कि जब दिल किसी लड़की पर आता है तो वो परी लगने लगती है। कुछ बातें समझाने के लिए नहीं होतीं, वो बस महसूस की जा सकती हैं और महसूस वो ही इंसान कर सकता है, जिसने अपनी जिंदगी में कभी सच्चा प्यार किया हो। मैं थोड़ी देर यूँ ही चुपचाप बैठा रहा।

"अच्छा हितेश आगे बताओ, फिर क्या हुआ?" शालिनी को शायद खुद लगा कि मुझे उसकी बॉडी अट्रैक्शन वाली बात पसंद नहीं आई।

"शालिनी, वो बिछुड़ तो गये, लेकिन उनके दिल में हमेशा के लिए एक कसक रह गई।"

"किस बात की कसक?"

"इस बात की, कि वो कुछ पल एक-दूसरे के साथ गुजार पाते। वो सत्रह साल बाद दुबारा मिले और कुछ पर्सनल रीजन की वजह से फिर अलग हो गये। लड़की के पास कोई स्विच था, उसने वो बदला और वापिस अपनी पहली वाली दुनिया में चली गई, लेकिन लड़का अब इमोशनल हो गया, उसे लड़की का यूँ जाना बहुत तकलीफ दे रहा है। वो एक ख्वाब समझकर भूल जाना चाहता है, लेकिन वो जहाँ भी जाता है, पुरानी यादें उसका पीछा नहीं छोड़तीं।"

"तुम क्या चाहते हो?" शालिनी मेरे चेहरे को पढ़ते हुए बोली।

"यार तुमने मनोविज्ञान में पी.एच.डी. की है, कोई ऐसी सलाह बताओ कि वो इडियट लड़का उसे भूल जाये।"

"अच्छा पहले मेरी आँखों की तरफ दो मिनट देखो।"

मैंने शालिनी की आँखों की तरफ देखा और उससे नजरें बचाते हुए बोला "अब बताओ।"

शालिनी मोबइल में वाच दिखाते हुए बोली "अभी केवल दस सेकेंड हुए हैं; यार हमारी आँखें इतनी भी बुरी नहीं है कि कोई दो मिनट न देख सके,

तुमने दस सेकेंड में ही नजरे हटा ली।''

''क्या नाम है तुम्हारे दोस्त का?''

मुझे शालिनी से इस सवाल की उम्मीद नहीं थी, मैं थोड़ा अटक गया।

''हितेश, दुनिया में दो तरह के लोग होते हैं। कुछ लोगों का चेहरा एक मिरर की तरह होता है और कुछ लोगों का चेहरा लेंस की तरह; जिन लोगों का चेहरा मिरर की तरह होता है, उनके चेहरे से ही उनके बारे में सब पता चल जाता है; तुम भी उनमें से एक हो, जिन लोगों का चेहरा एक लैंस की तरह होता है, उनका चेहरा पढ़ने के लिये पहले तुम्हें उस लैंस का नम्बर पता करना पड़ता है, कुछ का नम्बर इतना अच्छा होता है, कि उनके अंदर चाहे कितनी भी गंदगी भरी हो, लेकिन उनका चेहरा हमेशा साफ़ मिलेगा; बिल्लू, जब तुमसे झूठ बोलना नहीं आता, फिर क्यों बोलते हो, वो भी पिंकी से; चलो तुम्हारे दोस्त का नाम मैं तुम्हें बता देती हूँ, तुम्हारे उस दोस्त का नाम है... हितेश।''

यह सुनकर मैं ज्यादा shock नहीं हुआ; मुझे यह आभास हो गया था कि शालिनी को पता चल जायेगा, बल्कि मुझे आज उसकी काबिललियत पर गर्व महसूस हो रहा था।

आज शालिनी ने बरसों बाद मुझे बिल्लू कहा और खुद को पिंकी; शायद यह भी उसके मनोविज्ञान की एक ट्रिक थी। उसने बचपन के नाम सोच समझ के लिए थे, जिससे हमारे बीच में कोई गैप न रहे। उसके इन शब्दों ने गजब का जादू किया, मैं अब पहले से ज्यादा कम्फर्ट फील कर रहा था।

''क्या नाम है तुम्हारे पहले प्यार का?''

''रागिनी दीक्षित।''

''चलो हितेश, ऑपरेशन थियेटर में चलते हैं; तुम्हारे दिमाग का ऑपरेशन करना पड़ेगा।''

''ऑपरेशन थियेटर!'' मैंने चौंक कर पूछा।

''बिल्लू घबराओ मत, मेरा ऑपरेशन थियेटर बहुत कंफर्टेबल है।'' वो मुझे अपने ड्राइंग रूम में ले गई, ''तुम यहाँ बैठो।'' उसने सोफे की तरफ इशारा किया और खुद सामने रखी अलमारी से कुछ डिफरेंट कलर की स्केच और एक बड़ा-सा चार्ट निकाल लाई।

शालिनी का सारा ड्राइंग रूम पहले ही पेंटिंग से भरा था। अब यह क्या बनाने बैठ गई। क्या हम राइटरों की तरह इसे भी यह बीमारी है। कभी-कभी मैं भी चार लोगों से बातें करता रहता हूँ और साथ में लैपटॉप खोलकर कुछ लिखने बैठ जाता हूँ। कुछ स्पेशल नहीं, कुछ भी, जो मेरे मन में आये, ताकि उसे बाद में, अपनी कहानी का हिस्सा बनाया जा सके।

मैंने उससे पूछा "शालिनी यह चार्ट किसलिये?"

"तुम्हारे प्यार का ऑपरेशन इसी पर चलेगा।"

तभी ग्रुप में रागिनी का मैसेज आया, आई एम एडमिट इन हॉस्पिटल।"

ओह माई गॉड, रागिनी को क्या हुआ। मैंने तुरंत मैसेज किया "क्या हुआ रागिनी?" यह खबर पढ़कर मेरे चेहरे पर दुःख के भाव उभर आये।

"क्या हुआ हितेश?"

"कुछ नहीं, हम दोस्तों का एक ग्रुप है; उसमें रागिनी का अभी-अभी मैसेज आया है कि वो हॉस्पिटल में एडमिट है।"

"अच्छा क्या हुआ उसे?" अब शालिनी ने चार्ट और पेंसिल वहीं टेबिल पर रख दी।

"पता नहीं, उसने यह नहीं लिखा; हो सकता है कुछ सीरियस हो, बेचारी बस इतना ही टाइप कर पाई हो।"

"अच्छा, कुछ नहीं हुआ होगा उसे, जो यह मैसेज पढ़ते ही तुम इतना दुःखी हो गये; यार हॉस्पिटल में सीरियस लोग व्हाट्स एप्प नहीं चलाते।"

"हितेश तुम्हारे पास रागिनी की कोई पिक है, मुझे व्हाट्स एप्प कर दो।"

मैंने रागिनी की कुछ पिक्स उसे सेंड कर दी।

"मुझे पता था, तुम्हारा दिल ऐसी ही किसी लड़की पर अटकेगा।" शालिनी, पिक देखते हुए बोली।

हमें आज तक नहीं पता चला कि उस पर हमारा दिल क्यों अटका और पिंकी को पिक देखते ही समझ आ गया।

"शालिनी, मेरा दिल इस लड़की पर क्यों अटका?"

"हितेश यह एक मनोविज्ञान है; विपरीत स्वभाव हमेशा एक-दूसरे को

आकर्षित करते हैं, जैसे प्लस और माइनस... जो लड़कियाँ फूलों सी नाजुक होती हैं, उनका दिल हमेशा ऐसे लड़कों पर अटकेगा जो बॉडी बिल्डर हों, स्ट्रांग कद काठी के हों; जो लड़कियाँ सीधी होती हैं उनका दिल हमेशा ऐसे लड़कों पर अटकता है जो तेज तर्रार होते हैं... जो लड़कियाँ बोल्ड एंड कान्फिडेंट होती हैं, उनका दिल हमेशा क्यूट और चॉकलेटी लड़कों पर अटकता है; यही बात लड़कों पर भी लागू होती हैं।

शालिनी की यह बात मुझे सही लगी, मुझे ज्यादा सीधी-सादी लड़कियाँ पसंद नहीं आतीं।

''अच्छा, तुम्हें रागिनी की क्या बात अच्छी लगती है?''

''मुझे रागिनी की सबसे अच्छी बात उसका कांफिडेंस लगता है; वो अपनी ज़िदगी का कोई भी फैसला खुद ले लेती है, जो बात उसके दिल में है वो बोल देती है।''

''और तुम कोई भी फैसला लेते हुए यह सोचते हो, किसी की फीलिंग हर्ट न हो; अगर मैं कोई ऐसा एक्ट करूँगा तो दूसरे को बुरा न लगे... अगर किसी ने इमोशनल होकर कुछ बोल दिया, तुम अपना फैसला ही बदल लेते हो।''

''वाह शालिनी, तुम्हें मेरे बारे में सारी जानकारी है।''

''हाँ, यह जानकारी भी मैंने तुम्हारी एक पोएम से ली, मुझे वो बहुत पसंद आई; मैंने उसे इस डायरी में नोट कर लिया।'' वो मुझे पोएम दिखाते हुए बोली।''

'ऐसा ही हूँ मैं'
मुझे पसंद हैं
बातें करते हुए लोग
लेकिन मैं
कुछ ज्यादा बोल नहीं पाता
मुझे पसंद हैं
खुलकर हँसते हुए चेहरे
लेकिन मैं
मुस्कराहट से आगे बढ़ नहीं पाता
मुझे पसंद हैं

खिलते हुए फूल
लेकिन मैं
उन्हें तोड़ नहीं पाता
मुझे पसंद हैं
उनका रंग और रूप
लेकिन मैं
उन्हें चाँद कह नहीं पाता
मुझे पसंद है
'हितेश' बनकर जीना
लेकिन मैं
औरों जैसा बन नहीं पाता
मुझे पसंद है
कोई मेरा नाम पुकारे
लेकिन मैं
उनके लबों पर ठहर नहीं पाता
मुझे पसंद है
मेरी तनहाई
लेकिन मैं
शोरगुल में जी नहीं पाता।

अब शालिनी, चार्ट पेपर पर कुछ लाइनें खींचने लगी। इस बीच हमारे बैडमिन्टन ग्रुप के और लोग भी पूछने लगे, क्या हुआ रागिनी?, क्या हुआ, सब ठीक तो है, तुम हॉस्पिटल में क्यों एडमिट हो?

और वो अपनी आदत के अनुसार जान-बूझकर यह मैसेज छोड़कर गायब हो गई।

"अरे कुछ नहीं हुआ होगा, ब्लड डोनेट करने गई होगी।" मैंने यह मैसेज ग्रुप में सेंड कर दिया।

रागिनी का तुरंत मैंसेज आ गया, "मुझे वायरल फीवर हुआ है।", इसके साथ ही उसने अपनी एक पिक भी सेंड कर दी, जिसमें वो कार की पिछली सीट पर बैठी थी।

“ओके टेक केयर रागिनी, गेट वेल सून।”

“हितेश मैं बचूँगी नहीं, मैं मर जाऊँगी।”

यह पढ़कर मैं इमोशनल हो गया, “पागल हो क्या, तुम्हें कुछ नहीं होगा, सब ठीक हो जायेगा।”

उसके बाद जो उसका मैसेज आया, उसने मेरे दिल और दिमाग दोनों को हिलाकर रख दिया।

उसने मुझे चिढ़ाने वाले इमो सेंड किये थे और साथ में लिखा था, “देखा, कर दिया न इमोशनल।”

मतलब रागिनी मुझे इमोशनल करने के लिए कुछ भी बोल सकती है; मतलब रागिनी ऐसा एक्ट तब भी कर सकती है, जब उसका हसबैंड कार चला रहा हो, उसे वायरल फीवर हो और वो एक पेशेंट की तरह पिछली सीट पर लेटी हो,

रागिनी मुझे चिढ़ा रही थी। इसके साथ ग्रुप में मनोज का मैसेज आया, वो भी मुझे चिढ़ाने लगा। गरिमा और निकिता ने भी फनी इमो सेंड किये।

ओह माई गॉड! रागिनी का यह एक्ट देख मुझे उस पर गुस्सा नहीं, उससे नफरत हो रही थी। मैं रागिनी से नाराज बहुत बार हुआ, लेकिन कभी उससे नफरत वाली फीलिंग नहीं आई... मतलब रागिनी के लिए हर बात केवल एक मजाक है, उसे किसी की फीलिंग से कोई फर्क नहीं पड़ता।

शालिनी ने मुझसे पूछा “क्या हुआ, यह अचानक कहाँ खो गये?”

“कहीं नहीं।” कहते हुए मैंने ग्रुप के सारे मैसेज डिलीट कर दिये।

“अच्छा हितेश, तुम मुझे उसके बारे में कुछ बताओ, जिससे मैं सही से एनालिसिस कर सकूँ।”

अब मैं शालिनी को उसके बारे में कुछ भी नहीं बताना चाहता था। “शालिनी मैं तुमसे यह पूछने आया था कि उसको भुलाने के लिए क्या-क्या करना चाहिए और तुम उल्टा उसको याद करने के लिए कह रही हो।”

“ओह सॉरी हितेश, पहले तुम यह डिसाइड करो कि तुम सचमुच उसे भुलाना चाहते हो या नहीं?”

“क्या मतलब।”

"मतलब यह कि अगर तुम उसे वाकई भुलाना चाहते हो, फिर वो अब तक तुम्हारी फेसबुक फ्रेंड क्यों है; वो अब तक व्हाट्स एप्प पर तुमसे क्यों जुड़ी है; तुम अब तक उस ग्रुप में क्यों हो, जिसमें वो भी है?"

"तुम क्या कहना क्या चाहती हो?"

"हितेश, तुम्हें उसे अपनी जिंदगी से पूरी तरह ब्लॉक करना होगा; फेसबुक, व्हाट्स एप्प सबसे। ऐसा नहीं हो सकता कि तुम रोज उसकी डी पी देखो, उसके मैसेज पढ़ो और उसे भूल भी जाओ। यह सब तुम पर डिपेंड करता है। यह तुम्हारे लिए बहुत मुश्किल होगा, लेकिन तुम यह कर सकते हो, तुम अपनी फॅमिली को समय दे सकते हो, तुम राइटिंग में खुद को बिजी रख सकते हो।" शालिनी यह कहते हुए सोफे पर मेरे पास आकर बैठ गई। उसने मेरे हाथ के ऊपर अपना हाथ रखा, "उससे अपने सब सम्बंध खत्म कर लो; अगर उसने तुम्हें सच्चा प्यार किया होगा, वो तुमसे कभी-न-कभी खुद बात करेगी... हितेश, सच्चा प्यार करने वाले लोग कभी छोड़कर नहीं जाते; अगर वो चले भी जायें तो किसी मोड़ पर रुककर तुम्हारा इन्तजार करते हैं। हितेश, प्यार एक रस्साकशी के खेल जैसा होता है, जिसमें जो कमजोर पड़ता है, वो सब-कुछ हार जाता है।"

"शालिनी, मैं हारना या जीतना नहीं चाहता था, न ही उसके साथ कोई गेम खेलना चाहता था; बस उसके साथ कुछ समय बिताना चाहता था... मैंने यह सोचा, जिस लड़की को पूरी जिंदगी प्यार किया, उसे भी अपना कुछ समय दूँ। मैंने अपनी जिंदगी में बहुत-से लोगों को खोया है; जिन्हें मेरे वक्त की जरूरत थी, लेकिन मैं उन्हें नहीं दे पाया; मैं अपना सबसे ज्यादा जरूरी काम छोड़कर भी उसके लिए वक्त निकालता था, जिससे मेरे दिल में उससे अलग होने की जो कसक है, वो कम हो सके... ठीक है शालिनी चलता हूँ, तुमसे बात करके मन कुछ हल्का हो गया।"

शालिनी ने मुझे रोका नहीं। मैं बोझिल कदमों से अपनी गाड़ी तक पहुँचा। गाड़ी के शीशे में मैंने अपनी आँखें देखी, वो लाल पड़ चुकी थीं। मैंने रागिनी को फेसबुक से ब्लाक कर दिया। यह मेरी जिंदगी के सबसे कठिन फैसलों में से एक था। जब रागिनी ने मुझे फ्रेंड रिक्वेस्ट भेजी थी, वो दिन मेरी

जिंदगी का सबसे यादगार दिन था; उस दिन मुझे लगा था, यह उस इडियट लड़के के प्यार की जीत है। मैंने वो बैडमिन्टन रॉक्स ग्रुप भी छोड़ दिया और अपने फ़ोन से रागिनी के दोनों नम्बर भी डिलीट कर दिये।

घर पहुँचा तो रात के नौ बज चुके थे। मैं सीधा बाथरूम में गया, खुद को रिलैक्स करने के लिए मैंने एक शॉवर बाथ लिया, मैंने अपनी आँखों पर पानी के छपाके मारे और फेस को कई बार टॉवेल से पोंछा।

मैं बाथरूम से बाहर आया तो रंजना ने टेबिल पर खाना लगा दिया था।

"क्या हुआ हितेश, आज बहुत थके-थके से लग रहे हो।"

"हाँ यार, आज ऑफिस में बहुत काम था, मैं आठ घंटे लगातार कम्प्यूटर पर बैठा रहा; आज मेरी आँखों से पानी भी आने लगा, आँखें बिल्कुल लाल पड़ गईं; रंजना देखना मेरी आँखें कुछ लाल तो नहीं लग रहीं।"

"नहीं, मुझे तो सही लग रही हैं।

"अच्छा, मैंने कार के शीशे में देखा था, मुझे लाल लगीं; हो सकता है फेस वाश करके सही हो गई हों... मुझे नींद आ रही है, रंजना थोड़ा बेड सही कर दो।"

खाना खाकर जैसे ही बिस्तर पर पहुँचा, अदिति मेरे पास आकर लेट गई, "डैडी, आज कोई कहानी सुना दो।"

"बेटा मुझे बहुत नींद आ रही है, कल सुन लेना।"

"नहीं डैडी, मुझे आज ही सुननी है।"

"बेटा, आज अपनी ममा से सुन लो।" अब रंजना भी सन्नी को अपनी गोद में ले, बेड पर आकर बैठ गई।

"अदिति अपने डैडी से सुनना, यह कहानी किस्से मुझे अच्छे नहीं लगते, यह बस तेरे डैडी को ही आते हैं।"

"डैडी प्लीज सुनाओ न!"

"अच्छा कौन-सी कहानी सुनोगी, वो राजा रानी वाली सुना दूँ?"

"नहीं, वो मैं कई बार सुन चुकी हूँ।"

"तो फिर वो परियों वाली सुना दूँ या जंगल के राजा शेर की?"

"डैडी ये भी आप सुना चुके हो, कोई नई कहानी सुनाओ।"

"अच्छा फिर सोचता हूँ, तब तक तुम यह बताओ, आजकल तुम्हारे सीरयल बालवीर में क्या चल रहा है?"

"डैडी पता है, बालवीर में एक छल परी आ गई है, वो शैतान परी से भी ज्यादा खतरनाक है, उसने बालवीर को बड़ी मुसीबत में फँसा दिया; अब देखते हैं इस बार बालवीर कैसे बच पायेगा।"

"अच्छा ऐसा क्या करती है वो छल परी?"

"डैडी वो देखने में है बहुत सुंदर, लेकिन अंदर से बहुत खतरनाक है, वो गाती भी बहुत अच्छा है; उसका गाना सुनकर बच्चे उसका पीछा करते हुए दूर जंगल में भटक जाते हैं।

ओह! रागिनी भी मेरे लिए बस एक छल परी है, जिसे देखकर और जिसका गाना सुनकर मैं भटक गया था। यह मैं फिर क्या आलतू-फ़ालतू बातें सोचने लगा। तभी मुझे अपने दादा जी के सुनाये किस्से याद आ गए। उनके पास मुझे सुनाने के लिए दो ही तरह के किस्से होते थे, या तो उनके आर्मी के दिनों के या फिर छलावों के।

"अच्छा अदिति, तुम्हें मैं अपने दादाजी का किस्सा सुनाता हूँ।"

"डैडी आपके भी दादाजी थे?"

"हाँ, जैसे तुम्हारे दादाजी मेरठ में रहते हैं, ऐसे ही मेरे दादाजी भी थे। वो एक गाँव में रहते थे। मेरे दादाजी के समय में छल परी नहीं, मगर छलावे बहुत होते थे। वो लोगों को बहुत तंग किया करते थे। कभी दादाजी को लगता कि जिस बैल को वह अभी खूँटे से बाँधकर आये हैं, वो खुल गया है। वे उसे पकड़ने के लिए कई-कई किलोमीटर तक भागते रहते और जब उसे पकड़ नहीं पाते, तब थक कर वापिस घर आ जाते। फिर उन्हें पता चलता कि उनका बैल खूँटे से बँधा है और जिसने उन्हें दौड़ाया है वो एक छलावा था... कभी वो उनकी गाय बन जाता और दादाजी को लगता कि गाय प्यासी है। वो उसको पानी पिलाते रहते। वो इतना ज्यादा पानी पीती, कि दादा उसको पानी पिलाते-पिलाते थक जाते, फिर उन्हें पता चलता कि उनकी गाय प्यासी खड़ी है और जो उन्हें तंग कर रहा है वो एक छलावा है।"

"डैडी क्या अब छलावे नहीं होते?" अदिति ने जम्हाई लेते हुए पूछा।

“अब सब खत्म हो गये हैं, खेत-खलिहान, गाय–बैल और छलावे भी।”

मैंने देखा अदिति सो चुकी थी। मैं मन-ही-मन सोचने लगा, कि क्या सचमुच छलावे खत्म हो गए हैं? फिर यह कौन हैं- नेता, अभिनेता, शेयर ब्रोकर, पॉलिसी एजेंट, प्रॉपर्टी डीलर, स्वार्थी रिश्तेदार, मतलबी दोस्त, कलियुगी डॉक्टर, वकील, धर्मगुरु और फेसबुक पर फेक आई डी चलाने वाले लोग... न जाने कितने लोग हैं, जो हर पल हमें किसी-न-किसी बहाने से छलते रहते हैं। मुझे अहसास हुआ कि छलावे खत्म नहीं हुए हैं बल्कि बढ़ गए हैं, बस उनका रूप बदल गया है। यह सोचते–सोचते मैं भी सो गया।

एक दिन शाम को मैं ऑफिस से घर लौट रहा था। मैंने काफी दिनों से अपना म्यूजिक प्लेयर ऑन नहीं किया। पता नहीं क्या सोचकर गाड़ी चलाते-चलाते मैंने उसका स्विच ऑन कर दिया। एफ़ एम पर जगजीत जी की गायी एक गजल आ रही थी। मैंने वॉल्यूम थोड़ा और बढ़ाया और जगजीत सिंह की आवाज के साथ गुनगुनाने लगा, ‘तेरे बारे में जब सोचा नहीं था, मैं तन्हा था मगर इतना नहीं था।”, इससे पहले भी यह गजल मैंने कई बार सुनी थी, लेकिन इस गजल के मायने मुझे आज पहली बार समझ आ रहे थे। जब रागिनी नहीं थी, तब भी उसकी याद आती थी, लेकिन कभी इतना अकेलापन महसूस नहीं हुआ, जितना अब होता था; उसका ख़याल तो कभी दिल से निकलता ही नहीं। कितना मुश्किल होता है उस शख्स को भुलाना, जो अपना होकर भी कभी अपना नहीं बन सकता।

तभी मोबाइल पर वाट्स एप का एक नोटिफिकेशन आया- ‘वो इंसान बहुत अनलकी होते हैं, जिन्हें जिन्दगी में कभी प्यार नहीं मिलता, लेकिन वो इंसान उनसे भी ज्यादा अनलकी हैं जो अपने प्यार को खो देते हैं।’

“वाह कान्हाँ, तूने हमें अनलकी लोगों की कैटेगरी में भी नहीं रखा। पहले मुझे लगता था कि रागिनी से मिलना मेरा लक है, लेकिन आज पता चला वो मेरा बैडलक है। मैं कितना खुश था कि कान्हाँ ने मेरी प्रार्थना सुन ली। जब मैंने उसको फेसबुक से ब्लॉक किया, तब भी दिल को एक धुँधली-सी उम्मीद थी; मुझे लगता था, जैसे ही रागिनी को यह पता चलेगा कि मैंने उसे ब्लॉक कर दिया है, वो सीधे फोन करके बोलेगी, “हितेश तुम पूरे इडियट

हो।''

लेकिन आज उसे ब्लॉक किये हुए पूरे तीन महीने हो गये। इन तीन महीनों में उसने कॉल क्या, एक मैसेज तक नहीं किया। इसका मीनिंग यह हुआ, इस प्रेम कहानी में केवल एक ही इडियट था, और वो मैं हूँ; रागिनी कभी इडियट थी ही नहीं। फिर वो इडियट कौन थी, जो मुझे कॉलेज में मिली, जो हमेशा मेरे लेफ्ट साइड पर चलना चाहती थी? वो इडियट कौन थी जिसने मुझे फेसबुक पर सर्च किया? वो इडियट कौन थी, जिसने मुझसे कहा, प्रेम अमर है? वो इडियट कौन थी, जिसने कहा, हितेश कभी अपनी प्रेम कहानी भी लिखना? बोलो कान्हाँ, इस कहानी का दूसरा इडियट कौन है? वो कहाँ है, है भी या नहीं। कान्हाँ तुम चुप क्यों हो? तुम मेरी हर बात का जवाब देते थे।

मैं अपनी लाइफ के बुरे से बुरे वक्त में भी कभी कान्हाँ से नाराज नहीं हुआ, लेकिन आज मुझे उन पर गुस्सा आ रहा था।

तभी मुझे लगा मोबाइल की रिंग बज रही है, मैंने कॉल पिक की,

''हैलो कौन?''

''हितेश, मैं रागिनी।''

उसका नाम और आवाज सुनते ही मुझे और गुस्सा आ गया, ''कौन रागिनी? रागिनी प्रकाश अब किसलिए फ़ोन कर रही हो, मैं किसी रागिनी को नहीं जानता।''

''तुम नहीं जानते, लेकिन एक इडियट लड़का जानता है; जब वो तुम्हें मिले, उससे कहना एक लड़की उसका आर.के. आश्रम मेट्रो स्टेशन पर बैठी इन्तजार कर रही है, उस लड़की का नाम रागिनी प्रकाश नहीं, रागिनी दीक्षित है।''

रागिनी का यह सेंटेंस सुनते ही मेरा दिल पिघल गया, ''क्या हुआ रागिनी? क्या आज भी हॉस्पिटल गई थी?''

''हाँ, मैं हॉस्पिटल गई थी, लेकिन अब नैनीताल वापिस जा रही हूँ, आनंद विहार से मेरी ट्रेन है।''

''ठीक है, मैं वैशाली में हूँ, आनंद विहार सामने ही है, मैं वहीं आ जाता हूँ।''

“हितेश, तुम्हें पता है आर.के. आश्रम से आनंद विहार पहुँचने में कितना टाइम लगता है?”

“यही कोई 45 मिनट।”

“मैं अपनी जिंदगी के यह 45 मिनट एक इडियट लड़के को देना चाहती हूँ।”

ओह माई गॉड, रागिनी की यह स्टाइल तो किसी दिन मेरी जान ले लेगी “तुम आर. के. आश्रम कितने बजे पहुँचोगी?”

“मैं पहुँच गई हूँ, बस तुम्हारा इन्तजार कर रही हूँ; तुम नहीं जानते महबूब का इन्तजार करने वाले पल, जिन्दगी के कितने खूबसूरत पल होते हैं।”

आज तो लगता है, रागिनी सचमुच इडियट हो गई है। वाह कान्हाँ, मैंने तुमसे पूछा दूसरा इडियट कहाँ है और तुमने सीधे उससे मिलवा दिया। “यार तुम वहीं इन्तजार करो, मैं अभी पहुँचता हूँ।”

मैंने अपनी गाड़ी मेट्रो स्टेशन में पार्क की और सीधे आर.के. आश्रम वाली ट्रेन पकड़ ली। रागिनी मेरा हीं इन्तजार कर रही थी। उसने डार्क ब्लू कलर की कुर्ती और स्काई ब्लू जींस पहन रखी थी। आज मैंने उसे करीब एक साल बाद दुबारा देखा था। तभी आनंद विहार जाने वाली ट्रेन आ गई, हम दोनों जाकर उसमें बैठ गये।

रागिनी ने प्यार भरी नजरों से मेरी तरफ देखकर कहा “नाराज हो मुझसे?”

“नहीं तो!”

“फिर सामने वाली सीट पर क्यों बैठे हो?”

“बस यूँ ही।” आज मैं चाहकर भी यह नहीं कह सका कि यहाँ बैठकर तुम्हें देखते रहना चाहता हूँ।

“देखो, मेरी बराबर वाली सीट अभी खाली है, अगर कोई और आ गया तो फिर सारी जिन्दगी यह मत सोचते रहना, कि काश मैं रागिनी के साथ बैठ जाता।”

मैं अपनी जिन्दगी में अब एक और काश नहीं बढ़ाना चाहता था, अपनी सीट से उठकर मैं तुरंत रागिनी के पास आ गया। मेरे आते ही वो एक साइड में

खिसक गई। रागिनी आज भी मेरे लेफ्ट साइड में ही बैठना चाहती थी। इस बार मैंने भी कुछ नहीं कहा, बस उसके बराबर मैं बैठ गया। रागिनी ने अपना सिर मेरे काँधे से टिका दिया। उसके खूबसूरत रेशमी बाल चुपचाप आकर मेरी गोद में लेट गये।''

''सच-सच बताओ, नाराज हो मुझसे?''

''यार तुमसे तो मैं चाहकर भी नाराज नहीं हो सकता, मैं बस अपने आपसे नाराज हूँ।'' रागिनी के बदन की भीनी-भीनी खुशबू मेरे जेहन में एक नशा घोलने लगी। माना थोड़ा इडियट हूँ, लेकिन इतना भी नहीं कि उसका सर मेरे काँधे पर टिका हो और मैं उससे यह कह सकूँ, ''मैं तुमसे बहुत नाराज हूँ।''

''यार मेरी एक बात मानोगे?''

मैं तो वैसे भी तुम्हारी सारी बातें मान लेता हूँ और अगर इतने प्यार से कहोगी तब मैं क्या, दुनिया का कोई भी इन्सान तुम्हारी बात मानने के लिए तैयार हो जायेगा, ''हाँ बोलो।''

''हितेश, प्लीज़ यह एक ख्वाब समझकर भूल जाना कि मैं इस जिन्दगी में तुम्हें दुबारा भी कभी मिली थी।''

''हाँ भूल जाऊँगा, लेकिन उसके लिए मुझे बस एक जन्म और लेना पड़ेगा; इस जन्म में तो मैं उसी को नहीं भूल पा रहा, जो मुझे कॉलेज में मिली थी''

''पूरे इडियट हो।''

''हाँ इडियट हूँ, तभी तो तुम्हें याद करता हूँ; मेरे पास तुम्हारी तरह ऐसा स्विच कहाँ है कि जिसे मैं प्रेस कर दूँ और तुम्हें भूल जाऊँ... तुम तो ट्रांस्फर होने के बाद बिल्कुल रागिनी प्रकाश बन गई।''

''ट्रांस्फर हुआ नहीं था, मैंने जान-बूझकर कराया था।''

''जान-बूझकर, लेकिन क्यों?''

''क्योंकि मेरे अंदर फिर वो ही इडियट लड़की स्ट्रांग होने लगी थी, जिसे मैंने बरसों कमजोर बनाकर रखा; मुझे हमेशा तुम्हारा खयाल आता रहता, मेरी आँखों को हमेशा तुम्हारी सूरत नजर आती; ऐसे लगने लगा था जैसे मैं 37 साल की नहीं 17 साल की हूँ, ऐसे लगने लगा था कि मैं स्कूल में पढ़ाने के

लिए नहीं, पढ़ने के लिए जाती हूँ; तुम्हें एक बात पता है?"

'क्या?'

"एक दिन तो मुझे उस इडियट लड़की ने डरा ही दिया।"

"तुम्हें डरा दिया, मगर कैसे?"

"उस दिन प्रकाश मुझसे मिलने पिथौरागढ़ आये तो वो इडियट लड़की मुझसे पूछने लगी, रागिनी यह कौन है? इससे पूछो यह कितने दिन और यहाँ रहेगा, यह तुम्हारा क्या लगता है? जब तुम किसी अजनबी से शादी नहीं कर सकती थी, तो तुम किसी अजनबी के साथ सो कैसे सकती हो? मेरे ऊपर प्रकाश का हाथ रखा था, उस इडियट लड़की ने प्रकाश का हाथ मेरे ऊपर से हटाकर अलग कर दिया।"

मैंने देखा मैं नींद में थी। मैं नींद में ही बड़बड़ा रही थी। प्रकाश मेरे बराबर में लेटा था और उसने ठंड से बचने के लिए कम्बल ओढ़ रखा था। मैं उठी तो पसीने में नहाई हुई थी। हितेश, तब से मुझे अकेले रहने में बहुत डर लगता है... मैं जब भी कुछ समय के लिए अकेली हो जाती हूँ, मेरे अंदर वो इडियट लड़की जाग जाती है।"

"ओह माई गॉड रागिनी, ऐसा तो मेरे साथ भी होने लगा था। मैंने एक बार रंजना को देखा तो मेरा दिल पूछने लगा, यह रंजना की आँखें इतनी छोटी-छोटी क्यों हैं, रागिनी की तरह बड़ी-बड़ी क्यों नहीं। उसके बाद तो मैं जब भी रंजना की आँखों में देखता तो तुम्हारी आँखें नजर आने लगतीं, मैं रंजना से जब भी बात करता, नजरें बचाकर बात करता, जैसे में अपनी पत्नी से नहीं, किसी अजनबी औरत से बात कर रहा हूँ।"

"I know"

"You know?"

"हाँ आई नो, कि तुम्हारे साथ भी ऐसा हो रहा होगा। तुम भी एक दूसरी औरत के साथ रहते हो, मैं भी एक अजनबी के साथ सोती हूँ... आखिर वो हमारे क्या लगते हैं; हम दोनों साथ-साथ क्यों नहीं रहते?"

रागिनी सचमुच पागल हो गई है या यह मुझसे कोई मजाक कर रही है, "रागिनी आर यू ओके?"

रागिनी कुछ नहीं बोली, बस उसने अपने आपको मेरी तरफ थोड़ा और

झुका दिया। मेरा हाथ जो अभी हम दोनों के बीच में अटक रहा था, वो अब रागिनी के कंधे पर चला गया। रागिनी का दिल बहुत तेज धड़क रहा था, उसके दिल की धड़कनें मुझे साफ़ महसूस होने लगीं। हम दोनों बिल्कुल चुपचाप बैठे थे, शायद एक-दूसरे के दिल की धड़कनें सुन रहे थे। यह भगवान भी कुछ चीजें हमें तब लौटाता है, जब हम उसकी कल्पना करना छोड़ देते हैं।

तभी मेरी नजर सामने वाली सीट पर पड़ी, जहाँ अभी एक सोलह सत्रह साल का प्रेमी युगल आकर बैठा था। लड़के ने एक नजर हम पर डाली और थोड़ा मुस्कुराया। मैंने और रागिनी ने उसे देखकर भी अनदेखा कर दिया। वो प्रेमी युगल चिपक कर अपनी सेल्फी लेने लगा। लड़के के गाल, लड़की के गाल से मिले हुए थे। दोनों ने अपने फेस को कुछ आड़ा तिरछा किया और अपनी जीभ बाहर निकालकर क्लिक कर दिया।

"दोनों कितने खुश लग रहे हैं।" रागिनी की आवाज में एक कशिश थी।

"हाँ आज तो खुश लग रहे हैं, कल जब अलग हो जायेंगे तब हमारी तरह रोयेंगे।"

"नहीं यार, यह कभी अलग नहीं होंगे; अब लोगों की सोच बदल रही है, लोग अपने बच्चों की खुशी के लिये इन्टरकॉस्ट मैरिज भी एक्सेप्ट करने लगे हैं; तुम्हें एक बात पता है?"

'क्या?'

"अब इंडिया डिजिटल हो रहा है, अन्तरिक्ष में प्लॉटिंग हो रही है, हमारा यान मंगल ग्रह पर पहुँच चुका है और अब एक साल का बच्चा दूध की बोतल के लिए नहीं, स्मार्ट फ़ोन के लिए रोता है।"

मैंने सहमति में सर हिलाते हुए कहा, "हाँ यार, इण्डिया को इतना तो बदलना ही चाहिए; कम-से-कम यह जातिवाद खत्म हो जाये, यह नफरत का दौर खत्म हो जाए... जब कॉलेज में किसी को किसी से प्यार हो तो उन्हें पहले अपना कॉस्ट सर्टिफिकेट न चेक करना पड़े।"

"यार बातों-बातों में आनंद विहार भी आ गया; हितेश, तुम्हारे साथ तो वक्त का पता ही नहीं चलता।" रागिनी मेरे कंधे से अपना सर हटाते हुए बोली।

"हाँ यार, यह वक्त भी बड़ा बेईमान है; जब इसे पता चलता है कि कोई अपनी प्रेमिका को छोड़ने रेलवे स्टेशन आया है तो इतनी तेज दौड़ता है जैसे ट्रेन हमें नहीं इसे पकड़नी हो।" मैंने हँसते हुए कहा।

"तुम हँसते हुए कितने अच्छे लगते हो, हमेशा खुश रहा करो; तुम्हें एक बात पता है?"

'क्या?'

"आधा चाँद भी उतना ही खूबसूरत होता है, जितना पूरा चाँद।"

"यार आधा क्या और पूरा क्या, मुझे तो चाँद उस दिन से खूबसूरत ही नहीं लगा, जब से मैंने तुम्हें देखा है।"

"पूरे पागल हो; मेरे कहने का मतलब है, लाइफ में सच्चा प्यार खुशनसीब लोगों को ही मिलता है; इस प्यार को पाने के लिए हमें कुछ तो सैक्रिफाइज करना पड़ेगा।"

"रागिनी और कितना सैक्रिफाइज करेंगे; वो इडियट लोग हमें सारी जिंदगी दर्द ही तो देते हैं।"

"हितेश, हमने भी तो उनको बहुत दर्द दिया; हमने उनको कभी पहचाना नहीं; लेकिन अब बहुत हो चुका, अब हम इडियट्स, उन लोगों को दर्द देंगे।"

"किन लोगों को?"

"जिन्होंने कभी इन इडियट्स को मिलने नहीं दिया।" वो मेरी आँखों में देखते हुए बोली। यह रागिनी की आँखों को क्या हो गया, ये इतनी डरावनी क्यों लग रही हैं।

"रागिनी, आज तुम्हारे ऊपर किसी भूत का साया तो नहीं?"

"I know, मेरे ऊपर तुम्हारे इश्क के भूत का साया है, जिसने रागिनी प्रकाश को फिर से रागिनी दीक्षित बना दिया।

"चलो रागिनी, मैं तुम्हें प्लेटफ़ॉर्म पर छोड़ देता हूँ, तुम्हारी ट्रेन का टाइम होने वाला है।"

"इडियट, क्या तुम्हें पता नहीं ट्रेन दो घंटे लेट है।"

"यार मुझे क्या पता होगा, मैंने थोड़े ही ट्रेन का स्टेटस चेंज किया है।"

"तुम्हें नहीं पता तो तुमने मुझे कॉल क्यों की, तुमने मुझसे मिलने के लिए क्यों बोला?"

"रागिनी, मैंने तुम्हें कॉल कब की... तुमने मुझे कॉल की थी, आर यू मैड?"

"नो वी आर नाट मेड, वी आर ओनली इडियट; वी मेड फॉर ईच अदर। जब मैं मेट्रो स्टेशन पर बैठी ट्रेन का स्टेटस चेक कर रही थी, तब तुमने ही तो फ़ोन करके मुझे बताया था कि ट्रेन दो घंटे लेट है।" रागिनी की आँखों में एक पागलपन झलक रहा था। उसकी बात सुनकर ऐसा लगा, जैसे मेरे पैरों के नीचे की जमीन खिसक गई हो। इसका मतलब रागिनी सही कह रही थी कि "मैं जब भी कुछ समय के लिए अकेली हो जाती हूँ, मेरे अंदर वो इडियट लड़की जाने कहाँ से आ जाती है।" यानी जब रागिनी को पता चला कि ट्रेन दो घंटे लेट है और वो वहाँ अकेली हो गई, तो उसे उस इडियट लड़की ने अपने कंट्रोल में कर लिया... यानी जिस लड़की से मैं बात कर रहा हूँ, वो, वो ही इडियट लड़की है।"

ओह माई गॉड। मैंने खुद को सँभालने की कोशिश की। सामने एक बेंच पड़ी थी, "चलो रागिनी वहाँ बैठते हैं।" मैं रागिनी का हाथ पकड़कर उसे बेंच की तरफ ले जाने लगा। मैंने आसमान की ओर देखा "हे कान्हाँ, रागिनी को होश में लाओ, मैं इस इडियट लड़की से कभी नहीं मिलना चाहता।"

"क्यों हितेश, तुमने ही तो कहा था कि इस प्रेम कहानी में केवल एक ही इडियट है; आज दूसरे इडियट से मिलो।"

"हे कान्हाँ प्लीज, हम दोनों का इडियट एक साथ मत जगाओ; यह प्रेम कहानी बस तभी तक जिंदा है, जब तक हम दोनों के इडियट बनने की टाइमिंग अलग-अलग है।"

"हितेश किससे बातें कर रहे हो, क्या तुम भी मेरी तरह इडियट हो?"

"नहीं रागिनी, मैं इडियट नहीं हूँ।"

यह सुनकर रागिनी पागलों की तरह हँसने लगी, "तुम इडियट नहीं हो; हितेश तुम तो तब भी इडियट नहीं थे, जब कॉलेज में पहली बार मिले; तब मैं तुम्हारी एक स्क्रिप्ट का हिस्सा थी; हितेश तुम तो तब भी इडियट नहीं थे, जब हम कॉलेज में आखिरी बार मिले; मैंने तुमसे शादी करने को कहा और तुमने अपने पेरेंट्स के बारे में सोचा... हितेश, तुम तो तब भी इडियट नहीं थे जब

हम फेसबुक पर मिले; मैं तुमसे कहीं दुबारा शादी तो नहीं करना चाहती, यह जानने के लिए तुमने शिवानी को फ़ोन किया।''

फिर वो इडियट कहाँ है, जो मेरी एक झलक देखने के लिए हर सोमवार मन्दिर आता था? फिर वो इडियट कहाँ है, जो मेरे लिए कैरम का चैम्पियन बनना चाहता था? फिर वो इडियट कहाँ है, जिसने मुझे वेलेंटाइन डे का सबसे प्यारा गिफ्ट दिया? फिर वो इडियट कहाँ है, जिसने मुझसे कहा ''आई लव यू रागिनी।'' हितेश, इस प्रेम कहानी में क्या केवल मैं ही एक इडियट हूँ; फिर दूसरा इडियट कौन है, वो कहाँ है; दूसरा इडियट है भी या नहीं?''

रागिनी ने अपना फेस मेरी गोद में छुपा लिया, वो फूट-फूट कर रो रही थी। हमारी प्रेम कहानी भी कमाल है। जिस इडियट रागिनी को मैं मेरी पूरी जिन्दगी तलाश करता रहा, जिसके बारे में अपने आप से पूछता रहा, अपने दोस्तों से पूछता रहा, साइकाइट्रिस्ट की सलाह लेता रहा, वो इडियट लड़की आज मेरी गोदी में सर रखकर रो रही थी। मैं भी उससे यह कहना चाहता था कि हाँ मैं ही वो इडियट हूँ जो तुमसे बहुत प्यार करता है।

लेकिन मैं चाहकर भी ऐसा नहीं कर सका। मुझे खुद को सँभालना होगा, मुझे रागिनी को सँभालना होगा; मुझे उसे यह अहसास दिलाना होगा कि वो एक इडियट नहीं, वो रागिनी प्रकाश है।

मैं अब जान-बूझकर उसके नाम के आगे प्रकाश लगाना चाहता था, ''रागिनी प्रकाश, तुम्हें एक बात पता है?''

वो कुछ नहीं बोली। मैंने उसका फेस ऊपर उठाया और उसके आँसू पोंछे, ''रागिनी प्रकाश, आज मुझे बिल्कुल डर नहीं लग रहा, क्योंकि मुझे पता है मैं रागिनी प्रकाश के साथ हूँ, किसी इडियट लड़की के साथ नहीं; वो रागिनी प्रकाश जो बहुत स्ट्रांग है, वो रागिनी प्रकाश, जो एक स्कूल में टीचर है, वो रागिनी प्रकाश जो बचपन मे अपनी कॉपी पर 'P' बनाती थी और जब कोई उससे पूछता तो वो उस P को R कर देती थी... तुम्हें पता है वो P किसके लिए बनाती थी?''

''किसके लिए?''

''प्रकाश के लिए, जो तुम्हें बहुत प्यार करता है; सब लोग तुम्हें बहुत प्यार करते हैं, दुनिया में ऐसा कोई नहीं है जो रागिनी प्रकाश से प्यार न करता हो।''

"और वो इडियट, क्या वो भी मुझे बहुत प्यार करता है? वो कहता है, वो एक राइटर है और मैं बस उसकी कहानी का एक हिस्सा।" रागिनी की आँखों से आँसुओं की दो बूँदें लुढ़क कर मेरी हथेली पर आ गिरीं, मैंने उन्हें अपनी मुट्ठी में कैद कर लिया।

"रागिनी प्रकाश, तुम्हारी ट्रेन का टाइम हो गया; चलो उठो, नहीं तो वो छूट जायेगी।" मैंने रागिनी को बेंच से उठाया और हम ट्रेन के पास पहुँच गये। मैंने उसे ट्रेन पर लगा वो रिजर्वेशन का पेपर दिखाया, "यह देखो, इंडियन रेलेव को भी पता है कि तुम रागिनी प्रकाश हो।"

ट्रेन हॉर्न दे रही थी। चलो जल्दी अपनी सीट पर जाओ, तुम्हें आराम की जरूरत है, लगता है तुम कुछ दिनों से सोई नहीं।"

"चली जाऊँगी, लेकिन मैंने तुमसे कुछ पूछा था।"

'क्या?'

"क्या वो इडियट भी मुझे उतना ही प्यार करता है?" कहकर रागिनी मुझसे लिपट गई। मैंने उसे अपनी बाहों में कस लिया। दो इडियट आज अपनी जिंदगी के सबसे खूबसूरत पल जी रहे थे। रागिनी के गुलाबी होंठ, मेरे होंठों के बहुत करीब आ गये, हम दोनों की साँसें बहुत तेज चल रही थीं। रागिनी के होंठों की सारी लिपस्टिक मेरे होंठो से चिपक गई।"

"रागिनी, वो इडियट तुम्हें अपनी जान से ज्यादा प्यार करता है; तुम उसकी किसी कहानी का हिस्सा नहीं, तुम उसकी जिंदगी हो... वो झूठ बोलता है कि वो एक राइटर है; तुम्हें याद करे बिना वो एक लाइन भी नहीं लिख सकता।"

"I know, अब छोड़ो भी, नहीं तो ट्रेन छूट जायेगी।"

"नहीं रागिनी, मुझे छोड़कर कहीं मत जाओ, बस यूँ ही गले से लगी रहो, यह इडियट तुम्हारे बिना एक पल भी जी नहीं पायेगा।"

"तुम्हारे बिना अब जी तो मैं भी नहीं पाऊँगी... हितेश मुझे कहीं ऐसी जगह ले चलो, जिस दुनिया में केवल हम जैसे इडियट्स रहते हों, जहाँ नफरत न हो, जहाँ धर्म के नाम पर इंसानियत का कत्ल न होता हो, जहाँ बस प्यार ही प्यार हो।"

अब रागिनी पागलों की तरह जोर-जोर से गाने लगी, "ओ मेरे सपनों के

सौदागर, मुझे ऐसी जगह तू लेकर चल।''

''ठीक है रागिनी, अब हम ऐसी ही एक दुनिया में रहेंगे।'' मैंने रागिनी को अपनी बाँहों में और ज्यादा कस कर पकड़ लिया।

''हितेश, इसके लिए हमें सब-कुछ छोड़ना पड़ेगा, अपनी फेमिली भी।''

'फैमली भी?'

''हाँ हितेश, अगर ये इडियट्स जिन्दा रहे तो कभी हमारी फेमिली को खुश नहीं रहने देंगे... या तो हमें अपनी फेमिली छोड़नी पड़ेगी या इन इडियट्स को अपने अंदर से हमेशा-हमेशा के लिए खत्म करना होगा।''

यह सुनते ही मैंने रागिनी को छोड़ दिया। रागिनी ने मुस्कराते हुए कहा, ''अब मत कहना कभी, तुम्हें पकड़ा ही कब था।''

ट्रेन चल पड़ी। वो दौड़ते हुए उसमें चढ़ गई, मैंने जल्दी से उसे उसका बैग पकड़ाया,

''बॉय-बॉय रागिनी, मैं तुम्हें कॉल करूँगा।''

''हितेश, मुझे कभी कॉल मत करना''

मैं अभी भी पागलों की तरह ट्रेन के पीछे भागता जा रहा था। ट्रेन अब जा चुकी थी। धीरे-धीरे वे लोग भी जाने लगे, जो अभी तक खड़े होकर लिप किसिंग की शूटिंग के मजे ले रहे थे।

मैंने पॉकेट से रुमाल निकाला और चुपचाप नजरें नीचे गड़ाये अपने होंठों और चेहरे से लिपस्टिक के निशान हटाने लगा।

तभी सामने खड़े एक बुजुर्ग की आवाज सुनकर मैं चौक गया, ''वाइफ से प्यार करने के लिए क्या घर पर जगह नहीं मिलती; यह दिल्ली का आनंद विहार स्टेशन है और तुमने इसे पूरा लन्दन समझ लिया।''

''अंकल तुम देखना, एक दिन हमारी दिल्ली भी लन्दन बन जायेगा और आनंद विहार से भी एक दिन बुलेट ट्रेन चलेगी; वैस अंकल तुम्हें एक बात पता है?''

'क्या?'

"तुम बहुत लकी हो, तुमने एक रियल लाइफ के हीरो हिरोइन को लिप किस करते देखा है।"

अंकल मेरी तरफ आँखें फाड़कर देख रहे थे और मैं रेलवे स्टेशन से बाहर की तरफ जा रहा था।

आज पूरे एक साल बाद रागिनी ने व्हाट्स एप पर अपनी कुछ पिक सेंड की थी। वो पहले से थोड़ी मोटी लग रही थी, फिर उसकी दूसरी पिक देखी, इसमें वो अपने बेस्ट फ्रेंड... सॉरी अपने हसबैंड के साथ थी। उसकी गोद में एक छोटा-सा बच्चा था, जिसे देखकर मन बहुत खुश हुआ। मेरी उँगलियों ने बिना दिमाग की कमांड के उसका नम्बर मिला दिया।

काफी देर रिंग जाने के बाद भी जब उसने फोन नहीं उठाया, तो दिल की धड़कनें बढ़ गयीं। मैंने दूसरी कॉल की, लेकिन रिजल्ट वो ही रहा। पता नहीं रागिनी फोन क्यों नहीं उठा रही। दिमाग में उल्टे सीधे खयाल आ रहे थे... क्या मैंने फोन मिलाकर गलती की? रागिनी ने मुझे फ़ोन करने के लिए मना किया था; क्या अब वो मेरा फ़ोन कभी नहीं उठायेगी?,

तभी मोबाइल की रिंग बजी। डिस्प्ले पर उसका नाम उभर आया। नाम पढ़ते ही दिल मुस्कुरा दिया,

"हैलो हितेश, कैसे हो?"

"मैं ठीक हूँ, तुम बताओ तुम कैसी हो?"

"अच्छा मिस्टर, आज टाइम मिला है पूछने के लिए; कभी फोन क्यों नहीं किया?"

"अरे तुमने ही तो मना किया था।"

"यार मेरी हर बात क्यों मान लेते हो; मैंने फोन करने के लिए उस इडियट लड़की को मना किया था, रागिनी प्रकाश को नहीं; उसे तुम एक दोस्त की तरह कभी भी फ़ोन कर सकते हो।

"मैंने तुम्हें फोन नहीं किया तो एक दोस्त की तरह तुम भी तो कभी हितेश राघव को फोन कर सकती थी।"

"हाँ, तुम्हारे लिए सारे काम मुझे ही पहले करने पड़ते है; तुम्हें एक गुड न्यूज़ देनी थी और तुम झगड़ने बैठ गये।"

"हाँ बोलो, क्या गुड न्यूज़ थी?"

“हितेश, मेरे बेटा हुआ है, हम सब बहुत खुश हैं, मैंने तुम्हें उसकी पिक भी सेंड की है।”

“आप दोनों को बहुत-बहुत बधाई और रागिनी तुम्हें स्पेशल बधाई, आखिर तुम्हारा माँ बनने का सपना पूरा हो गया।”

“हितेश थैंक यू सो मच, तुम नहीं जानते, मैं कितनी खुश हूँ; मैंने अपने बेटे का नाम रोहित रखा है; तुम्हें पता है मैंने उसका नाम रोहित क्यों रखा?”

“पता नहीं यार।”

“क्योंकि रोहित नाम में मेरे नाम का R और तुम्हारे नाम का H दोनों आते हैं... मेरे बेटे की आँखें बिल्कुल तुम्हारी तरह हैं; तुम्हें एक बात और पता है?”

‘क्या?’

“वो भी तुम्हारी तरह मुझे बहुत प्यार करता है, अगर मैं दो मिनट के लिए उसे छोड़कर चली जाऊँ, रोने लगता है।”

“अच्छा, फिर तो वो बिल्कुल मेरी तरह है।”

इस बात पर हम दोनों बहुत देर तक हँसते रहे। उसके बाद मैंने और रागिनी ने बहुत कोशिश की, कि हम एक अच्छे फ्रेंड बन जायें, लेकिन हम चाहकर भी कभी फ्रेंड्स नहीं बन सके। शायद रागिनी ने सही कहा था। दो प्यार करने वाले कभी फ्रेंड नहीं बन सकते, वो जब भी मिलेंगे उनके अंदर दो इडियट पैदा होने का डर हमेशा बना रहेगा।

* * *

एक दिन मैं दिल्ली से जम्मू जा रहा था। बोर्डिंग पास बनाने के बाद मैं वेटिंग हॉल में बैठा अपना फेसबुक चला रहा था, तभी रागिनी ने अपनी कुछ पिक पोस्ट कीं, जिसमें वो नर्मदा के साथ थी।

मैंने उसे मैसेज भेजा, “कहाँ हो यार?”

“आगरा में।”

“ताजमहल देख रही हो क्या?”

“नहीं यार, मैं खुद एक मुमताज हूँ, ताजमहल देखकर क्या करूँगी।”

“अरे वाह, फिर तो आपकी याद में एक ताजमहल बनवाना पड़ेगा।”

“हितेश, मैं सिर्फ तुम्हारी मुमताज हूँ, यह काम तुम्हीं को करना

पड़ेगा।''

रागिनी आज भी कभी-कभी इडियट वाली बाते बोल देती है, और मैं भी कभी-कभी उसे इडियट वाले मैसेज सेंड कर देता हूँ!

आज भी मैंने एक मैसेज सेंड किया... अरे रागिनी को नही, ऊपर आसमान में।

''अच्छा हैं खुदा, तूने उस इडियट लड़के को एक राइटर बनाया, कोई शंहशाह नहीं बनाया, वरना इस ताजमहल के साथ 'एक और ताज' खड़ा होता।''

www.ingramcontent.com/pod-product-compliance
Lightning Source LLC
LaVergne TN
LVHW100320181026
850499LV00039B/921
* 9 7 8 9 3 8 7 3 9 0 3 9 3 *